夜行仙 著

弥天记

MI TIAN JI

6

浙江文艺出版社
Zhejiang Literature & Art Publishing House

目录

第一二六章 —— 北冥失控 /001

第一二七章 —— 端倪搭救 /012

第一二八章 —— 谋杀第五梵音 /023

第一二九章 —— 裴析之罪 /044

第一三〇章 —— 黑水疯妇 /057

第一三一章 —— 九周天 /065

第一三二章 —— 人 /076

第一三三章 —— 我有罪 /090

第一三四章 —— 藏身者 /097

第一三五章 —— 弥生骨 /108

第一三六章 —— 东菱变 /119

第一三七章 —— 叛军 /132

第一三八章 —— 叛将 /144

第一三九章 —— 东菱劫 /158

第一四〇章 —— 弑父 /168

第一四一章 —— 太叔公反叛 /179

第一四二章 —— 雷落与昆儿 /189

第一四三章 —— 戚家军 /204

第一四四章 —— 弥天之战 /224

第一四五章 —— 修罗之战 /236

第一四六章 —— 疯狂的姬菱霄 /247

第一四七章 —— 忠烈太叔公 /257

第一四八章 —— 终极之战 /264

第一四九章 —— 三年后 /274

第一五〇章 —— 我回来了 /280

第一二六章
北冥失控

人之将死,梵音脑海里闪回的全是北冥的样子。

只听砰的一声闷击,木汐应声倒地。下一刻,梵音被捞出了容器。

"防御术……什么人……"梵音被人夹在肘下,她还没看到有人进来,便晕了过去。

模糊中,似有一团温暖的火在梵音身边燃起,四面却是冰冷的,应该是在一个山洞里。有个人走了过来,解开了梵音的衣服。一枚银针插入锁骨匙,几番撬弄,锁骨匙开了。那人一拔。

"呃!"梵音疼得呜呜哽咽。这副锁骨匙里面有锯齿。那人停了手。

"拔!"混沌间,梵音发狠道,随即咬住了牙。

"噌!"锁骨匙连皮带肉,夹杂着梵音锁骨上的碎片一起被扯了下来。梵音呼吸一滞,晕了过去。

滚烫间,一口清水被灌进梵音口里,那感觉,让她知道自己还活着。她的手心火热,浑身滚烫,在发烧。突然,一丝冰凉钻进了她的手心,她下意识地想去抓,但没力气。那冰凉慢慢捧起了她的手,忽而停下。梵音的手很绵很软,五指细长,骨节分明,不像是个常年征战沙场,过着军旅生涯的人的手。

一个身影慢慢朝梵音靠了过来,凝望片刻,吻了上去。

"冥?"梵音浑身一紧,想要躲避。那人明明不是北冥,怎的对她这般?奈何身体动弹不得。

突然,一阵疾风骤雨袭来,砰的一记重拳打在那人身上,那人登时被打翻在地,口角流血。

只听一个急促的声音："音儿！"

"北冥！"梵音艰难地张开眼睛，看着眼前抱着她的人。正是她朝思暮想、日夜惦念的北唐北冥，"你……怎么来了？"梵音语无伦次。

"对不起音儿！我来晚了！害你受苦了！"看着梵音一身狼狈，北冥心疼不已。可很快梵音便发现北冥不太对劲，他的胸口剧烈起伏着，浑身滚烫，脖颈的青筋暴起，似难自控。

"冥，你怎么了？"梵音低声道。

只听北冥喘着粗气道："我没事！"眼睛却恶狠狠地看着前方。梵音顺着北冥的目光看去，不远处站起来一个人，正是方才被北冥打倒的那人。

"端倪？"梵音大呼意外。难不成刚才对自己亲热的正是端倪？突然，北冥暴跳如雷，要上前去跟端倪拼杀。

梵音见状不对，一把扯住北冥道："冥！呃！"奈何北冥力大，梵音死拽着不放手，伤口被扯开大半。

"音儿！"北冥一惊，忙转回身来照看。

"你，你这是干什么？怎么这样暴戾？"梵音询问道。

"他敢轻薄你，我杀了他！"北冥发狠道，眼睛发直。

梵音淡淡地向端倪看去，只见他站在山洞口，默不作声，一脸冷漠。梵音随即道："是他把我从灵魅王庭救出来的，你莫要再生气了，他也没对我怎么样。要不是端倪，我现在恐怕已经死在木汐手上了。"

"你们怎么会在这儿？"梵音又向洞口看去。站在那里的还不止端倪一人，蓝宋儿也在。只见她衣衫破损，好像跟什么人扭打过一样。

端倪看了一眼梵音，没理会，又朝北冥看去，道："无耻。"北冥听罢，目光嗖地射了过去，恨不能在端倪身上扎个窟窿。"自己做了无耻之事，却到这里来当正人君子了。"端倪鄙夷道。

"放屁！"北冥吼道。

端倪又朝身旁的蓝宋儿看了一眼，默不作声。梵音跟着他的目光上下打量了一遍蓝宋儿，只见她面容略显狼狈，衣衫确有几处破损。梵音看着蓝宋儿，目光与她对视，等待她给自己一个答案。

蓝宋儿犹豫着，极不情愿地开了口："他，他没有。"随即扯了一把自己的衣服，掸了掸。

这时，只听北冥一声闷哼，用双臂紧紧夹住了自己的脑袋，一动不动，浑身颤抖。梵音大惊，道："北冥！你怎么了？"急忙用双手扶住了北冥的手臂。

"离我远点！音儿！别碰我！"北冥大叫一声，吓得梵音向后一缩。"冥！你怎么了？"梵音着急道，不听北冥的威胁，赶忙上前扶住他。

在梵音触碰自己的那一刻，北冥只觉一股热血上涌，冲破头颅，他霍地向梵音看去，眼神里尽是兽意。

梵音却不怕，只急道："冥！你怎么了？"软糯的手在北冥肘间摇晃。北冥一挥手，把梵音送出洞口，道："出去！"

"北冥！你怎么了？"梵音的眼泪夺眶而出，奈何她没有力气，站立不了，两只手撑着身子已是勉强。

"中了蛊了，兽性大发。"端倪道，不屑一顾。

"什么蛊？"梵音抬头冲端倪大声问。

端倪见她一脸苍白，虚弱无骨，想起自己方才情不自禁下竟对她做了轻薄之举，不禁动容。

"绸水。"蓝宋儿突然开口道。

"什么？"梵音心急，随之一脸戾气道。

"他来大荒芜，掉进了绸水里，就变成了这样。"蓝宋儿解释道，不时看向北冥，她有点担心他。

"那……他……"梵音也不知道现下是什么状况，只是北冥不让人靠近，也不是办法啊。可眼前这两人，又不像是能与她商量的。

"他没什么，就是想要你。"蓝宋儿别扭地说着，以至于梵音不敢确定她的意思。蓝宋儿见梵音踌躇地看着她，心中一顿不爽，气愤道："他想要你！就男人要女人那么简单！那么点儿事！"

梵音错愕地看着蓝宋儿，脑海中飞速思考着。百年一战中进入大荒芜的人最后都神志不清，丧失意志，就连北唐霍也没逃过此劫，难道是因为这绸水？绸水可以迷人心智？

"你怎么还听不懂啊你！还是装傻啊你！"蓝宋儿急道，推了梵音一把，"你就是他的欲望！"

"欲望……"梵音喃喃道，这绸水不是单单迷人心智这么简单。想当年，那些出不去的人，恐怕都已泥足深陷。

突然，一声爆裂，北冥一拳打在了洞穴岩壁上，将要崩溃的意志让他痛苦难耐。他一把扯开自己的领口，心如火烧。

蓝宋儿再要开口，只见梵音踉跄站起，往北冥身边走去。

"你……"端倪不禁想要阻拦。

"他是我丈夫。"梵音说完,便走了进去。

梵音刚到北冥身前半米远,就听北冥道:"谁让你进来的!我不是让你出去吗!"

"北冥……我……"面对北冥,梵音终究难以启齿,"我想帮你。"

"你能帮我什么!出去!"北冥疾言厉色道。

梵音难堪地攥紧拳头,对着身后道:"你们能出去吗?"随后,洞口的两个人影消失了。

梵音缓缓俯下身来,鼓足勇气对北冥道:"冥……我想跟你在一起,永远都在一起。你说过,我是你的妻子,那你就是我的丈夫!我想跟你在一起,又有什么不可以的呢?"

"出去!"北冥固执地用手推梵音,晃倒了梵音。"音儿!"他心下着急,赶忙去扶。这一扶不要紧,满腔的热血在触碰到梵音的一刻,毫无预兆地奔腾出来。北冥倏地吻了上去,狠狠咬住了梵音的嘴唇。梵音也不怕,就势环住了北冥的脖颈,迎了上去。

北冥越吻越深,越吻越浓,很快便把梵音的嘴上裹出了口子,血腥味流到了他的嘴里,北冥登时清醒。狼一样残暴的眼睛看着梵音苍白的脸,北冥痛从心中来,轻轻地抚摸着梵音的脸道:"对不起音儿,对不起音儿,我……"

不等北冥把话说完,梵音一把搂住北冥,含住了他的嘴唇道:"北冥,我生是你的人,死是你的鬼,我就是你的。"梵音深情地望着北冥。

北冥再也无法克制自己的激情和欲望,把梵音扑倒在地。脸、耳、口、鼻,只要他能看到的,他通通都要!梵音的脖颈、耳后很快印上北冥放肆的吻痕。北冥一把扯下梵音的衣服,向下索去。突然,他大力扳住梵音的肩膀,让她无法动弹,任凭他来控制。只听"呃"的一声,梵音一个冷战,痛呼出声,冷汗顺着背脊流了下来。锁骨处的伤口被北冥掰裂了。她大口喘着气,痛得呼吸倒流,鲜血喷了出来,溅了北冥一脸。

北冥怔在那里,看着身下的梵音,眼泪从他眼睛里淌了出来。自从到了大荒芜,从绸水里爬出来,他的思想、大脑就开始不受控制,到现在已近疯狂。他对梵音最纯粹的感情,早就在他扑向她的一瞬间,便烟消云散了。

北冥一拳打在了自己的脸上,用了十成力,整个人飞了出去,轰的一声,撞在了洞穴上,掉了下来。

"北冥!"梵音大叫一声。洞外,端倪和蓝宋儿听见动静也冲了进来。

只见北冥躬身跪在地上,双拳撑着地面,满口鲜血。

梵音急道:"北冥!"

"我不能当你的畜生……"北冥低沉道。

梵音满眼焦急,疑惑地看着北冥,不知道他要干什么:"冥!你要干什么!你要干什么!"

"我不能当你一个人的畜生!"北冥突然暴怒起来,大声吼道,挥拳冲着自己胸口打去!

"北冥!"梵音尖叫起来。

倏!一枚银针射去,扎进北冥的后颈。北冥的动作戛然而止,哐当一声倒在地上。蓝宋儿挤了几滴指尖血,混着一些绿色粉末送到北冥口中,让他服下。

夜晚,端倪在洞穴口布下了防御结界。他在防御术上的造诣已经登峰造极,出入灵魅王庭竟无一人察觉。

梵音抱着昏睡的北冥坐在篝火旁,两眼发直,一句话也不说。刚才北冥自绝的一幕把她吓得魂飞魄散,现下她呆呆地坐在那里,大脑一片空白。

端倪看着她,突然不忍道:"你要不要躺下休息一会儿?你的伤不轻。"梵音一言不发。

蓝宋儿看着他们这样,不觉有些吃味道:"他死不了了,你不用抱他抱得那么紧,至于吗……就你,还东菱的副将呢?没了他,我看一样是个草包。"

听见蓝宋儿说到"死"字,梵音的身子颤抖了一下,眼泪跟断了线的珠子一样,不听使唤地掉了下来,噼里啪啦,越掉越急,最后连成了线,末了竟抱着北冥痛哭起来。

蓝宋儿惊住了,道:"我也没说什么重话啊……难不成,真是个草包……"

过了许久,梵音安静了下来。端倪开了口,问道:"这两年你们去哪儿了?时空夹缝?"端倪以前不是个爱说话的人,更不喜欢打听。可不知怎的,在梵音从灵主手下替端倪挡了一招后,她的影子就在端倪脑海中一直挥之不去。临死前,梵音选择相信端倪,让端倪通知北冥回来,那时候梵音已经知道,她自己的消息发不出去了。

从前,梵音和端倪毫无交情。端倪甚至有些厌恶梵音,厌恶她的长相,厌恶她的肤色,厌恶她军人的身份。在端倪看来,梵音就是个粗鄙的乡下人,毫无让人怜爱的地方。可直到今夜,他才知道,原来梵音的手心竟是那样软,手指也是那样细,甚至有些美好。他不自觉地想与她说上几句话。

端倪以为梵音是听不到他说话的,他又去堆了堆柴火。

梵音幽幽开了口:"十七年了,北冥离开我十七年了……东菱都还好吗?"

端倪和蓝宋儿吃惊地看着梵音,不知她在说什么。距离他们离开东菱,明明只过去了两年,哪里来的十七年?

"北唐……把时间倒转了?你重生了?"端倪道。

梵音应了一声，便不再说话了。她抱着北冥，一言不发，时不时地看看他睡得是不是安稳。不久，她自己也昏睡了过去。

蓝宋儿见他们都睡着了，开口道："你来这里，就是为了第五梵音？"

端倪不睬。

蓝宋儿嗤笑了一声，道："没想到，你这种自私自利的人，也有英雄救美的时候。可惜啊，人家不领情，怀里面躺着别的男人。"

"哼！"端倪突然冷笑一声。

"你笑什么？"蓝宋儿机警道，她听出了端倪对自己的轻视之意。

"是谁投怀送抱，别人还不要啊？丢人现眼。"端倪刻薄道。

"你混蛋！"蓝宋儿随手抓起一块石头冲端倪扔了过去，气得小脸通红，"要不是为了那些暗器，你也不会来帮我们！现在你假装什么仗义！伪君子！小人！趁第五梵音不省人事的时候，对她干些龌龊的事情！卑鄙！"

"我没你卑鄙，大巫……"端倪淡淡道，不急也不恼。

蓝宋儿一怔，吓道："你，你说什么？"

"要不是为了你们手里的几棵水腥草，我会救你？"端倪轻蔑道。

"畜生！"蓝宋儿起身向端倪打去。端倪伸手擒住她的手腕，蓝宋儿瞬间动弹不得。惯用暗器的她一向自诩身手敏捷，怎料今日轻易就被一名不见经传的白瘦男人制服。

突然，端倪手抬一枚暗针，叮当四五响，蓝宋儿肘中带腕，腕中带指的一套精钢暗器被端倪连消带打截留了去，轻松落入他掌中。他回肘一撂，把蓝宋儿抵到了墙上道："要不是看你手中还有那一株半的水腥草，我早就把你办了！"

蓝宋儿惊恐地看着端倪，不知他从何得知。

"你们和狼族干的勾当，以为可以瞒天过海？"端倪眼神锐利。

"你们……你们东菱之所以救援我蓝宋，是因为想要霸占我们的水腥草？"蓝宋儿惊觉。

十天前，蓝宋儿给端倪发出了求救信，要他支援。她在信中说，狼族要密谋攻打蓝宋、落陲、青边和胡蔓，在拿下这四个小国之后，便会和灵魅一起攻打东菱，蓝宋急需支援。

端倪收了手，掸了掸袖口的尘土，蓝宋儿身上的"药香"味让他觉得刺鼻。

"这就是大巫身上的味道？腥臭。"端倪厌恶道。

"你什么时候知道的？"蓝宋儿追问道。

"要不是那几个药罐子上有毒，我早拿了。"端倪不屑道。

蓝宋儿张着大嘴,惊愕地看着端倪。他去了蓝宋国,并且找到了他们精心秘藏的水腥草!怎么可能!那可是全蓝宋机关用尽、万毒之毒的地方啊。不要说端倪,就连蓝宋儿自己也不敢轻易踏足,每次去探水腥草都需准备良久,万般周全后才敢进入啊!只为保水腥草万全,那机关不能撤,蛊亦不能解。但他何时去的?何时探的?蓝宋儿大骇。那是蓝宋国对抗狼族的最后筹码!一损俱损!

"啊,还有,有件事你说错了。"端倪不以为意道,"东菱没有要救蓝宋,你搞错了。"

"你说什么?"蓝宋儿不敢置信道。

"我是说,东菱没有派兵支援蓝宋,你搞错了。"端倪道。

"那前去搭救的是谁?你又怎么会在那儿?"蓝宋儿一步当先,冲到端倪面前,质问道。

端倪忽而笑起来。

"你笑什么!"蓝宋儿怒道。

"蠢货!"端倪脸色一冷,道,"难道你没有看见前去支援的人身着何衣吗?"

蓝宋儿急忙回想:"黑色,黑色的军装!"她大声道。

端倪笑道:"东菱军政部何时有过黑色军装?你看北唐身上穿的是什么?"

说罢,蓝宋儿倏地往北冥看去,没错,是暗红色的!东菱军政部的军装是暗红色,不是黑色!那,前去搭救他们的又是何人?

"狱司。"端倪发出刺耳的低嘶声。

蓝宋儿怔了一下,猛然回过头问道:"为什么?为什么?"她看着端倪的眼睛,知道他不怀好意,知道他不是真心搭救,可是,他到底要干什么?

端倪眼底布上一层阴霾,思绪被扯到两年前。当时,国正厅赤金石三层防御结界被破,姬仲给出的理由,是他受龙二挟持不得已打开了第一道国正厅屏障。那第二层呢?第二层可是由端倪和端镜泊亲自布下的防御结界,何人能破?

这两年中,端倪昼夜侦查,终于被他找到了蛛丝马迹,矛头直指狱司。不仅如此,他还查到了蓝宋国的身份,亲自夜探蓝宋国,找到水腥草所在。然而蓝宋国机关甚密,他虽过了重重机关,但终究不能碰大巫的蛊毒。供养水腥草的容器周围布满蛊毒,千奇百怪,他若碰上一星半点,都会登时毙命。无法,端倪只能先行撤回,再作打算。同一时间,聆讯部探子来报,蓝宋国和狼族过从甚密,关系匪浅!

这两年中,端倪几乎不眠不休,彻查一切和赤金石、东菱国有瓜葛的地方,只因一点,他不能让狱司占了先机!

"为什么?"端倪接着蓝宋儿的发问若有所思,随后狠辣道,"死不足惜。"

"你!"蓝宋儿急得眼泪夺眶而出,转身就跑。

"你要去哪儿!"端倪一把拉住蓝宋儿。

"放开我!"蓝宋儿歇斯底里道。

端倪一个撤肘,蓝宋儿被他拖了回来。

"混蛋!我没害过你,你为什么要害我?为什么?"蓝宋儿哭喊道,"让我回家!我要去救我爹娘姊妹!放开我!"

"你以为凭你自己出得了大荒芜吗!"端倪道。

"那我也不用死在你手上。"蓝宋儿瞬间收了眼泪,与端倪怒目而视,毫不畏缩。

端倪看着身材玲珑,一双水汪汪的大眼睛的蓝宋儿,目光突然瞥到一边,不再与她争执。

"放我出去!"蓝宋儿爬起来,敲打着端倪布下的防御结界。

"死不了。"端倪忽而道。蓝宋儿看过来,凶狠地瞪着他。端倪继续道:"狱司的人不是饭桶,你和我出来时不是已经看到了吗?他们正在竭尽所能、全力以赴地帮助你们蓝宋国撤离。不是已经撤离大半了吗,你喊叫个什么?"

"可是,可是万一狼族追上来怎么办?"蓝宋儿道。

"呵,"端倪冷笑一声,道,"没有人比狱司的人更阴险,更狡诈,他们,比谁都跑得快。"

"那要是他们不管我们怎么办!"蓝宋儿急道。

"水腥草。"端倪淡淡道。

蓝宋儿一愣,随即道:"你告诉狱司的人,我们有水腥草了?"

"脑子不慢。"端倪道,"但还不够聪明。"

"你说还是不说?小人!"蓝宋儿骂道。

"我只告诉他们,蓝宋国的人,是大巫,别的,没说。"端倪一字一顿道。

蓝宋儿的脑袋立刻飞转起来。这样一来,狱司里的人便会认为,蓝宋国的人可以培育出水腥草,得到蓝宋国的人,自然就等于得到水腥草,并且会取之不尽,用之不竭。如果,端倪告诉他们蓝宋国手上现在就有水腥草,恐怕狱司的人会先夺草,救不救人,就另当别论了。

"况且,你爹也不是个傻子,什么该说,什么不该说,他比谁都精明。"端倪回头看向蓝宋儿道,"不是吗?"笑容诡谲。

蓝宋儿想了想,是这么回事,心绪也很快平复下来,可还是气不打一处来。端倪这个人,太阴险!她暗地里骂道。

"让开!"蓝宋儿踹了端倪一脚,自己坐在了篝火旁。

过了半晌,她道:"你为什么不让军政部的人来救我们?你看不上军政部的人?"

端倪不理睬。

蓝宋儿瞥了他一眼道:"切!我知道,你不是看不上军政部的人,你是看不上北唐北冥!小肚鸡肠!"端倪还是不睬。又过了半天,蓝宋儿坐不住了,道:"我爹爹他们到了东菱,你们会怎么对他?你们……你们人类不是很憎恨大巫吗……"说着,蓝宋儿又有些想哭。

端倪瞟了她一眼道:"你不是人类?"

"嗯?"蓝宋儿疑问。

"蠢女人。你父亲和你族人已经到了东菱,安顿下来了。"

"你怎么知道?狱司回信了?"蓝宋儿道。自从进了大荒芜,她就和外界失联了,用了很多种方法都不行。她至今不知道父亲的状况。

"狱司算个什么东西!"端倪厌弃道,"聆讯部。"

"你爹爹告诉你的!"蓝宋儿惊喜道。

"嗯。"端倪应了一声。

"那你怎么不早告诉我,害我白着急!混蛋!"蓝宋儿道。

端倪蹙眉:"你也没问啊。再说,你一进大荒芜不就急着去找北唐北冥了吗,何时关心过你爹妈的死活。"

"放屁!"蓝宋儿啐道,跟着脸上一阵羞臊。

端倪皱眉,眼前这女人讲话实在不雅,已经骂了他一个晚上了,令人头痛。

这二人的相遇,还要从十天前说起。

十天前,蓝宋儿洞察到狼族试图对蓝宋国不利。在这之前的一年里,狼族不断侵扰蓝宋国,逼他们交出水腥草,扬言如果他们再不培育出水腥草,狼族将剿灭蓝宋国。这一年里,狼族伤人无数。蓝朝天无法,只得被迫交出一株水腥草。谁知,狼族变本加厉,在得到一株水腥草后,更加频繁地侵扰蓝宋国。这样下去,不等狼族剿灭蓝宋国,世人也会皆知蓝宋国就是大巫的后代,且与狼族狼狈为奸,那他们最后一定会不得好死。

最后,蓝朝天与蓝宋儿商量,再交出半株水腥草,与此同时,他们向端倪发出了求救。端倪常年和蓝宋国私下交易,购买大批暗器。比起东菱国正厅和军政部,蓝朝天认为,端倪更有可能帮助他们。因为如果蓝宋国被灭,东菱聆讯部和其他几大要职部署更加无法抗衡,势单力薄,他们唯一的后手便是蓝宋国的暗器。

早在几年前,管赫死于蓝宋国的裂簌寒针之下时,端倪便花重金与蓝朝天做了交易，不许蓝宋国再和除他以外任何一个东菱人做交易。虽然，蓝朝天不想惹祸上身，到最后也没有告诉端倪谁跟他购买过裂簇寒针，但他也答应端倪，不再向其他任何一个东菱人出售他的暗器。

蓝宋儿起先不明白父亲为何这样做，蓝朝天只说："也许最后，他能帮咱们一个大忙！"现如今，应验了。

十天前，端倪告诉姬仲蓝宋国的危机，并且一并告知了他们大巫的身份。姬仲在听到大巫时眼前一亮，水腥草可是天下的宝物，他随即答应派兵营救。但当他准备派出军政部时，端倪犹疑了。

"北唐北冥都死了，军政部还算个什么东西。"端倪不屑道，"您还当真看得起军政部，主将都没了，还迫不及待又要给他们记上一功。当真是怕他们不火啊！"

经端倪这么一撺掇，姬仲瞬间警醒。不趁这个时候打压军政部，更待何时！颜童那个不知天高地厚的家伙，在北唐穆西的支持下，竟然以"代主将"的身份，坐镇军政部，当真打他这个国主的脸。

"好！那我就让国正厅亲自派兵，拿下蓝宋国！到时候，天下人都知道我国正厅擒捕了恶贯满盈的大巫一族，必当拥立我为军政部主将！"姬仲野心勃勃道。

"哎！"端倪又拦道。

"怎么？你有异议？"姬仲不爽道。

"国主何必以身犯险，国正厅的侍卫哪个不是您的亲信，您怎能轻易让其折损呢？这狗腿子的活计，可不是您应该操持的。"端倪道。

姬仲的秽眼滴溜一转，大呼道："好好好！端倪！有你的！没想到，你比你爹还精明啊！"

"而且，您不能以抓捕蓝宋国为由，而是营救。"端倪道。

"此话怎讲？"姬仲问道。

"大巫何等狡诈，您若以抓捕为名，还想不想得到水腥草了？礼待上宾，才是正道。"端倪轻笑道。

姬仲听得眼冒精光，心潮澎湃，当下便派出狱司救援。正如端倪所料，连雾在旁敲侧击得知蓝宋国人的身份后，义无反顾地出兵蓝宋，"施以援助"。端倪在最后时刻跟着出了东菱，一起前往蓝宋，这才有了后面的事。

天色灰暗，大荒芜里的温度更低了些。距离救出第五梵音已经过了一夜，端倪此刻也不敢轻举妄动。篝火灭了。蓝宋儿又往炭渣旁凑了凑，搓着手。端倪起身朝洞外查看，暂无异样。回身看见了坐在地上的蓝宋儿，小小一团，当真像个小不点儿,他扯下自己深灰色的外袍,扔到了她身旁。

蓝宋儿被吓了一跳,回过头看他,端倪已看向了别处。蓝宋儿咕哝着,伸手把衣服捡了过来,披在自己身上。这时,炭堆的另一旁有了响动。

北冥醒了过来,他摁着头颅,有些头疼,又霍地睁开双眼,急往旁边摸索去!还好,第一时间抓到了梵音的手臂。北冥翻身撑起了身子,把昏睡的梵音抱进了怀里,理着她受伤的肩膀,脱下军装把她盖好。

蓝宋儿呆呆地望了他半天道:"你醒了……"

北冥看了过来,道:"多谢。"

蓝宋儿一愣,道:"没,没什么。"

第一二七章
端倪搭救

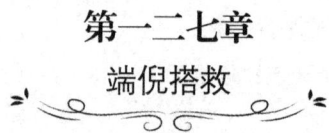

　　这时,端倪亦朝北冥看来,看见端倪,北冥的脸色立刻沉了下去。二人怒目而视,均没好脸色。又过了大半晌,北冥方觉气息渐稳,只听他轻声道:"蓝小姐,能麻烦你帮我照看一下音儿吗?"

　　蓝宋儿忽听北冥唤他,精神起来,可看向第五梵音,她又不高兴了。只听一声轻哼,梵音也醒了,她躺在北冥腿上,悠悠张开双眼。北冥大喜,唤道:"音儿。"

　　"北冥……"梵音喃喃道,神志还有些模糊,"你……"

　　"我在这儿,音儿,没事了,别担心。"北冥安慰道。

　　梵音合上眼,轻喘了几下便要起身。北冥拦着不许,梵音却不听他的,扒拉开他的手,似有不满。

　　北冥轻声询问道:"音儿,你再休息——"没等北冥把话说完,梵音一个冷眼看了过来,怒气冲冲道:"你要干什么?"北冥一怔,愣在一边。

　　"你要干什么?"第二句,梵音提高了音量,竟是嚷了出来。

　　"我……"北冥语塞。

　　"你说你到底要干什么!你个混蛋!"嚷完,梵音满脸委屈,一头扎进北冥怀里哭了起来,边哭边打道,"你个混蛋!负心汉!呜!"梵音嚎了起来,打得更使劲了,"你竟敢扔下我不管,自己……自己跑去……"梵音说不下去了,哇的一声又哭起来,"我恨死你了!恨死你了!打死你这个负心汉!打死你这个王八蛋!打死你这个混蛋!打死你这个没良心的!"梵音气急了,捡着话就说。

　　北冥半蒙地坐在地上,任梵音又打又闹。梵音打够了,解气了,赶忙又爬起来问道:"你好了吗?怎么样了?还难受吗?还,还,还正常吗?脑子清醒了吗?还胡思乱想吗？还想对我做坏事情吗？"梵音情急，也记不得旁边有人，张口就来，"愣着干吗！我问你话呢！说话啊！"梵音急道，推搡着北冥。

北冥磕巴道："没,我没事了。"

"清醒了吗？好了吗？到大荒芜以后受伤了吗？木沧呢，被你干掉了吗？"梵音瞪大眼睛直勾勾地看着北冥道，时不时扒拉着他的身子检查，"让我看看！"梵音上去就要解北冥的衣扣，被北冥一把拦住。

梵音一怔，瞪着两个圆眼睛问道："怎么？"

"没,没事,音儿,我没事了。"北冥忙道。

梵音秀眉一蹙道："让我看看！"

北冥的脸登时通红。

"咳！"突然旁边传来声响。

梵音一惊，嗖地朝身后看去，这才发现端倪和蓝宋儿正在对面。她一吓，脸色唰地白了，跟着又红了，身子嗖地往北冥身边靠去。

过了半晌，梵音尴尬地小声嘟囔道："我,我忘了……睡迷糊了……"看样子像是对着端倪和蓝宋儿在解释。

"音儿，别净说我了，你好点没有？我没事了，让我看看你锁骨的伤，伤得重不重？"北冥担心道，全不在乎旁边的人。

"别碰我,负心汉！"梵音突然变了态度，背对着北冥，生气道。

北冥一愣，道："我昨天欺负你了，是不是？"他把梵音扳了过来，看着她，发现她嘴唇都被自己咬破了，脖颈、颏下净是被他强行留下的吻痕。北冥向梵音脖颈抚去，想起自己昨晚的"暴行"，心中一通悔恨。

"我说的不是这个！"梵音气道，也不管一旁有没有人了，"我说你昨天！你昨天！北冥我告诉你，你要再敢有下次，我就把你掐死！永远不理你！"

"我知道了,我错了。"北冥低沉道。

梵音看见北冥被她训得心情低落，大气也不敢出一下，她自己也跟着泄了气，嘟着个小嘴，不再讲话。

"音儿,我不是负心汉……"只听半天后，北冥道了一句。

"就是。"梵音小声道，气还没消。

"你们两个打情骂俏完了没有，准备待到什么时候？"端倪突然道。

梵音和北冥听见，瞬间正了正精神，不再言它。

"我在王庭看到东华了。"梵音道。北冥和端倪的眼神瞬间厉了起来。"他变成灵魅了，和龙一一样，只不过灵法高出龙一许多，但和亚辛比，还是不堪一击。还有，我见到太叔玄了。"

"什么?"北冥和端倪异口同声道。

"就是上次我随你夜探大荒芜时遇到的那个人,使用雷系灵法,正是太叔玄。只不过,不是太叔玄本人,而是灵魅借用了他的躯壳,是一个名叫迦罗的,亚辛十分器重的手下。换言之,迦罗借用太叔玄的身体,成功转化成人了。"梵音道,"听说是用了大荒芜上最后一块永灵石。之后,亚辛若想再转化成人必须集齐三灵石,来代替永灵石。"

"灵主为什么要如此费力地帮助一个手下,而不是他自己?"端倪道。

"因为灵主的暗黑灵力太过凶悍,能承载他灵力的躯体甚难找到,而且,一小块永灵石不足以帮他完成他的转化。所以,亚辛选择先帮助他的手下成人,再作打算。只有成了人,他们的灵力才能源源不断地积蓄、重生、再造。否则,再强大的灵魅总有一天会因为灵力耗尽,灰飞烟灭,身不由己。"梵音道。

"亚辛现在除了要得到三灵石、水腥草之外,最重要的是,他需要一个足以承载他的容器。"北冥发狠道,"木汐之所以千方百计要加害于你,就是想让你成为她的容器!"

"北冥,这不是我最担心的。"梵音轻轻扶住了北冥的手腕道,"灵主真正想要占有的容器,是你。"梵音一字一顿地清晰道,"还有,我在王庭看到了我父亲,还有穆仁叔的遗体。"

北冥眼中稍显错愕,但片刻后消逝了。木沧!他早就应该猜到了,是木沧这个叛徒干的,盗走了父亲的遗体。但,照现在的状况来看,木沧应该是被灵主诓了。承载灵魅的容器必须是活人,而非遗体,不然哪里还需等木沧来"偷"父亲的遗体,灵主早就亲自来夺了。

北冥见梵音提到父亲,又讲了这许多,神情稍显落寞疲惫,他轻声开了口道:"蓝小姐,可以麻烦你帮我查看一下音儿的伤势吗?"

"北冥,还有,"梵音突然道,"东华手里还有一样强大的灵器,名为放骨匙,可以轻易打开灵主关押秘藏容器的石室。后来被灵主发现,留为己用了。"

北冥点头,不经意间与端倪互换了一下眼色。两人有疑虑的事情的答案即将浮出水面。

这时,蓝宋儿极不情愿地走了过来,对北冥道:"你让不让开,还是说你要寸步不离,守着你女人才放心?"

"多谢。"北冥起身,往一旁走去。

"开什么门啊,他不是也开了门,把你救出来了吗?放骨匙?有什么稀奇。"蓝宋儿似乎对什么放骨匙很是不屑。

"不是每个人都有端倪的本事,更不是每个人都能有你制造出的上等暗器。那暗器,恐怕你自己也没几枚吧?"梵音道。

"你怎么知道!"蓝宋儿惊讶地看着梵音。

梵音笑道:"我猜,端倪是有了你给的暗器,才能撬开灵主石室的门吧。而且,没有端倪的机敏,恐怕这门也是撬不开的。而放骨匙不是,只要有足够的灵力,稍加启动,任何门都能被轻易打开,包括结界。"梵音看了一眼端倪。

蓝宋儿看着他们三个眉来眼去,醋意爆棚道:"你还治不治伤了!快点!看完这个看那个!吃着盆里的看着锅里的,有完没完了!"

"你和他的合作还真是天衣无缝。"梵音不恼,反笑道,"大巫。"

"啊!"蓝宋儿尖叫一声,恐慌地看着梵音。

"别叫了,我们都知道了。"梵音故意道。只见蓝宋儿圆圆的小脸红一阵,白一阵,又是紧张又是害怕,还有一点恼怒。看见她这副模样,梵音咯咯咯地笑了起来。

"你笑什么!"蓝宋儿牙尖嘴利道。

"谁让你刚才说我的,小不点!小小的个子,性子却那么刁钻,真是大巫本貌。"说着,梵音伸手敲了一下蓝宋儿的脑门。

"你报复我!"蓝宋儿凶道。

"嗯!"梵音认真点了点头,随后哈哈大笑起来道,"端倪,你从哪里捡了一个这么有趣的小不点儿?"

"我不是他捡来的!我是跟他一起来大荒芜救你们的!"蓝宋儿嚷道,大小姐脾气没减,又添了几分小孩子心性。

"谢谢。"梵音忽而郑重道,"谢谢你救了北冥。"

蓝宋儿一愣,脸又一红,偷偷瞄了一眼北冥,不知该说什么好。北冥和端倪杵在洞口,一言不发,互相看不顺眼。端倪轻薄梵音的事,北冥还没过去,随时随地都想发难。但眼下形势要紧,北冥还是先开了口:"东菱现在什么状况?"

这边,蓝宋儿帮梵音检查着伤口。在她专注时,梵音轻声道:"你早就有让北冥清醒的法子,对吧?"

蓝宋儿手上一僵,不再动作。

梵音见她衣衫有些破损,想必是和北冥一起时弄的。蓝宋儿听闻,有些尴尬难堪,咬紧了嘴唇。

"傻丫头,"梵音语重心长道,"以后不能再做这种傻事了,万一伤着了怎么办?"

"我喜欢他,所以我不怕!即便你觉得我下贱也好!"蓝宋儿光明磊落道。她故意不给北冥解药,就是因为喜欢他,心想,若是他们有了夫妻之实,那也是好的。当时北冥从绸水河畔上来,已经神志受损,不只对梵音,对任何异性都有一种无法抑制的兽性。

"命都不要了?"梵音突然严肃道,像在训斥一个晚辈,"他当时那个样子,哪里有意识?你要真从了他,命也就没了!傻丫头!"

"我喜欢他……"蓝宋儿低着头,落寞道。

"我知道。"梵音道。

"他救过我的命……我喜欢他……"

"我知道。"梵音道。

"可他不喜欢我……"蓝宋儿垂头丧气,半晌,喃喃道,"他是个好人,没有把我怎么样。"

梵音笑而不语,静静听面前这个小妹子大方地说着自己的心事。她孤身犯险,只为北冥,梵音怎能不感动。一切对北冥好的人,梵音都铭记在心。

"谢谢你。"梵音温和道。

突然,蓝宋儿朝梵音看来,凶巴巴道:"问我这些干什么?想要叫我难堪?休想!我才不会!"

"你对外人真是敌意满满啊,大巫。"梵音笑道。

"笑什么!哼!我才不会管你的死活!你又不是他,我凭什么管你!蠢货!"最后一句,蓝宋儿是在骂自己。

"你医好我,咱们能快点离开大荒芜,要是医不好,可能会一起死在这儿。你选吧。我还挺能干的。"梵音一脸真诚。

"没想到你这个人还挺赖皮!"蓝宋儿撇嘴道。

"没有你胡搅蛮缠。"梵音笑道。

"呸!"蓝宋儿啐道。

这边,北冥和端倪说着东菱国这两年的局势。姬仲一手把控了东菱局势,军政部维稳当先。北冥明白,端倪是想保全军政部,不让军政部再因战事有所折损,一切以东菱安全为先,所以才旁敲侧击让姬仲命狱司援救蓝宋。

"姬菱霄回菱都了吗?"北冥道。

乍听姬菱霄的名字,端倪有些走神,随后告诉北冥还没有。一丝阴霾布上北冥眼底。

"她这些年,也和你在一起?"端倪道。

"你最好离那个女人远点。"北冥尖锐道。

"我的事,用不着你管。"端倪有些气愤,"别磨蹭了,赶紧走,难不成等亚辛来抓我们吗?"

"再等等。"北冥道。

"还等?等什么?"端倪道。

"一个人。"北冥道。随后,北冥为尽快恢复灵力,返回洞中打坐生息。通过蓝宋儿的帮助,梵音好得很快,大巫的手段果然不一样。

梵音没有打扰北冥,而是走到端倪身边。

"虽说大恩不言谢,但这次真的多谢你了。"梵音对端倪道。

"为什么救我?"端倪道。这个问题,他放在心里两年了,当年要不是梵音在国正厅南崖顶舍身替端倪挡下灵主的致命一击,他早就不在这儿了。

"我守不住赤金石了,总要留下一个。"梵音道。

"为什么让我给北唐传信?"端倪道。

"你就在我跟前。"梵音道。

"你信得过我?"端倪道。

"信得过。"梵音毫不犹豫道。

端倪一怔,道:"为什么?"

"眼神。"梵音道。

"什么?"端倪道。

"你冒死维护姬菱霄的眼神,还有看到赤金石结界被破时的震惊和愤怒,让我足够相信你。"梵音坚定地看着端倪,像是面对一个可以共同抗敌的战友,那军人特有的坚定眼神,端倪从不曾在他任何一个部下身上看到过,那是信任的力量。

端倪忽而冷笑一声,不再发问。

"端倪,恕我直言,离姬菱霄那个女人远点。像你这么聪明的人,不会毫无察觉,但你似乎对她……"梵音欲言又止。他敢舍命相护,对姬菱霄的情意自当不浅。

"你和北唐管好自己吧,多管闲事。"端倪道。

梵音一笑,道:"怎么说,我也算是过命的交情了,不用这么拒人于千里之外吧。"

端倪不禁回头看向梵音,只见她杏眼清透,弯唇上翘,模样甚好。自己亲吻她的那一幕瞬间闪回在脑海,让端倪措手不及。两人似乎都察觉到了什么,眼神一晃,避开了对方。

"阴差阳错吧,这地方,蛮怪的。"梵音道。

"是。"端倪道。两人说完,均是一乐,凭空添了几分默契,心照不宣。

"你是怎么找到我的?"梵音道。女人总是比男人想得细些。方才北冥与端倪相谈,并未提及此事,不是不想知,而是知道每个人都有自己的道,彼此无意探听。梵音却不然,心思总密些,也不像男人那般死扛着面子,装作满不在乎。

端倪有些迟疑。梵音翘了翘眉毛,觉得这事挺新奇,蛮想知道。

端倪伸手靠近梵音领口,眉头一皱,又缩了回来,换了个地方,靠近她的手臂,犹豫了一下。噌!一个刀片似的东西从梵音手臂里蹿了出来。

"哦!"梵音小声呼了一下,随即赶紧捂住了嘴巴,偷摸着朝北冥瞄了一眼,还好没被他发现。好疼啊!她二话不说,撸起了袖子,可袖子卡到手肘就上不去了,她又使劲往上撸了撸,只见大臂处,一条丝线般精细的伤口出现了,寸余长,留下一条血痕。她用手一抹,那伤口像是被纸片划过似的,很浅,已经开始愈合了。

"什么东西?"梵音撸着袖子,好奇地往端倪手心看去。

端倪见她不修边幅的样子,当着男人面就撸胳膊挽袖子的,眉毛抖了一下。

梵音见他不出声,抬头一脸真诚地疑惑道:"啊?"当看见端倪的表情时,梵音好像明白了什么,于是赶忙拽下了袖子,掸掸规整。

"寻匿器。"端倪道。

"聆讯部的灵器?"梵音道。

"嗯。"端倪道。

"好精密的玩意儿。"梵音目光发亮,想伸手摸摸,可怕端倪介怀,就只是探头看看。谁想,端倪递到了她手上。梵音受宠若惊,欣然接下,左看右看。一银灰色寸余宽长的薄片,上面刻录着精密的回形纹,正是端倪的灵纹。这东西虽小,可有一层劲道的灵力,不是凡物。这上面凝聚了端倪最老练的防御灵法,以至于这个异物在梵音身体里多年,却从未被她察觉。

"那个时候掷进我身体里的?"梵音道。

"什么时候?"端倪道。

"我死的时候。"梵音直言道。

端倪默语。

"想知道北冥的去处?"梵音道。

端倪目光一闪,看向梵音。好聪明!他心中暗道。监视、跟踪、侦查是聆讯部的本职,并且已经变成了端倪的天性。时空术,乃足以诱惑所有灵能者的超凡灵法,但凡有野心的人,都想一探究竟。梵音死后,北冥使用时空术,时空裂缝乍现,顷刻后他们消失。端倪在千钧一发之际把寻匿器掷进了梵音身体,有了它,端倪就能追踪到梵音的下落,也就等于掌握了北冥的。只不过,即便寻匿器凝聚了端倪的超然灵法,有形显无形,但北冥灵法甚高,遇见北冥,还是会被他轻而易举发现的。越是灵法高超的人,越是容易察觉寻匿器的存在,反之则不然。梵音当时已经是个"死人",怎会察觉寻匿器的存在。而且,重生在地球的这几年,梵音灵力甚弱,也断断不会发现自己身上有什么异物。

"我的灵法也太不济了,这都发现不了。"梵音捏着小小的寻匿器道。

端倪听后脸色微变,这到底是说谁不济呢!谁料,梵音紧跟着一句恭恭敬敬道:"老爷子果然虎父无犬子,端部长,在下甘拜下风。"这一来一回,连带着端镜泊一起,父子都被梵音夸了。梵音这么说了,就是承认自己灵法在端倪之下,这才没有发现寻匿器的存在。

"没想到,你还会拍马屁。"端倪淡淡道。

"虽知你只是想探寻我们的去处,但重返东菱后,我便落入灵魅之手,此次多亏端部长跋山涉水、深入虎穴的救命之恩,第五怎会不知?还请端部长受我一礼。"说罢,梵音郑重地对端倪行了一抱拳长揖之礼。

"哎,第五副将,严重了。"端倪忙伸手去扶。

两人一来一回间,聊得甚好。蓝宋儿在一旁无聊,晃悠到北冥身边坐下,从下衣兜里掏出点小食,自己嗑了起来,边吃边念叨:"你媳妇儿和别人聊得还挺欢呢。"北冥不作声,见北冥不理,蓝宋儿又道,"你俩成婚了吗?"北冥呼吸一顿。蓝宋儿立马察觉,赶忙道,"没成婚,那什么都不作数啊。再说,就算成了婚,也未必就能白头啊。你看看人家,不顾生死来救你心上人,搁谁谁不动心啊。你就不动心?"没承想,蓝宋儿的话落在这儿了。

"人家衣服都被你扯破了。"蓝宋儿越说越欢,越贴越近。

北冥清了清嗓子,睁开了眼。

"人家没工夫看你。"蓝宋儿又笑盈盈道。

"蓝小姐,你要在这里休息吗?那我就先起来了。"北冥道。

"哎!你去哪儿?"蓝宋儿道。

"换个地方。"北冥道。

"你可别去打扰人家,人家两人正互诉恩情呢,你这样过去,太不雅量!"蓝宋儿故意道。果不其然,北冥欲动之势僵在了那里,他这种大男人,就是挂不住面子。蓝宋儿看他这般尴尬,进退两难,在一旁咯咯咯地捂嘴笑了起来。

七日前,端倪帮助蓝宋国做了最后撤离的工作,大部分蓝宋人已离开蓝宋国。就在这时,端倪手中的寻匿器亮了。他即刻翻出查看,只见上面灵纹几回频闪:"第五梵音!"端倪大惊。

在梵音与北冥消失的这两年里,端倪藏于梵音身上的寻匿器从未有过反应。这有两种可能。一种可能是北冥带梵音去了其他空间,寻匿器失效了。另一种可能是第五梵音殒命。端倪一度认为第二种可能性更大。就在梵音的灵纹出现在端倪寻匿器上的那一刻,他不假思索地冲出了蓝宋国,奔去大荒芜。是因为日夜的惦念、愧疚,还是亏欠?端倪自己也说不清楚。只是堵在他胸口的那口气,在看到第五梵音活信儿的那一瞬间,被冲开了。

就在端倪与东菱国背向而驰时,机警的蓝宋儿发现了端倪的动向。她怕端倪心怀不轨,做出不利于蓝宋国的事,于是紧随其后。端倪无暇顾她,只管放出豹羚,全速前进。蓝宋儿见状,骑着幻影猎豹奋起直追。可很快地,端倪便发现梵音的灵迹越来越小,越来越弱。

"大荒芜!"端倪心道不妙。

这时,蓝宋儿骑着幻影猎豹赶了上来,挡在端倪身前。幻影猎豹可是蓝宋国的秘器,陆地之上,幻影猎豹的速度说第二,没人敢说第一。

"你去哪儿?"蓝宋儿质问道。

"闪开!"端倪没好气道。

"小人!话不说清楚,你休想离开!"蓝宋儿自始至终都认为端倪是个阴险狡诈、唯利是图的小人。

"再不让开,别怪我不客气!"端倪戾道。

谁想,蓝宋儿竟也不怕,犀利刁蛮道:"不说清楚,休想跑!"

端倪见摆她不脱,只道:"大荒芜,你也去吗!"

"大荒芜!"蓝宋儿惊道,心念,他要去找灵魅通风报信!心系大巫身份的蓝宋儿在听到"大荒芜"三个字时心有余悸,"不许走!"蓝宋儿厉声道。

"闪开!"端倪顿怒。

"有我在,你哪儿也别想去!"蓝宋儿嚷道,一声响哨,蓝永携一众幻影猎豹前来围追堵截。

端倪心想,大事不好,若让旁人知道第五梵音归来,定不是好事,说不定,北唐北冥的踪迹也会跟着曝光,现在还不是时候!端倪心下快速思忖。只见他二话不说,翻身上了蓝宋儿的幻影猎豹。

"你干什么!"蓝宋儿大叫。

"我要去见北唐北冥,你休要再吵!"端倪压低了声音道。在听到北唐北冥的名字后,蓝宋儿瞬间静止。北唐北冥,两年前消失在东菱国内,弥天之上无人不知,无人不晓。盛传第五梵音命丧灵主之手,北唐北冥跟着销声匿迹。现在突然出现他的消息,蓝宋儿心脏一紧,狂跳不止。

"让你的手下退去!快!"端倪命令道。他不能让狱司的人发现他有异样。

蓝宋儿看着端倪的厉颜,不知怎的,竟想听命于他。在那一瞬间,她觉得他不是坏人,而是一个心急如焚、不惜一切代价也要冲去大荒芜的人。这样的人,应该不是坏人。蓝宋儿当即阻止了蓝永的支援,让他随蓝宋大部队撤离。

"借你幻影猎豹一用,你骑我的豹羚回菱都。"端倪道,说着便要把蓝宋儿抛到一旁紧跟的豹羚身上。

"等等!"蓝宋儿霍地抱住端倪道,"你方才说,你要去见北唐北冥?他没死?他还没死?"

端倪语塞,眼看第五梵音的灵纹越来越微弱,他无暇再言其他,只道:"是!"

"我不下去!我跟你一起去大荒芜!"蓝宋儿道。

"什么?"端倪大惊。

"我要跟你一起去大荒芜,去找北唐!"蓝宋儿坚持道,"不然,我就收走猎豹!"端倪无法,只得带着蓝宋儿一起到了大荒芜。

刚到大荒芜不久,端倪便察觉到一丝异样的灵力。时空术!时空裂缝被再次打开了!北唐果然回来了!虽然那时空灵力稍纵即逝,却躲不过端倪的搜查,端倪对结界灵力的探知技能炉火纯青。

"怎么,第五和北唐是一前一后来的大荒芜?"端倪心中起疑。

到了大荒芜,端倪便不让蓝宋儿再跟随。蓝宋儿却高傲道,论在大荒芜的生存之道,恐怕端倪没她厉害。她想去见北唐北冥,心意已决。端倪不想她枉送性命,和盘托出道,他是寻着第五梵音的灵迹而来的,至于北唐,他不知他在何处。

蓝宋儿乍一听闻,顿时暴怒,破口大骂,说端倪诓骗于她。端倪本想离开,可他转念一想,也许,蓝宋儿真能帮他一个忙!他随后告诉了蓝宋儿北冥确实出现了的迹象,也在这大荒芜之内,可具体位置他不曾得知。蓝宋儿脑筋一转,道,"我自己去找!"

"你想送死!"端倪阻拦道。

蓝宋儿悻悻一笑道:"那是你!"说罢她闪身进了大荒芜。

端倪再不多停,便赶来了王庭。端倪快速地向梵音说着他来大荒芜的经过,当然避开了自己对她的特殊感觉。照以往,这么些话,端倪万万不会对旁人讲的。然而就在端倪见到梵音一脸真诚的样子时,他的心扉,不知怎的,打开了半扇。

"你的防御术真是让我叹为观止,探灵魅王庭,如入无人之境。"梵音赞服。

"你谬赞了。"端倪道。

"不过,蓝宋儿这小丫头也厉害得紧,不愧是大巫,在大荒芜中自有他们的生存之道。"梵音不觉向蓝宋儿看去。

"是,常人在大荒芜时间久了,恐怕神志都会受损。但从她救北唐就可看出,他们的血液与我们的不同。大约这也是她能找到北唐的秘法。"端倪道。

"我们身上的活人气,大荒芜里没有。"梵音暗暗道。

远远地,蓝宋儿被他二人盯得发毛,嚷道:"看我干什么!"

梵音刚想笑说"没什么",可谁知,北冥站了起来道:"音儿,你不累吗?要不要过来休息一会儿?"

"呃,说来有点了。"梵音与端倪叙完,便也打算去休息了。临走前,她不忘把寻匿器还给了端倪,小声道:"我不告诉他。"端倪轻笑一声,收了起来。

"告诉他,他也制造不出来。"端倪道。

梵音听出其意。端倪自负之余,也道出不甚介怀之意。二人相视一笑,又一个心知肚明。

北冥看着,脸色一僵,不禁清了清嗓子。梵音瞟了过来,又回头对端倪点头行礼,跟着三步并成两步,跑到了北冥身边,蚊声道:"你怎么这么小气,人家救了我的命!傻子!"说着用手肘轻轻撞了一下北冥。北冥顿时脸红,薄薄的脸皮挂不住了。

"雷落说你现在已经是个中年大叔了,我看不像,还跟个傻小子一样!"说着梵音情不自禁地挽住了北冥的胳膊,笑了起来,一副浓情蜜意的样子。北冥顿时面红耳赤,假装咳嗽起来,遮掩他的尴尬与羞怯。

"北唐,你准备等到什么时候?"端倪突然道,冷言冷语。

"哟,还吃上醋了!"蓝宋儿添油加醋,看着端倪说着风凉话。

这时,洞口外传来一阵窸窣声。

"本部长,是你吗?"

第一二八章
谋杀第五梵音

"裴总司。"北冥道。

"是。"外面的人答。

北冥跟端倪示意,让他把防御结界打开。端倪略有迟疑,但也照办了。在他打开结界的一瞬,一个身影蹿了进来,端倪随即再次封上了结界。

"本部长!"一个激动万分的声音中夹杂着哽咽。

"裴总司!"北冥赶紧上前去扶。

只见一个身形散漫、黑气腾腾的身影堪堪跪下。

"总司!您这是做什么!"北冥躬下身去,一把扶住裴析。然而,他手中一空,没有多少分量,裴析已然成了灵魅。周遭众人看见裴析均是一惊,只有北冥神情无异。

"本部长!在下怎还经得起您叫一声总司!在下……愧不敢当啊!"裴析激动道。

北冥见他如今这般,心中一阵酸楚,哽咽道:"总司!您莫要这么说!东菱狱司长,我北唐北冥只认您裴总司!"

"本部长……"裴析抬起头来,干涸的眼眶中蓄满感激之情,"主将去了,在下没能前去送行,终生抱憾!"

"父亲知您心意,您不必过责。"北冥道,"还有,您为东菱甘愿做的一切,北冥心知肚明,请您不必过责。"

"本部长!这些年除了您愿意相信我,没人再会对我说这样的话。您知道我等这样的话等了多久吗!若没了您的信任,我还活什么……"说完这话,裴析看了看自己人不人、鬼不鬼的身影,酸楚满腹,哽咽无言。

北冥一阵难过,扶上他的肩头,用力捏了捏,哪怕他知道如今的裴析已经对此无甚感觉,可还是要这么做,这至少能给他一点安慰。

霍地,裴析苦笑道:"您不必为我难过。我裴析作恶多端,死不足惜,如今变成这副模样,也是报应!"

"总司,您不要再这么自毁自贬。"北冥道。

"是啊!若不是中了姬仲这个奸贼的计,我怎会变成这样!"裴析突然愤恨道,"还有东华那个奸人!若不是他,我怎会变成这样!只怪我命不济,拜在他二人门下,若我能早早拜在北唐主将门下,又怎会这样!怪就怪我有眼无珠,自作自受!该死的!要不是十多年前,姬仲让我去查崖青山的下落,我怎会身中狼毒,身不由己,受人摆布!原来他是要给狼族通风报信,除掉崖青山,却让我当了引子!狗贼!"裴析越说越恨,情绪激动。

一旁梵音听到崖青山名讳,顿时一惊道:"北冥,这是怎么回事,裴析……裴总司在说什么?他……他怎么变成这样了?"端倪也跟在一旁详听,倒不显惊慌,颇为镇定。

"都是他们害的……都是他们害的……"裴析陷入难以自拔的恐慌和焦虑中。北冥抬手示意,让大家先安静,给裴析一点时间镇定。突然,裴析手中有个东西扭动了一下,是一个人。自打裴析进来后,手中就一直扼着一个人,那人佝偻着身子,蜷缩着,随着裴析一起给北冥行礼,匍匐在地。因为裴析的躁动不安,腕中加力,此时那人已被狠狠地摁在地上,动弹不得,像一只活蛹,任人摆布。

裴析忽然戾从心中来,一把将那人摔了出去,狠狠掷在地面上。只听那人低低地"哎哟"一声,便不再动弹。

北冥眯着眼看了过去,道:"龙二……"梵音乍听,心中一惊。端倪也皱起眉头,不知此人为何人。

"没错!就是龙二!"裴析厉声道,"我将他从东菱边境抓回来了!本部长,且听他一一招认是如何出卖军政部的!我已经审讯完了,他都招了!"

两年前,东菱大祸,北冥、梵音集体消失。唯一和裴析连线的北冥断了音讯,裴析在万般焦虑的情况下,夜探东菱,在得知赤金石失守、北冥失踪后,他心灰意冷,本想赴死。可就在紧急关头,裴析发现了赤金石防御结界的漏洞。有人出卖了军政部!于是乎,裴析拖着身为灵魅的残魂,孤注一掷,誓死要查出真相。皇天不负有心人,终于让他在东菱边境找到了时空术士的蛛丝马迹,龙二就此被他捕获。那时,龙二正为躲避姬家和灵魅四处逃窜。也正是因为在灵主亚辛身前暗伏久了,裴析才知道了龙二与亚辛的事。

"龙二……"北冥站了起来,向地上的龙二走去。北冥冷眼看着他一副摇尾乞怜、苟延残喘的样子,俯身下去,低声道,"说。"

龙二蜷缩着身子,穿着粗布烂衣,从胳膊缝里偷瞄着北冥。眼前这人他不认识,看样貌不大,是个黄口小儿,想溜,也许还有机会!

只听一声尖叫声起,掀翻了整个洞顶。

"你少说一句,我断你一指;你慢说一句,我卸你一臂。"北冥道。龙二已翻滚在地,捂着自己刚刚被砍断的小臂,鬼哭狼嚎,全不像他刚进来时吊着半口气装死的样子。北冥的忍耐有限,他吸了一口气,手起刀落,又有两指断落。

"啊!"龙二嚎叫着,"我说!我什么都说!我叫龙二,是个时空术士,世代为东菱国姬家家臣,唯他们命是从!所有事,都是姬仲让我干的!都是姬仲让我干的!你想知道什么,我都告诉你!"

"除了姬家,还有什么人知道你的身份?"北冥道。

"没了!再没了!我们龙家,是姬家家臣,他们供养我们,只为不时之需,不许我们在除了姬家以外的地方暴露身份!我们也只会跟姬家合作,再没其他人了!"龙二道。

"没有其他主子了?"北冥道。

"没了!"龙二大声道,跟着又是一声惨叫。龙二的第三根手指被北冥卸了下来。龙二痛得满地打滚,哭喊道:"还有灵主!还有灵主!我忘了说了!我忘了说了!求求你,不要再砍了,我什么都说!求你了!大人!"

"没了?"北冥无动于衷道。

"没了没了!"

"我就是试试你说的是真是假。"北冥幽声道。

龙二一阵冷战,停止了滚动,惊恐地看着北冥。梵音在一旁亦觉得有些恐怖,蓝宋儿躲到了端倪的背后,端倪鼻尖一耸,不知是因为污血刺鼻,还是别的原因。

"手指头不够切了,就剜肉。"北冥道

"我都说……我都说……"龙二涕泗横流,双眸暴突地看着北冥。

"你和夜家什么关系?"北冥道。

"夜家……夜家……"龙二看着北冥,瞪大着双眼,"你是,你是……那个军政部主将……夜家……夜家的后人,北唐?"

北冥眼睛一闭,龙二的整条左臂被他卸了下来,他回答得慢了。龙二跪伏在地,呼吸将室,如鲠在喉。

"龙氏,是夜家的余脉,我,我父亲告诉我的。几辈前,有个名为夜龙的人承袭了夜氏的时空术。夜龙早年离家,在觉醒时空术后,断了与家族的一切联络。当时东菱姬家招贤纳士,夜龙改名换姓为龙氏,从此投奔了东菱姬家。后来,后来姬家为了得到时空术士,让夜龙生了好多孩子。但都没有成功的。于是,龙氏的后人就被遣送出了东菱。夜龙老后,不中用了,姬家想弃他,他为了颐养天年,不停监视着自己的每一个孩子,把他们圈禁起来,盼能有时空术士的子孙出来,好承袭富贵。最后,到了,到了我这一代,就剩我父亲这一脉继承了时空术。父亲老后,带走了我,带我去了东菱。我给姬家办事,父亲即可锦衣玉食,无后顾之忧,直到死。"龙二一句话也不敢漏,一句话也不敢停,对着一处空地,一直说,一直说,不敢看北冥的脸。

"还有吗?"北冥道。

"有,龙家除了我,还有龙一和龙三,但她们是不是时空术士,我不知道。我只把她们带给了灵主,灵主,灵主要杀我,我没办法,我就把姐姐、妹妹送给了他。然后,我就逃了!再后来,再后来,灵主又找到了我,让我替他办事。我替他搜罗全天下所有的时空术士,我找,但找不到,龙家没有了!

"我想到了夜家,还有夜家!我最后找到了夜家,我把他们一家子都给了灵主!我终于可以跑了!我终于可以跑了!灵主要吸人魂魄!我不用死了!不用死了!"龙二越说越疯癫,最后竟笑了出来,他怕亚辛怕到了骨子里,"他会炼了我……炼了我……"

"我拿着姬家的金银珠宝到处逍遥,到处逍遥。"龙二乐呵呵道。

"然后呢?"北冥突然走到他身前,用手拍着龙二的脸。一下,两下,三下,一次比一次重,一次比一次响,听得人心瘆瘆,只觉脸颊生疼。龙二口鼻全是血,北冥让他看着自己,"说话。"

龙二留下了畏惧的眼泪。

"替姬家办过什么事?"北冥道。

"藏匿叶有信的尸体。"龙二道。

"还有吗?"北冥道。

"杀第五梵音。"

此话一出,洞穴内鸦雀无声。

"怎么杀?"北冥生冷道。

龙二木讷地转过头来,看着北冥道:"你怎么还没死……还没死……"

三年前,龙二被亚辛抓住后前往东菱国做奸细,后被姬仲拆穿,囚禁在了国正厅的牢房里。

国正厅的牢房,是平时用来关押受处罚士兵的禁闭室。结实的牢门足有一丈厚、三丈高,需要三四名卫兵合力才能打开。然而每个禁闭室只有半米宽,人进去后只得站着,连转身都很困难,抬头望去,高不见顶,关上牢门,连个窗子都没有,漆黑、狭窄、尖高的空间让人倍感压抑。因此国正厅的人,不敢犯错。

　　龙二此时被困在国正厅,屁滚尿流,浑身发抖。姬菱霄的操控术太厉害了,他脑海中的影像如真似幻,连砍去双腿的剧痛都是真的。龙二颤颤巍巍地用手轻轻点着自己的双腿,他怕疼。点了一下,赶紧缩了回来,过一会儿,又点一下,两次,三次,好像是真的。他的腿真的没有被砍断,太好了! 龙二大喜过望,嘎嘎乐了起来,一边乐,一边喘,最后竟高兴得抽搐起来。

　　龙二向墙壁靠去,他累了。突然听到一声暴喝:"起来!"

　　龙二一个激灵蹿了起来,砰的一声撞到了对面的墙壁上。有人在监视他。在这个漆黑、尖耸的牢房里,有双眼睛在监视他。龙二吓得一动不敢动。一株毛茸茸的"眼睛"长在禁闭室尖顶之上,扑棱着它那带有褐色粉尘的"翅膀",是枯叶蝶。枯叶蝶上的眼睛反视着禁闭室里的一切。禁闭室里面的人看不到外面,外面的人却对里面的情况一清二楚。

　　龙二惊吓过度、饥寒交迫,立在禁闭室里一动不敢动。忽然,一丝淡淡的黑雾从龙二腰兜里蹿了出来,缓缓上升,只听一个声音在龙二耳边默道:"主交给你的事,你忘了? 我看你是活得不耐烦了吧。"

　　龙二登时一个激灵,险些叫出声音。然而,诛心的恐惧让龙二在最后时刻咬住了自己的舌头,哪怕溅出了血,也没发出一丁点声音。

　　"我! 我出不去了!"龙二胆战道。

　　"嗯?"那声音诡谲地哼了一声,阴柔婉转,是个女人。"好。"跟着一声冷笑,钻回了龙二腰兜。

　　"不! 不! 我去! 我去!"龙二连连应道。

　　"说什么!"外面又有人在监视了。

　　龙二咬紧牙关,闭口不言。

　　深夜,龙二遥遥一转,出了禁闭室。而禁闭室里,还有一个龙二站在那里,一动不动。

　　"好一个时空术士,还当真有点用途,怪不得主不杀了你! 没用的软骨头!"一个尖酸的声音再次从龙二的腰兜里蹿了出来。

　　"娘娘! 您就别骂我了,我这就带您去找您的父亲,还请您在灵主面前多替我美言几句! 龙二给您叩谢了!"

"哼,还不是看着我手里的月沉珠,要不然,你会对我这般恭敬?狗屁!"女人啐了一口。

"我哪里敢,娘娘!"龙二惶恐道,"没了月沉珠,您的暗黑火焰术也是举世无双的!岂是龙二敢得罪的!"

"放屁!火焰术算个什么东西!我那是融火术!蠢货!"

"对对对!是是是!您生前是铸灵师,哪里用得到火焰术这种低级的灵法。"龙二赶忙奉承道。

突然,一股邪戾蹿了出来,狠狠捏住了龙二的脖子,厉声道:"你想死!"

"呃!"龙二呼吸一滞,咣当一声跪倒在地,"我不敢,不敢,娘娘!"

"说,你刚才用了什么妖术,那禁闭室里怎会还有一个你?"女人质问道。

"那是,那是时空术的一种,名叫……名叫……"龙二翻着白眼,昏厥了过去。过了半天,龙二才从地上爬了起来,翻着眼珠,左顾右盼。

"我还以为你死了,不禁蹍的东西!"女人鄙夷道。

"是是,我的灵法哪里能跟娘娘比。"龙二谄媚道。

"你方才在国正厅用的什么灵法?"女人道。

"四象。"龙二道。

"那是个什么东西?"女人问道。

"时空术士独有的灵法。可以在一个空间内,短时间内造出自己的幻象。"龙二得意道。

女人鄙夷地哼了一声,催促着:"快点走!"随后那个声音消失在月沉珠里。深夜漆黑,龙二鬼鬼祟祟地来到东菱山脚下。山上便是军政部,他不敢进去,每个入侵者都会被军政部轻而易举地发现,外人不得入内。

"娘娘,到了。"龙二胆怯道。

"厌包!"女人的声音再次从月沉珠里传出。跟着,青烟几许,月沉珠从龙二的腰兜里浮了起来,唰的一下不见了,奔着东菱山后山而去。

夜深,一阵敲门声响起,木沧正在屋中昏睡。

"爹爹!"一声凄冷传进木沧耳朵。木沧乍然惊醒。

"汐儿!"不用多想,木沧第一时间便识出了那声音的出处,正是自己日夜思念的女儿,木汐!

"爹爹!"木汐的声音再次传来,"爹爹,你让我进去啊!"

木沧慌忙打开房门,一阵黑烟袭来,残破的身影慢慢出现在木沧屋中。两根粗实的麻花辫,一副结实的矮小身材,眼前的人正是他的女儿木汐。

"汐儿!"木沧老眼昏花,一把抱了上去,可扑了个空。他踉跄闪过,大吃一惊,以为自己梦醒了!可跟着一声急切唤出:"爹爹!"

木沧猛然回头,木汐正站在他的身后,焦急地看着他。

"汐儿!爹爹不是做梦吧?是你回来了吗?"木沧激动道。

"爹爹!是女儿回来了!是女儿回来了!女儿不孝,让爹爹牵挂了!"木汐喊着扑到木沧怀里,哭了起来,只闻其声,不见其泪。见状如此,木汐愤恨地捶打着四周,凿到木沧胸口。木沧忽觉疼痛。

"这到底是怎么回事?你,你怎么会变成这副模样?"木沧道。

木汐盈盈起身道:"说来话长了。"

三年前,北唐穆仁和灵主亚辛大战,两败俱伤。北唐穆仁丧命,亚辛灵损。亚辛随即派出东华和鱼骨前往东菱海域,只因东华知道军政部第一铸灵师木沧之女多年前殒命东菱海。他费尽力气,从海灵鲸的鱼腹中找到木汐的残渣,早已和海灵鲸混为一体。东华用海灵鲸腹中的月沉珠吸纳了木汐的残骸骨沫,回到大荒芜。亚辛把她铸炼成魅,变成了如今模样。

"爹爹!灵主说,只要你帮他办事,他就可以重新让我恢复人身!这样我就可以重新回到你的身边了!我就可以重新回到羿哥哥身边了!"木汐激动道。

木沧突然怒道:"你怎么还惦记那个冷羿!就是他害死你的,你不知道吗!"

"不是!不是羿哥哥害死我的!他对我最好了!是他给了我月沉珠!这颗月沉珠就是当年他送给我的那一颗!"木汐捧着手里的月沉珠道,"我和月沉珠一起被海灵鲸吃了!"

"胡说八道!他心里只有那个南扶摇,哪里会有你!要是他心里有你,怎会在海难过后只带了南扶摇一人回来!"木沧吼道,"他分明就是弃你不顾!弃车保帅!"

"什么弃我不顾!什么弃车保帅!爹爹,你在说什么!你在军政部待傻了吧!满口胡言乱语!羿哥哥怎会不管我!怎会不要我!那个南扶摇算个什么东西!凭着一副好相貌就迷惑了我的羿哥哥,她才是害死我的人!她才是狐狸精!"木汐暴戾道,上蹿下跳。

忽然,东菱山后铸灵师的营帐内传来动静,有人醒来了。木沧忙把女儿的嘴捂上,压低声音道:"嘘!小点声,汐儿!莫让别人发现了你的身份!"

木汐双眼一厉道:"你以为我想变成这副鬼样子吗!你以为我想变成这副鬼样子吗!要不是灵主救了我,我连这副样子都没有,只不过是给鱼果腹的残渣,连具尸体都没有!死无全尸!"

木汐的话句句扎在木沧心口,让其悲痛难忍,木沧嗷的一声哭了出来,七尺壮汉跪倒在地,阵阵抽泣。

"我的汐儿啊!我的汐儿啊!你在哪儿啊!爹爹要怎么才能帮到你啊!"木沧喊道。

"让我拥有人身!让我拥有像南扶摇一样的人身,我便可以复活了!"木汐眼放贼光道。

"你是让我杀了南扶摇?"木沧道。

"不!我要让你杀了第五梵音,夺取赤金石!"木汐道。

"什么!"木沧震惊道。

第二天,木沧拿着一颗月沉珠来到了菱都城最大的珠宝铺,他放下月沉珠便走了,分文未取。龙二回到了国正厅禁闭室内,无人发现。他不敢背叛灵主,有一种怕是根深蒂固的。他没有筋骨,怕的事多了,每个都让他直不起腰板。

两年后,列国豪宴在菱都盛大召开。诸国精英干将纷纷到齐,好不气派。

这一日,姬菱霄在自己屋中玩弄着新得的宝贝,月沉珠。这是菱都城最大的珠宝铺子鼎月阁的老板亲自奉上的。每每礼庆豪宴之日,鼎月阁老板都会给国正厅奉上自己压箱底的宝贝,他的鼎月阁就快被姬菱霄母女掏空了。然而他要是不这么做,那鼎月阁的老板就要易主了。国正厅里,有的是人可以取代他的位子,不过就是个商铺老板,好拿捏得很。

忽然,一缕黑烟从姬菱霄颈上的月沉珠里蹿了出来,只听一声窃笑,姬菱霄吓得跪坐在地。

"什么人?"姬菱霄大喊道。

"真惨,那个男人不要你,你还愣贴上去!下贱!"姬菱霄卧室上方渐渐显出一个人影,是灵魅。

"你是谁!"姬菱霄惊恐道。

"我……"木汐突然一滞,遮掩道,"我是南扶摇,我是南扶摇。"

姬菱霄吓得晕了过去。等她醒来,已是半夜。一睁眼,一个鬼气森森的人正睁大着双眼抵在她额头上看着她。姬菱霄尖叫一声,浑身瘫软。

"你是谁……你是谁……你要干什么……灵魅。"姬菱霄道。

木汐听到"灵魅"二字后,忽地蹿了起来,叫道:"我不是灵魅!我不是灵魅!谁是灵魅!你是灵魅!我是木汐!我是木汐!"

"木汐?"姬菱霄喃喃道,这个名字她从未听过。随着木汐的张牙舞爪、手足无措,姬菱霄反倒渐渐冷静下来。"你找我何事?"姬菱霄道。

"我找你何事……我找你何事……对了,我找你何事?"木汐疯癫无状道,"你被男人抛弃了,和我一样,你被男人抛弃了。"说着说着,木汐咯吱吱笑了起来。

"你笑什么!"姬菱霄突然怒道。

"北唐北冥当面拒绝了你,人家喜欢第五梵音,不是你,不是你。"木汐道。

"你懂个屁!冥哥哥早晚都是我的!第五梵音算个什么东西!凡事都有个先来后到,只是现在先让她占了便宜而已!"姬菱霄道。

"先来后到……对,是先来后到,"木汐忽然低下声去,自言自语起来,"我们都要讲先来后到!明明是我先认识的羿哥哥……明明是我……那个该死的贱人!"

"你在说什么?"姬菱霄大着胆子,询问道。

"先来后到!先来后到!你的男人被人抢了吧?"

"你怎么知道?"姬菱霄道。

"我都看见了。"木汐道。

姬菱霄看了一眼月沉珠:"你藏在了月沉珠里,怪不得我无从发觉。"

"你这女人也是个厌包!男人都被抢了,还在这里满不在乎,真没用!"木汐不断挑唆道。

"你凭什么管我?"姬菱霄存疑道。

"因为我的男人也被抢了,所以我看你可怜,想帮你……"木汐笑道。

不久后,列国峰会结束,三国确定了进攻大荒芜的最终作战方案。东菱、西番负责进攻大荒芜,九霄在外防守。列国晚宴即将开始。戚瞳来到姬仲的会客厅做客,言谈之间提到了第五一族。

"姬国主,我家弃犬,您皆养之,不知您意欲何为啊?"戚瞳话中带刺道。

"这!恐怕戚公子有所误会。第五家的事,我们国正厅知之甚少,更不知道她和您九霄国有如此瓜葛!收留第五梵音,全是军政部一手操办,还请戚公子不要误会。"姬仲解释道。

"哦,看来东菱国军政部还真是北唐家一手说了算啊。前有冷羿这个叛族,后有第五梵音这个女流,再来,听说冷彻登门造访过东菱军政部。至于那死了的第五逍遥和北唐穆仁更是莫逆之交。您东菱国的军政部当真是有容乃大啊!我九霄的叛贼,都是您家的座上宾。哦,不对,都是北唐军政部的座上宾。不知道的,还以为您东菱国国主有意和我九霄对着干呢。"戚瞳道。

"怎会!"姬仲道。

"戚公子,你不要误会,我东菱军政部收留几个跑腿打杂的卖命伙计有什么稀罕。他们在我们这里,连根葱都不算。"姬菱霄维护道。

"哦,原来是这样,"戚瞳拖长声音道,"弄了半天,姬国主对第五家毫无招揽之意啊。"

"当然。"姬仲道。

"那北唐家呢?您说了算吗?"戚瞳意味深长道。

姬仲一愣,姬菱霄刚要开口,只听戚瞳道:"我看那个北唐北冥和第五梵音的关系匪浅啊,不知是不是……"

"是不是什么?"姬菱霄突然厉声道。

"哈,没什么,男人女人的事,哪里那么好说得清。这不,还有一个上赶着的西番军政部副将。想必,太叔公对此人倚重得很啊。这第五梵音和他……呵,也真是不知道什么关系呢。若说,西番军政部要有了这么个儿媳妇,当真是如虎添翼啊!只不过……"戚瞳稍顿。

"只不过什么?"姬仲道。

"只不过,不知道北唐北冥舍不舍得放人啊。"戚瞳道。

"一个女人,上得了什么台面。我看是戚公子多虑了。"姬仲反讽道。

"哦?"戚瞳提高调门道,"那要看是什么样的女人,有没有用了。"戚瞳随后看向姬菱霄,恭敬道,"不知道姬小姐婚配与否?"

姬菱霄一阵羞臊,胡妹儿替她道:"小女还没有。"

"哦,不知道哪家公子有这个福气了。当今弥天之上,属姬大小姐的身份最为尊贵。"戚瞳道,"不知小姐是否有中意的人了,在下……"

"当然有了。"姬菱霄突然傲慢道。

戚瞳一尬,道:"不知是哪家公子?"

"自然是我的冥哥哥。"姬菱霄毫不避讳道。

戚瞳神色忽然一晃,笑道:"原来如此,看来我刚才差点错点鸳鸯谱了,还请姬小姐见谅。"随后,戚瞳离开了会客厅。

"哼,什么戚公子,也不过如此,连我的操控术都承受不了。我不过稍稍使了点手腕而已,他就上钩了,呸!"姬菱霄还在为戚瞳提及北唐北冥和第五梵音的事而生气。就在戚瞳临走前,她放出了自己的驭火,戚瞳一下便中了圈套,思量起了与自己的婚事。姬菱霄翻着手腕,很是骄横。

这时,姬世贤走了进来,恭敬道:"父亲,母亲。"

姬仲爱搭不理,这个儿子一向不合他心意,比起女儿差远了!

"菱霄,你刚才对戚瞳使用驭火了?"姬世贤突然道。

姬菱霄看了过来,眉毛挑得老高,狐疑道:"你怎么知道?"

"我进来时碰见他了。只觉他周身布着一层淡淡的灵障,应该是戚家独有的防御术。"姬世贤道。

姬菱霄脸色变难看了。

"行了,这里没你的事了,你下去巡逻吧。若没什么事,不用过来了。"姬仲道。

姬世贤随后退下。

"你就不能对儿子态度好一点?"胡妹儿有些不高兴了。

"每次和他说起军政部的事,他都畏缩不前,简直是胆小如鼠!要不是他窝囊不济,我早就拿下军政部了!你看看人家九霄戚家,就因为儿子能干,早早驱逐了军政部第五家,现在大权在握,号令天下,那是什么派头!窝囊废!"姬仲骂道。

"那还不是你儿子!儿子不行,还不是老子的事!说什么混话!"胡妹儿气道。

"混蛋!你敢这么和我说话!"姬仲气急,上手要打。

"爸爸!您这是干什么!生北唐家的气,也不应该撒在妈妈身上啊!"姬菱霄阻挠道。

"你说什么?"姬仲手下一停,转身看向女儿。

"您不就因为戚瞳那几句混账话不高兴吗?说到底,还不是为了军政部的大权,还不是因为北唐家,您看他们眼红。"姬菱霄道。

姬仲一乐道:"果然是我女儿!不愧是我女儿!爹爹心里想什么你都清楚!当真聪明!"

"话说回来,戚瞳那个黄口小儿说话也太难听了!完全不给咱们国正厅面子!什么叫东菱国意欲何为,什么叫军政部居心叵测,说到底都是那个贱货惹的祸!"姬菱霄骂道。

胡妹儿眼珠子一转,赶忙斟茶倒水送到姬仲面前,弱柳扶风道:"老爷,您别跟我一般见识还不行吗?我一个女人知道什么,不就是护着自己儿子点嘛。您消消气,别与我计较了吧。不过,话说回来,今天那个戚瞳说话太让人生气了,明里暗里针对咱们国正厅来了。"

"他不是针对国正厅,他是不满东菱军政部。任何一个将帅,都不可能允许自国的叛徒为别国效力。"姬仲道。

"不仅如此,那个戚瞳对西番也颇为忌惮呢。"姬菱霄道。

"没错。"姬仲答。

"老爷,若是因为那个第五梵音让咱们东菱和九霄有了嫌隙就不好了。还有,有了那个第五梵音,还有咱们家菱霄什么事啊!那北唐的心现在不就长在第五梵音身上了嘛。"听到这儿,姬菱霄用眼狠狠剜了母亲一下,"如果真如戚瞳所说,第五梵音跟着雷落走了,那敢情好!省得咱们麻烦了!到时候,九霄看不顺眼的可就是西番国了!"胡妹儿煞有介事道。

"不行!那个第五梵音到了哪里都是个祸害!你没听戚瞳说吗,第五梵音跟了雷落,那西番军政部就是如虎添翼,锦上添花!我们为什么要白白给他人做嫁衣!干脆一不做二不休!除掉她!"姬菱霄陡然厉声道,吓了胡妹儿一跳。姬仲倒是站得稳,目光探究地看向姬菱霄。

"菱霄,你不认为真正该除掉的是北唐吗?"姬仲缓缓道。听到这儿,胡妹儿更是一震。姬菱霄却不紧不慢、不慌不忙道:"爸爸,没了北唐北冥,谁给咱们家卖命啊?难不成,您指望哥哥吗?"

姬仲眉心一颤,她说到了他的痛处。

"那你说怎么办!"姬仲道。

"杀了第五梵音,我让北唐北冥给您当女婿,再生两个时空术士可好?"姬菱霄妖娆道。

"这话你都说了多少年了,什么时候能成!再等,你就成了老姑娘了!"姬仲不耐烦道。

"爸!"姬菱霄怒目一瞪,吼了出来。姬仲随之一震,险些被女儿骇住。"咱们眼下不就有个可用之人嘛!"

"谁?"姬仲道。

"龙二啊!"姬菱霄道。

姬仲脑筋一转,知道姬菱霄已经为此事盘算多时、胸有成竹。当下,姬仲便调了龙二来。

只见龙二一身酸臭,战战兢兢地来到会客厅,不知姬仲有何吩咐,扑通一声跪下,道:"国主,小的,小的老老实实待在牢房,没犯错啊。"跪倒前他用眼睛瞄了一下姬菱霄的胸口,那荧光如月的月沉珠正安安稳稳地挂在她的脖子上。

"龙二,今日让你来,是想让你帮我个忙,不知你愿不愿意?"姬菱霄趾高气扬道。

"大小姐,看您这话说的,我龙二唯您命是从啊!"龙二道。

"我让你帮我杀了第五梵音,可好?"姬菱霄直截了当道。虽说之前胡妹儿已经听了姬菱霄的计划,可当下还是心头一颤,杀人的事,她不敢。胡妹儿手脚冰凉地靠近姬仲,支棱着耳朵听着。

龙二一头雾水,不知道第五梵音是何人。

"她是军政部的副将。"姬菱霄解释道。

听到"军政部"三字,龙二身子一紧,北唐北冥的名字雷劈般进入他的大脑。是他出卖了北唐北冥的母家夜氏一族的时空术士,要是让北唐北冥知道有他这么号人,他还有命活吗?

"杀,杀她干什么?"龙二颤颤巍巍道。

"我要和北唐北冥结婚。"姬菱霄洪亮道。

龙二一个哆嗦,吓瘫在地。

姬菱霄笑道:"龙二,你别怕,你若帮我完成了这件事,我可以宽放你些,不再把你拘进禁闭室。"

"杀第五梵音。"龙二贼眼一转,畏缩地看向姬仲道,"国主,是您想完成夺取军政部的计划了吗?"龙二跟在姬仲身边多年,从监视东华,到除掉叶有信,他一直就知道姬仲的野心。军政部,姬仲不是不想监视,而是没有成功而已。

姬仲冷冷地看了他一眼。龙二嗖地缩回脖子,大着胆子道:"既然您已经除掉了叶有信,又干掉了东华,为什么不直接杀了北唐北冥这个黄口小儿呢。北唐穆仁在的时候,咱们拿他没办法,现在剩下他一个独子,为什么不干脆干掉呢!"

"你!"姬菱霄怒道。

"慢!"姬仲抬手一挥,制止了姬菱霄,"且听他说完。"

"我知道主人您一直想拿下军政部,不只是您,老爷子当年也是这么想的,这才一手培养了东华与北唐关山抗衡,奈何东华那个奸贼不听您使唤,不仅没帮上忙,还想篡位!他真是死有余辜!"龙二口中的老爷子正是姬仲的父亲,姬僚。龙二之所以对姬家的事了如指掌,是因为自己父亲对其悉数告知。

"但现在,据我所知,北唐北冥还是个黄口小儿,羽翼未丰,我们为什么不干脆除掉他,您自己来做军政部主将呢?就像九霄戚家一样啊,独揽大权,坐拥天下,那是何等气派威风啊!"龙二声音越来越大,"至于小姐的婚事,且不说现在小姐就是东菱乃至整个弥天大陆之上最为尊贵的身份,如果您执掌了军政部,那天下不更是您说了算吗,到时候,您想让谁做您的女婿,谁敢不应、谁想不应啊?乘龙快婿比比皆是,到时候,还不是您说什么就是什么!即便大小姐那也是当家主母的风范啊,就好比那西番的九百家,都是女人最尊贵。您何苦现在让小姐下嫁一个小小军政部的主将呢?那北唐北冥不过是个丧父之犬啊,还能蹦跶到哪里去?连个靠山都没有。您怎么扩大东菱国的势力?只有联姻才是最快最可靠的捷径啊!"

龙二一番肺腑之言,直叫姬仲振聋发聩,眼冒金光,连连点头。

"更何况,他北唐家早就对您有了不臣之心啊……"龙二幽幽道。

"你说什么！"姬仲道。

"您是什么时候才知道北唐北冥是时空术士的？"龙二阴森道，"主人，北唐一族刻意隐瞒您多年啊，主人！他们对您早就有了不臣之心啊，我的主人！"龙二突然慷慨激昂。

霍然间姬仲目露凶光，沉声道："没错……没错！"

"我的主人，您一向宅心仁厚，奴才是最知道不过的。老爷子也是和您一样，都犯了心软的毛病啊，不然怎会一直被东华和北唐这两个小人拿捏至此！还不是因为您看在祖上的情分，才没与他们撕破脸的吗？可他们呢，欺君罔上，蹬鼻子上脸，反叛之心昭然若揭啊，我的主人！您难道要看北唐北冥成为第二个东华吗！"龙二号叫道。姬仲听罢，扑通一下坐在椅子上，冷汗落了下来。

"爸爸！别听这个龌龊小人的狡诈之词！"姬菱霄大声道，姬仲猛醒。

"龙二，我还不知道你吗！哼！你想杀我北冥哥哥，不过是因为你怕他知道你出卖他母家的事，你没得好活！我告诉你，我就是要让我北冥哥哥牵制住你！"姬菱霄眼神犀利，姬仲蹙眉看了过来，龙二眼珠一转，偏偏斜下头去，不与姬菱霄直视，"你一个灵主与姬家两头跑的奸细！我们凭什么信你！"姬菱霄脱口而出，直扎人心。

"我告诉你龙二，你但凡敢有一点私心，我立刻让冥哥哥除掉你！你以为你能活到哪天！"

"大小姐，奴才不敢啊！奴才不敢啊！"龙二拼命磕头道。

姬菱霄一阵冷笑道："你不敢？哼，谁信啊？你以为我不知道你存什么鬼心思吗？灵主、姬家，你都不敢得罪。到时候，你替谁卖命，还不一定呢。"姬菱霄阴郁地看着龙二道。龙二眼珠子一阵骨碌乱转，停都停不住。

"不过，我的这个计划，你不吃亏，且看你要不要听听了。"姬菱霄傲慢道。龙二心底一通琢磨，半天应了句："嗯。"

姬菱霄在心底咒骂："蠢货！瘪三！连这点城府都没有！要不是看你现在还有用，我早就把你宰了，省得脏了我们家地毯！"

"我冥哥哥即将攻打大荒芜，若是他一举拿下灵主，你后半辈子也就无忧了，你说我说的对不对？"姬菱霄对龙二道，"没有人再来抓你送命。我们自然也就不会把你如何了，以后只要你乖乖听姬家一家的话便好。这可是千载难逢的机会啊，让我冥哥哥帮你除掉你的心头大患。你有何不肯？"姬菱霄道。

说的没错，龙二最怕的还是亚辛，若是真能除掉亚辛，他没有损失。此时龙二在心里拼命盘算着，显形于色。姬菱霄恶心他到了极点，但还是忍着让他想完。

"小姐说得对，小姐说得对。"龙二想后，连连道。

"菱霄,你别净想着自己的美事了。"姬仲突然插话道,他可没兴趣听女儿家的心思。他的目标只有军政部主将的宝座。

"爹爹,您就别打我冥哥哥的主意了。"姬菱霄略显轻蔑道,"哥哥顶不住,龙二更靠不住,还有一个狱司的连雾,爹爹以为真的能拿下他吗?没有我冥哥哥在,谁能撑得起这个军政部,谁能帮你干掉连雾!"姬菱霄一针见血道。

众人皆惊诧地看向姬菱霄,没想到,她已经是这般看透了东菱的局面。没错,连雾是个狠角色。这么多年,姬仲越来越摸不透他的根系,他简直比当年的东华还要阴辣。

"唯一对东菱国赤胆忠心的只有他北唐北冥,您不要他还要谁?"姬菱霄道。

忽然,一个唯唯诺诺的声音道:"那,大小姐,我要是帮您除掉第五梵音,您和北唐北冥成了婚,您怎能保证您不会反过来将我杀掉灭口呢?"龙二说。

姬菱霄居高临下地看着他,心道:"蠢货!贼心眼子真多,但是个鼠目寸光、鼠胆鼠尾的蠢货,兜不住话的小人。"姬菱霄心里直笑龙二连这种话也敢问,怕是早就吓得六神无主、智障如痴了。

"我家里多条狗,我杀他干什么?我想,你也不会蠢到背叛我吧?没到那时候,你早就死了,讨不到好处。"姬菱霄淡淡道。

龙二在听到姬菱霄如此肆无忌惮、毫不遮掩的羞辱之后,反倒落下心来,觉得这一切才真的真实可信。

"大小姐!您让我怎么办,我就怎么办!"龙二精神一振道。

"爹爹呢?"姬菱霄拐着调门儿问道。

"听你的吧。"姬仲道。

第二天,龙二手里捧着一身制作精致的赤红礼服,是姬菱霄专门为北冥量身裁制的,为出席列国豪宴欢送晚宴准备的。

龙二手里拿着礼服,想着姬菱霄昨晚对他的吩咐:

"把它放在军政部主将北唐北冥的床上。"

龙二是个时空术士,可以去到弥天大陆上任何一个地方,但姬菱霄他们不晓得,龙二去不到军政部,更进不了北唐北冥的屋。任何异样的灵动出现在东菱山上,都会被当即发现。龙二这么去不是送死吗?可如果不答应姬菱霄,则更显得他无用,到时候他能干什么,不能干什么,就被姬家摸得一清二楚了,还有他的活路吗?

龙二拎着衣服,一脸不屑,到了东菱山脚下,啐了一口到地上,骂骂咧咧道:"还得给你们跑腿打杂!"一张信卡送出,龙二靠在大青石上睡着了。

到了午夜,初秋的夜风飕飕地吹,龙二被凉醒了,哈喇子流了一肩。

"哎哟!"龙二从青石上摔了下来,一看时辰,骂道,"该死!让老子等了一天还不来!不来拉倒,又不是我家死闺女!得罪了灵主,没你们好果子吃!"龙二转身要走。

忽然,一阵疾风驶来,戛然而止停在龙二面前,好像一堵石墙挡在他身前,那炽烈的灵力靠近一点都让人觉得浑身灼痛。

龙二龟脖一缩,贼眼翻上看去,只见一八尺壮汉挡住了他的去路。那人赤面浓眉,一身烈火气,刚正不阿。龙二以为自己撞见了军政部的守卫,拔腿就跑,岂料被人提溜了起来。他忙缩着爪道:"小的只是路过,不小心睡着了!还望军爷饶命!"

谁知那人半晌不说话,龙二不知道什么情况,小声试探道:"军爷?"那人还是不语。

龙二脑袋瓜子又一转,低声道:"木沧?"

只听那人嗤了一声,一把将龙二扔在地上。龙二"哎哟"一声叫了出来。

"你小声点!"木沧怒道。

"你他妈知道摔疼我了,还不赶紧扶我起来!"龙二嚷道。

"你说什么!"木沧铁拳一出,狠狠钳住龙二脖子。

"你,你少来这套,"龙二挣扎着道,"真当自己是军政部佐领啊!我呸!和我一样是灵主的走狗!"

龙二口不择言,木沧气急,拇指加力,龙二脖子顷刻即断。

"你还想不想让你闺女复活了!"龙二喊道,木沧骤然停手,"我呸!你他妈要是想让你闺女活命,你就老老实实听我的!再敢动我,小心我告诉灵主!"

"告诉他又如何!"木沧道。

"告诉他,告诉他你闺女就化成烟儿,活不了了!蠢蛋!"龙二边骂边嘲笑道。

木沧气得青筋暴跳,铁腕直抖。

"怎么,还不放!真想让你女儿死无全尸,灰飞烟灭啊!"龙二嚷道。

木沧狠命把龙二往地上一摔,骂道:"你再敢口出狂言,我就宰了你!"

"你敢吗?"龙二没皮没脸调笑道。

"谁让你来找我的!没事赶紧滚!"木沧道。

"姬大小姐让我来的。"龙二道。

木沧突然双目睁大道:"姬菱霄?她怎会知道我的事!"

龙二看着木沧一脸惊恐的样子乐得前后打滚儿。"你说话啊!姬菱霄怎会知道我的事?"木沧急道。

龙二乐得浑身乱颤道:"你害怕啊?"

木沧一把薅住龙二的脖领子,怒目而视,龙二忙道:"嘘!小声点儿!你不怕军政部里的人都听见啊?"跟着又是一串淫笑,"尿货!"龙二辱骂道。

"快说,你来干什么?姬菱霄又是怎么回事?"木沧道。

龙二揪了揪衣服,抚抚平整,又挠了挠脖子,半天道了一句:"拿着!"随手把衣服包裹扔给了木沧。

"什么东西?"木沧道。

"给北唐北冥的礼服。"龙二道。

"礼服?"木沧不解。

"挑拨离间用的订婚礼服。"龙二道,木沧看着包裹不语,龙二继续道,"五大三粗!愚蠢至极!这是用来挑拨北唐北冥和第五梵音关系的,不然,你哪里有机会下手!"

"姬菱霄又是怎么回事?"木沧道。

"你女儿比你贼!"龙二笑道,"看来还是那个灵主厉害,"龙二说着说着便没了先前对灵主的那番"敬畏","早就交代了让你女儿怎么鼓捣姬菱霄和北唐北冥之间的事,也给你找出空子,宰了第五梵音。不过这个姬菱霄倒真争气,和你女儿一拍即合,分分钟就决定弄死第五梵音了,真是一对贱货!"

只听啪的一声,木沧狠狠给了龙二一巴掌,把他打翻在地。

"你干什么!蠢蛋!还想不想活了,竟敢打我!"龙二嚷道。

"打你怎的!你要再敢大放厥词,我就地宰了你!"木沧狠道,"说!姬菱霄到底知不知道我的事?"

"不,不知道。"龙二吃痛,有些怕了。

"你保证?"木沧怀疑道。

"你要偷他们姬家的赤金石,让他们知道了,还了得?我们还怎么下手!"龙二道。木沧噌地汗毛直立,飞快地向四周看去,眼见无人,才慢慢缓了下来。其实凭他的本事,方圆半亩内若有异动,他早就发现了,只是现在太过畏惧,不受控制。

"那杀第五梵音的事,她……"木沧还是不放心。

"她也不知道是你要干。只是她自己一心要杀第五梵音,才撺掇我来给北唐送份大礼。她原本以为我能自由出入军政部,我哪有那个本事!"龙二调侃着自己也不以为然,"这不,正好有你做内应,方便得很啊!"

"什么时候杀第五梵音?"木沧接过礼服问道。

"那得等主子安排,我怎么知道?"龙二看了一眼木沧笑道,"没想到你还挺着急!干好自己分内的事,等我消息!"说完,龙二扬长而去。

第二天,姬菱霄给北冥定制的礼服平整地出现在他卧室的床上,神不知,鬼不觉。只在他房间的门把手上,有一丝淡淡的融火气。熔浆随意流淌,木沧控制其分寸毫厘不差,随着门锁孔道,轻而易举熔炼出一把钥匙。军政部要员的门锁均是金刚打造,短时间的融火不会伤其分毫。就这样,北冥的房门开了。

　　下午,梵音收到了姬菱霄的讯息,随后她气急败坏地拿着北冥的礼服冲进了国正厅。谁料,就在她气血上头、懵然不知中,一丝淡淡的灵障已经把她困在国正厅一隅的幻境之中。

　　梵音浑身酥麻,龙二的时空术锁住了她,她却一无所知。胡妹儿的驭火乱人心志,却不足以影响梵音。姬菱霄操控术已经初成,却不敢在梵音面前造次。可怒火攻心足以蒙了人心智,梵音心急火燎地寻找着北冥的影子。突然,一个玉树临风的七尺男儿出现在她眼前,正是北唐北冥!

　　只不过,梵音眼前的一切不过是狸猫换太子、以假乱真罢了。姬菱霄不敢在梵音面前使用操控术,但她可以让自己对面的人使用幻踪灵法,掩人耳目!

　　此刻,姬菱霄正在和严录热舞,严录却换了模样,变成了北冥。一手幻踪本不是什么高深的灵法,稍有警惕,当场即可识破,可正因为他假扮的人是北冥,梵音哪敢再看、哪敢多留!十余丈外,她便停下脚步,泪眼模糊,心智大乱,丢下礼服,转身跑出了国正厅。

　　姬菱霄嘴角深勾,第五梵音上当了。

　　三个月后,北唐北冥率兵离开了大荒芜,第五梵音坐镇留守菱都。一封姬菱霄的传信,说国正厅有难,梵音谨慎再三,身挂北冥的劈极剑,赶往国正厅。那一日正赶上与第五梵音默契备至的贺拔赤鲁外出监军、钟离值守,至于冷羿,梵音是不愿打扰哥哥的,所以只身前往。

　　就在她离开不久后,一丝红火闪过东菱山墓园,北唐天阔被惊醒了,冲出军政部大楼,向后山跑去。北唐穆仁的遗体不翼而飞!当天阔再返回军政部敲响梵音房门时,为时已晚,梵音的通信被龙二的时空术隔绝在了国正厅内,无法传递。

　　一切都结束了,第五梵音的命葬送在了国正厅赤金石壁前。死前,第五梵音拼死护住了东菱国半壁赤金石。

　　龙二跪在大荒芜的石洞里,木讷地讲述着全部经过。端倪的眉头深深锁起,蓝宋儿觉得浑身发寒,裹紧了端倪之前扔给她的外套。梵音仔细听寻着龙二的话,生怕有所遗漏。北冥阴沉着脸,一言不发。

"亚辛怎会知道我和姬菱霄的事?"半晌,北冥道,似在自言自语,独自思考。

没错,若不是亚辛提前知道姬菱霄对北冥有爱慕之意,怎会让木汐从中煽风点火,鼓吹姬菱霄杀了第五梵音,一步步走在他算计之内。

"龙二不知,木沧亦无心这些。"梵音一旁道。

"东菱内,还有奸细。"北冥道。

"连雾。"端倪开了口。

北冥双眸深沉,道:"赤金石防御结界的第二层是被连雾打开的。"北冥所说的赤金石第二层防御结界正是聆讯部端家父子亲自布控的。

"放骨匙。"裴析突然开口道。众人齐向他看去。

"总司,您见过连雾的放骨匙吗?"北冥道。

"没有,但除了他,别人都不会有!"裴析笃定道,"因为我离开菱都时,带走了狱司所有牢门的钥匙。若说打开上面四层囚牢室,狱司的人还有办法,但第五层,除了我亲自打造的钥匙,没人再开得了那门,因为那门是被我的锁骨匙锁上的。只有一个人除外,就是我师父东华!"裴析道。

"总司,您手上有放骨匙吗?"北冥道。

"没有,这一招制灵之法,师父没有传授给我。"裴析道。

"那您是什么时候知道东华有放骨匙这一秘器的?"北冥道。

"就在昨日。东华偷偷潜入王庭密室,预谋杀掉第五梵音时,我亲眼看见的。"裴析道,"我跟踪师父,到了密室,知道他欲图谋不轨,便即刻通知了亚辛。谁料木汐比亚辛早到一步,救了第五梵音的命,她看第五梵音的身子可看得紧呢。"裴析冷笑一声。

"所以,您的意思是,普天之下只有东华可铸放骨匙?"北冥道。

"是!"裴析笃定道,"没有人再有那个本事。除了他,就是他的门徒,连雾!"

真相即将水落石出,当年打开狱司囚牢大门的,还有破了端家防御结界的,正是连雾。

"我们凭什么信你?"端倪突然道。

裴析目不斜睨,看都未看端倪一眼道:"我凭什么让你相信? 你配吗?"

"你!"端倪欲要怒斥。

裴析再次开口,言语讽刺道:"当年,我离开狱司,你一路跟踪。哼! 你早就发现我有异样,却不敢上前阻拦,凭你那点胆量,也想追踪我!"

端倪这才知道,原来当年裴析跑路,他尾随其后,原以为神不知鬼不觉,谁料,裴析早就对此了如指掌。

"你前脚离开狱司,后脚狱司大牢就被打开,你作何解释!"端倪羞怒道,"若一切真如你所说,你身为东菱狱司长,为何不阻拦!"

"当年我狼毒爆发,命悬一线,无力阻拦,亦无力回天!大牢打开时,我已经离开狱司,折返无益,只能离开。"裴析道。

端倪冷笑一声道:"说得好听,可有证明!还不是跑路了!"

裴析冷眼道:"你还不是一样?"

"你什么意思!"端倪道。

"你知道我什么意思。"裴析道,"大牢攻破时,你就潜伏在狱司左右,你上前阻拦了吗?不是也拔腿跑了吗!胆小如鼠!休要在这里猖狂!"

裴析话落,端倪脸色铁青,气得浑身僵直,却不作辩白。当年狱司大牢攻破,端倪一时震惊,却选择撤离险境,此番事实,无可更改。只是他原以为,这件事只有他自己和端镜泊晓得。谁知,裴析不在他身旁亦知道得分毫不差,不得不让他惊怖。

见端倪如此反应,在场之人皆心知肚明,裴析所言非虚。侧目之时,众人也对裴析暗暗忌惮起来。

"当年你和第五梵音同被我关押在狱司囚牢,你毫不犹豫便说出第五梵音的秘招寒盾,如今怎么,换了性儿了,想英雄救美啊?呸!出卖别人的时候数你最快!小人!"裴析骂道,众人只觉裴析一身戾气比从前更甚。

"裴析!你别欺人太甚!你能安稳在这里待着,是我——"端倪怒斥道。

"话说回来,第五梵音当时倒是没有出卖你……难道那个时候你们两个就……"裴析愈加尖酸刻薄。

"裴析!"北冥突然发了话,道,"够了!"

裴析猛然一百八十度转头,看着北冥道:"本部长!一个外族女人,你看她那么紧做什么!东菱什么好姑娘没有,一个外族有什么稀罕!"

"裴析!第五梵音是我妻子,你不要再对她多加刁难!"北冥愈加不满。

突然,梵音上前一步,按住了北冥因不满而攥紧的拳头,对裴析道:"裴析,你如此抵触我,只因我是外族。那你如此讨厌外族,又是为了什么?"梵音眼神幽幽道,"是因为狼族吧。"

说到这儿,裴析倏地冲梵音冲了过来,只见梵音眼明手快,啪的一掌凌空阻隔了他。

裴析笑道:"好身法!难怪本部长看得上你,倒也有两下子!"

"裴析!"北冥大怒。

"裴析!"梵音声量陡然增高,盖过了北冥,"你和狼族到底有什么过节!你和我叔叔崖青山又是怎么回事,还有姬家!"

"我凭什么向你汇报,一个不入流的外族女人!"裴析不屑道。

"就因你手上沾了那么多孩童的人命!就因你手上沾了我婶婶的人命!就因你害我青山叔一家家破人亡!你必须给我个交代,不然,你怎当得起北冥认你一声裴总司!我不管你是人是鬼,可你总要顶天立地,给我个交代,还我叔叔一家真相!"梵音高声怒道。

裴析听后,怔怔顿住,神情僵立,一言不发。许久后,只听他低声道:"本部长,这些人您都信得过吗?"

"信得过。"北冥道。端倪和蓝宋儿断没想到北冥会如此回答,齐齐向北冥看来。

第一二九章
裴析之罪

　　裴析眼神空洞却犀利，此时泛出了落寞。他开了口，不知是在为梵音讲，还是在为自己说，一股脑地将所有事都倒了出来。

　　算起来快二十年了。那时的裴析一身刚正，铁面无私。狱司上下除了东华，就是他说了算。裴析是东华的首席大弟子，也是东华唯一的徒弟。十年师徒，东华把毕生所学都传给了他。追踪、防御、探听、辨灵，他无一不精，无一不通。

　　就在裴析日益精进灵法的时候，东华选择了闭关，他要修习更上层的灵法。自此，狱司上下由裴析一人打理。一年后，东华出关，红光满面，灵力鼎盛。

　　然而没多久，东华开始出现异样，经常腹痛，不能久站，看遍东菱灵枢亦是不行。一气之下，东华离开了菱都，往人烟稀少的边境部族探去，心想总能觅到名医，缓他痛楚。就此，他荒废打理狱司事宜，还好裴析得力，把狱司管制得风纪严明。

　　在这空当，裴析成了国正厅最炙手可热的座上宾。姬仲给了裴析大量金银，让他扩充自己的手下。很快，裴析拥有了大批自己的亲信、捕手，却鲜有细作。培养细作一贯是东华喜欢的手段，然而整个狱司上下在东华的监管下，只有他一人拥有培养和发展细作的权力，裴析亦是不可，也无心沾染。裴析一心为师父效命，为狱司效命，为东菱效命。

　　然而与国主姬仲亲近多了，裴析渐渐觉得，姬仲才是一国之主，他似乎在为国效命之时也应该为姬仲出一份力。

　　不久后，东华归国，荣光满面，面露桃花，一席春风得意人自胜的气度。东华年近六十，无子无妻，唯裴析这一个徒弟，算不得亲近，虽传授他灵法，却无家常。这样，东菱重部聚首之时，他也算有个随从。狱司虽比不得军政部兵强马壮，但裴析也算得力，并不比北唐穆仁麾下哪个部长弱去。其余的，对东华来说都是多余，只要有细作，他想要的都能有！

渐渐地，东华看出姬仲对裴析有所青睐，却不言语，照常让裴析处理狱司大小公务。裴析为人正直，从无旁念，未觉不妥，偶尔为国正厅跑腿。渐渐地，东华开始深居简出，裴析也无意探听师父心意。渐渐地，东华开始神出鬼没。有一日，裴析给师父递上一封细作秘奏，原本这样的秘奏是不会经过裴析之手呈给东华的。东华另有机要部门直接对接负责。

可负责传递这封秘奏的手下连续十五天没有找到东华本人，不得已，只能找到裴析，看裴析是否可以转递给东华。这时裴析才知道，师父已经半月有余不在狱司了，一时间困惑起来。

五天后夜晚，裴析在办公室办公。忽然，房门被大力踹开，只见东华一脸铁青，破口大骂道："裴析！你好大的胆子，敢截我的秘奏！"

"师父！"裴析一惊道。

"你活得不耐烦了，是不是！真当我死了，有姬仲给你撑腰，你就能当上狱司司长了，是不是！"东华道。

"师父！您误会了！您的手下见您一直不在司里，这才找到我，让我把秘奏呈给您。但这几日我也没有见到师父，所以就把秘奏暂时保管起来，属下并没有私自翻阅，还请总司上阅。"说罢，裴析恭恭敬敬地把秘奏呈给了东华。

东华涨红着脸，怒目而视着裴析，一把抓过秘奏，捏碎在手里。裴析不敢抬头，只等师父旨意。东华盯着他一两分钟后，转身大步走出房间。裴析的背已然被汗水浸透了。

自那之后，裴析再没接过师父一封秘奏，东华也和往常一样，神出鬼没，通常一两个月不见人影。无人敢过问。

这时，姬仲召唤裴析到国正厅议事。姬仲想让裴析帮忙查询一个人的下落，崖青山。裴析不知缘由。姬仲略显为难，却还是坦诚地告知了缘由。他想招贤纳士，把灵枢奇才游人崖青山纳入麾下，扩充国正厅实力。而且他听说，崖青山一直在钻研破解狼毒之法，只要给予其足够的支持，他想崖青山一定会愿意的。

到时候，凭崖青山一人之力，足以以一敌万，克制狼族，东菱的国力不靠一兵一卒也能再上两个台阶！这是军政部都做不到的事。如果裴析能帮姬仲找到此人，并带回菱都，将是大功一件。到时候，裴析得人旺，岂是一般功臣可比的。

裴析回姬仲，他对什么人旺、大功都没有兴趣，只想帮东菱做些事。既然一个灵枢能对东菱有这么大好处，他定当竭尽心力为姬仲找到此人。

裴析回到狱司后,稍整行装便出发了。没想到,这一去就去了三个月。最后他在九霄境外一处边远部落找到了崖青山的蛛丝马迹。裴析原想,一个灵枢有什么难找,凭他的本事数日便拿下了。可谁知,崖青山行事机警,滴水不漏,裴析一度怀疑世上是否真有此人。

崖青山所到之处均撒上了他独门秘制的"驱灵粉末",让他的灵迹全无,实难查找。而且,他久用药粉,早就改变了身上的气味,让人毫无头绪可查。只因一点,裴析找到了突破口。崖青山的妻子怀孕了,诞下一女,现在还在哺乳期。崖青山为了妻女安全,不敢在她们身上下太重的药粉。这流露出来的一丝清甜甘香的母乳味便成了裴析找到他们的关键。

这一日,裴析潜入崖青山夫妇下榻的驿站住下。崖青山要为妻女置办一些生活所需,早早离开了驿站,到集市上去了。裴析见崖青山离开,偷偷潜进他的房中,女人正在逗趣着孩子。裴析藏身术全开,走近了她们,她们毫无察觉。裴析偷偷往女人喝的水里滴了一滴液体便离开了。从此后,对他们的行踪,裴析了如指掌。

不知怎的,原本是请人做客、礼待上宾的事,现在却做得"鬼鬼祟祟""偷偷摸摸"。裴析追寻期间,几次跟姬仲汇报,姬仲都提醒他要千万小心,别打草惊蛇。一开始,裴析觉得姬仲的提醒言语欠妥,不知何由。可渐渐地,裴析开始摸到崖青山的行迹,潜行跟踪下来,亦觉得此人不可捉摸、不好接触。自然而然地,他也变得警惕起来。

直到那日,他终于找到了崖青山一家,偷偷在他妻子水中下了药。那药可以让人在熟睡时,不知不觉散出羸弱灵力,以便施药者追踪。

裴析回到自己房中,即刻向姬仲作了汇报,姬仲大喜过望,溢于言表,一时间没收住情绪,狂笑起来。随后,他命令裴析继续跟踪,不得有误。裴析在完成这一连串动作后,忽然觉得胸中如坠了一块大石,呼吸不畅。

第二天,崖青山一家便离开了,往更偏远的沼泽地带走去。他们风餐露宿,裴析原本以为崖青山的妻女会受不了,谁知一家人乐在其中,别看小孩子仅有一岁多,却对草本植物甚感兴趣。夜晚,父母睡着时,孩子醒了,只见她在母亲身上嗅来嗅去。对草药的敏感性,女儿似乎比爹爹更胜一筹。裴析看去,不禁落下汗来。

就在这时,霍地,一个庞然大物从沼泽另一端慢慢走来。裴析定睛一看,狼兽!它要干什么!就在裴析想提醒一家人大祸临头时,他身后静静地也出现了一个东西。裴析霍然回头!那东西已近在咫尺,他竟毫无察觉!

一头银色狼兽,毛发滑顺,如被月光淋洒,碧眼皓齿,竟有说不出的尊贵。裴析大骇,那狼兽已经张口扑来。裴析身法全动,拼尽全力闪开,谁料,那狼兽比他更快。

裴析眼见自己已经逃离了血盆大口,却听哧啦一声,手臂被狼兽的银鬃开了个口子!

他登时一惊,拔腿就跑。强弱悬殊,一眼便知,不必硬拼!只听一阵风啸,母狼的鬃毛统统立起,冲着裴析激射而来。命悬一线!裴析铆足了劲,一跃而起,躲过袭击。只见他此招未完,在空中打了个旋子,倒立起来,一把抽出一根狼毫,唰的一下冲母狼张开的血盆大口射去!这一招,裴析用了平生所学,竭尽全力。母狼登时呜咽倒地,痛苦难堪。裴析拔腿就跑,再不耽搁。什么灵枢夫妻,早就被他抛到九霄云外去了。

可没跑几步,裴析便应声倒地,站不起来了。只见他的手掌、臂膀统统变得黑紫,活像那烧焦了的尸块!狼毒!他中毒了!裴析惊恐万状地看着自己,一阵挖心掏肝的疼痛随之而来!不!他要死了!他还不想死!原来那母狼的狼鬃上也有狼毒!怎么会这样!狼族的毒液不是都在牙齿里的吗!

裴析不能动弹了,远处的打斗声起。灵枢一家完了,裴析想。只听一声女人的嘶嚎:"走!"跟着一声呜呜,是狼!裴析不知发生了什么。

许久,裴析浑身疼得已经没了知觉,头痛欲裂。呼啸间,有个庞然大物向他走来,转身来到他身前,俯瞰着他,月光之下,对方威风凛凛。那皓月好像是为它加冕的桂冠,尊荣华贵。

"狼王!"裴析脱口而出道。

狼兽听罢,多睨了他一眼,跟着笑道:"有两把刷子,不是个脓包!"只听远处传来一声呜咽,是刚刚被裴析打伤的母狼。"中了你的狼毒,这半天还没死的,他是第一个。"狼兽人语道。

"修罗!"裴析再道。

"见识不短。"修罗承认道,既然如此,那母狼就是他的狼后弥帝了。裴析刺伤了弥帝的喉咙,让它从此不得发声。只听弥帝用兽语道:"杀了他!"

修罗犹豫了一下道:"不,我要留着他,有用。"跟着修罗掌风一挥,掀开了裴析的嘴,一根划破喉咙的草药被塞进了裴析的嘴里,蚀髓草。

"吃了它,再喝一个婴儿的血,你就好了。"修罗笑道,"这解毒的方法,我可只告诉了你一个人。你以后要从了我,蚀髓草我年年送上,你要不从,那就看你的造化了。"说完,修罗和弥帝一同离开了。

等裴析再清醒时,已是人去楼空,荒泽上再无一人。

多年后,也就是第五梵音带着崖青山和村民投奔到东菱时,裴析才知道,当年崖青山没死于狼王之手!死的只有他夫人而已。

"你和姬仲一起谋害了我叔叔一家!"听到这儿,梵音咆哮道。

裴析看了她一眼,并不理会,继续道:"我不知道那是姬仲的计划,我以为那是巧合。"

　　裴析服用了蚀髓草,果然毒性被压制住了,但很快狼毒复发了。在返回东菱国途中,他吸干了第一个婴孩的血,是个白白胖胖的女婴。据他自己说,那鲜活的血液是初生的力量,任何东西都不能代替。他想要克制,他用手指挖掉了自己手臂上一条条肌肉,森森见骨,可他痛不欲生,无法自拔,最后还是下手了,杀掉了第一个女婴,喝光了她的血。裴析双眼空洞地叙述着,仿佛被磨灭了情感。

　　裴析回到狱司后不久,有一天他收到了一个包裹,上面写着"副总司裴析亲启"。裴析打开来一看,满满一包的蚀髓草。他一把将包裹扔开,吓得瑟瑟发抖。他以为自己的狼毒已经解了。包裹里掉出一张字条,上面写着:"慢慢享用,小心有毒。"

　　裴析连夜把蚀髓草全部烧掉,一根不剩。很快地,半年不到,裴析的狼毒复发了。他满地打滚,哀号不止,咬穿了自己的手背,却于事无补。幸好,狱司坚固,声不得外传,没人知道他的异样。第二天,他面色铁青,却不得不强忍着痛楚,打开了办公室的门,因为他不能让人发现异样,他要照常工作。谁料,房门一开,有个包裹滚了进来,包裹上写着:"裴总司,亲启!"

　　裴析一把夺过包裹,迅速往四周看去,没人!他砰的一声关上了房门,打开了包裹。包裹里面是一包热乎乎的血浆,里面还掺杂着几块粉嫩的肉。血浆包上还粘着一张字条:"蚀髓草已经磨粉混入其中,请享用。"

　　裴析的眼睛已经绿了,他熬不过今夜了,于是一口喝干了血浆,满嘴鲜红。那刺痛的感觉是蚀髓草,即便磨粉为末还是那么灼心刺痛。很快地,裴析的狼毒退散了。他靠在椅背上,昏睡过去。

　　之后的日子,他如履薄冰、夜不能寐、恐惧至极。他不知道该怎么办了,他自己没有解毒的本事,要去求助灵枢吗?不!他不能去!一旦去了,灵枢一定会察觉他服用过药物。到时候,一切将暴露。狼毒是不能解的,天下皆知。

　　这一日,裴析和东华打了个照面。裴析心下一慌,慢了半拍。下一刻,只见他腰板绷直,恭恭敬敬地给东华鞠下躬去,朗声道:"总司!"一如既往的高亢洪亮,宽厚坚实!

　　没人能发现他的异样,包括东华。他不能让任何人知道!裴析暗暗下定决心。

　　从那以后,裴析奔走国正厅的次数变少了,他不想见更多的人,只有逼不得已时,才会遵从国主召见。姬仲只问了裴析一次:"崖青山呢?"

　　裴析道:"跟丢了,此人不可用。孤僻刁钻。"从那以后姬仲也再没问过关于崖青山的事,裴析心中庆幸,甚是感激。

两年后,东华回归了。不是说他之前一直不在狱司,而是两年后,东华一改神出鬼没的行踪,照常在狱司办公,不像以往,甚至跟国正厅也开始重新走动起来。见此状况,裴析退居幕后,不再和国正厅往来,尽量少生是非。裴析的狼毒一年发作两次,每次到发作之时都有人将血包裹无声无息地送上,他既怕又盼。

这一日,他刚刚饮完血包裹,仰着脖子在青铜椅上休息,眉头紧锁。忽然,一声暴响,裴析的房门被人踹开了!裴析登时惊醒,嗖地蹿了起来。只见东华一脸诡谲地在门外看着裴析,目光阴森,似笑非笑,一向红光满面的脸此时不知为何显得白皙无血,像个死人,更像个笑意诡异的死人……

裴析刚想发怒,看见是东华,眼看就要到脖颈的粗怒红筋生生被憋了回去。只听他一声恭敬道:"总司!"堪堪鞠下躬去。

半晌,只听东华尖声尖语道:"你在干吗?"眼含笑意,直叫人毛骨悚然!

裴析只觉耳尖一炸,这哪里是师父的声音,分明就是一个阴阳人!

"属下正在休息,请总司吩咐!"裴析一刻不敢怠慢,铿锵道,一如既往地坚定。

东华站在门外不动声色,阴笑着看着他,不一会儿便走了。裴析吓得腿肚子发软,却坚持着正步走到门前,关上房门。紧跟着一屁股坐在地上,再也起不来了。

"后来,东华袭击了赤金石,我和姬仲合力杀了他。"裴析在山洞里,对着北冥与众人道。其实这些事,裴析早在七年前,北唐穆仁下葬不久后联络到北冥后,就一五一十地告诉了他。

"东华真的欲对胡妹儿不轨?"梵音道。

"谁知道呢,都不是好货。九成是她用了驭火。"裴析道。

"不,十成。"此时,北冥淡淡道,"只不过,东华以为国正厅不堪一击,根本不把姬仲放在眼里,就算胡妹儿用驭火勾引,他也乐在其中。否则,凭胡妹儿那点本事,真想迷惑了东华,是不可能的。"

"您说的对。"裴析道,"姬仲设计,把我带到国正厅处,看见东华行凶,想借我一腔正义豪迈,杀了他……"裴析的声音低了下去:"可姬仲不知,我也确实想杀了他。因为他发现了我身中狼毒。我干脆心一横,同姬仲一起,围剿了东华……"

"东华真的变成灵魅跑了?"梵音不禁问道。

"没有。"裴析道。在场之人大呼意外,这和姬仲说的版本不一致。

"东华确实拼尽全力撞击了赤金石崖壁,并且被他撞开了,还撞碎了城门大小的赤金石。"裴析道。

"凭他一人?"端倪不可置信道。

"是。"裴析答。众人骇然,这就是东华狱司长的实力,他仅凭一人之力撞开了三层防御结界,这是连灵主亚辛都办不到的事。"起初我也百思不得其解,直到今日,我终于明白了,是放骨匙。东华那个老贼用毕生之力练就了数枚放骨匙,打开了防御结界。换言之,他早就对东菱赤金石垂涎已久了!"

"他想干什么?"端倪迫不及待道。

"长生!"裴析道。跟着众人又是一片哗然。

"世上只有一种东西可以长生,灵魅。"北冥道。

"没错。"裴析道。

就在东华撞击完赤金石准备跑路时,裴析、姬仲奋力阻截。最后,在裴析的乱剑中,东华被砍中,应声倒地。倒地前,他惊愕地看着裴析,难以置信,死不瞑目。因为,裴析在剑上涂了毒。东华只知道裴析中了狼毒,却不知他到底如何解毒,更不知蚀髓草也是有剧毒的。裴析剑上涂的恰恰就是蚀髓草浆汁。

裴析平淡地叙述着这一切,毫无波澜。就在别人震惊之时,北冥却明白了,一切并不是裴析说的那般机巧简单,而是因为他本人的实力锐不可当。

东华死后,姬仲和裴析都想赶紧处理东华的尸体,因而为他草草收了尸,半年后才对外宣称,东华因公殉职。那残碎的赤金石由姬仲统统收下,藏匿。裴析只字不提,只拖着东华的尸体,快速离开。回到狱司,裴析想都没想便把东华的尸体扔进了五层囚牢室中。他以为,从此以后,东华的尸首、真相,均藏在地底暗无天日。

可第二天,裴析以为一切都尘埃落定之时,他来到了五层囚牢室查看东华的尸体,眼前的一幕让他彻底崩溃了。东华的尸首不见了,剩下的只是一副白骨。东华的肉身消失了……

自那以后,裴析每日提心吊胆地搜查着东华的下落。然而十年过去了,东华音讯全无。裴析不知道他躲去哪里了。

一切石沉大海,死无对证。裴析以为一切会过去,普天之下再没有人知道他的秘密,姬仲也不知道。然而,就在灵魅与北唐穆仁在北境大战的两年前,狼族开始停止供应裴析解毒的毒草和血浆。

裴析无法,只能自己冒险去辽地搜寻蚀髓草,可他不知,蚀髓草珍贵,百亩不见一棵。在垂死之际,修罗再次出现,问他要了东西,狱司专用的锁骨匙。

"你要干什么?"裴析留着一口气质问道。

修罗不语,霍地离开。

说到这儿,裴析狠狠顿足!

"都是我蠢!一心只顾自己生死,也不想想狼族向我索要锁骨匙,自然是要对付人类!这点心思我竟毫无察觉!该死!该死!"裴析道,"若不是我贪生怕死,军政部就不会被狼族所困,本部长也不会被狼族牵扯住战力,主将也不会牺牲!都怪我蠢啊!"裴析捶胸顿足。

"我有想过!我真的有想过向主将坦白告知一切,请他给我个处决,可我不敢!我到最后也不敢啊!本部长,裴某有罪啊!"裴析痛呼着,"末了,我狼毒发作,又没蚀髓草,便投奔了狼族,一去不得返。"

"总司,往事难改,回头是岸。这些年,为了东菱,您受的罪也不少了,北冥对此心知肚明。前尘往事,不要再提了。您这一条命算是抵过了。"北冥叹道。

裴析冷嗤一声道:"本部长,您心存仁厚,裴某心领了。但那几十个娃娃的命,岂是我一命能抵的!哪怕被千刀万剐,死上千次万次,也永世不能赎我的罪了!"只听砰的一声,裴析下跪,朝众人狠狠磕了一个响头,跪地不起。莫多莉当年只身去大荒芜为花婆求药,身中狼毒,亦是裴析传回的消息。

在那之后,裴析投奔了狼族,一去不返。就在裴析深陷辽地不久后,便和北冥取得了联系,通过枯叶蝶,裴析一五一十地向北冥和盘托出了自己的全部罪过,请求北冥原谅,请求北冥信任。看着裴析青黑的悔恨不已的脸,北冥选择了信任。从那以后,裴析和北冥一直暗中保持着密切联系。

一年后,裴析向北冥透露,辽地不是狼族真正的大本营,它们的狼窝在辽地东北处一千里外。裴析几次想密探辽界,但都失败了。然而这一点,却也证实了当年北冥与梵音、莫多莉一起去辽地为花婆寻找蚀髓草时发现的一些信息。

梵音从反视的枯叶蝶叶眼上看到了一片辽阔,那苍茫的大地上,天空宽广,不同于辽地的景色,好像境外的另一番风光。现在看来,那里正是狼族真正的聚集地——辽界。

裴析在辽地受人摆布,寸步难行,渐渐地,他的利用价值愈来愈低,狼族不再看管他,连蚀髓草也不再供应给他。裴析知道自己的死期不远了。可他不甘心,不甘心这条命就这么卑贱地死去!他预备豁出性命,也要为东菱探听到有价值的消息。

这一日,趁夜巡的狼族都歇了,裴析独自往辽界跑去。前几次,他都被抓了回来,被一顿酷刑鞭挞。这次,他铆足了劲,全力奔去。可还没到辽界内,一阵肃杀之气就从大北方传来,裴析浑身上下的汗毛都被那强烈锋利的灵力威慑到了,根根战栗。他一个越足,藏在了树间,连气也不敢喘了。

只听一个声音道:"父王,亚辛又在逼迫咱们交出水腥草了,您看?"说话的正是修弥。看样子,它刚刚从大荒芜返还。

"水腥草?给了他那个杂种,我们用什么!"修罗不耐烦道。

"但……"修弥犹豫道。

"但什么！说话！"修罗不耐烦道。

"咱们毕竟要用他手上的三灵石，不给他，恐怕到时候他不会帮咱们。"修弥道。

"三灵石……"修罗突然阴沉下去，道，"拿到了，他也成不了人……"

修弥跟在一旁，不敢插话。确实，就算三灵石集齐，没有强大的容器作为亚辛的肉身，他也"活"不了。而这人，太难找了。就算找到，没有铸灵师，他也难锻人身。

"父王说的是。"修弥应和道，"可父王，现在这个时候，咱们不应该和亚辛弄得太僵，毕竟，他还有用。"修弥知道，凭狼族一族之力，是弄不到三块灵石的。

"你这次去大荒芜见到亚辛了？"修罗打断道。

"没有，只见到了他的随从。"修弥道。

"迦罗？"修罗道。

"是。"

"果然，他很重视那个'人'啊！"修弥道。

"是，毕竟是大荒芜上的第一个人。"修弥道，"儿子也是因为这一点，不想弄僵和他之间关系，毕竟亚辛有那个本事。"

"好，按你说的办，去蓝宋，给我挖出两棵水腥草，一棵咱们留用，一棵给亚辛。"修弥道。

"迦罗？人？"裴析在树梢间听得云里雾里，不知道对方是何方神圣。

"父亲，儿子这回去大荒芜，还有一个奇怪的发现。"修弥突然道。

"什么？"修罗道。

"亚辛想成人，可有人，成了灵魅。"修弥道。

修罗想了想道："那个半死不活的女灵魅？"

"不是，是个男人，看样子，还有几分本事。"

"谁？"修罗问。

"儿子不认得此人，可他身上那身衣服，儿子识得。正和裴析身上的如出一辙。"修弥道。

修罗垂下眼去，一会儿后道："东华……那个老贼，消失了这么些年，原来是投奔了灵魅！有意思！他怎么好好的人不做，跑去做鬼！"修罗鄙夷。

"为了长生。"修弥淡淡道。

"你说什么？"修罗诧道。

修弥狼眸合了起来，恭敬地向父亲颔首下去，一瞬间，修罗静默了。

此时躲在树上的裴析听得已是浑身冰冷，又血气上涌。东华，那个他憎恶了十几年的人，终于出现了！眼皮子底下的狼族两父子做的动作，一分一毫都没有逃过裴析的眼睛。多年的刑讯，让裴析练就了一双火眼金睛。他知道，就在修弥给修罗领首施礼的一瞬，两父子心知肚明，知晓了对方心意。

"怎么回事？长生？"裴析心中疑虑。若说长生是东华的野心，那这两个狼族又是怎么回事？怎么提到长生就这般默然了？

"那个东西不好惹，有机会，就除掉。"修罗说的正是东华。

"儿子也觉得。"修弥道。原来在大荒芜里，修弥没有正面遇见东华，而是凭借着自己五感超凡的洞察力，察觉到了一丝不属于大荒芜的灵力，那灵力，蹩脚阴毒。东华以为默默监视着修弥就能神不知鬼不觉，然而修弥的狼眸、厉耳是天下最敏锐的灵器，他一早就发现了东华，只是假装不知。

随后两父子离开了。裴析匿在树间，憋得脸部涨红，他不敢喘气，亦不敢动用灵力，因为稍有不慎，就会被修罗父子发现。在他们远离许久之后，裴析才敢轻轻呼出一小口气息，生怕被他们嗅到。现在的他，一身狼毒和蚀髓草毒，早就和辽地的气味混为一体了。

"东华在大荒芜！"裴析下定决心，吞下最后一棵蚀髓草，冲出辽地，往大荒芜赶去。临走前，他给北冥留下最后一句口信：本部长，若我活着，必与你联络。

来到大荒芜后，裴析渐渐发觉，自己的灵力被一点点蚕食，还没遇见灵魅，他已快灵尽而亡。他不再抱任何希望，行尸走肉般地往大荒芜深处走去。可不知怎的，也许是人类对灵力有一种天生的向往和贪婪。裴析走着走着，发现走出了一片晦暗，眼前渐渐明朗起来。泉水的声音钻进耳朵，他以为自己疯了，回光返照了。

裴析一头栽进泉水里，大口大口喝了起来，跟着晕死在岸边。等他再次醒来，已是黄昏。一丝清泉般的清澈把他唤醒了。裴析睁开眼，只觉远处有两朵云在水中跳动。是他眼花了吗？他揉了揉眼，定睛看去，真的有几团灵物在水中攒动。只见那灵物，圆圆的脑袋，身子小小，下摆像裙子一样散开，有的一只眼，有的没有眼，张着嘴，咕嘟着泉水，好像在玩。

裴析看着有趣，就在这时狼毒却复发了！他胸口一痛，掉入水中，一下子惊扰了灵物。只见那几只灵物倏地看了过来，瞬间聚成一团，唰地张开大口，露出尖利的白牙。砰砰！几只眼睛也张开了，变了模样。当它们正要向裴析攻过来时，裴析突然发作，一个利爪朝灵物抓去。灵物大骇，瞬间散开。

裴析疯了般，撒开了腿脚朝灵物奔去，终于逮到一只，攥住了它的脖子，拎出水面。只见一颗桃心般的东西在那纯白色的灵物胸口正中央，好似一颗灵心，灵心里面流动着柔和充盈的灵力。裴析双眼发光，一口吞了灵物！只听一声惨呼，溺在了裴析喉头。裴析两眼一直,两腿一蹬,厥了过去。当他再次醒来时,觉得自己浑身轻盈,活了过来。

裴析噌地蹿起,举起手臂看去,狼毒退了。他欣喜若狂,挥动着双拳想仰天大喝,可他不敢,怕惊动了灵魅。他冲天举着拳头,疯狂摇摆着,干涩的眼泪流了下来,他再也不用任人摆布了!他想笑,却不知对着谁。忽然,一个念头闪过裴析脑海:我要告诉本部长!我要告诉本部长!

可就在裴析想要发出讯息的一瞬间,他的手臂软了。裴析惊讶地看着自己,以为是乏了。但很快地,他发现状况不对,他的手抬不起来了,软弱无力。为什么会这样!裴析大惊。

他赶忙上了岸,翻弄着自己的手臂,来回看着。短暂的灵力充盈感很快消失了,身体变得不堪一击。裴析躲在树丛里,看着自己的变化。他害怕了,他怕死。这种身体被抽空的感觉比中了狼毒还可怕,这身体即将不属于他。

忽而,一阵浓烈的暗黑灵力从远处袭来,裴析藏了起来。只见一个彪悍庞大、张牙舞爪、身形狂放的暗黑灵魅朝泉水边走来。他身边跟着一众鬼徒。

利牙利嘴的鬼徒在他彪悍的身形下,好像一群小影儿,左右逢源。只听一个鬼徒道:"魔坤大人!这等小事,您让小的来就可以了!何必劳您大驾!"

"放屁!把白灵给你们,还不如直接喂了你们得了!"魔坤道。

"怎么会,小的……"鬼徒还要继续。

魔坤突然放开浩然大口,呼啸一声,方圆百里的风都被他吞进口中,堪比黑狗食月。鬼徒们吓得纷纷跪倒。

"若再让我发现大荒芜中少了一只白灵,我就生吞了你们!"魔坤号令道。

"是!"

过了不久,魔坤便让鬼徒赶着几百只白灵往大荒芜深处走了。

裴析浑身冰冷地看着他们远去,木讷地坐在草丛里,心中千头万绪。东华、长生、肉身、白骨、白灵。莫不是……裴析往泉水看去,心中有了定数。他若再不下手,等魔坤发现了,就来不及了。

一片枯叶蝶捻在裴析手中,一句话送出:本部长……

他想生而为人,再与谁诉说两句衷肠,却不知道能找谁了。这时,一行墨迹散开,上面铿锵有力地写着几个字:

"裴总司万险,切勿冒进!珍重!"落款是北唐北冥。

一行热泪划过裴析干瘪的脸庞,粗糙的手捻着道:"多谢!"

裴析再不耽搁,奔向水中彼岸,方才魔坤就是从那里抓来的白灵。裴析冲到对岸,那里青山绿草喷香,他以为到了世外桃源。树尖上都落着雾水,娉娉袅袅。裴析寻着灵力找去,然而一路上茫然无所获。因为这片净土之上,全是灵力,由地而升,由天而孕,仿佛仙境。

裴析着迷了。不行!忽然,脑中一声呵斥,让他惊醒。他要赶快,不能沉沦!他的时间不多了,狼毒蠢蠢欲动,身体也被刚刚吞下的白灵蚕食了大半,他必须赶快。

晨风初醒,裴析躲在长满青苔的大树冠间行走,怕惊动了那灵物。咕噜!一个轻快的声音从树洞里传来,一个圆乎乎的脑袋耷拉下来,一个白灵睡醒了。白乎乎的脸上什么都没有,它冲着太阳,接着阳光。砰砰砰,双眼,双耳,张开了。砰!鼻子也顶了出来,模样可爱极了。

裴析看着,青黑的眼底漫上一层和缓,像灵波、像泉水。下一刻,他牙龈一咬,攥起白灵往泉滩跑去。哗哗哗,仙境的风响了,树在摆,所有的一切都醒了。成群的白灵龇着利齿向裴析追来。裴析一步不歇,冲出了仙境。过了泉滩,白灵不敢再追了。昨夜,魔坤刚收了它们。它们对着消失在泉滩对岸的裴析嘶吼着,落下泪来。

裴析看着手中的白灵,它的头尖已顶出了犄角,要和裴析拼命。

"对不起。"裴析道。他霍地张开大口,把白灵塞了进去。一声呜咽,裴析闭紧了嘴巴,喉头一缩,咽了进去。白灵的灵力在裴析体内四处奔窜着,吞噬着他的肉体,那是他的罪恶。

一天后,裴析的身体被食空了,剩下一副白骨。他呼吸着,感觉不到空气。他来到泉边,用力吞下一口水,好像咽了一整个馒头那么大力,然而喉头空空,没有任何感觉。他看着泉水里的自己,已经没了人的模样,黑絮如障,毫无活气,他变成了灵魅,只因吞噬了两个白灵。

很快地,魔坤嗅到了大荒芜里异类的气息,赶来泉滩,抓住了裴析。正当他要处决裴析时,裴析放了话:我是来投奔灵主的,我能帮他监视东华!只要灵主给我机会,我必当为他效命!

在那之后,灵主亚辛果然接见了裴析,当然是秘密的。除了迦罗、魔坤,再没人知道。果不其然,裴析很快在大荒芜见到了"死去"多年的师父,东华。原以为是阴阳两隔,岂知再见已是同为鬼祟,一样地下场,一样地不得好死。

裴析日夜咒骂着自己,疯疯癫癫,曾一度和北冥断了联系。他像着了魔一样跟踪着东华,没日没夜。亚辛本想着多个走狗无所谓,至于裴析是否有本事像他说的那样监视东华而不被发现,那就要看他的本事了。可渐渐地,亚辛发现,这个人确实不像他表面上那样不中用,东华真的没有发现裴析的存在。

裴析一路跟下去,渐渐发现了东华的秘密。当年在东菱时,东华经常神不知鬼不觉地消失,原来正是偷偷来了这大荒芜寻找长生之法。

东华当然不敢惊动亚辛,只是只身前来,秘密隐匿多时,抓了白灵回去。东华手下的细作不乏奇人异士,这其中亦有铸灵师和大巫之辈。东华给了他们足够的酬劳,让他们为自己办事。

铸灵师和大巫告诉东华,弥天之上,唯一可以长生的便是这大荒芜上的白灵。世人只知灵魅的存在,却不知大荒芜中还有一种灵物,名为白灵。

东华得此秘密如获至宝,不惜以身犯险,来到大荒芜。后来裴析发现,东华当年自以为做得天衣无缝,多次往返大荒芜抓捕白灵回东菱,其实早就中了亚辛的圈套。

其时东华让铸灵师提取白灵身上的灵力,为他所用,全部接纳,但实际上,白灵在东华体内渐渐吞噬他的本元。只因东华灵力深厚,一时无法察觉,只看到了当下容光焕发的无穷力量,欣喜若狂。

渐渐地,东华的脸色开始变得惨白异常,声音尖细,像个阴阳人。他越发不敢离开白灵,到最后,他甚至用锁骨匙捆锁住一个白灵,藏匿在他的卷袋里,每天随身携带。

裴析和姬仲一起合力杀死东华,其实当时东华只是诈死,若不是他的灵力亏损过多,他本不会轻易被擒。裴析为了掩盖杀人真相,把东华的尸体扔在了狱司的囚牢里。东华身受重伤,当夜醒来,情急之下,生吞了随身携带的白灵,谁承想,瞬间化成了灵魅。他的长生之法是得到了,但,命也真的没了。东华被铸灵师和大巫骗了。

无奈之下,东华投奔了亚辛,然而这一切早在亚辛计划之内。有了东华,东菱的事就好办多了。赤金石被盗的秘密,随之解开。

裴析不只跟踪东华,也借此机会探遍大荒芜全境,并把地图传递给了北冥。这亦加速了北冥进攻大荒芜的计划。峡山、绸水,正是孕育灵魅和白灵,为灵魅赶制斗篷巩固暗黑灵力的地方。

然而,进攻大荒芜计划失败,第五梵音殒命,裴析和北冥断了联络。直到今日,北冥来到大荒芜,才再一次与裴析取得联系。

第一三〇章
黑水疯妇

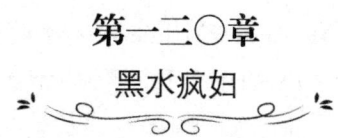

"本部长,直到今天我才知道,亚辛成人除了要得到三灵石外,更重要的竟然是容器!我也是在昨日看到东华偷偷进了王庭密室,报告了亚辛后得知,原来那里面竟是他储存容器的地方!"裴析狠道,"主将竟也被他们掳来!混账!"

"木沧受骗了……"听到这儿,北冥沉声道。

"为什么?"裴析和梵音齐问道。

"灵主成人,要的容器必须是活人。"北冥道。众人恍然。北冥继续道:"亚辛先骗木沧杀了梵音就可让木汐成人,并且让他从东菱偷走了我父亲的遗体,这一切不过是障眼法。亚辛要让木沧相信,灵魅成人用的是人类的躯体,并不一定是活人。真正让木沧帮他锻造真身时,用的却是活人。他从一开始就是要利用木沧救女心切的心理,让木沧忽略他真正的目的,打开赤金石防御结界的最后一层。木沧的融火术在我布下的最后一层防御结界上,开了一个裂缝。"

"你知道?"端倪难以置信道。当年梵音牺牲,北冥暴走,端倪原以为只有自己发现了融火裂缝的秘密,谁承想,北冥竟也在那种时候发现了蹊跷。端倪向北冥看去。

"至于端家的第二层防御结界,现在看来,就是连雾手上的放骨匙解开的了。"北冥看了一眼端倪。

"连雾就是东华的儿子!"裴析忽然道。

"您确定?"北冥道。

"不然,凭东华的心机,他怎会把放骨匙轻易交给他人!绝不可能!"裴析笃定道。众人想来,不无道理。

"你行了没有？要是死不了，就赶紧起程吧。"端倪突然对北冥道。他看出北冥虽表面无状，但启动时空术重回弥天大陆，耗损不小，再拖下去，恐生事端。

"再等等。"北冥道。

"您还不能走，本部长。"裴析突然道。众人不解，看向裴析。"我在大荒芜发现了一个秘密……"他说话迟疑，但还是开了口，"恐怕能解释亚辛为何非要成人不可。还有这大荒芜上的秘密，还有……东华为什么会变得如此贪婪不堪，淫荡下作……"裴析咬了咬牙，说出了自己不愿说的话，"我记得师父以前虽性格乖张，但不是这样的……"

北冥想了想道："夜公说，当年北唐霍从大荒芜一战归来，也是神志疯癫。听说，那是因为大荒芜可以侵蚀人类的灵力，让人类变得贪婪不能自拔。"

"这话没错，可我说的地方，远比您想的更可怕……如果我没猜错，东华当年就是因为去了那个地方才会变得如此不堪……"裴析谨慎道。

"那你还让北唐大哥去！"蓝宋儿突然开了口，说完又鼓起小脸，假装没有在看北冥。梵音冲她笑了笑，谢谢她的关心。蓝宋儿已不知不觉换了对北冥的称呼，多了几分礼敬。

裴析定了心神，鼓起勇气道："卑职认为，只有知道了大荒芜的来龙去脉，才能真的对抗亚辛，对抗大荒芜！"

"若像你所说，东华去过那个地方，才变成了这番模样，那……"梵音欲言又止。

"东华没有死，没有癫，这就是他的本事！只不过……他贪心不足，妄想长生，变成了灵魅……若本部长能顶住，我们既能得到真相，又能打败亚辛，卑职觉得，应当一试！"说罢，裴析对北冥深深鞠了一躬。

"恐怕，你不是想让北唐去，你是想让他告诉你真相，然后，他的死活就无所谓了。你只要东菱最终能得到真相就可以了。"端倪突然道。

裴析只觉背脊一紧，端倪一针见血，正中其要害。

"你这个疯子！北唐大哥，我们可不能听他的！他不是好人！他是灵魅！"蓝宋儿叫道。

北冥一言不发，沉默着。

"难道真相摆在你面前，本部长，你不想去看看吗！"裴析急道。

"裴析，你还有什么事瞒着我？"北冥道。

裴析愕然。

"你为何一直让我去找真相？灵魅和人类为敌，我需要知道什么真相？你似乎有袒护之意。"北冥豹子一般锐利的眼睛直射裴析心窝，哪怕那里早就空了。

裴析一时间静默下去,许久道:"我见到了一个疯妇……我……有些心酸……"

那是裴析跟踪东华多时发现的一个地方。就在王庭山口外,围绕着王庭四周有一片无限宽广的黑湖,只是那湖上从没有倒影,从没有波澜,好像死水一般,拥有的只是无尽的黑暗。

东华偶尔会沿着黑湖走到很远的地方,远得已经看不见王庭的影子。他一站就是一天,每次都是愤然离开!

后来裴析发现了,不是东华不想下去,而是下不去。身为灵魅的东华一旦下去,就会被黑湖发现。据裴析推测,这大荒芜上的灵魅正是从黑湖里孕化而来的,只是现在还无证据。

"孕化灵魅的地方,那你还让北唐大哥去?你疯啦!"蓝宋儿又不禁叫道。

"东华显然去过那个地方!"裴析道,"他的一举一动都告诉我,他还想再去一探究竟,里面好像有他必须要得到的东西,只是他再也下不去了而已!是什么东西让他如此着迷,如此挂念?他已经成为灵魅了,他还想干什么?本部长,你就不想知道吗?"裴析苦苦相逼道,"连东华那个贼人都想搞明白的地方,必是重中之重啊!本部长!"

"你刚才说,有个疯妇。"北冥淡淡道,对裴析的态度,他毫不动容。

"是,就是那个黑湖。我曾经听到过,那个黑湖里传出过声音,有时候很远,有时候很近,那声音好像是谁住在黑湖里,又好像是黑湖自己。我分辨不清……"裴析踌躇道,"还有!峡山山涧下的绸水,也是从黑湖流过来的。黑湖的水迹几乎蔓延到了大荒芜每个角落。大荒芜所有的水雾,都是黑湖幻化而来。除了那一处仙境,白灵住的地方。"

"你同情那个黑湖?"北冥道。

"我……"裴析恍惚着,"不知道。只是听她的声音,满是惆怅……"

北冥看着裴析,一个经历过几番生死、大起大落,刚毅又固执的男人。会被轻易迷惑吗?是灵主或者东华的陷阱吗?他思考着。

"北唐,你不会是相信这个疯子的话了吧?"端倪看着北冥的模样,忍不住道。

"谁是疯子!混蛋!"裴析骂道,"你当年出卖第五梵音,她可没有出卖你!没有透露一点你和狼族遭遇时动用过的灵法!你该不会是早和狼族有瓜葛了吧,这才不去阻拦狱司暴乱,还和大巫不清不楚!"裴析胡乱道。

端倪一怔,向梵音看去。当年他确实和梵音一起遇到了修弥。只是他的防御结界没有成功阻拦修弥,让它穿了个洞跑了,倒是把追赶而来的梵音挡住了,因此两人大打出手。在狱司里,端倪向裴析透露了梵音的灵法招数。可他不知,梵音对他的防御能力,只字未提。听到裴析如此说来,端倪又惊又怪,心中泛起奇异滋味。他看向梵音,却见此时的梵音凝眉微蹙,看着北冥。她不知他如何思量,心中担忧。

"若我下去,不会惊扰灵魅吗?"北冥突然道。

"冥!"梵音心中一急,攥住了北冥的手臂。

"不会。那地方,我已经探查过数十次,大荒芜幅员辽阔,堪比东菱!灵魅也不是处处都在的。既然是东华发现的地方,就应该是最安全的地方,无灵魅踏足。"裴析道。

"要是东华故意引你到此,想对我们一网打尽呢!"梵音急道。

"那就要看我和东华谁的道行高了!这点,我没有十足把握!但……"裴析先是铿锵有力、无怨无悔地讲豪言壮语,后声音又沉了下去。

"但你对那个疯妇有了怜悯之心,从而心生疑虑。"北冥镇定道。

"妇人之仁!"端倪唾弃道。

"待我把他们送出去之后,你我在这里会合。"北冥决定道。

"不行!"梵音严厉呵斥道。

北冥却不听梵音的,与裴析交换眼神,定下计划。

"北冥!你干什么!混蛋!你和他眉来眼去的干什么!"梵音骂道。

"音儿,等我把你们送出去,你们就回菱都,知道了吗?"北冥道,全不顾梵音所说。

"混蛋!你疯了是不是!"只听啪的一声响,梵音一巴掌打在了北冥脸上,破口大骂道。北冥顿时警醒!"王八蛋!你个负心汉!你来大荒芜以后你就疯了是不是!脑筋不清楚了,是不是!干什么做什么都不知道了,是不是!你要送谁走!你说你要送谁走!"

"音儿,你听我说,我是为了你的安全!"北冥急切地解释道。

"是我重要,还是东菱重要!说!"梵音大声质问道,正和当年冷彻质问北冥时一模一样。北冥顿时愣在当下。端倪和蓝宋儿看在一旁,端倪皱起眉头,双唇紧闭。蓝宋儿咽了口唾沫,有些畏惧,靠近了端倪。

"你要敢说东菱重要,我现在就冲出去,再不用你管我的死活!"梵音怒道,说着大步流星往洞外冲去。

"音儿!"只听北冥大喊一声,一个箭步冲了过去,奋力托回了梵音,"你干什么!"北冥不知不觉提高了音量,震得山洞嗡嗡直响。身上的冷汗顿时落了下来,他手掌加力,把梵音的胳膊死死攥住,嘴唇煞白。"我什么时候说过那样的话!我什么时候说过东菱比你重要!"北冥急得声音打战,脸都青了。

"你说了!你现在就要做那样的事!"梵音嚷道。

"我没有!东菱根本没有你重要!"北冥直抒胸臆,吼出声来,脸色由青变红,燥了起来。

梵音心下一顿,问道:"真的?"

"当然是真的了!我骗你我就天打雷……"北冥激动地嚷道。

"哎!"梵音突然大叫一声,堵住了北冥的嘴,凶他道,"你再胡说八道我吃了你啊!"

"我没有胡说八道!东菱就是没有你重要!我没有胡说八道!我要是骗你我就天……"北冥与梵音僵持道,嘴巴咕哝直响。

"啊!"梵音大喊着盖过了北冥的声音,一口咬在他手背上。

"呜!"北冥甩着手背,疼出了泪花。

"是不是真的?"梵音突然娇笑道。北冥用力点头。梵音一高兴,用身子顶了一下北冥胸口道:"那,我现在放手了啊,你再敢乱说话,我就吃了你。"说罢,梵音放了手。

"音儿,你相信我了?"北冥能出声了,焦急问道。

"嗯。"梵音一乐,靠进北冥怀里。不一会儿,身后传来咳嗽声。

端倪道:"你俩完事没有?完事赶紧走了。"

"音儿。"北冥有话要说。

梵音突然插嘴道:"我跟你一起去。别废话,就这么定了。"北冥还有话想说,又被梵音抢了先,"谁让我丈夫是东菱的主将呢,他不去谁去啊。我勉强同意了,跟你一起去。不许有意见!"

"音儿……"梵音这般善解人意,北冥心中既是感动又是疼惜,一时间抱着她不知说什么好。

"你们俩到底还走不走了?我没工夫跟你们俩在这里耗!"端倪有些不耐烦道。

"是你不敢吧?怕了吧!"裴析攻击道。

"你说什么!裴析!"端倪刚才的火就一直在胸口憋着,现在忍不了了,一拳冲裴析打去。

"你干不过我!"裴析挑衅道,轻而易举地闪开。

"端倪,你带着蓝宋儿先出大荒芜,有问题吗?"北冥放开梵音,转身对端倪道。

"什么叫有问题吗?"端倪心中不快道,"难道你也敢质疑我的能力?"

"如果没问题,你们即刻返回东菱,告诉军政部防范姬菱霄和木沧!"北冥道。

"木沧跑了?"梵音惊道。

北冥点了点头。

"姬菱霄只是看你不顺眼,你让东菱防范她干什么?"端倪道,他对姬菱霄仍有偏袒之意。

"你要想清楚,端倪。军政部和国正厅终将势不两立。你是要保国,还是要保她!"北冥厉道。

"你想政变?"端倪道。

"势在必行!"北冥厉声道。

"北唐!你好大的胆子!你这个叛军!"端倪怒道。

"即使我不发动政变,你以为姬仲还当得住国主这个头衔吗!"北冥道。端倪怔在当下,无言以对。

"裴析,你认为,当年你中狼毒之事姬仲是否知道?"梵音突然道。

"不知道。"裴析脱口而出,"狼族没有告诉他。"

"你什么时候发现姬仲与狼族勾结的?"梵音道。

裴析沉默了,许久道:"我为了掩盖自己残害婴孩的事实,在回国后与姬仲只字不提追寻崖青山的事,除了他唯一一次简短的询问,我二人再没就此事商谈过。我因害怕事迹败露,不愿多说,姬仲不问,正合我意。从那以后,我开始回避有关崖青山事件的一切讯息,直到你们来东菱,我才又看见了他。"裴析看向梵音:"从那时起,我心中的疑虑慢慢浮现:为何我前脚找到崖青山,后脚修罗就跟上了?我到底是在帮姬仲招贤纳士,还是帮狼族铲除心腹大患?为何姬仲不再问我有关崖青山的事,他明明如此看重?那是因为狼族早就和他串通一气,了然于心了!包括我的身份,姬仲一早就告诉了狼族,这才使修罗没有对我下手,还为我送上了克制狼毒的婴儿血。他们为了控制我,让我越陷越深不能自拔。"

"那你怎知狼族没有告诉姬仲你中毒的事?"梵音道。

"因为狼族想要单独掌控我!姬仲一旦知道我的弱点和把柄,我在东菱将寸步难行!对狼族而言,这毫无裨益。"裴析狠道。

"那一日,你派连雾抓捕我和端倪,你的本意是抓捕狼族吧?"梵音推测道。

"是!我想趁此拿下它们中的一个,掌控在手,这样我就不会那么被动了。"裴析咬牙道。

"你早就知道狼族可以幻形了,而没有上报。"梵音道,"所以那日,我和你提及狼族幻形成人,你并不惊讶。"

"这种细枝末节你还记得。"裴析第一次正眼看向梵音。

"没错,我早就知道了,在我向它们求取解药的时候,我在辽地已经见过修弥的人身。"裴析坦言道,"那一日,我不敢只身前去,所以派了连雾去擒修弥,谁知抓了你们两个回来。"

梵音的脸突然阴沉下去,她和北冥交换了一下眼神。如此看来,狼族早就得到能使他们幻形的九霄徒幽壁了。难道说,狼族和九霄也有了勾结,并且让九霄心甘情愿地交出徒幽壁?

"我投奔狼族后,在辽地发现了姬仲作为条件抵押在狼族的姬家族徽!"裴析道,"险些忘了!我偷出来了!"裴析从身上掏出姬家族徽递给北冥。北冥接了过去。

"这就是你当年在辽地探听到的,姬仲为了遮掩他和胡妹儿的丑事,特地交给狼族的!"梵音刚一说完,立马捂住了嘴巴,好像说了什么不好的话一样。

北冥拿着族徽端详片刻,扔给了端倪。

"你自己的路,你自己选。不管怎样,你赶紧回菱都,我怕菱都有变!"北冥道。

端倪攥着族徽,在手上捏出了印子。

"我不担心姬仲,我更担心姬菱霄,她现在的操控术不可与以往同日而语,心思更是不容小觑!"北冥道。

"本部长,您何时能动身?我怕时间再耽搁……"裴析道。

"过了今晚!让北冥今晚好好休息,不要扰他!"梵音打断道,语气不容反驳。北冥应了梵音的话,随即不再言语,原地吐纳归元。

第二日,天蒙蒙亮,北冥修整完毕,缓缓睁开眼睛。

"冥,你感觉还好吗?千万不能勉强。"梵音小声道。

"好多了,你放心。"看着北冥清澈的眼神,梵音稍稍宽心。这时北冥偷偷往端倪身旁看去,眼珠一转,道:"音儿,你伤口还疼不疼?让我看看。动都动不了了吧?不然你先……"

"你想说什么?"梵音秀眉一挑道。

"我想说,你的伤不轻……"北冥注意态度,和缓道。

"死不了,当年在北境被狼崽子咬了一口,也没死啊。现在也没事!"梵音干脆道,堵回了北冥的话。

"本部长,我们可以动身了吗?"裴析道。

"可以。"北冥应道。

端倪和蓝宋儿还在昏睡,听见动静,方起身来。

"你们路上小心。"北冥道。

"我说我要走了吗?"端倪道,"少对我发号施令,北唐。"

众人不明,向端倪投去询问的目光。

端倪忽而清了清嗓子刻薄道:"我信不过他。若真像他说的,那湖里有秘密,等你回来,趁你没死,亲口告诉我。不然,口口相传,我到时候怎么辨别哪句是真,哪句是你的疯话!"

"你要与我一同去?"北冥直接道。

"对。"端倪道。

第一三一章
九周天

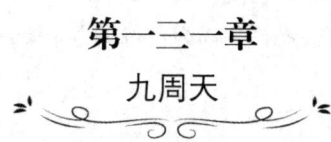

"那我呢！"蓝宋儿突然道，大家都忘了她。

"你要么在这里等我，要么自己出大荒芜。看你机敏的身手和大巫的血统，游走大荒芜应不在话下。"端倪嘴上虽这么说，可心里已经替蓝宋儿做了打算。

"本部长，不能再耽搁了。"裴析道。

北冥这就准备动身。

只听梵音道："蓝小姐，你若怕就等我们回来，或者……"梵音还是有些担心，不放心蓝宋儿自己一人在此。

"我和你们一起去！"蓝宋儿突然大声道，"谁怕了！你说谁怕了！"

"听不听劝随你，小命丢了别怪人。"端倪插嘴道。

"呸！我看你们没了我，才要小命都丢了呢！一堆蠢货！莽夫！"蓝宋儿傲慢道，"你们若真听了那个灵魅的，都得死在这儿！"

"你放什么厥词！"裴析突然怒道。

"我看，这里面数你最奸！我说什么，你难道不知道？"蓝宋儿话音一挑，媚眼翻起。谁料，裴析登时大怒，嗖的一下冲蓝宋儿袭来。

"你做什么！"端倪抬手一挡，震开了裴析。

"你果然跟大巫不清不楚！你个小人！"裴析骂道。

"我呸！和我有关系，怎么就是小人了！我看你是要杀人灭口！"蓝宋儿大声道。

裴析听罢，双目一斜，又要攻来。

"裴析！住手！"北冥呵止道。谁知裴析不听，连端倪都要打。北冥一个箭步跟上，翻手一掌，擒住了裴析肩膀，让他动弹不得。

"事迹败露了吧!"蓝宋儿跳着脚喊道。

"你闭嘴!"裴析戾道。

"你们听我说,若你们真应了他的话,出了端倪设下的结界,不用多时,你们统统要折在这大荒芜上!"蓝宋儿道。

端倪脑筋一转道:"你是说,我们会在大荒芜中丧失意志?"

"算你还不笨!"蓝宋儿笑道,"别以为仗着灵力深厚,你们就能在大荒芜中为所欲为! 我告诉你们,灵主不出一兵一卒,只要引你们到大荒芜中,就能一举将你们拿下,不费吹灰之力!"

虽说北冥等人对蓝宋儿所说的并非一无所知,毕竟百年一战时攻进大荒芜的士兵只有少数生还,足以证明大荒芜中危险异常,可乍听蓝宋儿说来,还是不由一震。

"可我们现在还好啊?"梵音道。

"哼,"蓝宋儿冷笑道,"那是因为你们自始至终躲在端倪的防御结界中,并且没有大量调动灵力。等你们出了这山洞,各自展开防御术后,灵力会被大量耗损,过不多时,你们就会彻底迷失在这荒原之上!"

梵音看了北冥一眼,北冥知道她的意思。北冥从前曾多次到过大荒芜,但确实如蓝宋儿所说,他都不敢多作逗留。直到最后一次,他与梵音一起探查大荒芜,再返回东菱时,明显感到力不从心。这样说来,蓝宋儿的话绝不是危言耸听。

话已至此,北冥猜出了裴析的用意,两人不再多言。

"你是想让北唐遂了你的心愿,探探黑湖,到时候,不管他得到什么消息,是死是活,只要你知道了就可以! 是不是!"端倪突然厉声道。

"然后,你随便把消息传给东菱里的任何一人即可,对吗?"梵音冷语道,"若说最近的,应该是北境的北唐持部长。一旦北冥出现意外,你就打算让北唐持部长主持大局,对吗?"

裴析被审得无言以对,低头不语,半晌道:"总要有人涉险。除了本部长愿意,东菱上下的人,我想不到第二个了……"

"你!"梵音气得伸手欲打。

"照你说的办。"北冥环手一拦,挡住了梵音,冷静道。

"北冥!"梵音叫道。

"音儿,战事欲停,我辈必当不畏牺牲!"北冥郑重其事地对梵音道。梵音银牙一咬,怒视着他,猛地撇过头去,不再言语。北冥等梵音稍作缓歇,对裴析道:"你带路吧。"

裴析语塞道:"本部长……"

"无须多言了。"北冥打断他道,"端倪,你作何打算?"

端倪看了北冥一眼,打算听他先说,自己再作考量。

北冥识出他心思,直言道:"你若与我同行,不失为帮手。你若现在撤离,就在大荒芜外等我消息。蓝小姐,你若有把握安全离开大荒芜,请你先离开。"

蓝宋儿眼珠一转,不禁朝端倪看去。这个人诡计多端,思虑周全,蓝宋儿想听听他怎么说。

"你若传不出来,我不是白等?"端倪道。

蓝宋儿和梵音听了,皆不知端倪何意。

北冥眼神一回道:"走。"

两人齐往洞口走去。

"哎?怎么回事?你们两个说什么呢?"蓝宋儿尖声问道。

"你在这里等着!"端倪冷不丁道。

蓝宋儿瞅着他的背影,忽而跳脚道:"你要和他们去啊?"

"你喊什么?"端倪蹙眉。

"你真的要跟他们去啊!你不怕死啦!"蓝宋儿三步并两步,跳到端倪身边,开心道。

"你这么高兴干什么?北唐和你没关系。"端倪嫌恶道。他以为蓝宋儿是看他愿意与北冥同往,对北冥来说有个帮衬,心下开怀,才会如此。

"哎?"蓝宋儿脑袋一歪,不知端倪心思,自顾自道,"没想到你这个人还挺讲义气的嘛!"蓝宋儿撞了一下端倪,笑盈盈道,"那……看来,你帮我们蓝宋撤离也是真的喽……"蓝宋儿聪明伶俐,经过这几天的观察,思前想后,觉着端倪似乎没那么冷酷。若说他是为了水腥草才特意去蓝宋国营救他们的,似乎也说不通。只要狱司的人把他们救回去了,那水腥草自然就是东菱的囊中之物了,端倪大可不必涉险。

"莫名其妙!"端倪拂袖一挥,只觉脸上有点发烫,避开话题。

梵音却走到北冥身前道:"冥,龙二怎么办?"

北冥朝洞穴内看去,龙二一团污秽,正苟延残喘。

"他早就不配活在这世上了,让他下地狱去和龙姨、龙一忏悔吧。夜家的账,他这条命抵不了了!"说罢,北冥五指一攥,只听一声噗响,血泥飞沫,龙二死了。

"龙姨……"梵音道。

"走了。"北冥低沉道。梵音捂住嘴巴,哭了出来。在弥天上龙三三活得凄惨,在地球上龙三三爱女如命,最后为女殒命。两世为人,终究还是苦命。崖雅若知道,更不知要如何伤心呢。北冥稍作安抚,准备动身。

只听蓝宋儿在一旁道:"哎!你们几个真不怕死,还是怎么着?这就要去啊?"众人看过来,不知她何意。只见她俏鼻一哼,傲慢道:"人类,真是够蠢!"

几人听她说来,不禁撇了嘴角。她自己说完方觉不对。当大巫当久了,张口闭口喜欢把自己和普通人类区分开。

随后,她清了清嗓子,以掩尴尬道:"那个!今日我蓝宋儿就发发慈悲,救你们这些凡夫俗子一命。记得!从今往后,你们都有欠于我!日后你们都得报答我!若有为难,合着伙和人类欺负我大巫一族,我定不罢休,要你们好看!"

蓝宋儿训斥道,众人看她小小个子,中气十足,好不威风,活脱脱一副刁蛮大小姐模样。

见无人应,蓝宋儿又道:"听见没有啊?你们想活不想活了!"

"想活!"梵音突然开口应道,走到蓝宋儿身边,"蓝小姐,你是有什么办法帮助我们吗?"梵音一脸微笑。关键时候,男人都是木头,还是梵音的细声软语管用。

"那当然了!"蓝宋儿得意道。

梵音看见过蓝宋儿帮北冥恢复意志,猜想她真有办法。

"你们两个呢?怎么不说话!不感恩于我!"蓝宋儿冲北冥和端倪吼去。梵音在她身旁紧着给那两个木头打眼色。

"谢谢。"两个人嗓子里像卡了木头,异口同声道。梵音翻了个白眼,懒得理他们。

蓝宋儿傲慢,却不骄矜,这个时候,有句诚意的话应她,她就接了。只见她从腰间卷袋里拿出一个青蓝色小葫芦瓷瓶,一指高,又夹出两个拇指大的小瓷盅,极为精致。她让梵音帮她托着小瓷盅,从小葫芦瓶里分别往两个瓷盅内倒进些许绿色粉末。蓝宋儿跟着咬破自己手指,往瓷盅里滴了数滴指血,绿色粉末瞬间溶解。她让北冥和梵音分别服下。

跟着,蓝宋儿又走到端倪身前道:"没有瓷盅了,你别喝了。"

端倪眉头一皱,转身就走。

"回来!"蓝宋儿一把扯过端倪衣袖,趁他不备,把手指塞到他唇边,用力挤着伤口,"哎哟!"蓝宋儿嫌弃端倪一副不好摆弄的样子,使劲往他唇边一塞,血送了进去。

端倪来不及反应,血已入了口。跟着蓝宋儿又把粉末抹进他口里,算是大功告成。蓝宋儿一边吮着自己的手指,一边收拾药包,当什么事都没发生过。端倪用手抹去唇边残渍,低眉顺眼,不知在想着什么。

"饮了我的血,喝了我的药,我能让你们保命!"蓝宋儿收拾完毕,下巴一仰,得意道。

"多谢,蓝小姐。"北冥恭敬道。

"谢谢!"梵音笑盈盈道。

只有端倪在一旁咬着嘴,觉得吞了一口别扭。

"你呢!"蓝宋儿突然对他横眉冷对道。

"谢……谢了……"端倪别扭地憋出两个字,极不情愿,甚至还有点嫌弃。蓝宋儿一扭脸儿,不再理他。

随后裴析带着北冥等人离开了山洞,顺着他指点的路线,一行人走了两个时辰,才来到了一个人烟稀少、寸草不生的地方。

平日大荒芜虽看着死气沉沉,然而灵魅鬼徒数不胜数,枝丫间也有老鸦灰雀停歇,树都是焦黑的,却也有野兔、野鹿经过。可裴析带的路,一路上他们连只苍蝇都没碰到,极为隐蔽。穿过一片矮林子,灰石子滩下,一片汪洋弥漫、雾气蒙蒙的黑水滩出现在众人眼前,正是王庭的裙带黑水,溪水蔓延至此、汇流成滩的地方。然而这片黑滩的面积可不比王庭前的小,远远看去,没有边界。

"到了,本部长。"裴析道。

"这地方,你是跟着东华找到的?"北冥问。

"是,在这片黑水的尽头,就是白灵栖息的地方了。后来我才得知,灵主从不让灵魅擅自骚扰白灵,白灵只能唯他命是从。"裴析道,"我就是在这里听到过那个妇人的低吟,像是从黑水滩底传来的。有时又会缥缈远去,不知所终。东华在这里一站就是一天,等夜黑风高的时候,我几次见他想涉足黑滩,却终究止步了。"裴析道。

梵音忽而转身对端倪道:"端倪,你从王庭救出我时,必须先踏足绕其四周的黑水,你是怎么过来的?若说黑水有灵,你过来,它必会知晓才对。"

"石子。"端倪道。原来,端倪前往王庭救出梵音时,每在水中踏出一步,手中都会掷出一枚石子,他则蜻蜓点水,踏石而来。好细密的心思,防的就是大荒芜中的一切诡异。

裴析听后不由对其做法大加赞同,认可端倪是个谨慎的人。不过,他又开口道:"这个藏在水底的妇人并非每时每刻都能在大荒芜露脸,大部分时候她都销声匿迹,如同死了一般。虽说黑水遍布大荒芜每个角落,可这妇人似乎并非百事都通。"

梵音担心道:"北冥,即便你要下去,但这闭气的功夫又能让你撑多久呢?十几分钟,总也得上来了。"

"本部长,您潜进这黑水后就不能再使用灵力了,防御术亦不可为,不然,我想那妇人不知从何地便能知道有人潜入!"裴析道。

北冥看着这黑水半响,道:"好。"

"冥……这黑水我看不透,连一寸都看不透。"梵音蹙眉道,她的鹰眼可看千山万物,洞彻百川,然而眼下这黑水,她无能为力。

"音儿,你等我回来。"北冥攥着梵音冰凉的手,"若我半日未返,你立刻和端倪离开大荒芜。之后,我想办法自行离开。"

"不行!"梵音一把抱住北冥,用力道,"他们走不走我不管!你必须给我回来!你不回来,我不走!"

北冥大力抱住梵音,坚定道:"好!你等我回来!"

"嗯!"梵音在北冥怀里用力点头道。

随后北冥褪下外套,准备潜入水底。此时,蓝宋儿手臂环着肩膀不停揉搓着。端倪发觉异样,问道:"怎么了?"

蓝宋儿摇了摇头道:"不知道,只觉这黑水怪怪的,我身上发麻,好像……好像我的大巫血也排斥它似的。"

"蓝小姐,你刚才的药,能再给北冥用一些吗?"梵音恳请道。

"不行,你们常人服了我们大巫血本来就有毒。大巫之所以能在大荒芜穿行,都是因为这与生俱来的巫族血统。可与这暗黑灵力相容不斥,不然,我也会被他们发现的。但北唐大哥前后两次服了我的大巫血,再用已经不行了。"蓝宋儿解释道,"但是……"蓝宋儿突然犹豫道,"第五家姐姐,我觉得这黑水怪得很……我对它已是排斥不已,恐怕北唐大哥下去更是不妙啊!"

梵音听罢,更是担忧,转身朝北冥看去。可这一眼,便死了心。北冥的灵感力极盛,此时他收了全部灵力,单凭灵感力探测着这黑水的力量。他的脸上已给出答案,正如裴析所说,这黑水非同一般,他定要去看个究竟。

北冥正要下水时,梵音突然低声喊道:"冥!"只见她一个箭步冲了过去,一把抱住北冥吻了上去!

梵音用力抱着北冥的脸颊,用力吻着他的双唇不撒开,直到唇瓣全被自己含进嘴里,她吮吸着他的味道。梵音火一般的热情让北冥脸颊滚烫,闭上了眼,接受梵音全部的爱意。

梵音猛然放开北冥,气喘连连,捧着他的脸道:"北冥,你记着,什么都是假的,不管你下水后脑子里出现什么幻象,都是假的!只有我才是真的!只有我爱你才是真的!你记住了吗!"

北冥看着梵音的眼睛,坚定道:"记住了!"梵音放开了北冥,北冥再无耽搁,转身跳进这无尽黑水之中。

北冥一路下潜,原想着这黑水漆黑一片,定当寸步难行,连睁眼都是件难事,没承想,刚刚下潜到三米处时,豁然间一片晴朗,好像光天化日般明媚,憋在胸口的一口气瞬间被冲开。

北冥大呼一口,只觉沁人心脾。他警醒万分,随时随地监视着自己是否有异样,但凡有点不妥,都不贸然再进,以防疯癫乱思。然而北冥停了一会儿,未觉不妥。

他抬头向上看去,就在他脑袋顶端,一片汪洋黑水无边无际地在他上空蔓延开来。一切都没变,一切都还在,只不过,在这黑水之下的三米处,黑水被分层了,一半黑暗,一半清澈。北冥不能透过头顶的黑水看见外面的状况。北冥思索片刻,继续朝潭底潜去。下面的路越来越清,越来越明,北冥甚至已经开始呼吸了。他猛然惊醒,以为自己疯了,但看了又看,发现自己还是在水中游动着,只是这呼吸顺畅好似鱼儿一般。

索性,北冥下潜的速度愈来愈快。忽而,他耳边传来声音,是鸟鸣,他以为自己听错了。北冥又支棱起耳朵去听,这回听清了,是鸟鸣,还有虫叫,风轻轻的,有树叶在动。就在他感叹之际,眼前豁然大亮了。青山绿水、河流小溪、奔跑的麋鹿、成群的豹羚,这是哪里?是陆地吗?北冥飞速思索着。突然,成群的壮汉跑了出来,撕扯着,好像在打群架。是山精,看守峡山的山精!

北冥被眼前的一切惊呆了,不知不觉中,他落了地。看着脚下的黑土,他不敢置信地踩了踩,结实的。这里是,大荒芜!北冥不假思索地迸出这个念头。只是,它和现在的大荒芜,截然不同,面目全非!

北冥朝山精走去,跟着他们也许能找到更多的人或更多的灵魅?北冥开始怀疑自己了。忽而,一条小溪淌过北冥脚踝,冰凉冰凉的。北冥顺着小溪看去,不远处便是峡山了,上游的水越流越急,一会儿工夫成了十米宽河,水流清澈见底,连鱼都有,这不正是绸水吗!北冥沿着绸水河往上游奔去,他知道,穿过峡山,不远处便是王庭。

北冥攀上峡山,绸水激流勇进,在山涧中传来隆隆声响,那声音轰轰浩荡,振奋人心。北冥不禁向山下看去,绸水哪里还有往日的低沉凝重,那奋进的泉响让人激昂澎湃。北冥闪念一想,再不多停,继续往王庭的方向奔去。只要翻越峡山,到了荒原,就能看到那荒原上流淌着一条宽广的长河,连接着王庭脚下的黑潭与绸水。然而,此时荒原不在,郁郁葱葱的平原上山精和树怪扭作一团,豹羚、野马成群结队,犀牛也在不远处。

突然,天空中划过艳阳,是红鸾。只见它朝晖满天,披霞而来,三两下便散了,消失在天际,无影无踪。轰一声雷暴!十几只红鸾在百里外骤然现世,耀得半边天都是火色。一声尖厉怪叫刺破大地,三两只食苍兽被成群的红鸾用巨爪狠狠钳在地上,双方撕扯开来。

北冥被这景象扰得有些恍惚了,他仰首眺望远方。不知是多远的地方,平原和天快到尽头了,一座神峰出现在北冥的视野里。即便那已经足够远了,可他还是能看得清清楚楚,一座通天遁地的山峰傲立在这大荒芜之上,是这片土地上万物的脊梁,那就是古老传说中的九周天!北冥远眺着它,已然神思向往。它好像有魔力一般,让人不禁想要朝拜。

北冥猛然摇了摇头,清醒过来。他得去看看,但路程不近,他要快!北冥刚要发力在平原上狂奔,突然间天地暗淡,疾风暴雨将至,乌云压顶,漆黑一片。

当北冥再抬头时,他已经到了九周天脚下!九周天以前隔着黑水潭,他过不去,然而现在围绕在九周天周围的,已经不是黑水潭了,而是清澈满溢,波光粼粼,犹如仙月落尘的华美湖泊。那美丽的湖泊栖息在九周天峰底,温柔绵长,好似它温婉的伴侣。

此刻,狂风大作,湖水依偎着九周天,向上涨起,像是有些怕了。忽而,一个温柔的声音清晰地传进北冥的耳朵,那声音听上去有些胆怯:"永灵,这天是怎么了?"说话的正是这美丽的湖水,听上去像个动人的女子。然而半天没有人应她。湖水又道:"说话呀,永灵。"

对方迟迟开了口:"永生,天地万物都有尽头,都有停止的那一天……"话到一半,对方不说了。说话的是个威严的男声,正是眼前这擎天神峰九周天。

"永灵,你什么意思?"湖水道,"我听不懂。"

九周天沉默半响,再次鼓足了勇气对湖泊道:"由于人类资源的分配不均、强弱悬殊之大,导致大地上饥荒遍野,人们流离失所。他们单薄的身躯不堪一击,被弥天大陆上的任意一种生灵欺凌,命运飘摇、悲惨非常。"

"那又如何了?弥天之上,哪一种生灵、族群不是这样了?弱肉强食,胜者为王。人类要是因此灭绝,只能怪他们自己不堪一击,不配同弥天万物共享盛世。"湖水道,"这是世间的生存之法呀,永灵。"她试图宽解他。

这一次,九周天没有犹豫,而是继续道:"永生,你有没有想过,也许是我在这世上太久了,占据了太多灵元,才让这本该和我们一样拥有灵气庇护的生命变得如此脆弱,不堪一击。他们原本可以活得更好,更有尊严?"

"我不懂你的意思,"湖水泛起涟漪,轻抚着九周天山峰,"自古以来不都是这样吗?龙吃虎、虎食鹿、鹿吃草,狼族食百物,海鲸吞万水,天理如此,有什么对错好坏?"

"是啊。狼族凶狠霸蛮,天生神力,灵法强大,不费吹灰之力就有了这一身无法被超越的能力,在世间横行霸道,毫无章法。"九周天道。

"那又如何了,食苍兽、红鸾、聆龙,哪个又不是这样了?不都各自活得好好的?"忽而,永生湖的湖水往远处一荡,一片碧波掀起,像只玉手,指着远方正在厮斗的食苍兽与红鸾,"难道你说,红鸾就是好的,食苍兽就是坏的?不过是红鸾披一副好皮囊罢了。像你这般说来,有些强词夺理了。"永生湖不服道。

九周天沉默了下去,不一会儿,他道:"永生,那你认为他们有灵吗?"

"当然,不然他们的灵力是什么?"永生湖道。

"可我却更喜欢人。"九周天道。

"你今天真的太奇怪了!永灵,你若再这样讲,我便真要生气了。人?那个不堪一击的族类吗?人类能到大荒芜的都没几个,不是跑断了腿,就是没了命,活着,都是多余!"永生湖气道,"你统共见过几个人类?不是被豹吃了,就是被猴撕了,他们怎可与我大荒芜上的万灵相提并论?

"还有,你方才问红鸾、食苍兽有灵吗?他们当然有灵,而且是这弥天之上最华贵的灵兽,无论美丑,都是我爱的灵兽!你这样说他们便是不对了。即使你厌烦看见他们厮杀,那灵儿你总不厌了吧?"永生湖碧波一荡,涟漪层层,数里外,只见湖下有几团灵物涌动。见波涌来,灵团瞬间藏了起来,等浪停了,又偷偷探出脑袋。是白灵,它们正藏在永生湖的湖水中。

"灵儿是你我用毕生灵血孕育出来的灵子,天地之间又有哪个种族可以和他们相提并论?要说纯净,除了我们的灵子,还有谁?你为何不多看看他们,少想些其他的?"永生埋怨道。

"灵儿我当然喜欢,那是你我的孩子,我怎会不爱。"九周天忽而和缓道,气息往白灵的方向探去,白灵有些胆怯,没回水里。

"还有辛儿!他最近长大了,你知道吗?永灵!那个小子,本领大了,就不要爹妈了,满荒芜地撒欢儿去了。"说到这儿水面传来阵阵银铃般的笑声,"要说灵,没一个比咱们辛儿更灵的了!今后,他定是这弥天上的万灵之主,受万族敬仰!"湖水忽然漫涨疾升,洪波浩瀚,遥遥千里,涌入六合八荒,霎时甘霖普降。

九周天静默了,屹立在这天地间,绐万里苍穹。北冥看着九周天,不知他在想些什么,可总觉得那座神峰深深吸引着他,令他无限向往。

天地骤变,几个日落已瞬息百年。北冥仰头望去,流云飞转,百年已过。大荒芜中万物丛生,蒸蒸日上,灵贯天地,羡煞四方。

九周天已百年未开过口,但在这有着亿万年历史的弥天大陆上,百年不过转瞬。百年间,永生湖的水越涨越高,越漫越远,九周天的灵力愈来愈盛,充盈天地。然而北冥发现这天地间的距离似乎越来越近,这不是他的错觉,他在这混沌间已是呼吸不畅。天变低了,乌了。

"雷暴?"北冥心中道。

只听一声山谷空明,九周天醒了。山峰抖擞,气势磅礴。他没有眼耳口鼻,可北冥看去,却觉得他比万物皆灵。九周天望着天际,神色凝重。

"永生。"许久,九周天开了口。

"嗯?"一声慵懒,永生湖环绕在山峰四周应道。

"百年了,我原以为凭自己的灵力可以化解这浩瀚宇宙的一劫,但终归是无用。"九周天道。

"你是说这天雷?"永生湖警惕道,也向天边看去。

"不是天雷,是陨星。"九周天道。

"陨星?"永生湖严肃了起来,"巨大吗？会落在大荒芜附近？"

"会落在大荒芜边界与四方交接的地方,可毁了半个四方。"

"四方吗?"永生湖道。四方,即是除了大荒芜以外的弥天之地。"那你紧张什么?"

"狼族已经从辽界向大荒芜迁移了,噜噜也是,还有一些小的灵物,飞禽走兽,也在往这边赶。"九周天道。

"真鸡贼。狼族来,我们大荒芜岂不是要被祸害了,你还是趁早阻止了他们吧。"永生道。

"人还没有过来。"九周天突然道。

永生突然气道:"怎么又提他们！不相干！"

"因为他们通灵。"九周天平静道。

"什么?"永生湖不明其意。

"因为他们通灵、通性,是我见过的这世间最富有情感的动物。他们拥有智慧。我想要看到他们繁衍生息,给这弥天再添一个样子。情大于灵,智大于天,他们善恶分明,而不是靠野蛮来厮杀,靠强弱来掠夺,我希望这弥天之上再多一个东西,理。"九周天缓缓道来。这番话他想了很久,藏了很久,终于对他的妻子永生道了出来。

永生怎可能不知他心意,怅然道:"你想做什么?"

"这陨星灭地,不知又要燎我多少荒原万物,你看,豹羚还在撒欢儿地跑呢,跑到没日没夜的天边,哪怕掉下海去,也不停歇,直到四足燃尽,也不罢休,那就是他们的快乐呀。你忍心看他们脚踏焦土吗？还有海灵鲸,这世上大约四分之三的海都要被燃尽了,海灵鲸那么大,还能去哪儿？还有人……恐怕还没到大荒芜,就会统统疲累地倒在四方外了。"九周天有些低落。

"你预备怎么办？"这次，永生的声音变得平静甚至有些冰冷，因为她了解自己善良的丈夫。

"永生，我在这弥天之上已经存在得够久了，我看尽了大千芳华，却还是不够！我太贪心了！我希望弥天之上，不止一个大荒芜。我要弥天上百花绽放，万事昌隆，生生不息。我想看到这大地上有不一样的盛世繁华！"九周天高昂道，那声音响彻天地，声声不停。万物朝九周天敬仰而来，与其遥相呼应。北冥站在大荒芜的平原上，只觉汗毛战栗，脑中空明。

忽而，一声低沉传来："要是我不许呢……"永生湖波涛暗涌，一触即发。

"妻，我永远不会离开你，我依然会住在你的心底，永不分离。"九周天深情道。

"胡扯！为了你的贪心，为了你的偏爱，你宁愿丢下我们母子，与天同尽，我不依！"永生咆哮道，瞬间湖水漫过了九周天半个山峰，巨浪滔天，"我要在你面前灭了万物！我要让人类一个不留！"

北冥站在高空处，他怕了。有生以来，他第一次害怕了，看见滔天巨浪，看见灵峰擎天，他的心中掀起轩然大波，他无法招架。是敬畏还是震撼，或是惧怕，他说不清楚。他只知道，那力量是人类终其一生不可匹敌的。北冥好像存在于四方外，在近身，在远端，在高处看着这一切，清清楚楚，只是没有人看得到他。

然而，就在湖水动怒之时，天空骤然大亮，外空被点燃了，一颗浩瀚陨星即将坠落。豹羚疯跑，红鸾嘶鸣，聆龙从极北飞来，身上披着寒霜，银色的龙耳被炸得血丝满布，它抵挡不了这夺命的嘈声！

"龙儿！鸾儿！苍兽！"永生湖大惊，欲张开怀抱为它们抵挡天劫。

"我的妻，我比谁都知道你是这世上最善良的母亲，你是这弥天之上的灵母，没人比你更疼爱自己的孩子，世间万物都是你的心之所系。"九周天动情道。

永生湖慌乱得不知所措，大喊道："永灵！怎么办！"

"这一劫，我来挡！"只听震天撼地一声巨喝，九周天倾力而出！

第一三二章

　　九周天一世孤立,傲然屹立在这弥天大陆之上,亘古不倒。只见他从大地脚下到云层之巅,周山旋起一股浩瀚灵力,那灵力以排山倒海之势,撵大地而来,破苍穹而上,整个弥天在他的灵力震撼下晃动起来。
　　北冥看着脚下,那是根的力量。九周天是弥天的根,贯穿大地两极。九周天的力量势如破竹,弥天万物在他的庇护之下。混沌弥漫的天空被他冲破了,乌云尽散,天下大白。走兽停止了疯狂,暂定下来,仰望苍穹。
　　霍地,一股炙热破空而来,划破了弥天的安详、灵静。陨星以雷火之速向弥天大荒芜外的另一端四方界砸去,那强烈的气浪压制得大荒芜上的灵兽动弹不得。而四方地界,地动山摇,陨星冲击下来的剧烈力道已经渐渐让四方之地有倾塌之相。
　　"这不是平常的陨星,它足以毁了半个弥天!"北冥心中大骇,望着远方。"狼族!"北冥眼前突然一亮。
　　数以万计的狼族以飞奔疾走之势向大荒芜奔来,眼看就要越过四方界,冲进大荒芜了!北冥的眼睛好像开了神力,能望尽这弥天百态,可还是慢了!陨星眼看已经到达。一半的狼族还没有过界,身后的噜噜和百兽都在飞奔,它们过不来了。
　　此刻的北冥早就忘了自己还是个人,他只当自己是这弥天万物中的一个,与万灵共生死存亡!
　　"再快点!"北冥呐喊道。然而此时的人类,连个影子都没有。他们太单薄了,连树猴都打不过,在奔来大荒芜的路上,早就被分食了。
　　四方的尽头已经开始燃烧,烈火熊熊,然而陨星还没有完全落下。
　　只听一声旷古洪喧,叱咤弥天满疆,九周天山摇地动,劈天之力蛮荒而出。霎时间，风云变幻，空气中燃烧的烈流被九周天的蛮荒之力撼动了，好似一股大地旋风，风卷残云般困住了坠落的陨星。然而陨星的力量太大了，炽烈得让九周天的灵力顷刻成灰。

九周天灵力盛放，待续未完，拖着陨星在弥天大陆的西方拉出了一道长长的峡谷裂痕。

"它必须要停！"九周天大喝道，不然整个弥天要被它一分为二。

千钧一发之际，只见九周天山体一正，赫然一立！下一刻，大荒芜的西边界，一座通天巨峰拔地而起，直冲九霄，好比九周天伸向世界另一端的强力臂弯。两股蛮力相互加持，成了一个半月形轨道，陨星的力量被控制住了，速度被削弱。就在这雷霆之刻，九周天再次发力，陨星被弹出了轨道，向大荒芜飞来。

这时，一个骇人的破碎之声响起！北冥猛地向身后的九周天望去！"不好！"九周天的山体开裂了！陨星依然力道不减，向九周天砸来。北冥拼命奔了过去，想替九周天挡这一劫，然而他的身体不由他控制，他只能随境而动。

只听天边传来一声高喝，洪荒之音，铿锵有力："灵父！"只见一道耀白冲破大地，披光而来。

"亚辛！"北冥回头望去。那惊人的灵力，浑厚的力量，得天独厚的气势，正是他日夜记挂的死敌——灵主亚辛！

然而眼前的亚辛和他识得的全不一样。此刻的亚辛卸了以往一身黑甲雾衣，扯了凄厉残暴，有的是至纯至刚的通天灵力，一身净白，好像永生湖里的白灵，幻化成了人形。他没有兽的张狂姿态，有的是纤长的四肢，挺拔的躯体，飞过大地，好像一道白练。被他抚慰过的苍灵甚感安详，大荒芜上躁动的一切静了下去。

亚辛直奔九周天，绕山盘旋而上，像条纯白巨龙，把九周天稳稳地护在自己胸膛之中，用力一抻！九周天停止了崩裂。

"灵父！"亚辛大喊着，细长的眉眼已成了形，好似光辉的霞光。

"辛儿！照顾好你灵母还有荒芜万物！"九周天喝道，"撤去！"

"不！"亚辛道。亚辛死死套牢九周天，不再让他受伤半分。

一阵悸动，九周天哭了，颤抖道："好儿郎！"

陨星已逼近九周天，大荒芜的平原再次炙热起来，永生湖里的水开始滚沸了！绸水四溅，越过峡山，奔腾狂躁！狼族越过了边境，来到了大荒芜，噜噜紧随其后。它们身后的困境已解，然而此刻的大荒芜危在旦夕。没有谁愿意再上前，统统停在边界，观望着。

陨星划破了重云，急速坠落。九周天动天一喝，山峰之力开山而出，九周天自解了！只看万丈灵光从山底地心喷薄而出，直冲凌霄！

"灵父！"亚辛痛喝，被九周天的力量弹出百里之外。九周天灵芒愈升愈高，山口愈放愈大，山下的永生湖亦被撕裂了，湖水向四面八方泻去。永生湖早已没了生气，筋疲力尽，口中只喃喃道："永灵……"

日月永辉般的陨星近在眼前，弥天亦要被它撞毁了。一声咆哮，九周天全力一击。那光辉刺得万物不能抬头，北冥怒睁着眼睛，看着。陨星以倍速开始消融，越变越小。九周天的灵力成功把它打散了！地上的蒸腾面积在迅速缩小。然而，还是不够，陨星依旧像落日余晖般砸了下来。

九周天山口大开，一口吞了陨星！只听轰天震地一声彻响，弥天大陆被震酥了。九周天轰然倒塌，陨星在九周天山底崩碎了。就这样，弥天大陆的擎天神峰倾塌消亡了。

沸腾的永生水拼命地涌进无底的炙热山口，悲痛着，哀嚎着，伴随着灼心的嗞啦声瞬间消融。可她还是不顾一切地奔流而下，想抚平他的伤口，然而无尽的永生水却再也灌不满那无底的伤疤。

亚辛赶回来了，却为时已晚。他冲进山底洞口，哭喊着："灵父！灵母！"

永生湖悲戚道："辛儿，辛儿，快去，快去看看鸾儿他们是不是，是不是还好。"亚辛不愿离开，却不忍违拗母亲的意愿，飞身冲出九周天洞底，探查着大荒芜上的生灵是否安好。

大半的豹羚死去，白灵一个个魂飞魄散，聆龙伤耳溅血，红鸾了无踪迹。亚辛痛彻心扉，散出大半灵力抚慰救治着灵兽们。食苍兽最巨大，摄取的灵力最多，亚辛毫不吝啬统统给予。食苍兽石心动容，在活命后，蹒跚离开，不再多取一分一毫。

亚辛筋疲力尽，依偎在山底残存的石缝中，那是父亲的温度。

几日过去，即将干涸的永生湖中缓缓传来了叮咚声，湖水孱弱地流了出来。灵兽迫不及待地前来索取，被亚辛轰散了。狼族迟迟潜在远方，不敢轻易踏足大荒芜。

这一日深夜，一阵窸窸窣窣的声音打破了大荒芜的死寂。北冥被惊醒后看向远方："什么声音！"现在任何一处异动，都能让他神经紧绷，他不忍再看到大荒芜上任何一个生灵泯灭。这时候若是狼族来犯，亚辛亦阻挡不得！

"不对！"北冥即刻转醒，亚辛和狼族不是死敌，反而有利益勾结，那这个时候就不是狼族。"是谁！"北冥凭着多年的战斗经验深觉危机四伏。

突然，一个熟悉的声音传进北冥耳朵。

"前面就是九周天了吗？"

"哪里？"

"就在那里啊。"

"那是个洞口，哪里有九周天。"

"那就是九周天，九周天已经被陨星砸碎了，现在就剩下些残垣断壁了。"

"什么！那里就是九周天！乌漆嘛黑的，有什么用！早知道不来了，半条命差点折在路上！"

"蠢货！有九周天一块半块灵石，你我以后也不用再愁生计了！它的灵力可是铺天盖地的，有了它，莫说你我，就连跟在我们身后的部族也有的吃有的喝了！到时候，我们就是这弥天大陆之上的三巨头，再没有哪个蛮人能和我们的部落抢食吃了！"

"那野猴呢？噜噜呢？"

"有了灵石，还用怕那些小兽？"

北冥在暗处听着，浑身的冷汗已瓢泼般流了下来："是人……"他不敢相信，开始移动步子向烧焦的灌木丛走去，腿上像灌了铅。北冥扒开荆棘，刺眼的一幕让他的心顿时提了起来。

三五百精壮大汉围坐在一起激烈地讨论着。一个个目露凶光、神采奕奕，正是和他长得一模一样——一双眼睛、一双耳朵、一个鼻子、一张嘴巴的人类！北冥置身大荒芜转瞬百年，已经许久没见过人类了！

"你说怎么办？"一个身材消瘦，一身紫衣的人道。

"再等晚些亚辛睡熟了，咱们就潜到九周山底，用刀斧劈开灵石，拿走！"

"会被发现的！"一个身着暗红色大袍子的男人道，满面红光。

"不会！九周天那么大，咱们在东，他们在西，怎会被发现？"一直发号施令，煞有介事的绿衣男人道。

红衣男人身后带着一百多随从，他深思熟虑了半天，道："好！就按你说的办！"

"那被永生湖发现了怎么办！它可是灵水！"紫衣男人道。

"怕什么！你没看它都快干了吗！"绿衣男人斥道，"不然，你别去，等我和老姬分了灵石，你的部落就等着被我们两个瓜分了吧！"绿衣男人眼中冒出精光。

紫衣男人吓得一个激灵道："听，听你的吧。"转眼他又看看身后不足一百的弟兄，一个个饿得前胸贴后背。在来大荒芜逃难的路上，他的部族人死的死，伤的伤，剩下的就这么多了，还不知老家有没有活着的人了。

夜深以后，几百人动身了，穿梭在黑夜里。就在靠近九周天山底时，一阵期期艾艾声从山谷传来："永灵……永灵……"永生湖在九周天洞底每日每夜不停地呼唤着。

绿衣男人掏出玄铁剑欲要动手。红衣男人突然开了口,道:"戚兄,九周天历经大劫已亡,但它终究有灵,我们……"红衣男人犹豫了。

"但我们要命!没了它,我们人连条命都得从猴子嘴里抢!"绿衣男人吼道,"它只是一座山!"

"没,没错。姬兄,我九百族已经死了这么多了,死不起了。全族最厉害的男人都在这儿了,我不能空手而归,对老婆孩子没有交代啊。"紫衣男人细声道。

"你干还是不干!"绿衣男人质问道。他手下的两百战士已经纷纷亮出开山的兵器。

姬氏想了许久,心一横道:"干,但不能这样!"他指着戚氏手下的人。

"你想怎样?"戚氏道。

"齐心合力,要干就干大的!"姬氏道。

个把小时后,只见一股不小的灵力合力撞击了九周天最后脆弱的山底,五百人集合了全部灵力攻了过去,来了一招釜底抽薪,九周天最后的残垣也被轰塌了。洞口摇摇欲坠,向地心坍塌下去,掩埋了在洞底的一汪清泉。

"灵母!"亚辛惊醒,冲了下去。

姬、戚、九百三族,抱着得来不易的灵石拼命逃窜,向大荒芜外奔去。就在这时,大地再一次撼动了,姬氏惊得回头望去,以为亚辛追赶而来。九百氏吓得屁滚尿流,头也不回地撒丫子逃窜。戚氏咬紧牙关,一鼓作气,吆喝着族人全力奔出大荒芜。

只见一道红光从山底蹿出,血一样染红了夜空。大地剧烈地震动着,轰然一声巨响,天崩地裂,九周山底炸裂开来,飞溅出无数残石。其中最耀眼的三颗巨石犹如划破夜空的流星,分散开来,向大荒芜之外的四方界飞射而去,在天空划下长长的光痕,好像九周天最后留在这世上的伤口。

再之后,人不见了,大荒芜彻底暗淡下去。日复一日,年复一年,永生湖的水干了,再也没有恢复过。亚辛伏在山洞底,同九周天与永生湖一起,一蹶不振。受伤的白灵哀鸿遍野,日夜不休,干涸的永生湖再也不能抚育它们成长。

白灵撕扯着,灼痛着,慢慢被燃尽,变成了黑色,狰狞和痛苦与它们永生相随。它们再没有灵心,只有一个被挖了心的空洞,好些变成了灵魅,乖戾残忍,却勉强有一副灵的模样;再悲惨些的变成了蛮荒无状的鬼徒,整日只能张狂暴走,不再有控制自己的能力。

北冥站在一片死寂的大荒芜荒野中,他忽感悲痛,心如刀割,只觉万死难辞其咎。

"人,死了,也罢了。"北冥出声喃喃道。

不知过了多久,北冥觉得自己凉透了,不知该往哪儿走,似乎该出去了,该回去了。可他在转身的一瞬便开始负疚,最后他也要离开,抛弃这弥天之父九周天永灵吗?

忽而,一个凄凄幽幽的声音在北冥身后响起:

>他是永灵,我是永生,
>相生相伴,地老天荒。
>今日,他散尽一生浩灵,为助人道,
>弃我不顾! 弃子不顾!
>从今往后,我定要让这苍生覆灭,将人类斩尽杀绝!
>永灵! 我要让你一颗心伴我永不安宁!

无尽黑水从九周天底涌了出来,越涌越急,越喷越高,最后竟冲破了浮云。天降黑水,怒聚成河,奔向大荒芜的四面八方,淹尽生灵。暗黑灵魅与鬼徒在黑水中潜息,似有了归宿,却终不见亚辛的身影。他在人类轰塌九周天最后的山脉时,与九周天和永生湖共赴黄泉,再不得见。

>他是永灵,我是永生,
>相生相伴,地老天荒。
>弃我不顾! 弃子不顾!

永生湖一遍遍地念着,永生不停。

北冥望着九周天,他的神峰早已不在。崩塌后,山口塌陷处,变成了后来的灵魅王庭。永生湖再不复从前的明媚灿烂,变成一摊黑色死水,围绕着王庭,世世纠缠,永不停休。

"从此,你变成了灵主……"北冥自言自语道,眼神越发暗淡下去。

一眼万年,天空中一晃,有一暗物从天而降。北冥本能闪躲,伏在了矮丛里。一道黑烟倏然坠地,呼地荡开大片草甸,身披暗夜之甲——夜靡裳,正是灵主亚辛! 一身浩然灵力此刻已变得犀利暗黑。

亚辛从北冥身边过,全无发现。北冥静默地站在那里,第一次对亚辛没了敌意。

他身长两米,枯瘦挺拔,一双紧闭的双唇像是被刀从脸上划开的,坚韧异常,细长的双眼中没有金光,只有漆黑。北冥没有听到灵心的跳动,亚辛亦没有心了。亚辛一个飞身,落在永生湖边,此时那水早已变成了黑水。

"妈妈。"亚辛亲切地低唤,渴求地看着黑水的湖面,然而没有人回应。亚辛站在那里久久不愿离去。天开始发亮,亚辛不喜欢白昼,起身要走。忽然,一个幽幽之声飘进北冥和亚辛的耳朵,只听那个声音道:

来呀,来呀,这里是永生湖,
你想得到永生吗,你想得到无限的灵力吗?
我来告诉你:去找铸灵人,去摘水腥草,去夺三灵石,再找一个喜欢的肉皮囊。
时间呀时间,你若能跟我一样,永生便好。

永生湖反复唱着这样的歌谣,一遍又一遍。自从九周天塌了,她就疯了,可她仍是这弥天大陆开天辟地的灵母,她知晓这世间的一切。

亚辛驻足良久,倏地转身离开,消失在了大荒芜之上。不一会儿,又一个黑影从天而降,是东华!北冥眼神一厉,跟了上去。黑色的制服,刀枪剑戟在背,那是狱司的装备。东华面色红润,眼中有神,这时他还是个人。

同样地,东华停在了黑水湖畔,等待着。日升日落,三天过去了,永生湖终于开了口,再次唱起了歌谣。东华得到了答案,转身离开。

北冥看着人来人往,无论是亚辛还是东华,都陷进了自己的欲望里。东华随后偷了白灵,带回了菱都,他以为自己得到了天下最后一个秘密,只要按照永生湖歌谣中所说的去做,他就能长生不老,灵力无限,并且他本就是个人,不用再去寻一副新皮囊了,却不承想,报应不爽,自己在吸纳白灵灵力的过程中变成了灵魅,惨遭反噬。

人都走干净了,再没有人来,也无人能来。北冥默默来到黑水畔,俯身下去,轻轻舀了一捧水道:"抱歉,灵母。抱歉,灵父。我们有罪。"水中还是没有影子,黑暗早就淹没了永生湖的湖心。北冥用尽全身力气才能让自己站起来,然而那颗原本火热的心已经摇摇欲坠。

"我们的罪,我来赎。"北冥牙齿一咬,痛定思痛道。

忽然,天空中划过一片飞石,北冥以为自己看错了,转身向九周天看去。这一看不要紧,北冥登时立在当下,九周天又回来了,屹立在弥天之上。可很快地,北冥发现不是那样,此时九周天命在旦夕,分崩离析,一切重回到九周天崩塌前的那一刻。

飞沙走石,九周天的灵石散落在了弥天大陆上的每个角落,万物将得到他的庇佑。

最后,人类来了,击垮了他最后的尊严。九周天从地心崩塌,飞溅出了三块最古老的原石,他把这最具能量的三块原石分散到了大荒芜之外,弥天四方的三大境内。从此以后那里的人类和生灵得到了他前所未有的照拂,那儿正是东菱、九霄和西番。

北冥重新看着这惨烈的一幕,依然揪心,他甚至想冲上去杀了那三五百壮汉,可最后他的心还是退缩了,他们是人,他下不去手。北冥心中最后一抹坚持随着自己的自私、懦弱,彻底轰塌。他在火石流星中疲累地走着,想离开这惨绝人寰的大荒芜,他想逃避这罪恶,赶紧离开。

北冥低着头,弓着背,越走越远,离开了荒原,越过了峡山,蹚过了绸水,后面的声音渐渐远去,他的心也跟着落了。正在他失魂落魄之际,天空乍亮,一道白光划破天际。北冥不禁仰首看去,又一块巨大灵石飞过,很快地消失在大荒芜的边界。

北冥愣在当下,他的腿不由自主地开始向前奔跑。然而北冥脚下一晃,身子飘了起来,他慢慢地浮向空中,眼前的幻境开始渐渐恍惚起来,即将消失。

突然,一个圆滚滚的影子从峡山后的森林闪过,是噜噜!只见一只巨大的噜噜一步一退地朝大荒芜而来,眼睛却直勾勾地看着森林深处灵石落下的地方。

一声呜咽,北冥吞了一大口黑水。等他再睁眼看去,眼前已是一大片黑暗,湖底的大荒芜消失了。他的身体如铅块一样沉重,意识慢慢重回他的大脑,他在继续下沉,湖面离他越来越远。

"我有罪……"北冥的脑海里不断盘旋着这句话,四肢摊开,无意挣扎。黑水很快盲了他的眼睛,冲进他的口鼻,囫囵作一团。北冥窒息,一个闪念划破他的混沌:"北冥!"

"音儿……音儿……"

"冥儿!"又是一声悲呼。

"妈妈!"

北冥奋力一搏,冲出湖面,飞身摔到了岸边。

"北冥!"梵音大呼着冲他奔了过去,把他抱在怀中,梵音只觉北冥浑身冰凉,毫无生气,急得大喊,"北冥!北冥!"奋力按压着他的胸口,想把黑水挤压出来。

只听一声低吟:"音儿……"北冥开了口。

梵音惊诧,捧着北冥的脸,俯身道:"冥!你看得到我吗?你看得到我吗!"

北冥低语一声:"看得到……"随后合上眼,不再言语。他的手紧紧抓着梵音的手。在湖下的那一瞬间,他生无可恋,想要放弃,此时只有抓着梵音的手,才能支撑他勉强活着。

"懦夫!"北冥狠狠咒骂着自己。

"宋儿!快帮我看看北冥怎么了!"梵音大声呼救。

蓝宋儿和端倪也跑了过来。蓝宋儿急忙替北冥搭脉问诊。然而过了半天,蓝宋儿迟疑地对梵音说:"第五姐姐,北唐大哥,他没事。"

梵音茫然地看着蓝宋儿道:"没事……没事他为何……"

"兴许是太累了,北唐大哥下去了足足半日啊!"蓝宋儿不可置信道。

"是……是……"梵音担忧地应着。

"可北唐大哥下去了半天竟然,竟然还……"蓝宋儿话到一半不敢讲了。正常人谁有下水半日还不死的,又不是鱼!

先前,梵音等不及北冥上来,便要下水寻他,被端倪困住,无法脱身,这才干等了半日。脚下的石子都不知被她踩碎了多少,端倪就是不放她出禁锢术。

端倪站在一旁亦觉异样,不时往黑水投去狐疑的目光。

梵音替北冥擦着脸上的污渍,蓝宋儿在一旁安慰道:"休息一会儿就好了,咱们还是想法赶紧出去吧。"

梵音不吭声,细细看着北冥的脸庞,只见他双眼紧闭,嘴唇紧闭,脸色煞白,直叫她心疼。忽然,一滴冰凉落在梵音掌心,北冥哭了。

"冥,你怎么了?看看我好不好?"梵音轻柔地俯下身去,抵着北冥的脸轻抚道。

突然,端倪声音低促道:"快走!十里外灵魅杀到。"

梵音猛一回头,唤道:"冥!醒醒!咱们要赶紧走了!灵魅来了!"谁知北冥一动不动,僵如顽石。

"他到底是死是活!"端倪对着蓝宋儿急道。

"是活的呀!什么事都没有!"蓝宋儿呛声道。

"那就别装死!快走!"端倪一把拉住北冥,本想将他拖起,谁知他一个踉跄,险些被北冥扯倒,只见北冥纹丝未动,沉得好像磐石。

五里!还有五里,灵魅大军即到!

"宋儿,你和第五先走!"端倪喝道。

"什么?"蓝宋儿一怔,看着端倪。

"愣什么!快带着第五走!"端倪命令道。

蓝宋儿回神,抓着梵音道:"第五姐姐!咱们快走吧,灵魅要来了!"

"北冥!你给我醒醒!醒醒!"梵音拼命摇晃着北冥,可北冥就是不应她。只是在听见端倪说要梵音她们先走时,北冥放开了梵音的手。

"你!"梵音一怔,"你明明醒了,怎么不应我!"梵音急道。

这时,裴析从远处赶了回来,看见北冥这样心中也不免一震,却还是冷静道:"本部长,您是不是在湖底看见不该看的东西了?"

北冥在听见裴析的话后,心中一狠。他憎恨真相,憎恨人类,憎恨自己,更憎恨让他知道这一切的裴析。他把怒火烧到了裴析身上,一挺身坐了起来,一把抓住裴析道:"你是不是早就知道!你是不是早就知道!"北冥狰狞的样子吓了周围人一跳。

"我什么都不知道!本部长!您冷静点!"裴析大声道。

"放屁!你什么都不知道,让我冷静什么!说!"北冥怒火冲天道。

"因为您和我师父当年一模一样!"裴析厉声道。此话一出,众人惊立。"一样乖戾,鬼气森森!"

"混蛋!我怎么可能和东华那个奸人一样!妈的!"北冥一脚踹飞了裴析。

"北冥!"梵音见状大呼,冲过去想拦他。谁知她还没碰到北冥,只听北冥一声厉喝:"闪开!"北冥抬手一挡,梵音便被他的力道打出去数米开外!

"第五姐姐!"蓝宋儿惊道,吓得往一旁跑去。

北冥一个纵跃,掐住裴析继续道:"东华在哪儿!带我去见他!我倒要问问他这是不是真的!"

"北唐!你抽什么疯!再不走,想死吗?"端倪赶了过来,一把抓住北冥手腕。

"滚!"北冥一发力,端倪只觉胸口中招,向外弹去。

"带我去见灵主!"北冥咆哮道,兽鸟惊散。

"您不能去见灵主!"裴析挣扎道。

"为什么!"北冥双瞳漆黑,森森道。

"您要把真相带出去,东菱才能保住!"裴析道。

"真相。"北冥突然冷笑一声,"都该死。"

裴析的心唰的一下凉了,北冥的样子和当年的东华一模一样,他们到底看见了什么!

"本部长!您冷静点!先出去!先出去再说!"裴析道,最后甚至有些央求。

"北冥!你这是怎么了!放开裴总司!放开!"梵音冲了上来,"端倪,帮我把北冥拉开!"梵音将灵力凝于掌心。北冥猛然回头,他感受到了梵音的"攻击"状态,刚要暴走,突然惊醒,发现眼前的正是梵音,但掌力已出,他急转掉头。北冥的重击打在了湖面上,掀起数丈大浪。

北冥和梵音均是一惊,北冥即刻放开裴析,抓着梵音道:"音儿!"

"北冥!"梵音不怕,急喘着帮北冥擦去额头的冷汗,"北冥。"梵音看着北冥,他眼中的黑障在险些伤到梵音后急速退却。

"本部长。"裴析在北冥身后道。北冥转身。裴析看到了北冥的变化,心中一松,忙道:"本部长!你们赶紧撤!"

北冥眼神倏地看向灵魅攻来的方向,一口气压在胸口,不愿就此离开。

"北唐!走!"端倪一掌按在北冥肩头,用了十足的力道。

北冥不甘心。

"本部长,把真相带出去!无论是善是恶,弥天都需要一个真相!人、灵,终归要有个说法!我不愿就这么糊里糊涂地活着!"裴析义正词严道。

北冥看着裴析,心中将要燃尽的那团火似乎又被什么东西点亮了。

"走。"北冥拉着梵音,与端倪调头往大荒芜外的方向跑去。没走两步,他停下了,道:"裴总司,走啊。"

"你们先走,我来挡一挡。"裴析冷静道。

"不行!"北冥道。

"你们先走。"裴析背对着北冥再道。

北冥踌躇数秒,拉着梵音往外奔去,在跑出十几步后,北冥突然放开梵音,对着身旁的梵音、端倪、蓝宋儿身后就是一掌。三人瞬间被他托了起来,一掌送到了数里外。他自己急转掉头,灵魅数万大军已近在咫尺。

"本部长!"裴析喊道。

"管他是邪是恶,我不能再当懦夫!"北冥吼道,一拳打了出去。霎时间,百米方圆的黑森林被他顷刻斩尽。落日的余晖洒了下来,红红的。北冥望着,他感觉已经太久没看到光明了,大荒芜的一切都是黑暗的,连带他这颗即将丧失的人心。

灵魅被他一拳打散不少,但紧接着他们又蜂拥而上。

"能和您并肩而战,裴某死而无憾。"裴析道。

"我又算个什么东西!"北冥眼神空洞道。

"本部长!不可妄自菲薄!"裴析道。

两人瞬间被灵魅淹没,展开厮杀。北冥一刀刀劈下去,听着灵魅的惨呼,就如同再次深陷大荒芜与陨星同归于尽时的惨状。永生湖被烈焰杀尽,变得干涸。白灵死寂,灵魅痛不欲生。北冥的手软了,觉得自己像个屠夫。一道黑刺袭过,给北冥的手臂开了个口子。

"本部长!你必须活着出去,至少还大荒芜一个真相!"裴析喝声道。

"还大荒芜一个真相……"北冥脑中登时清明。他看着裴析与灵魅厮杀的身影,心中一时被撼动。

裴析抵挡不住了,北冥手中如条件反射似的在挥打,普通灵魅根本近不得他身。

他冲过去搭救裴析。

只听一刻薄声穿过灵群,尖声道:"北唐……"

北冥和裴析一同看去,在那灵群不远处,高高在上地立着一人,正是东华。刹!一道雷闪劈过!北冥猛然侧身,好重的杀气,好犀利的手段!

"迦罗!"北冥嗅到一丝人味儿,却掺杂着亡灵的寒冷与残酷。那人远在东华之后,可攻击范围甚远,灵力精道又犀利!

忽然,一股浩荡的低压之气从四面八方涌来,那浓重的暗黑灵力野蛮、狂躁。魔坤也到了。

"本部长!不要再等了!走啊!"裴析喊道。

"北唐小儿,你想躲到哪里去?回人类的狗窝吗?肮脏、龌龊、卑鄙、贪婪!看看你怯懦的样子吧,无能至极。"远处传来东华的话,一句句砸进北冥心窝。

"本部长!别听他的,你要振作!"裴析急喊道。

北冥立在当下,向东华看去。那个人方头大脸,一身淫邪气,注视着北冥。一瞬间,北冥好像被他看穿了。他们两个作为人,都看到了结局,心中的空落竟有一分相惜。冷汗落了下去,北冥静了下来,看着东华,好像想找到答案。

倏!一道雷击越百里而来,划过北冥脖颈,裴析扑了上来,被砍掉了一只胳膊。魔坤亦近在咫尺。东华仍旧站在远处,笑看着北冥。他才不会过来,以身犯险。

数百道寒箭从北冥身后射了过来,替他和裴析解了围。梵音和端倪赶了回来。

"北唐你发什么神经!愣着干什么!"端倪骂道。

梵音一路急赶,双唇紧闭,一言不发。

"被黑水迷了心智。"蓝宋儿道。她紧跟在端倪后头。端倪明明不让她回来,可她还是来了。端倪看着,眼中划过一丝光亮。"在劫难逃啊。"蓝宋儿叹道。

裴析拽着北冥,拼命躲闪追杀,北冥像个人偶一样,只顾直勾勾看着东华,全不顾现下处境。梵音一个箭步冲了上去,一把将北冥拉在身后。她不问一句,只管和灵魅拼杀起来。

裴析与她共战,第一次正眼看了她,道:"把本部长带出去。"

"好的!"梵音闻声应道。

裴析看着她一脸坚韧,对她没来由的恨突然弱了几分。

只听梵音道:"外族并非都是恶。只不过,你碰见了狼!"

霎时间,裴析只觉恍然大悟,如醍醐灌顶。

"原来是这样……"他喃喃道。这些年的恨和怨终究把他变成了小人。

魔坤率领的鬼徒大军碾压着灵魅,从四面八方包抄过来。端倪配合着梵音,一守一攻,灵力虽强但皆是漏洞。"呜!"一支暗箭过来,蓝宋儿倒了下去。

"哎!"端倪大呼,赶忙去扶。防御盾甲瞬间倾开,无数道黑刺打来。梵音空手发力,寒冰刺棱刃勉强在她手中幻化而出,跟着挥剑朝后,替端倪和蓝宋儿挡开攻击。

紧接着一群灵魅从她前方扑来,梵音拉开北冥,自己凌空跃起,一阵回旋踢,挡开灵魅。沉重的呼吸声从梵音胸口传出,蓝宋儿孱弱地瘫在地上,端倪急忙展开防御结界,但终究挡不住源源不断的敌军,裴析冲了出去。

激烈的冲突不断地冲刷着北冥的大脑,这是战争,无分罪恶,只剩遍地残酷。

"停……"北冥在混沌中开口道。

"停得下来吗!蠢货!"端倪咆哮道,蓝宋儿被她夹在肘下,步步后退,血流满地。

"第五!你怎么不说话!把他打醒啊!"端倪急道。

北冥迷茫地看向梵音,什么情爱之词,现在在他眼里都是无用的。他的眼神空洞无情。

许久,梵音终于开了口:"这就是战争,无分对错,停不下来。你畏缩不前,只能徒增陪葬罢了。"

"你说的什么屁话!"端倪吼道。

"你若无心恋战,便随你吧。只要你不变得淫邪奸猾,随你吧。"梵音平淡地说着,没再提自己半句。

突然一片杀破声,迦罗、魔坤齐到,只听裴析喝道:"第五!带本部长走,千万莫让他步我师父后尘!否则,我罪该万死!"裴析纵一身灵力正欲拼搏而出,突然,一道烈阵砍过,击杀灵魅半亩!北冥冲了过来,厮杀道:"我不会和他一样!东华!你给我出来!"

此时的东华距离北冥更远了些,北冥怒目远视。东华像一条龌龊的蛀虫,躲在灵魅阴暗的角落中,肆意嘲弄地笑看着北冥疯癫,置之不理。

"轰!"一声暴击,魔坤回击了。北冥被攻得向后退去。一个急停,北冥再次冲了上去。梵音看着他已经愈来愈远,回不来了。北冥冲进了敌人的包围圈,要至死方休。

突然,一个大力环住了北冥的腰身,他被抛向了身后的半空。只听一个人高声道:"本部长!我想对一回!"北冥看着裴析的背影,苍凉却无畏!

"本部长!裴某深知自己有罪,但正是因为我有罪,我更渴望自己能对一回!裴某这次就把希望全压在您身上了,希望我能对一回!"裴析仰天长啸着,灵力尽放,黑雾弥漫,大杀四方。一瞬间,魔坤、迦罗统统被抵挡在外,不得前进。东华在阴暗的地方注视着,心狠了下去。

"这个东西,竟有这般本事!怪不得当年他中了狼毒,也能瞒我瞒得天衣无缝!哼!"东华暗骂道,没有一丝顾念师徒之情。

北冥落入了端倪的防御结界。他看裴析要和灵魅同归于尽,大吼道:"裴总司!住手!"梵音、端倪齐齐按住了他。

裴析在听到北冥的呼喊时,大声应道:"本部长!裴某此生一步错,步步错,回不了头了!您珍重千万,莫做悔事!"说完,裴析大喝一声,灵力怒放而出,与灵群一同崩散了。"您不会像我们一样的,到了了,您还记挂着我,裴某这次对了。"裴析的话音随着他的灵雾,烟消云散了。

北冥狂吼着,痛哭出来。

"冥!我们走!我们走!不能让裴总司白白牺牲!不能有人再为我们牺牲了!北冥!"梵音咬紧牙关,大喊着。

北冥弓着腰,站了起来,双目通红。他揽住梵音,托住端倪和蓝宋儿,猛然发力。众人消失在了大荒芜之上。

第一三三章
我有罪

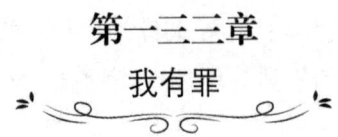

一阵晕眩,北冥带着三人离开了大荒芜,扑通一声扎进了落叶甸。等众人爬了出来,才发现来到了东菱国贝斯山脉中。北冥没有更多的气力带领大家直接返回菱都。忽听一人惊慌道:"蓝宋儿!你怎么样?"

只见端倪满手鲜血,抱着蓝宋儿。

梵音急忙从厚重的落叶甸里连滚带爬地跑到蓝宋儿身边,道:"宋儿!"

"药……药在我腰带里……"蓝宋儿气喘吁吁道。她的肩膀、腰部、小腿不断淌着黑血,都是被灵魅刺伤的断口。

梵音迅速撕了蓝宋儿的衣服替她上药包扎,一道道断口流血不止,过去多时,蓝宋儿失血过多,气息微弱。

"宋儿!宋儿!你撑着点啊!不能睡!"梵音大声道。蓝宋儿的药果然有用,一涂上去便止了血,但她灵力无多,三两下便晕了过去。梵音大惊,道:"宋儿!"

端倪急忙翻过她的手腕揿着,半天道:"没死!没死!晕过去了而已!"说话间已是声音发颤。

梵音脸色煞白,茫然地看着端倪,点了点头,忽然,她道:"你也受伤了!"只见端倪斜肩被灵魅开了个口子。但刚才梵音过于紧张,又不懂灵枢医法,把为数不多的药粉全给蓝宋儿用了。

"不碍事。"端倪道。他随即放出灵力镇住断口的血,但伤口过深,血一时止不住。忽而,一道犀利掌风掠过,端倪的伤口被再次打开了。北冥掌力一收,拔出一团浸在端倪体内的暗黑灵力。这道灵力不拔出来,怕是会钻进端倪的五脏六腑。

梵音看着这道异常狠辣的灵力,心道:"魔坤!"

这道灵力正是端倪替蓝宋儿挡下的。北冥帮端倪封住伤口，又向蓝宋儿看去。只见她小小的一个人儿现在缩成一团，缩在端倪怀里。端倪一横道："你干什么！"

北冥不语，向蓝宋儿的伤口探去，还好，没有一道像刚才那般狠辣的，她性命无碍。待查看完他二人的伤势，北冥独自走到一株苍树前坐下，再不出声。不久，端倪与蓝宋儿二人昏昏睡去。直到第二天一早，一轮通红的满日升起，他二人方才幽幽转醒。

蓝宋儿在端倪怀里挪动了一下，端倪睁开了眼睛。黝黑细长的头发贴在端倪消瘦的脸庞上，看上去有些怕人，皮肤白得像被水泡过，一脸尖刻模样。

蓝宋儿挣扎了几下也睁开了眼睛，正好和端倪的目光撞了个满怀。一片温柔洒下，蓝宋儿竟不觉得陌生。她滴溜溜转着眼珠瞅着端倪，眨巴了两下又合上了，准备继续睡去。只听她嘴里咕哝了一句："冷。"端倪一怔，把外套给她盖上了，外套上有好大一个口子。蓝宋儿鼻子一嗅，醒了，道："怎么这么重的暗黑灵力气道？"

蓝宋儿又看了看端倪道："你受伤了？"端倪不语。"你还能受伤？你那防御术不早就把自己保护得好好的了吗？"端倪细眉一蹙，闭口不言。"问你话呢！"蓝宋儿有些着急，她记得自己带的药粉只够自己用的，如果端倪受伤了，她没有东西医他啊。

"宋儿，醒了？"这时一个轻柔的声音传来，梵音用叶子捧了一些水过来，还摘了一些野果，"喝点水吧，再吃点东西。"

"我问你话呢！说话呀！你受伤了吗？伤哪儿了？"谁知蓝宋儿不听，反倒是对着端倪大声道。

"我没受伤！"端倪有些不悦道。

"胡说！那衣服上的口子哪里来的？"蓝宋儿不依不饶。端倪不愿说谎，又不愿承认，两人就这样僵持了起来。不一会儿，蓝宋儿鼓捣起了自己的腰包，在端倪怀里动个不停。端倪细眉一颤，尴尬起来。

"你做什么？"端倪道。

"给你找药啊！小白脸！"蓝宋儿道。

梵音在一旁看着，一时没敢搭话，可看到蓝宋儿说出这一句，梵音扑哧一声笑了出来。

端倪颤着眉毛，怪声怪调道："你，你喊谁小白脸呢？"

"你啊。难不成是第五姐姐吗？她那么黑！"蓝宋儿道。

梵音刚忍住的笑脸，看见她说这一句后立马垮了下来。端倪不禁向梵音看来，没忍住，勾起了嘴角。

"你看她干吗！色狼！"蓝宋儿忽然气道，"人家是有丈夫的！"端倪转回脸来，用不可理喻的眼神看着蓝宋儿，莫名其妙。

"你是伤好了，起来跟我吵架的吗？"端倪道。

"谁说我好了！疼着呢！都赖你，只顾自己，不管我，害我身受重伤，险些丧命！你得赔钱！赔钱！"蓝宋儿私下一直与端倪有暗器往来的交易，钱不离口。

"只要你安静一点，我会考虑多给你些报酬。"端倪一脸正经道。

"我就大声讲话！我就大声讲话！怎么样！"蓝宋儿泼皮道。

"小心把灵魅招来！"端倪突然一脸严肃道。蓝宋儿吓得登时闭口，小手忙捂住嘴，大气不敢喘一下。

梵音观察了半天，见二人消停了，才上前去把水和吃食递给他们。蓝宋儿一把抢了过来，统统塞进了自己的嘴里，大口喝着水。只听梵音道："他为了救你，肩上开了好大一个口子，你不给他留一口水吗？"

蓝宋儿喝到一半卡住了，忙向端倪看去，大声道："你真的受伤了！严重吗？我看看！"两人就这样推搡着，蓝宋儿扯着端倪的脖领子硬给他上了药，好像要要了他的命一样。

梵音看着他们相处融洽，心中稍安。忽感背后一阵凉意，她默默垂下了眼睛，不敢回头。

闹了半天，端倪道："我们该走了，不能再多停留，速回菱都。"

梵音避开端倪目光，简单应了句："好。"

蓝宋儿嘴里啃着苹果，忽然道："北唐大哥？"

梵音心中一怔，垂下首去。端倪看出异样，朝梵音身后看去。只见北唐北冥坐在很远的地方，保持着昨天的姿势，一动未动。端倪脑筋一转，放下蓝宋儿，朝北冥走去，蓝宋儿连忙跟上，只有梵音在原地没动。

"你走不走？"端倪开门见山。北冥依旧不语。端倪早就猜到了，他猛然伏下身道："你究竟在黑水底下看到了什么脏东西？"北冥的眼神倏地亮了起来，射向对面的端倪。

"你没种，那告诉我，我带回菱都！"端倪言语相讥道。

北冥噌地站了起来，一把揪住端倪领口，凶狠道："你说什么！"

"我说你没种啊！"端倪喊道。话音未落，北冥一拳打到端倪脸上。端倪也不示弱，飞起一脚踹向北冥。北冥抬手一挡，向后撤去。"你是孬种！不敢回去，那就把消息告诉我啊！"端倪继续道。

北冥剑眉一横，冲上来再打。端倪哪里是北冥对手，赤手空拳，几个回合下来，挨了不少下。突然，一束箭针射来，北冥一个急跃，向后闪去。只见蓝宋儿扯动了自己腕间的暗器,大声道:"北唐大哥!你疯了吗!第五姐姐!你快来啊,北唐大哥疯了,你快帮忙制住他,我好替他解毒!"

"呸!"端倪向地上啐了一口道,"秘密你到底给不给!我没工夫陪你耗!"

"不给!"北冥厉声道。此话一出,众人惊诧,梵音的心彻底凉了。

"疯子!和裴析、东华一样,都是疯子!留着也是个祸害,我现在就宰了你!"端倪道。他冲了上去,北冥一把攥住了他的拳头,眼中带戾。

蓝宋儿尖叫起来:"北唐大哥,你怎么净打自己人!"

北冥听罢,心思一闪。端倪看准空当,冲着北冥腹部击去。北冥迎手一接,狠狠打下。只听他冷酷道:"告诉姬仲,把赤金石交出来。东菱不和灵魅开战。"

"交给谁!你吗!"端倪道。

"灵主。"北冥道。

"疯子!"端倪骂道。

"欠人的总要还。"北冥道。

"东菱人的命你还要不要了!"端倪道。

"血债血还,天经地义。"北冥冷漠道。他放开了端倪。

"你什么意思?"端倪道。

"照我的话告诉姬仲,让他把赤金石还给灵主。"北冥道。

"你,不回菱都了?"端倪问道。北冥立在当下,沉默不语。"还有什么消息?"端倪继续问道,他知道北冥在黑水下看到了更多的"真相"。

"跟你无关了。"北冥道。

"疯子!"端倪再斥一声,转身便走,再不多留。蓝宋儿下意识地跟了上去,可刚走出两步,又回身道,"北唐大哥,你不回菱都,那去哪儿啊?"

"最好不回,回去也是个你死我活。"端倪冷道。蓝宋儿不明。端倪道:"走!"

梵音站在远处看着北冥,不知要如何靠前。从昨日到今天,北冥冷得像一把刀,身上除了杀气,再无其他,再没看过梵音一眼。

"第五,你要跟这个疯子留在这儿吗?不要忘了,东菱还有你的亲人,冷羿和崖青山还在等你回去。"端倪道。

梵音心头一颤,脚步缓缓动了起来。她走过北冥身边,北冥自当没她这个人,气息全无。梵音咬着牙跟端倪他们站在了一起,准备离开。临走前,她终于鼓起全部勇气说了自己想说的话,因为她知道现在北冥眼里早就没了她这个人,没了全世界,他放弃了。

"莫做悔事。"梵音道,久久后再开口,"北冥,不管你今后想做什么,记住一句话:

莫做悔事。我不知道黑水下发生了什么事情击垮了你的意志和信念，我不知道你因为什么觉得自己应该遭受到那样的惩罚，我不知道是什么事让你觉得自己有罪，甚至放弃了我们。你的躯壳崩塌了，连同你的思想一起。"梵音一句句念道，只觉得字字锥心，可她还在继续，"但不管是什么，北冥我要告诉你，东华给不了你答案，亚辛也给不了你答案，因为他们早就被黑暗吞噬了。你去了，只会无功而返，甚至泥足深陷，永远回不了头。"

北冥一怔，仿佛被当头棒喝。可缓缓地，他的眼神再次暗淡下去，道："你凭什么说他们是黑暗？"

"因为他们杀了人。"梵音道。

"那是因为我们先杀了他们，血债血偿，公平得很。"北冥冷漠道。

"那也不是用我们的血来填他们的血！不是用无罪的人来替有罪的人偿命！"梵音严厉道。

"我们生来有罪！"北冥坚定道。

"那我们更应该找到光明，用光明洗刷我们一生的罪孽，而不是与黑暗一起堕入黑暗，永不超生！"梵音道。

北冥扑通一下坐在地上，号啕大哭，崩溃道："你知道什么！你知道什么！"

"我什么都不知道！"梵音跑了过去，一把抱住了北冥，喊道，"我只知道你崩溃了！"

"我们该死！我们都该死！我不想听到万灵哀号！不想见到尸横遍野！我不想看到穷凶极恶的人刨了他们最后的希望和寄托！我不想看到亚辛绝望的脸！我们有罪啊！"北冥抱头痛哭，坚强的躯壳从未崩塌过，可此时却已经碎成了粉末，裸露的一颗心毫无防备、痛苦不堪。

"都不要了！都不要了！你想哭就哭吧！没有人不许你放弃！"梵音抱着北冥，陪他一起哭了起来。

"音儿，我们该死，是我们害了他们，是我们害了他们，我们应该用自己的命去还啊！"北冥道。在梵音的怀里，他终于愿意说话了。

"那我们就还！"梵音勇敢道，"我陪你一起还！"

北冥突然愣住，猛然起身道："不行！"

"你行，我为什么不行！你有罪，我也有罪不是吗？"梵音道。

"你没有！音儿没有！"北冥眼中惊恐道。

"那你也没有，即便有，谁生来就是有罪的呢？即便生来有罪，我们也可以去还嘛。我们可以选择为善地活着，还是为恶地活着，只看你保护的一切是不是值得。"

梵音擦净北冥布满汗水和泪水的脸,她从未见过如此狼狈不堪的他,眼睛里净是不安,"为了你,我做什么都值得!"梵音稳稳地抱住了北冥,心疼道。

"要是我不好呢……"北冥怯生生道。

"那也值得!只要你是我的北冥,我陪你上刀山下油锅都不在乎,哪怕作恶!"梵音狠狠道。

"音儿……"北冥的手缓缓抚上了梵音的背脊,越抱越紧,直到哭着锁紧。

"再看看前面的路,北冥,也许我们并没有那么糟糕。"梵音温柔地安抚,突然又道,"赤鲁浑傻憨厚,哪里像个恶人?你若打他,恐怕都下不去手吧。"

北冥突然乐了,苦笑起来:"提他作甚,一个傻子。"

"妈妈也在等我们回去呢。"梵音又道。听到"妈妈"二字,北冥的心再一次柔软下来。

"北唐大哥……"忽而,一个风铃般的声音传了进来,蓝宋儿走了过来。

"北唐大哥,我们大巫族百年前为了炼药成丹,杀了成百上千的人,满手血腥,想必这事,你也知道吧?"蓝宋儿说着,有些汗颜,"爹爹说,我们以后不能再滥杀无辜了,因为我们是人。百年一战后,大巫族再没杀过半个人类,水腥草也仅剩那一株半了。我们不敢奢求人类再次接纳我们,只求心安理得,少添罪恶。即便你现在知道真相,杀了我,我也问心无愧的,我蓝宋儿没再害过一个人。"蓝宋儿认真地看着北冥,"所以我想,你也能找到那份心安理得。"

听完蓝宋儿的话,北冥的心彻底松动了。许久,他从梵音怀里起来,看着她。只见她陪着他满头大汗,急得脸色苍白,人也瘦了三圈,眼神却异常明亮、坚定不已,她对他不离不弃。

北冥的手拂过梵音脑后,吻了上去。这个吻情深意长,让北冥再次活了过来。当他再次睁开眼时,对梵音悔恨道:"音儿,对不起,我放弃了你,我没资格再爱你。"

"你没有放弃我,你是放弃了你自己。可我愿意陪你把勇气找回来,无论何时,我都不会离开你。"梵音道,"北冥,你若累了,我放你远行;你若回头,我不离不弃。"

"你把我看得透彻。你轻而易举地击垮了我的强撑,让我粉身碎骨,你看到了我的悲伤和罪恶,还有矛盾,哪怕我一句话都没对你讲过,你就是能看穿我。"北冥盯着梵音的眼睛道。

"还好,你最终没放弃你自己。你下油锅,我也跟你去!"梵音道。

北冥注视她半晌,把她裹进怀里道:"我不会让你陪我下油锅,就算再蹚一条血路,我也会让你站在大太阳底下,干干净净、一尘不染!"梵音觉着她的北冥终于又活过来了,用力吸了一口气,闻了闻他身上的味道。

"呃……"蓝宋儿僵立在一旁,哑口无言地看着眼前二位,脸上红一阵白一阵,不知所措。

端倪看不过去了,走上前道:"你俩有完没完了,在这儿谈情说爱呢?"

北冥合上眼,定了定神道:"走。"

"去哪儿?"梵音道。

"加密山。"北冥道。

"什么?"众人皆惑。

第一三四章
藏身者

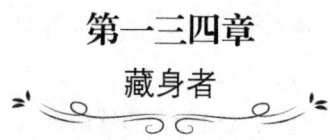

几日后,四人一同赶到了加密山,那里是噜噜栖息的地方。一路上北冥向三人简短地叙说了自己在黑水下的遭遇,原来黑水有名字,叫作永生湖。北冥临出永生湖前,知晓这世上有第四块灵石,而知道这第四块灵石下落的,正是当时藏身在峡山山底密林处的噜噜。

被暗黑灵力吞噬的大荒芜,早就没了纯净灵力的力量,北冥多次越过峡山,均没有发现第四块灵石的迹象。如果不是他最后在永生湖下踌躇不前,他将和灵主与东华一样,不知道这世上竟存在第四块灵石。因为当时没有一个人在那里,只有噜噜。

就连永生湖灵母也不知道世上竟然有第四块灵石,因为那时她早就神志错乱,崩溃涣散,以至于歌谣里也没有出现过第四块灵石,而只是三块。

夜深,四人踏入加密山。北冥先前劝说端倪与蓝宋儿先回东菱,以作防范,却被端倪拒绝了。他的理由是,北冥现在神志不清,不知道什么时候就"叛变"了。北冥虽无奈,却无力反驳。

加密山中灵兽颇多,噜噜最为强势,居住在加密山最深处的百宝谷之中。百宝谷是加密山山脉以东矿藏最为丰富的地方,那里的宝物统统归噜噜所有,谁都不能侵占。

它们擅长伐木、开采、训练毛腿,谷中谷外全是噜噜的聚集地。但它们天生警觉,怕有外敌偷了它们的宝物,所以戒备森严。虽说它们自己经常因为财物分配不均而殴斗,但如有外敌侵犯,必一致对外。

北冥等人越探越深,山中噜噜的味道亦愈加明显起来。

"真臭!"蓝宋儿走在路上不禁道。

"亚辛一直没有炼得人身,原来最重要的不是因为没有容器,而是没有这第四块灵石的下落。"梵音道。

"没错。"北冥道,"灵母在失去九周天后早就神志不清了,她没有把真相告诉亚辛,或者说连她自己都不知道她曾经记录下了真相。"

"不知道真相就不知道呗!咱们非找那噜噜干什么?反正灵主也不知道。"蓝宋儿抱怨道,"咱们赶紧走吧!第五姐姐,臭死了这里!"

"刚才让你离开,你不听劝,偏跟来,现在反悔可来不及了。"梵音道。

"我那不是也好奇嘛!"蓝宋儿走在矮丛里跺脚道,眼睛不自觉地向前面探路的北冥瞄去。月光下,他的模样俊朗极了,不苟言笑,又风度翩翩,蓝宋儿看着看着不禁喜上眉梢。梵音看见她一脸爱慕北冥的样子也不生气,只觉得这小丫头性子太野,刁钻却不失可爱。

"你要嫌脏嫌污,就留在这儿,谁让你跟来的?自作自受。"端倪突然攻击她道。

"你不回菱都,我怎么回去!你不陪我,万一我去了不安全呢!你们菱都里面那么多坏人,谁知道谁跟谁一波的!难道要我打着你的旗号,自己去找你爹吗!他也不信我啊!白痴!"蓝宋儿突然跳着脚,指着端倪鼻子骂。哧啦一声,她的裙子被划破了。"哎呀!你可真讨厌!我要打死你啊!"蓝宋儿气得原地打转,扯着自己的布头。

"嘘!"北冥突然比了一个噤声的动作。

端倪在三米外,已经用自己的灵力罩住了蓝宋儿,防御结界打开,只听他低声道:"你身上的味道太香了,能不能去掉?噜噜的鼻子灵得很。"

蓝宋儿横了他一眼,倏地脱掉了自己的蓝裙,气呼呼地扔到端倪脸上,身上只留一件白色衬裙。端倪蹙眉,避过眼不去看。梵音把自己的外套扔给了蓝宋儿,但来不及了。

只见一只圆滚肥硕的噜噜嗖地向山中跑去。北冥一个箭步追了上去。梵音紧随其后,只听她道:"别怪大小姐,你那呼闪闪的防御术才真的惹噜噜注意,你忘了吗?它们对灵法更敏感,尤其是人的!闭气潜行才对!"端倪听罢,顿时脸红,真想抽自己两下。

北冥紧跟着噜噜,却始终落后它十米。很快地,他们穿过矮丛,来到了一片空旷之地。放眼望去,有成千上万座用石头垒的屋穴,这里正是噜噜的聚集地百宝谷的谷顶,再往前不远就是百宝谷了。百宝谷是一个巨大的矿藏,好像天坑。

北冥不能再紧追了,否则很容易被发现。哧溜一下,噜噜蹿到了一处石穴背后,消失了。可紧接着,砰的一声,那只噜噜被踢了出来。

只见一只噜噜大摇大摆地走了出来,比北冥略矮,可身形大出他十倍不止,圆不隆咚,跟座小丘似的,横着气道:"蠢货,还带了尾巴回来。"眼前这只魁梧的噜噜比方才那只大了三倍不止,以往在东菱城外卖货的噜噜根本没有它这般体量。

突然,那只噜噜后背一耸,身上的棕褐棱刺根根竖了起来,每根足有拳头般粗细,简直就是一根根巨大的木楔。

北冥一个纵跃,冲了上去。上百根棱刺已经冲着石穴群发射出去,噜噜要通知求援。唰!百手折回,北冥在空中瞬间抓住了那上百根急速发射的棱刺,棱刺接二连三地落地。梵音朝大吃一惊的噜噜嘴里丢了一块石头,让它停止了吼叫。

噜噜惊恐地睁大眼睛,眼珠子呼之欲出。北冥一个闪身,来到它跟前,手上抓着一根从它身上射出的棱刺,直指噜噜眉心。噜噜怒眼一睁,倏!所有棱刺朝前袭来,眼看就要扎进北冥胸膛。北冥噌地上前一步,左手一薅,右手的棱刺已经扎进噜噜的箭丛之中。眼看噜噜的棱刺也已经到达北冥眼间,蓝宋儿唰地捂住嘴巴,以防自己大喊出声。这时,噜噜的棱刺停下了攻击,止在了北冥身前。

只听北冥轻声道:"噜酱,你不出声,我便不杀你。"

那被北冥擒住的噜噜在听到北冥的话后,忽然一抖,僵在原地。

"怎么,以为我没认出你?"北冥低声道。突然,他左手加力,用力一旋,噜噜瞬间疼得嗷叫起来。"再叫,我宰了你!"北冥威胁道。噜噜听罢即刻闭嘴。只疼得浑身打战。蓝宋儿看着噜噜那蠢笨的模样,又嫌恶又好笑,最后竟觉得它有点可怜了。

"你不出声,我便放了你。同意的话,收了你的棱刺。"北冥道。不一会儿,噜噜一身的棱刺顺滑下去,露出盆一样大的脸庞,歪着嘴。北冥右手中的棱刺已经扎进了它的喉头,梵音扔的石头垫在它舌下,让它不能发声。而北冥左手抓住正长在噜噜左脑太阳穴的那根棱刺,一旦被拔出,它会登时毙命。

"又见面了,噜酱。"北冥道。

"你连噜噜中都有朋友啊?"蓝宋儿忍不住道。端倪眉头一皱,蓝宋儿乖乖闭了嘴。

"我不是找你,但遇见了,就请你替我办点事吧。"北冥道。

谁料,这噜噜细缝黑眼一斜,杠上了。

北冥厉声道:"你想死?"

"等等,"梵音突然开口道,"你想不想跟我交换宝物?"

噜噜瞟了一眼梵音,紧跟着嗤之以鼻,不以为然。

"水腥草。"梵音幽幽道。她说完,噜噜贼眼一亮,唰地看了过来。蓝宋儿一怔,嗖地躲到端倪背后,急道:"第五姐姐!你要干什么!"

"她身上就有。"梵音继续道。

"你怎么知道！混蛋！我就说你们东菱没一个好人,你们故意诱我来的。"蓝宋儿激动道,端倪一把捂住了她的嘴,擒住她。蓝宋儿在他怀里一通乱扭。

梵音对噜噜阴笑道:"她是大巫!"

蓝宋儿听罢,冷汗都落了下来。北冥心中一乐,不再言语。端倪垂着眼眸,心道:"真狡猾!"其实端倪也一早就猜出,水腥草就在蓝宋儿身上。

蓝朝天如此器重蓝宋儿,又如此珍视水腥草,举国逃难,他只会把最重要的东西交给最值得信任的人看管。那水腥草,定在蓝宋儿身上。此时蓝宋儿气得早已七窍生烟,任谁看都不像是假的。

噜噜心思摇摆起来。

"我要见你们的头目。"北冥道,噜噜不可置信地看向北冥,支支吾吾道:"你见它干什么?"

"这你别管。"北冥道。北冥口中的头目正是噜噜部落的大当家。

"我都没见过,你怎么见?"噜噜道。

"水腥草,我只会跟它交换。你若找不到它,我就再换别人。"说罢,北冥放开了那噜噜。噜酱咕噜一下吐出石头,愤愤地看着梵音,道:"是你!"

"你还记得我?"梵音道。

"你们两个人身上一个味,怎么记不得。"说着,噜酱撸了一下鼻子。梵音听完,脸色一红,险些露出马脚。

"你走吧,我再去找别人。"北冥道,上前半步,挡住了梵音。

"你真有水腥草?"噜酱试探道。

"跟你无关。"北冥道,"咱们走。"

"等等!"噜酱突然开口道,"我能带你去找头目。"

"凭什么?"北冥道。

"凭这方圆十里都是我说了算!"噜酱忽然得意道。

"哦?"北冥一疑道,"等我再找一个人问问吧。"

"你找谁?"噜酱怪道。

北冥拿眼一瞟地上刚刚被噜酱打晕过去的噜噜道:"随便抓一个,问问。"

"哎!别找了!别找了!万一走漏风声,害得别人来跟我抢水腥草怎么办!"噜酱急道。

"你若说假话,跟它一个下场。"北冥道。

"我知道你的厉害,北唐。若不是你,你以为我会信吗?"噜酱眼神突然一亮道。

"好。"北冥道。两人一言为定。

只见噜酱摇身一变,变成了一只肥狸猫,嗖嗖嗖地穿梭在石穴间吱溜一下探出脑袋,给北冥打了个眼色,让他跟上。北冥和梵音紧随其后,端倪携蓝宋儿半步不落,心道:

"这两口子真是一个比一个贼!还一个鼻孔出气!"他又忍不住看了蓝宋儿一眼,只见蓝宋儿恶狠狠地盯着他,已经被气得七窍生烟了,可是被端倪封了穴道,说不出话来,还动弹不得。捉人、捕获、审讯,这一身暗技,端倪今天算是都用在蓝宋儿身上了。

"贼夫妻!"端倪心中忍不住骂道。

噜酱带着他们一路从山谷峭壁边的石阶走了下去。百宝谷深过百米,面积巨大,是个像锅盆一样的圆谷,四周遍布梯架,从上到下,把整个山谷支了起来,那都是用来开采矿产的蹬梯。

梵音一眼扫过,看到大大小小数不尽的洞穴,想必噜噜就是从这里进去掏山挖矿的。每个矿洞深不见底,四通八达,不知能钻到加密山什么地方去。矿洞四周有许多圆弧形缝隙,引起了梵音的注意。

"阿嚏!"蓝宋儿打了个喷嚏,像是被什么味道呛着了。端倪看了她一眼,她恶狠狠地把鼻涕蹭在了端倪身上。

"是噜噜。"那每一个矿洞旁边无数的细缝,正是噜噜居住的石穴。梵音与北冥打了个眼色。他们这样一路顺斜坡下去,直到谷底,抬眼望去密密麻麻,成千上万的噜噜岩穴不止。

"北唐,你想好了?我们可是到了噜噜窝了。"端倪压低声音道。

"怎么?怕了?"没等北冥开口,在前方几十米远带路的噜酱斜睨了过来,露出藏在棱刺下的乌黑大口,满是恶气。只见噜酱一阵急蹿,冲进了谷底。北冥、梵音二话不说,紧随其后,端倪也不怠慢。一行人跟着噜酱几转山路,钻进了谷底一处裂缝之中。

只见那裂缝一路向下,由宽变窄,越来越细,越来越深。梵音抬头看去,上面的天已经要变成一道缝了,而向下延伸的石阶却越来越宽,直到头顶地缝合上,他们彻底来到了地底。经过一段狭窄的黑暗后,霍然间,洞底通明,篝火四溅,黄得耀眼。

梵音瞳孔反应最激烈,猛然闭眼。北冥向后一探,拉住了梵音的手。梵音很快缓了过来,眼下的一切让众人惊呆了,那铺天盖地的黄灿灿,不是篝火,而是在篝火的映照下,反射出金光的金砖,这里堆砌了上百座金山。

巨大的金穴,一眼望不到底,噜酱穿梭在其中,驾轻就熟,地上散落的金砖都被它抱了起来。一直来到这洞穴的最深处,一只慵懒的、肥硕的噜噜窝在一堆金砖里,打着鼾。那噜噜大得睡塌了一座三丈高的金山,那金山正是它的窝。

噜酱停了下来,摇身一变,从狸猫变回了本体,跑到了这只大噜噜身前,恭敬道:"头目,醒醒,我把人带到了。"这只大噜噜又足足大出噜酱三倍,只见一个两丈高的庞然大物,盆大的鼻孔朝着天,每打一声鼾,就有无数金砖砸在它身上,而它无动于衷。

"头目,人带到了。"噜酱又低声道。大噜噜抽搐了一下,整个身子都在打摆,呱嗒!金山倒了,大噜噜仰了过去。半天,它慢吞吞地坐了起来。看了看脚下小巧的噜酱,又朝北冥等人看去,道:"东西呢?"

北冥看着它,厉眸不语。大噜噜见他没动静,又道:"东西呢!"北冥还是不动。只见大噜噜与噜酱用兽语嘀咕了起来。

突然,大噜噜操着混沌的人语大声道:"我问你东西呢?你怎么不答!听不懂吗!"

"让头目出来,我没工夫跟你耗。"北冥道。

突然,大噜噜暴跳起来,冲到北冥面前,张开大口咆哮道:"你说什么!什么头目!我就是头目!快把东西交出来!"那大口足够吞下十个北冥,黑洞洞的。

"什么东西?"北冥略一皱眉,恶气被他挡在了外面。

"咕哝、咕哝……"大噜噜嘴里不停动着,像是要说话,舌筋却捋不直。

"话都说不清楚,还在这儿充数。"北冥道。

"头目人语不精,你敢放肆!"噜酱突然怒道。

"既然你们没诚意,那算了,我们走。"北冥掉头便走。

"哎!"噜酱嗖地冲了过来,身法极快,"来都来了,怎么说走就走?"

北冥看了噜酱一眼,道:"你拦得住我吗?"

噜酱斜眼一笑,道:"那就要看看你的本事了。你若是真有水腥草,我放你一马。你要是诓人,今天你出不去我这金巢!"

霍然间,金巢的地面塌了下去,一片热浪喷涌而出,数百座金山瞬间崩塌,掉了下去!不是沸水,而是一片金浆熔海!上千度的高温还没等金砖落下已使其化成了金水,落雨般坠入地下滚沸的金浆之中。

此时端倪已随着地陷一起掉了下去。他防御术全开,但这上千度的高温瞬间便能要了他的命。忽而一道寒风袭来,把端倪和蓝宋儿一卷,扯了上去。"第五!"端倪惊道。

梵音也在下落的途中,只见她一身寒霜素裹,挥手成冰,向身下的金浆浪潮打去,金浆水面霎时成冰。梵音脚尖轻落,一个纵跃弹了回来。只听上方一声呼唤:

"音儿!"

北冥倒挂金钟,手中的短兵切叶刀插进了金穴洞顶,他一手攥着刀柄,一手向梵音伸来。就在梵音飞弹回身之际,金浆冲破冰层,喷了上来。北冥一掌打下,金浪轰然向四面八方散去。梵音凌空一个回身,朝地下打去,三尺冰封瞬间止住了金浪。

她扯下腰带,拴住空中的端倪手腕,再一伸手够到了北冥。就这样,四人一串,挂在了金顶之上。微凉薄冰倏然漫上四人身间。

"在那!"梵音大喊一声,只见一只肥头大耳的狸猫从金穴的墙边扒了一个洞出来,探出脑袋左顾右盼。

北冥一使力,把梵音拽了上来,助她握住刀柄,自己倏地落了下去。他张手一挥,一把百尺灵化大刀赫然亮出,正是北冥的灵化武器——百斩。北冥急速砍出十三刀,瞬间噜噜探出脑袋的那面岩壁土崩瓦解,露出空旷的一处洞穴。

"音儿。"北冥唤道。

梵音一个回转,向金顶猛踩,借力发力,冲北冥跳去。端倪亦被她拉了上来,跟着梵音的轨迹冲北冥跃去。三人落地,梵音收回腰带系好。

北冥回身向洞穴看去,空无一人。他再次亮出刀柄,准备砍伐了这里。只听轰隆间一个粗声放出,断了北冥念想,有人在跟他打招呼。北冥收了灵化大刀,向洞穴中央走去。他左右环顾,最后抬头望向洞顶,道:"头目,在下东菱北唐北冥,可否赏光一见?"

只听一个厚重混沌的声音道:"你真有水腥草?"

"没有。"北冥道。

"混账!你敢拿我开涮!"那混沌之声显然在发怒,震得洞穴轰轰直响。蓝宋儿瞪着双眼,不可思议地看向北冥。端倪把她放了下来。一路相携,蓝宋儿毫发未损。

"但我有别的东西和头目交换,此物比水腥草更重。"北冥道。

"甚!"混沌之声道。

"你的命。"北冥稳稳道。

紧接着一通隆隆之声,上面的人勃然大怒,发出兽语。

"若亚辛知道你妨碍他成人,你说他会不会第一个杀了你?"北冥低沉道。上面的声音突然安静了,跟着一串絮语,仍然是噜噜所用的兽语。

"九周天崩,这世上有四块灵石,除了东菱、九霄、西番的这三块,还有一块下落不明。亚辛久久不得人身,正是因为不知道这第四块灵石的下落。而你,就是这世上唯一知道这第四块灵石下落的。头目,你说你是想活还是不想活?"北冥声声如凿道。

洞顶一阵躁动不安，随后渐渐静了下去。砰的一声震响，一面石墙从洞顶倒了下来，直通顶上。北冥不迟疑，顺着石路走了上去，梵音等人紧随其后。待众人来到顶上新石洞后，又一面石墙从洞顶砸了下来，四人又顺着石路继续向上。

就这样，一路向上，四人足足走了二十个顶上石门路才来到最顶端的一层，跟着一阵空旷凉爽袭来，伴着淡淡芬芳。梵音仰头看去，月色满天，麾下如波，这一望让她惊住了。这里距离天顶至少还有几十米远，然而辽阔的夜风吹下，悠悠扬扬，天顶夜窗百米而建，好不气派！

这里灯光柔和，几千盏银边锦灯镶嵌在墙上，所燃烛火是白色的，不知道里面点的是什么香。整个地方似旷野豪迈，好像是在这山谷中辟出的一处空旷。上下十丈，百米方圆，皆有金箔镀墙。只见一只体形大过噜酱十倍的巨型噜噜正坐在众人面前，俯视着他们。它的身边只有噜酱一人，刚才那个看守金穴的噜噜已经不在了。

"你就是北唐北冥？"巨型噜噜开了口，它正坐在一棵千年老树的树根盘上，根盘几十米宽，看样子是从他座下生长而出的，把他高高衬起。

"正是。初次见面，头目，久仰。"北冥恭敬道。

巨型噜噜盯着北冥半天，忽然大笑起来，那口风险些吹得蓝宋儿摔一个跟头。北冥、梵音二人立定不动，看着前方的噜噜。它身后的墙壁上琳琅满目，能看见的就有月沉珠、赤金石、徒幽壁和美人面，剩下还有红鸾冠羽、狼族血牙，连灵魅的暗黑斗篷藏宝阁里就有三件，可谓是天下至宝，无所不有。

一株幽蓝的水腥草正在它座前不远处发着微光，吸纳着月之精华。

"人语，多话。"巨型噜噜道，"你来找我何事？"有话直说，倒是痛快。

"告诉我第四块灵石的下落。"北冥亦开门见山。

"哼！"噜噜嗤之以鼻道，"这三块想必你都是第一次见，哪里来的第四块？"

"第四块在哪儿？"北冥径直道。

噜噜盯着他，半晌道："没有第四块。"

"那你就等着亚辛要你的命吧。"北冥阴沉道。

"放屁！"噜噜大怒。噜酱在一旁吓得缩成一团，单单幻化出一条狸猫尾巴，冲前一勾，将水腥草卷回身下，瞄了一眼，幸好没断。

"噜噜一族瞒了他几万年，你觉得你现在说，或者以后再说，他会与你噜噜一族为善吗？"北冥冷静道，"还是说，你有把握他永远不会知道真相？"北冥说完，他感觉到对面的噜噜头目身体有了明显的起伏，它在思虑。

"如此庞然大物，甚至大过狼兽数倍，在这关头却还能如此控制、镇定，远不像其形貌看上去那般莽撞。"北冥在心底暗道。

"你是如何知道的?"头目思虑片刻道。

"永生湖是亚辛的灵母,她知道这世上的一切。"北冥道。

"那为何亚辛不知?"头目道。

"因为灵母疯了。"北冥道,"但,不保证她会永远疯下去,也不保证亚辛不会再次探寻旧地。一旦亚辛万事俱备,却依旧美梦成空,他一定会再次探寻永生湖的。"

只见噜噜头目呼吸一滞,空旷厅堂内瞬间没了风息。

许久,头目慎重道:"你到底在永生湖底看到了什么?"

"你是藏身者。"北冥道。

噜噜头目猛然一个摆子,他真的看到了,北唐北冥发现了噜噜一族的秘密——它们就是当年大荒芜上知道真相的唯一藏身者。

"我告诉你,你能给我什么?"噜噜头目道。它狭缝一样的双眼已经张开,像两条深不见底的海沟,森森地注视着北冥。

"我这个盟友。"北冥掷地有声道。头目审视着北冥丝毫没有松懈。"我不在乎你曾经出卖过我。"北冥突然道。

此话一出,不止噜噜,就连梵音也是一怔,不明其意。端倪等人就更是茫然了。

"地球一行,是狼族派你去的吧?来打探我妻子还有母家的下落。"北冥冷冷道。

"你怎知道不是打探你的?"头目突然道。

"它不敢!"北冥眼神陡然一厉,狠从心中来。头目一顿,迟迟没再说出话来。跟踪北唐,确实会九死一生。

"是狼族。"头目噜噜开了口,"你在东菱北境与灵魅一战,狼族全程都在监视,包括西番抓走了那个时空灵魅,都被他们看到了。在你失踪之后,修罗就找到了我,让我派人去西番,观察副将雷落的动向。果不其然,雷落很快从大荒芜边界班师回朝,寻找第五梵音的下落,两年后,他果然不负众望,打开了时空裂缝的口子,成功穿到了地球。我派出去的人也就随之而到了。再说,第五梵音也杀了几个我派出去的噜噜嘛。"头目说完,看向梵音。

"你还真是对狼族唯命是从啊。"梵音一股怨气道。

"只要有宝物交换,你让我们做什么我们也会去做的。"头目沉声道,却未因梵音的不满而翻脸。这房间里多的是辽地毒物蚀髓草,用它配上婴儿血可是解狼毒的唯一法宝,单这一点,诱惑就足够大了。另外,狼族的血牙坚硬度堪比灵石,应该也不是白来的。

"你怎么不说话了?"头目突然对北冥道。只见北冥听完噜噜头目的话,半时不语。

"果然,狼族和亚辛的目的是一样的……"北冥沉思道,"也许不一样,但需要的条件是一样的。"

"你如何知?"头目道。

"不然谁会冒死跟踪我们到地球去,赌命吗?亡命徒。"最后三个字,北冥是说给噜噜头目听的。头目过了半响,大笑起来,身体一起一伏,巨大的身体像掀起了浪,在身上层层蔓延。

"只有亚辛才会急于找到我母家时空术士一族,助他成人,还有音儿和我这两个容器。但,若此番追踪与狼族无益,狼族是不会大费周章帮亚辛这个忙的。除非,它们不得不帮。"北冥道。

"答案你就快找到了,聪明的人。"头目突然眼放金光道。

"狼族必须助亚辛成人。"北冥道,眉宇深陷不解,"为什么?"

"因为只有亚辛万事俱备,成人之时才会用四灵石炼成最后的永灵石,助自己成人。"头目道。

"狼族也想得到永灵石!"北冥道。

"没错!"头目道。就是这个原因,狼族才千方百计与灵魅共谋,它们也想最后得到永灵石。

"为什么?"北冥脱口而出道。灵魅想成人,他能理解,但狼族费尽心机想要得到永灵石,又是为了什么呢?成人吗?他不信。

"你的问题多了一个。"头目憨声道。

"第四块灵石在哪里?"北冥急转掉头道。

"狼。"头目低沉道,那声音似要沉到地底去。众人惊愕地看着头目,难以置信。"弥生骨。"头目再道:"那第四块灵石正是狼族修罗一族的狼骨,万年不毁,万金不催,永可再生,也称弥生骨!"

众人脸色皆白!怪不得狼族天生豪力,灵力无穷,原来它们身上继承了九周天崩塌时的最后一块灵石,化成一身金刚不坏之躯,弥生骨!

万年前,那第四块灵石迸溅到了狼族修罗一氏的身上,它们天生神力,又起死回生,并吸纳了第四块灵石的灵力,将其世世代代继承在了狼骨肉身之中。

得知真相,众人皆惊,一时无法回神。怪不得狼族与灵魅狼狈为奸,却又若即若离,原来,狼族不敢让灵魅知道它们就是第四块灵石的真相。

忽然,一阴邪鬼厉声从天顶传了下来:"山王,没想到你竟然知道这么多。既然你知道这些,那我也就不能留你了。"一道森绿的幽光从洞顶射下,窥伺着洞底的一切。下一刻,夜丧厉嚎夺命而来。

"走!"北冥大喝一声,护着梵音转身向身后的岩壁冲去!百斩再显,北冥狂舞,一席白昼划过岩洞。轰的一声,四人破壁而出,从山谷内炸出了一个口子。紧接着四人急速下坠。噜噜头目的巢穴修建在了这山谷中央的位置,四人冲出后,便从半空往谷底落下。

正在慌不择路之时,北冥腾空猛然掉转了姿势,正面朝天,此时修罗已从山谷上奔了过来,冲着百宝谷底,豪声大喝。万潮奔涌,夜丧来袭。

北冥双眸怒睁,气拔丹田,双拳猛挥,大喝一声,百丈灵光冲天而来——龙吟拳!二力相撞,震天动地,山谷回荡,然而修罗夜丧威力巨大,北冥顶着强袭,急速下坠。梵音、端倪、蓝宋儿三人皆在他庇护之下向山谷落去。梵音一个回身,托住北冥腰身,两人一撑一持抵住修罗夜丧。

第一三五章
弥生骨

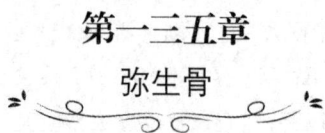

只听一声巨响,北冥等人已被砸到谷底,夜丧灵力不减,北冥抵着灵力波,身下谷底轰然倾塌,百尺巨陷,四人被压在地陷里毫无挣脱之法。夜丧袭击着整个百宝谷,灵力波向四面八方攻去!

"砰!砰!砰!"整个山谷被瞬间炸开了。嵌在谷中的万座石门顷刻崩塌,飞沙走石,喷向谷中。噜噜的巢穴刹那间毁于一旦。数万万噜噜化成猫狗向山谷内的矿洞躲去,抱头鼠窜。

修罗在谷顶看着谷底的北冥等人,狼眼似毫针般刺到四人身上,看着他们的困兽之斗。北冥的龙吟拳威力越来越小,眼看就要被夜丧统统吞噬了。

霍然间,只见修罗浑身劲力一抖,狼毫一立。

"不好!"北冥大骇,下令道,"端倪!防御术!音儿!各自为战!"

话音刚落,数万狼毫钢针疾风骤雨般向谷底射来,修罗要置他们于死地,让他们再无还击之力。

端倪一个闪身把蓝宋儿护在了身后,跟着灵力倾力而出。

"砰!"一扇巨型灵化防御盾甲撑到了天空之上,这是端倪的究极防御术,他再无保留。狼毫射来,"砰砰砰!"根根扎在了端倪数米厚的防御盾甲之上。那灵化防御盾甲乃端倪的至纯灵力打造,撑在空中仿若无物,狼毫片瞬间好像停在了空中。

然而下一秒,修罗咧开嘴,看着谷下的四只"小虫",端倪的防御盾甲顷刻间分崩离析。蓝宋儿的脸还没来得及惊恐,已经被打垮了。

跟着一声厉嚎,梵音野鬼成型,重拳出击,数吨巨型寒冰盾甲再出,攻向狼毫,却也只坚持了数秒!

就在端倪、梵音二人为北冥争取的这三两秒间,北冥豪饮一口清气,重拳一收。只见他浑身血脉偾张,劲贯全身,青筋暴突,虎啸龙吟,全力而出!北冥腾空而起,冲向修罗,数万狼毫迎面而来!

"魂葬!"随着一声暴喝,北冥浑身灵力倾囊而出。整个山谷被北冥的灵力照得犹如白昼,无数灵光射进残枯破败的噜噜的万座巢穴之中,骇人陡立。满月圆弧似的灵力波冲向狼毫阵群,两股势力在空中骤然相撞,相持不下。

"喝!"北冥的咆哮在空中不断,久久不绝。

修罗见状怒火顿生,双肩一耸,双足一弓,霍地冲前方大喝而去。山鸣谷应,瞬间崩塌。狼毫阵急转掉头,倏地向北冥攻去!北冥气贯全身,双足发力,向后一退,跟着双拳再次顶了回去。眼看修罗的力量只增不减,莫说北冥四人,就是这整个百宝谷也将瞬间毁于一旦。

北冥银牙欲碎、怒发冲冠,大喝一声!一股劲道由心而发,轰然而出,漫天灵力夹带着一丝血腥味从北冥胸膛破荒而出。一个停顿,接着北冥双拳怒冲而上。

突然,狼王修罗的毫阵被撼动了,下一刻,北冥重拳再次挥出。只见满天箭雨像倒退的流星般银光闪烁,倏地向后退去,尽数扎在了修罗身后的那片土地上。

就在这时,北冥幻出百斩大刀霍地跃空而上,向还未退去惊愕的修罗口中砍去,一刀劈中了修罗恶口。

"音儿!"只听北冥大喝一声。

梵音紧随其后,半秒不差,手持巨型寒冰棱刺刃,腾空而起,又猛然下坠,重重插进了大张的狼嘴里。只听梵音幻化成野鬼的骨节因为大力发出了冰锋一般的凿凿之音,虎口崩裂。

他二人身后又有两人跟随而来,机关相错,钢针尽放。端倪和蓝宋儿手中各持一柄绝顶暗器裂簇寒针,弹无虚发,尽数射进狼口之内。狼王修罗双目一怔,登时毙命,轰然倒地!

北冥霍地从空中坠下,摔向地面,四肢乏力,再也撑不住了。梵音收手,一个闪身,接住了他。

"北冥!"梵音疾呼。只见北冥浑身血管急张,向皮肤外丝丝渗着血痕。他急喘着,已是一句话也说不出了。"护住心脉!护住心脉!"梵音急得大喊。

魂葬,与当年北唐穆仁与灵主亚辛对决之时使用的寰葬如出一辙,都乃同归于尽的招式。对抗狼王,北冥心知肚明,不能有一丝侥幸保留,自己搏命相抗也未必能全身而退!

梵音含着眼泪摁住北冥心脏,呼道:"你不会有事的!不会有事的!"

北冥一口鲜血涌出，抓着梵音的手道："没事！"

为防悲剧发生，北冥早就在父亲牺牲之后修改了寰葬的修习之法。他不能让母亲与梵音再次遭受同样的打击，于是创造了魂葬一式。即便一身灵力废去，也能留一丝余力保住心脉。

梵音用力点着头，眼泪不敢落下。但魂葬一式，北冥终究没有真正使用过，真正施展之时，分寸的拿捏，深浅的控制，他不能完全掌控，致使现在重伤不起。

"会没事的，会没事的，你忍着点，你忍着点。"梵音渐渐弯下身去，心疼不起。

狼王修罗的力量非一般人物可以抗衡，北冥若不如此舍命相抵，现在百宝谷底，莫说他们四人，就连噜噜全族也没一个能有活路。刚才还好端端的一个人，眨眼间灵力尽废，端倪看着北冥这般模样，心中五味杂陈，再也不能视若无睹了。

忽然，一阵大力推来，三人一晃，是风！梵音等人猛然向前方看去。皎洁的月光之下，一双狡黠的莹眼在暗处熠熠生辉，慢慢向他们靠近。

"修弥！"梵音和端倪异口同声道。只见一个庞然大躯，霍霍而来，虎虎生风，刚才的气浪就是修弥带起的。梵音猛地把北冥抱进怀里，将他护住。

修弥先是看了一眼倒在地上的父亲修罗，很快便回过头来看向瘫在梵音怀里的北冥。只见它眼神三晃两晃突然笑了起来，可紧接着，它的笑容黯淡了下去，眼神也厉了起来。

"没死？"修弥开了口，话音缥缈。端倪站在原地，一动不动，连呼吸都略掉了。修弥一步步向他们走来，但凡谁动一下，它顷刻能让他们毙命。

突然间，山谷内外传来隆隆之音。渐渐地，众人脚下的大地开始震动起来。

"噜噜噜！喻喻喻！"声鸣不断，由远及近，越来越大，噪得人耳嗡鸣，难以忍受。修弥倏地向身后看去。只见大地上，一座座噜噜的石屋被掀翻了，无数的噜噜从山谷内钻了出来，由猫变成噜噜，且体形不断膨胀，不断扩大，浑身上下木楔一样的棱刺根根多了起来，浑圆的胸膛中鼓着一口气。

一乘十，十乘百，越来越多的噜噜聚集了起来，很快地便把山谷山上塞满，挤得密不透风。隆隆的噪音更是震得人心发慌。

修弥环视了一圈，一步步向后退去，慢慢走到修罗尸体旁，叼起它的尸体继续后退。这时，方圆十里已挤满了噜噜庞大肥硕的身躯，一个个粗暴地看着修弥。修弥一步步向后退去，噜噜为它一点点腾出道路，直到它退出噜噜阵群，消失不见。而噜噜阵群仍然看着它退去的方向，一致向外，用喻喻不断的浑莽之音震慑着修弥，直到它们再也嗅不到一丝狼族的气息才停止了威吓。

驱走了修弥，噜噜又向梵音等人看来，仍然是怒目而视，未收敌意。可此时梵音已顾不得那许多了,她怀里的北冥身体一点点冷了下去:"冥,冥,你看看我。别睡,我带你回菱都,妈妈,妈妈还在等我们回去呢。"梵音在北冥耳边轻唤着,"晓风阿姨还盼着我们回去呢。"

"让我看看!"蓝宋儿道。她伸手搭在北冥脉搏上,不一会儿道:"没死!"和修弥的话一模一样。梵音厉眼看去,藏不住悲伤。

"啊,第五姐姐,我不是那个意思!你别急,北唐大哥有救!"说着,蓝宋儿指尖一点自己小腹,跟着往上一提,咕噜,一个小丸子从她口中吐了出来。蓝宋儿打开白色药丸,里面一幽幽茎草伸展出来,是水腥草!

她二话不说,拿起这半株水腥草塞进了北冥口中。梵音忙为北冥捋着胸口,不一会儿北冥身上渗出的血止了,脸色和缓起来。梵音大喜,唤道:"冥!"半晌,北冥睁开眼睛,道:"音儿。"

"冥!"梵音一把抱住北冥,颤抖不已。北冥平缓着气息,向周围看去,道:"修弥走了?"

"嗯,走了,已经走了。"梵音回道。

北冥又向蓝宋儿看去,诚恳道:"多谢!"

"咦?你怎么知道是我?"蓝宋儿道。

"水腥草不是凡物,到我身体里,我怎会不知。蓝小姐,你几次出手相救,北唐无以为报,大恩不言谢了。"

"不用这么说,你也救了我几次呢,还有我妹妹、我姐姐。应该的。"蓝宋儿笑道。

端倪走了过来,看了看北冥状况,道了一句:"没死。"

"没有。"蓝宋儿回道。

端倪又向蓝宋儿看去,只见她风尘满面,却还想着救人,心中一动,但转念一想,救的那人正是她倾慕已久的北唐北冥,不由心口一酸,道:"哼!还真大方!"

"嗯?"蓝宋儿疑道,看向端倪。

端倪也搂不住火,道:"水腥草都舍得用,当真用情不浅啊!"

蓝宋儿突然一惊,"啊"的一声叫了出来,道:"你别乱说!乱说什么!当心第五姐姐误会!"

"我没有,真的太感谢你了,蓝小姐。"梵音亦是满怀感激道。

"第五姐姐,你叫我宋儿就好,干吗叫我蓝小姐这样生分,不好!"蓝宋儿羞道。

"是。"梵音笑道。

"你刚才瞎说什么!以后你再敢这样乱讲,我就打折你的腿!"蓝宋儿忽然站起来对着端倪凶道,"北唐大哥这些年,先后救过我姐姐、妹妹两人,今日又救了你我,我救北唐大哥当然义不容辞了！你浑说什么！今日要没有北唐大哥舍命相救，咱们定死在那狼王修罗手里了，被吃了也不一定！"蓝宋儿突然变得慷慨激昂，一身正气。

"他那不是舍命相救，他要不如此，他媳妇也活不了。"端倪不领情道。

梵音脸色一红，也不知道该怎么应端倪这句话了，说的确实有些道理。她自己正乐着，忽而瞟到怀里的北冥正看着她，北冥见她笑，自己也露出笑容。梵音一羞，小声道："讨厌！"

这时，蓝宋儿偷偷贴近端倪，压着嗓门道："你是不是白痴，没看见现在什么状况吗！我不救他，你想让咱俩被这群傻东西当珠宝卖了，还是当山珍吃了！"说着，蓝宋儿瞟了一圈漫山遍野的噜噜，不由一颤，赶忙又往端倪身前凑去，"不救他，咱俩怎么出去！白痴！"蓝宋儿压低了声音斥道。

"扑哧！"梵音忍不住笑了出来。

"哎！"蓝宋儿忽然一回神，惊恐地看着梵音道，"梵音，你不是聋子吗！怎么能听到我说话！"

梵音清了清嗓子道："我不是故意的。我不知道你们在说悄悄话，以为是在说正事，所以就看了看，谁知道你们两个嘀嘀咕咕在说那些。当我没看见。"梵音憋着笑道。

"你当真是这样想的?"端倪突然没头没脑问了一句。

"废话！我可不想死在这儿！"蓝宋儿说着一把挽住了端倪，撇着嘴，看着噜噜，能离它们远一寸绝不近一分。

梵音看他二人一唱一和甚是合拍，不觉好笑，又朝北冥看去，道："冥，你感觉好些了吗?"

"好多了，水腥草果然厉害。原本我护住了心脉，大耗却不至死，只是灵力难回。有了水腥草加持之后，我感到灵力未尽，正在一点点蓄积。你放心。"北冥道。

"那就好。"梵音道。

北冥说完，坐起身来，归纳丹田，希望灵力可以尽快恢复。

天色渐明，噜噜群中传来响动。只听一声号子，浑厚粗莽。漫山遍野的噜噜瞬间收了对北冥等人的警惕，让开一条宽路，只见一个熟悉的身影向北冥等人走来，正是噜噜头目身边的跟班，噜酱。现在看来，噜酱绝不是跟班那么简单了。北冥起身向噜酱走去。

"跟我来。"噜酱看着北冥道，神态没了以往的奸猾，倍显落寞。北冥跟上。蓝宋儿在后面小声嘀咕，不愿同去，端倪却拉着她的手腕跟了上去。

穿过噜噜群，噜酱带北冥来到山谷上一处平坦之地，这里乍看上去没什么不同。

只见噜酱向上跳起,离地半尺,猛地跺了上去。唰,一片晶亮从地上翻出,好像炫彩的宝石,应和着天空上的光,足有百米方圆,只是这片宝石中央有一个巨大的坑洞,正是被修罗那第一声夜丧破坏的。

噜噜带北冥走了过去,来到洞口,扑通一下跳了下去。北冥等人相继跟了下去。他们又回到了原先来的地方,噜噜头目居住的巢穴。那洞顶的宝石名为"幻彩",是噜噜从西番边境寻来的宝物,那石头可与周遭环境融为一体,隐蔽效果绝佳。

北冥来到洞穴内,原本想着经过夜丧的袭击,这里应该已经面目全非了。谁知道,除了被北冥打开的一面山洞外,洞穴里的一切似乎变化不大,只零散地掉落了一些镶嵌在岩壁上的藏宝盒。

一个庞然大物瘫坐在树根盘上,像泄了气的皮球,脂肪已经向四周散开,滑了下去,满身粗壮的木楔棱刺化成了粉末,只剩零星破败的枝丫还挂在身上,摇摇欲坠。

北冥看着噜噜头目,心中不忍,道:"头目,我来了。"

半天,一声虚喘,噜噜头目睁开了眼睛,看着北冥道:"你还没死,真命大……"噜噜头目的灵力已经溃散了,命不久矣。北冥向它身后寻去。

"吃了,没用。"头目道。它知道北冥在替自己寻那棵水腥草。

"我还有什么能帮您?"北冥道。

"盟友,你说话算话?"头目道。

"算话。"北冥道。

半晌,头目才有力气动了动头:"那要先保住你这条小命。"

"为什么不杀我?"北冥道。看到噜噜头目这样,北冥心中一阵愧疚。如果不是他来,头目也不用遭此杀身之祸。

头目眼珠一翻,道:"都是刀尖舔血的日子,我还怕死?"

北冥向头目看去,两人四目相交,北冥重重地给头目鞠了一躬。梵音亦随他领首。

"你不来,别人也会来,还不如你来。"头目道。北冥探了大荒芜永生湖底,亚辛不久便会知道,秘密终将浮出水面。到时,噜噜一族才是大祸临头。"不杀你,还有一个原因。"头目再道,说完它撇头看向身前的噜酱,"当年你也没杀我儿子。"

十几年前,噜酱化成狸猫在路边贪睡,被好事的姬菱霄逮到,一路带回菱都。等噜酱睡醒想走时,却和姬菱霄起了冲突,要不是年幼的北冥阻拦,噜酱已经死在了姬菱霄手下手里。

"原来是它。"端倪喃喃道。当年端倪也在场,险些中了噜酱的招。没想到噜酱竟是噜噜头目山王的儿子。看来那次不是端倪一时大意,而是噜酱的本事本来就不容小觑。

"能在辽地自如穿梭,噜酱必不是一般人物。"北冥心中早有判断,但并不知道噜酱是头目的儿子。

头目突然对噜酱叽叽咕咕地说了几段兽语,不久后停止了交谈。噜酱来到了北冥面前,最后打量了他一次,道:"你说当我的盟友,你说的可是真的?"

"只要我不死,必当奉还!"北冥斩钉截铁道。

"那倒不必了,一直当下去便好。"噜酱道,"行了,信不信你我也只有这一条路了,也不妨最后再告诉你点秘密了。当年,你以为我去辽界干什么了?"噜酱眼神忽而一晃。

"不是狼族让你去的,而是你自己偷偷潜进去的。"北冥道。

"没错!"噜酱鼓起了胸膛,有些得意道。天底下能在狼窝里走一遭而全身而退的,噜酱自诩没有第二个,就算是他北唐北冥也不行,半条命都折了。头目在噜酱身后重重地哼了一声。噜酱的胸膛瞬间变得更宽厚了。那是来自父亲的赞许。

"还记得当时我在辽地跟你说了什么吗?"噜酱道。

"辽界里面有怪物。"北冥道。

"没错,记性真好。"噜酱笑道,"那你又知道那怪物是什么吗?"

北冥想了想道:"狼。"

噜酱眼神突然一惊,不可置信道:"你知道?"

"我不清楚,可是能在辽界内横行的,除了狼,没有第二种可能。就算灵魅也不行。"北冥笃定道。

噜酱鼻孔朝天,盯了北冥半天,喷出了一股气,像是有些不服气,道:"我突然不想告诉你了!"

"大尾巴狼。"端倪在北冥身后默声道。这话正是说给北冥听的。这噜噜一族看上去就知道是粗野蛮横的,它们能知道点事,恨不能把自己拱到天上去。北冥这"装蒜"的样儿,人家能服气吗?

北冥哪里和端倪一样,说句话先在心里兜三圈,再在脑子里转十圈,方才罢休,可被端倪这么一讽刺,他也明白了,想了想道:"我连辽界都未曾踏足过,见识必是短的。当年辽地险些让我一去不返,那深处的辽界,我更是见都没见过,有限的见识也就只能想到狼了。头目,还请赐教。"

北冥一番话说得恭恭敬敬,简直像换了个人。待他到喊出"头目"二字时,噜酱身后的噜山王都不禁开了眼,瞅了过来。噜酱更是一怔,眼珠在狭缝里左右转了一圈,本还有些胆怯,忽而涌出一股力,挺拔了起来。

"哼!"端倪又在北冥身后冷笑一声,道,"贼!"

"夫妻!"蓝宋儿小声跟了一句。

梵音微蹙眉,以为自己看错了,斜方的凌镜照得她将整个屋子的每个角落都看得清清楚楚。她不禁回头睨了一眼蓝宋儿。

蓝宋儿接到信号,悄悄笑道:"就说你呢!"梵音一怔,不明所以,不去理她,又转回头来。

噜酱无处安放的粗壮双手在地上划拉了两圈,粗声道:"嗯!既然你这么求我了,我也不好不告诉你,你且认真听吧。"

"好。"北冥应道。

噜酱突然压低了嗓子道:"这世上的东西,有借必有还,除了买卖。"说着,一枚金闪闪的金币在噜噜粗壮的四根手指间呱啦呱啦滚了个来回。

"第四块灵石被狼族撞了狗屎运白白吸纳了去,我呸!"噜酱骂骂咧咧地不服气道,"才有它们今天什么弥天第一凶族的称号,没有灵石,它们算个屁!那点秘密也就我们噜噜一族知道,头目一族才知道!哼,弥生骨,明明就是一副烂骨头还有了名号!啐!哼!"噜酱突然冷笑一声,"但这东西也不是白来的,会遭报应的!"它压低了嗓门,诡异道。

北冥一脸严肃,听得认真,站得笔挺,比噜酱高出了大半个脑袋。事实上,噜酱比梵音还矮许多。梵音撞了北冥一下,自己冲噜酱用力点了点头,一脸惊愕,求知欲尽显。北冥晃了一下,应道:"啊?"

噜酱吸了口气,对他二人的反应很是满意。北冥、梵音身后异口同声地传来了碎碎念:"贼夫妻!"跟着是不怀好意的暗笑。梵音眉间一颦,汗落了下来,比了个手势,让后面的人噤声。

"你猜猜是什么报应?"噜酱故意道。

"不知道。"北冥真诚道。

"猪脑子!猜你也不知道!"噜酱笑道。蓝宋儿要在他二人背后笑开花了。梵音背手打了她一下,要她老实。

"无后而终!"噜酱突然大声道,骇了众人一跳!"生出来的都是畸形怪物!"噜酱跟着大笑起来,仿佛吐出了好大一口恶气。

"你知道吗,狼族修罗一氏,从继承了弥生骨的神力以后,就再也生不出像样的孩子了,不是怪物,就是畸形,统统半路夭折,活不下来几个!狼族修罗氏就快灭门了!再不快点,其他狼兽也会生吞活剥了它们!"噜酱啸道,牙根战战,"它们根本不配当弥天第一凶族,都是烂皮囊!我们噜噜一族才是!"

北冥快速整理着。狼族吸纳了弥生骨,却无法消化它强大的灵力,以至于刚出生的狼崽无法承受和继承这灵力,才导致了狼族无后而终!

"只有修罗一族才这样吗?"北冥确认道。

"是!"噜酱笃定道,"看着别家一窝一窝的狼崽出来,修罗那个老混蛋早就眼红了,下令狼族不可以任意扩张,但凡有多余的狼崽出生,它都会杀之而后快。所以这么些年,狼族越来越少,早就不堪一击了!能活下来的,就是修罗那三个可怜的狼崽,还被你杀了一个。"噜酱看向梵音。

"修门。"梵音道,"还剩下修弥和修彦。"

"没错,就快死光了!"噜酱道,"杀得好!"

修罗一族要摆脱它们身上的恶咒,必须和灵魅合作,把四灵石炼成最后的永灵石,吸纳它的能量,得以保生。永灵石乃万物之灵,不仅可以助灵成人,也可助万物永灵,力量之大,能量之净,可化一切污秽。但修罗不能让灵主知道这个秘密,否则性命不保!怪不得这千百年来,狼族和灵魅若即若离,中间竟有这么多道道。四人无不震惊感叹。

"多谢头目相助,告知真相。"北冥这次对噜酱真真正正地恭敬道。噜酱感受到北冥厚重的礼遇,一时竟有些无措了。

少时,噜山王在后面闷声道:"你们走吧……"随后静下声去。

噜酱转头向父亲看去,垂垂暮年,他已老矣。洞顶的风吹下,噜山王打了个战,噜酱跟着一抖,向父亲跑去。北冥、梵音看着眼前的父子二人,心中不禁酸楚,悲从中来。北冥还想对头目说些什么,但终究都觉无用,生死之大,人力之微,他忽感无力。

再等了半刻,北冥带梵音对头目深深一鞠躬,准备离开。忽然,窸窸窣窣的声音从四面八方传来,地上地下涌来无数大大小小的噜噜,都拼命凑到头目身前,噜噜地发着呜咽声。噜酱回头看着比他还小的噜噜们,身形一垮,先前的得意吹嘘顿时一扫而空,神形落寞。

"噜酱,振作点。"北冥走到噜酱身前,用手按在它那长满棱刺的肩头。因为哀伤,此时的棱刺都已经贴顺了下去,它像个温顺的动物。"这是你的兄弟姐妹吗?"北冥问道。

噜酱停了一会儿,鸣了一声,算是应了。这满屋的哀泣听着让人心寒又发毛。蓝宋儿本来早就不想待在这儿了,可北冥有事要办,她不得不一起留下。看着一屋子的臭噜噜,她捏起了鼻子。

忽然,一个毛茸茸的东西挤到了她的脚下。她低头看去,是只黄色的小猫。她俯身把它抱起,只见那小猫泪眼花花,看着前面的噜山王。

蓝宋儿又往地板下的洞口看去,还有许多噜噜想进来,但人数太多,进不来了。于是它们幻形成了小猫小狗的样子,拼命也要看上父亲最后一眼。

这时,满屋子的噜噜已经不见了,都幻形成了猫狗的模样,像是商量好了一样,为其他兄弟姐妹腾出地方。小猫挣脱开了蓝宋儿的怀抱,向噜山王身边跑去,但它个头太小了,只有两个巴掌大,挤得满头大汗也无能为力。

蓝宋儿从小饲养幻影猎豹,如珠如宝,都是巴掌大时就接生到她手里的,正和这眼下的小猫小狗一个模样。她不禁往前走去。

"你干吗?"端倪拉住了她。

谁料蓝宋儿一回头,泪眼婆婆道:"我怕它伤着。"端倪的心顿了一下,拉着蓝宋儿的手又紧了一下。

蓝宋儿朝着"小猫"想去的方向看去,噜山王已经奄奄一息了。她抱起小猫,端倪领着她往前凑去。到了跟前,小猫跳到偌大的噜山王身上,嘤嘤啼哭起来。

蓝宋儿眉头一皱,埋在端倪怀里,掉下泪来。忽然,她鼻尖一嗅,转身看向噜山王,跟着又嗅了两下。

"怎么了?"端倪道。

"没有暴血的味道。"蓝宋儿道。

"什么?"端倪不明。

"没有暴血的味道,和北唐大哥一样。"蓝宋儿再道。她看了看噜酱,又看了看噜山王,伸手摸向噜山王。端倪一拽,拢回蓝宋儿的手,惊道:"你要为它诊治?"蓝宋儿点了点头。

"它是噜噜,不是人。"端倪提醒道。

蓝宋儿道:"我们大巫和你们人类的灵枢不一样,他们只管治人。我们,只要有报酬,什么都能治。"说着,她已经把手按在了噜山王的腹部,闭眼细察。过了半晌,只见她点了点头:"果然……果然……"但之后又默了声音。端倪看着她,两人心思一转,便通了。

随后,噜山王身子一摆,大限将至。

"噜噜。"只听蓝宋儿幽幽开了口。呜咽声中,没人理她,"噜噜。"她又道了一句。北冥和梵音向她看来,不知她要如何。"噜噜!"蓝宋儿有些不耐烦道,但还是没人理会。"你还想不想让你爹活?"蓝宋儿突然大声道。

噜酱埋头苦哭的身子一震,停了下来。

"你还想不想让你爹活?"蓝宋儿再道。噜酱抬起头,看向她。"哎呀!吵死了!

让它们都安静点！"噜酱不吭声，哭声依旧不断。蓝宋儿一皱眉道："不想就算了！我们走走走！"

"你有办法？"噜酱突然道。

蓝宋儿灵眸一眯道："这话，你不应该跟一个大巫说。"

"什么办法？"噜酱道。

蓝宋儿定了定心神，好似做了一个好大的决定，眼眸忽然一亮道："那就要看你肯付出多大的代价了。"

"多大都行！"噜酱急道。

"命呢？"蓝宋儿低低道。

"行！"谁想，噜酱连想都没想，就毫不犹豫地脱口而出，"只要不动我弟弟妹妹的命，我的命你随便用！"

蓝宋儿瞪大了眼睛看着它，瞠目结舌，她没料到回答是这样的。一屋子的小猫小狗在听到噜酱的话后，瞬间停止了哭声，唰地聚拢到它身边，又倏地回身，恶狠狠地盯着蓝宋儿，一个个棱刺渐长。

"你……"蓝宋儿不可置信道。

"说吧，要我的命干什么？"噜酱道。

"你不怕？"蓝宋儿道。

"救阿爹，怕什么！"噜酱道。

蓝宋儿看了看端倪，又看了看噜酱，随即下定决心道："命，你先留着。但同等的代价，你敢给吗？"

"当然！"噜酱道，"你到底要什么，快说！"

"你满屋的珍宝！"蓝宋儿狮子大开口道。

噜酱一怔。

蓝宋儿继续："血牙、月沉珠、枯叶蝶，还有……三灵石！我统统都要。这个屋子里的东西我统统都要，你敢给吗？"

噜酱登时激灵一下，嘴巴咧得老大，能塞口锅进去。

"再晚，你阿爹的命就没了。"蓝宋儿道。

第一三六章
东菱变

晌午刚过,火红的太阳从洞顶射了下来,光线充足集中,照得人头晕目眩。噜噜就喜欢这种晒着太阳汗流浃背的感觉,所以它们身上的气味总不大好闻。

蓝宋儿吹着小哨,拐着小调儿,摊开自己的卷袋,把噜噜洞中的宝贝一件件扔了进去。到最后三件了。蓝宋儿吃力地抠着嵌在墙上的一大块赤金石,满头大汗,也没撬下来。

"用不用帮忙?"端倪道。

"哎!不用啊!不用!"蓝宋儿一把挡开端倪,谨慎道。可又过了半刻,赤金石在上面还是纹丝不动,蓝宋儿没法了,只能走到端倪面前:"那个,你帮我拿一下。事先声明啊!东西是我的,不是你的!"

"既然信不过我,就去找北唐啊。"端倪道。此时的北冥和梵音站在墙角,看着蓝宋儿在噜山王的巢穴里大肆敛财,如同洗劫。

"你当我傻啊!让他拿,不等于白送给你们菱都了!我疯了吗,赔了夫人又折兵!舍不得孩子套不着狼吗,我!"蓝宋儿一通牢骚,催促着端倪,"快点!帮我拿一下!还有边上那两块,徒幽壁和美人面,一起帮我抠下来!"说完,她谨慎地回头看了一眼北冥,凶狠道:"东西是我的!你别想抢!找死啊!"

只听堂中央,一个巨大的呼噜声响起,噜山王醒了,迷迷糊糊地睁开眼睛,先是四周扒望了一下。

"阿爹!"噜酱叫道。

紧接着一声惊恐的嗡鸣,"呜!"是噜山王发出来的。

"阿爹!"噜酱惊叫道,"您活啦!"

跟着一通排山倒海式的叽里呱啦,噜山王在和噜酱用兽语拼命讲着话。霍地,它想回头看去,但微微动了一下,没转动。

"让你爹别乱动,刚好,动了还会死的。"蓝宋儿道。就在两个小时前,蓝宋儿跟噜酱做了交易,用这满屋的珍宝换取噜山王一命。噜酱答应了,蓝宋儿交出了大巫族最后一棵水腥草。

世人都知水腥草可救人一命,但有一个前提,被救之人五脏均不可尽废。例如被掏肝、挖心、裂肺的人,是不行的。那是夺命重创,水腥草亦无力回天的。大巫称以上情况为"暴血",死路一条。之前,蓝宋儿用水腥草救北冥也是同样的道理,北冥虽灵力大损,但五脏没有受重创,不算死人,能救。

就在噜酱为噜山王哭丧之际,蓝宋儿凑近时发现,噜山王虽正面遭受了修罗的夜戾,本应五脏俱损,但事实上它并没有暴血。之所以噜山王吃了自己私存的一棵水腥草没用,是因为它的体积太大,一棵水腥草根本不够修复全身的创口。

蓝宋儿在噜山王临危之际,受到了感召,大发慈悲,救了它一命,代价就是用噜山王全部的珍宝换取她身上最后一棵水腥草。噜酱答应了。

此时噜山王正在劈头盖脸地臭骂噜酱。它每天醒来的第一件事,就是四周看着让它赏心悦目的珍宝们。现在一切都没了,噜山王直说还不如死了算了!蠢货!败家子!

这时,蓝宋儿一边收拾着宝贝,一边叨叨着:"哎!也不知道换了这些东西亏不亏,真是一笔亏本的买卖。我早就提醒过你,善心没个屁用!自保才是王道!如今你大发慈悲救人,难不成真想成仙啊!混账蓝宋儿!"蓝宋儿气愤地咒骂着自己。

此刻,不仅墙角的北冥和梵音,就连帮她取下三灵石的端倪也觉得,这小贼丫头心思太重了,搬了人家整个老巢还不甘心……真是……哎……

忽然,蓝宋儿阴阴地冲北冥瞄去,端倪警惕地看着他们,好像生怕他们有什么似的。

"北唐大哥……你家里有什么值钱的东西吗……"蓝宋儿低沉道,"你要知道,你可也吃了我半棵水腥草呢……俗话说,有借必有还,不然……"

"哎!"听到这儿,梵音赶紧打断她,不知道这鬼丫头嘴里一会儿能冒出什么丧气话,"有有有!有钱!"梵音怕了她道。

"钱……"蓝宋儿皱起眉嘀咕着,又指着北冥和端倪道,"你俩谁有钱?"北冥、梵音自然不知道蓝宋儿什么意思,端倪却一听便知。蓝宋儿和他有多年的私下交易,端倪的家当,蓝宋儿还是略知一二的。

"把他以前给我的钱统统算上,也不够勉强买我半棵水腥草的,你们军政部有他聆讯部有钱吗?"蓝宋儿一边点着宝物一边道。听到这儿,梵音当真认真地盘算起来,她想着自己这些年也没什么积蓄,又看了看北冥,好像也指望不上。

"若实在不行,我们拿兵器抵行不行?"梵音一本正经道。

蓝宋儿停了一下,道:"穷酸样!"跟着又道,"甚至都没连雾大方。"

"谁!"突然,北冥、端倪、梵音一齐发问道,顿时吓了蓝宋儿一跳。"喊什么! 吓死我了!"蓝宋儿大声道。

"你方才说的是谁?"北冥和端倪又一齐道。

"连雾啊! 你们狱司的连雾。"蓝宋儿理所当然道。忽然,她脑子一顿,坏了! 他们不知道我跟连雾有交易,蠢货!

"当年杀死管赫的裂簇寒针,就是你卖给连雾的,是不是?"端倪追问道。

"你凶什么!"蓝宋儿突然生气道,"我也卖给你了呀! 谁知道你们谁杀的谁!"

"裂簇寒针除了我和他,你还卖给过谁?"端倪一把抓住蓝宋儿手腕道。

"啊!"蓝宋儿一惊,原本是怕,可突然看见端倪这么凶神恶煞地质问自己,她顿时火冒三丈道,"我凭什么告诉你! 我就不告诉你! 混蛋! 放开我! 有本事你杀了我!"

"快说!"端倪道。

蓝宋儿倏地对上端倪的眼睛,凶道:"就不!"

北冥本想上前,却被梵音一把拽了回来,梵音给他打了个眼色。只见那两人一时僵在那里,谁都下不来台了。北冥看了看时间,天色不早了,他要尽快赶回菱都,不能再逗留了。

北冥来到噜山王面前告辞。噜山王看见他就生气,懒得理他。噜酱被骂得鼻涕一把,眼泪一把的,跑到蓝宋儿面前,撞开端倪,叽里呱啦地同她讲了半天。蓝宋儿也听不懂,约莫着就是噜酱把命给她,她把财宝留下。蓝宋儿才不听呢,一手勒紧卷袋,扛在了身上。

噜酱本想行凶,蓝宋儿指了指对面的北冥和第五,又指了指身后的端倪,噜酱的计划就这样失败了。

临别之际,北冥等人准备跃上洞顶。噜山王哼了一声,北冥止步。唰,一片树叶袭来,北冥轻捏在手。

"枯叶蝶。"北冥道。

噜山王嗯了一声:"我儿除了本族,外族还没有一个相识,你算第一个。"

北冥收好了枯叶蝶,欲走。

噜山王又开了口:"你再无其他要问?"

"噜山王为一族之主，自然有他盛世之力，北唐今日大开眼界，就此别过。"北冥对噜山王一礼，转身离开。

众人跃上洞顶后，发现四面八方聚满了噜噜。不时，洞内传来一声浑厚隆鸣，噜噜们为北冥等人让开一条宽路。

"北唐！"只听身后有人喊北冥名字。噜酱向空中投出四枚拳头大小、精心打造的兽笼。四匹顶级豹羚瞬时幻形而出，银鬃飘逸，七尺羚角立朝天，不时嘶鸣。四人翻身上了豹羚。

"多谢噜兄！"北冥大喝一声，疾驰而去。

蓝宋儿骑不惯高头豹羚，脚尖在羚背上一点，收了豹羚，蹿到了端倪身前，两条腿舒服地垂在了一边，却并不理他，自顾自吃着兜里的攒花瓣，那是她从家带来的小食。端倪还惦记着裂簇寒针的事，照平时他早就开始"拷问"了，可现在看着蓝宋儿悠然自得的样子，他竟开不了口了。

"你怎么不和他们去坐？"山中多林，北冥和梵音在前面，端倪在后"随意"问道。

"谁？"蓝宋儿道。

"前面二人。"端倪道，"你不是喜欢北唐吗？"

"抢不过，算了！"提起这个，蓝宋儿还真有点不高兴呢，"再来，第五姐姐是女孩，我让她带我，万一我俩一起摔了怎么办？豹羚这么大，我还是头一次见。这种不都是给贵族拉车用的吗，哪里是人骑的。那个傻噜噜。"

"你这贼丫头，拿了人家那么多东西，还骂人家。"端倪腹诽。

"怎么？一手交钱，一手交货。公平合理。"蓝宋儿不屑道，"我那可是救人命的东西！"

"有了三灵石，让你再造几株水腥草出来，应该不难。"端倪道。蓝宋儿呼吸一滞，嘴也停下了。端倪刚想笑，可突然发现自己好像话多了，不再出声。过了半天，蓝宋儿道，"你怎么知道……"有些谨慎。

"猜的。"端倪回道。蓝宋儿腰板儿僵直，一动不动。"我不会打你们大巫的主意，你放心坐好吧。"端倪破天荒道。

"若是你骗人呢？"蓝宋儿道。

"我不食言。"端倪道。

"我就毒死你！"蓝宋儿道，一双戾眼看了过来。端倪瞟了她一眼，道："可以。"蓝宋儿一怔，眼睛瞪得老大。"看我干什么，看路。"端倪道。

"方才噜山王对北唐大哥说的最后一句话什么意思？"蓝宋儿道，"什么叫还有别的要问？该问的我们不都问过了吗，还有什么？"

"噜山王怎么救下的噜酱,让他毫发无损。"端倪道。

"对哦!"蓝宋儿诧道,"这到底是怎么回事?"

蓝宋儿不是修灵之人,对灵法灵力毫无兴趣,自然也不明白噜山王的话。但修灵之人,无人不想探知别人、他族的灵力秘传,这些秘传对任何修灵之人都是极大的诱惑。

噜山王明知故问,北冥却坦荡回绝了,意思是他对别家的灵法密宗毫无窥探之意。这让端倪再次想起了当年自己和梵音同困狱司囚牢的事。他当时毫不犹豫地说出了梵音的灵法招式,而梵音对他的却只字未和狱司提起。现在想来是他小气了。

端倪当年不愿向狱司提起狼族来袭的事,一是因为不想暴露自己的灵法,二是他更想凭聆讯部一己之力查出狼族始末,不愿与任何旁系共享消息,粘连关系。

"你说话呀,我问你话呢,噜山王怎么保住噜酱的?"端倪一时慌神,没有回答蓝宋儿。

"外族的事,与你何干? 管得太宽。"端倪道。

蓝宋儿一翻眼皮道:"咦,我看是你不知道吧。"端倪不接激将法。蓝宋儿无聊,又道:"你告诉我怎么了,我又不会告诉别人。"

"那你可愿与我换一个消息?"端倪道。

蓝宋儿一翻眼皮,撇嘴道:"贼!"

"噜山王用大口含住了噜酱,又张开棱刺,扩充身形体积,挤满洞穴,才保得噜酱无损,珍宝未破。"端倪未等蓝宋儿答应,就说了起来,"噜酱在噜山王口中同样用灵力护住了噜山王内腔,保他五脏没有俱损,这才捡回一条命。"端倪说完,蓝宋儿张着嘴,不敢置信。两人话题结束,继续向前。

"那个,你不是有话问我吗,怎么不说了?"过了许久,蓝宋儿道。

"这事你一人知就行了,不要再与他人说。"端倪道。

蓝宋儿以为自己耳朵听错了,难以相信地看着端倪。端倪再无二话。

"我对它们臭烘烘的嘴才没有兴趣呢,跟谁说!"蓝宋儿道。端倪应了一声。"那个……裂簇我只向你和连雾兜售过。"蓝宋儿小声道。

端倪的眼睛眯成了一条缝:"我知道。"

"人是他杀的吗?"蓝宋儿道。

"是。"端倪道。随即一张信卡从端倪手中传出:"全面戒备狱司!"此信息是传给菱都城内端镜泊收的。

"北冥,通知颜童我们赶回来了吗?"梵音在前面问道。

"通知了。"北冥道。

"不知道爸爸妈妈现在怎么样了,姥姥姥爷在哪里。"梵音突然有些惆怅,"对了,你说木沧跑了,他会去哪儿啊?"

北冥脑筋一转,突然道:"糟糕!"

傍晚,菱都城内,颜童从礼仪部出来,莫多莉亲自相送。临到阶下时,莫多莉低声道:"北唐真的回来了?"

"是。"颜童道。他此行前来礼仪部是按照北冥的指示,与花婆、莫多莉相商,联合对抗国正厅与狱司。

莫多莉在听到北冥回来的消息后心中一颤,颜童看出了她的反应,静默片刻,转身离开。

"颜童!"莫多莉突然叫住了他。北冥失踪的两年里,莫多莉对他的关心超过了常人,经常前往国正厅打探北冥的消息,颜童不是傻子,早就看出了莫多莉对北冥的心意。颜童有些累了,这两年里,他顶着国正厅的压力,独自扛起了军政部的大旗,稍有不慎,军政部即刻会被国正厅和狱司联合拿下。

莫多莉不知怎的,看见颜童"决绝"地离开突然开始惊慌了,赶忙喊住了他,可叫住他以后又不知如何开口了。这两年里,她为了北冥多次前往军政部,起初是为了打探消息,可渐渐地她发现军政部里的事太多了,所有人都对他们虎视眈眈。眼下颜童暂时震住了军政部,只怕他稍有不慎,姬仲随时会拿下他这个"代主将"。届时,即便是北唐穆西,也保不住他。

颜童通常会在会议室通宵与各军政部长联络,保存军政部实力,密切注意灵魅动向,但又不敢大张旗鼓地"笼络"指挥官,这会让姬仲加大对他的控制。主将亲军的韩战已经被姬仲调离菱都,防守三国原本要攻进的大荒芜亡命谷去了。姬仲给出的理由非常充分,颜童无法驳回。沉重的担子几乎让颜童昼夜警惕。

莫多莉绝大多数情况下是等不到颜童的,只能在他开完会以后在他休息的办公室与他碰面,然而那往往是清晨了。每次火急火燎的莫多莉在看见颜童日益严肃的脸色后,便不再与他多言。

后来,她去找颜童都不再问起北冥的事,而是带上许多东西,让他休息。若颜童不吃她带的东西,莫多莉就会硬塞进他嘴巴,直到他完全咽下去。再到后来,莫多莉前往军政部的次数就更多了,有时甚至因为等颜童而彻夜不睡,休息在军政部客房里,一等就是几天。

"你,你回去路上小心。"莫多莉看着颜童的背影憋了半天,说出这一句话。颜童没有回身,也没有应她,而是继续要走。"你说的事,我会赶紧和花婆准备的!"莫多莉又赶紧补上一句。

"好。"颜童应道。

听见颜童开口,莫多莉心中悬着的那一口气终于落了。不知怎的,她察觉到颜童在刚才的一瞬似乎不想再与她说话了,这让她倍感恐慌。好在,他又开口了。

莫多莉还想再和他寒暄两句,让他不要太担心。这时颜童手中传来了信卡,打断了她的说辞。颜童拿出信卡,文字出现了。只见颜童眉宇一凝,气提丹田,倏地一行快讯从他手中传了出去!

冷羿正走在军政部的阶梯上,准备去找赤鲁商议二分部换防的事情。由于韩战的离开,二分部和一分部的部分兵力被调出菱都城,防御城外。可近日,冷羿和颜童、赤鲁商议再三,准备把二分部的全部兵力调回,但这事必须瞒过国正厅,不好办。

冷羿的口袋动了一下,有讯息。他伸手向衣兜摸去。

"冷羿。"有人从前方喊住了他,冷羿抬起头,叫他的人正是二分部三纵队队长钟离。冷羿停下了手中动作,迎了上去。

"你来我房间一趟。"钟离道。

"怎么?"冷羿未动,而是习惯性询问道。

钟离的眼神沉了下去,低声道:"我好像发现了汐儿的踪迹。"

"什么!"冷羿一惊,看了过去,不敢置信。

"暗部今日有消息传来,颜童不在,我代为收管了。上面写着,在灵魅中间发现女性火焰术士,种种迹象表明那是汐儿。而且,颜童刚才说了,木沧叛变了……"

"你怎么知道!"冷羿眼神警惕起来!木沧叛变这一消息,北冥下令只让颜童通知军政部各部部长,纵队长一级没有权限知晓,并且明确告知,木沧与他一起从地球回来了,目前正在叛逃中。冷羿之所以破例知晓此事,全因为他是梵音的哥哥,颜童不打算避开他讲。但此刻,钟离又是怎么知道的呢?

"赤鲁准备撤防计划的时候告诉我的。"钟离道,"木沧怕是为了汐儿才叛变的,与灵主做了交易……"钟离迟疑道,"你先与我来!快!"钟离往自己的卧室快步而去,冷羿踌躇了一下,跟了上去。就在他们快要抵达钟离房间时,一个人从钟离的卧室走了出来。

小雀儿端着一盘灵枢用品,从钟离的房间退了出来。关上门,她径直从走廊的另一端离开了,没注意到不远处的钟离和冷羿。下一刻,钟离已经和冷羿来到了钟离的房门前,没等冷羿开口问,钟离把房门打开了,自己径直走了进去,冷羿顿足一瞬,跟了上去。

砰的一声,钟离的房门关上了……

一道狠辣的烈火灵力从冷羿身后蹿了起来,待他提刀欲砍之时,只觉自己的灵力被阻绝了。钟离站在他面前,用束缚术捆绑住了冷羿,冷羿的冰刃手刀还没来得及切开束缚术,烈火灵力已击中了他的脖颈。冷羿轰然倒地,眼睛还瞪着不远处。钟离桌子上有一张照片,那张照片冷羿以前没见过。

一个壮汉从冷羿身后走了出来,来到桌子前,拿起了相框。里面有个梳着两根粗麻花瓣的小女孩正笑得开心,旁边站着一个腼腆的年轻人,离她很远,却默默看着她,嘴角微翘。那是木汐过十四岁生日时,钟离恰巧去找木沧取他新铸炼好的兵器,就这样,照相机缘巧合地照到他们两个人。

唰!一道狠毒的目光向地上的冷羿看来,冷羿还睁着眼,看着眼前的一切。下一刻,他的脖颈被开了一个口子,血喷了出来。钟离蹙眉。

"怎么!你不满!"壮汉骂道,看着钟离,"哼!没有他,汐儿怎么会死!让他和南扶摇这两个杂种多活这么多年,老夫已经给尽了主将面子!"一个满面深纹、头发杂白的男人咒骂着。这里的主将说的是已经过世的北唐穆仁。

钟离盯着血已成摊的冷羿,一时语塞。

"就是因为这懦弱的性格,汐儿才会看不上你!你说你,这么些年,哪里不比冷羿,最后连贺拔那个蠢货都当上了部长,你还不过是一个小小的纵队长!愚蠢!就凭你现在的本事,能让汐儿起死回生吗!"壮汉咆哮道。

钟离心一横,道:"佐领教训的是!"

木沧踉跄地坐在桌子对面的椅子上,俯视着冷羿即将流干的血。看着自己的"仇人"终于死在自己面前,木沧长长叹了口气,大快人心。他被北冥打穿的胸膛还没有完全愈合,肋骨断了十根,好在他经年铸炼兵器,体格异常坚硬,保住了一命。

一张信卡从木沧手中传了出去:人已死,速发动政变。赤金石我要定了。你若敢反悔,我定取你首级!

国正厅里,一张刺鼻浓香的信卡在姬菱霄手中展开,她盯着上面乱七八糟、歪歪扭扭的蠢字,嗤之以鼻地笑了。

"木沧?"姬仲在一旁急促地问道,双拳紧握在了一起,用力搓着。

姬菱霄鄙夷地看了他一眼,又朝身边另一人看去。连雾正站在她旁边。

"你准备好了吗?"姬菱霄盛气凌人地问道。

连雾冷笑了一声道:"准备好了,你能给我什么?"语气甚为阴阳怪气。

姬菱霄斜睨了他一眼,道:"癞蛤蟆想吃天鹅肉!就凭你,也想拿下我?"

连雾的脸抽搐了一下,下意识地心中一颤,嘴唇发白,紧接着道:"我凭什么不行!等我拿下了军政部,我就是这东菱最强的男人!"

"我呸！再厉害的不过是条阴沟里的蛆,充什么大样！小瘪三,就你也想学别人当上大世家？可惜,你身上压根儿没流着高贵的血,只能当瘪三。"姬菱霄厌恶道。

连雾的脸唰的一下白了,褪尽了所有血色,他强咬着牙槽走到姬菱霄跟前道："我怎么就不行！拿下军政部,我就是军政部主将！一人之下,万人之上！"

"离我远点！"姬菱霄突然尖厉道,连雾吓得往后一躲,"那你就动作快点！再晚了,北唐北冥和那个贱人就回来了！"

"你嫁不嫁我？"连雾咬着牙道。

"呸！小瘪三！"姬菱霄毫不留情道。

"那我凭什么帮你！"连雾道。

"就凭这是你唯一可以平步青云的机会！有一句话你说对了,没了北唐北冥,你确实是一人之下,万人之上了。只不过,"姬菱霄忽而翻起手腕,看着自己的纤纤玉指道,"是我的傀儡。"

"我才不会当你的傀儡！"连雾突然激愤道。

"那你就连这个平步青云的机会也没有,还不如一个傀儡！你只不过是狱司阴沟里的一条蛆！还是东华这个淫棍强暴了你妈生下来的蛆！"姬菱霄大叫着,声音钻进连雾的耳朵。他疯了似的想堵住,可怎么也堵不住。

东华淫邪的嘴脸,母亲屈辱懦弱的样子,不停地在他脑中旋转。东华发现他自己的儿子是个打不死的怪胎,能消化攻击来的灵力,虽不能化为己用,却不至于死,便发起疯来就打他。东华嫌自己脏,嫌他母亲脏,更嫌他这个杂种脏。

连雾扑通一下跪倒在地,痛苦地抱着头颅,大喊："停！停！停！"

姬菱霄的玉指在空中划着,能把人抽筋剥骨,揪住每一根神经尽情操控,直到使其发狂发癫为止。姬菱霄用力一扽,操控术停了下来。连雾倒在地上,满身大汗。她能看见他全部的思想和恐惧,尽在掌握。

"傀儡不是谁都能当的,至少你有这个资格,瘪三,庆幸吧。"姬菱霄道,"东菱将给你带来无上荣光,只要你臣服于我,你就是军政部将来的主将,连雾。"

连雾躬身在地上,翻着眼,看着姬菱霄。

姬菱霄谄媚一笑道："看来你的野心不止于此。除了权力,你还想要尊贵,想得到我这身高贵的血统,以洗刷你污秽卑贱的身世,对吗？"姬菱霄话毕,连雾站了起来。

"快去准备吧。希望你能把握这次机会,翻身成人,至少……不再受你那个变态爹的操控。灭了北唐北冥,我可以帮你灭了东华,帮你当上主将。"姬菱霄冷冷道,"这是你当人的最后一次机会,若是败了,北唐不会留你活口。"

连雾身子一紧,冲了出去。

这时一个颤颤巍巍的声音道:"菱霄……这办法行吗?真的和军政部对着干?"是姬仲。

"不是军政部!是北唐北冥,还有第五梵音!"姬菱霄尖声道。

姬仲吓得一个哆嗦:"那要是我们输了呢?"

"输?那就等着北唐北冥回来把你踢下国主的宝座吧!就你干的那些不利索的破事,一桩桩,一件件,都够他拿下你的!"姬菱霄道,"快叫严录准备!"

半个月前,姬菱霄秘密返回了国正厅,神不知鬼不觉地越过了国正厅守卫,她的操控术已经出神入化,深入骨髓。胡妹儿见到她寒暄式地悲喜交加,不知是哭还是嚎。姬仲则大感意外。姬菱霄用操控术简单告诉了她一家这十七年的遭遇,如今的她已经不是初走时那个青春少女了,而是一个貌美如花的半老徐娘,心思比国正厅里的每一位都沉得多。

连雾匆匆离开国正厅,往狱司奔去,方才的一身冷汗刚刚落下。姬菱霄!这三个字在连雾脑海中拼命打着转,原本的计划不是这样的!他明明要趁这次机会拿下军政部,拿下国正厅的!一切的一切将在他的掌控之中!可如今,就在方才,姬菱霄用操控术控制住他神经的那一刻,连雾竟然毫无防备地怕了!

半月前,连雾在狱司的办公室工作到深夜,忽然,一片信卡展开在他办公桌前的长信草花盆里。这株长信草的通信灵纹只有一个人知道。连雾手中一停,看向长信草。这次与以往不同,以前他每每看见有讯息从这盆长信草传来,都会不由自主地惊搐。现如今,他已经脱胎换骨了。

连雾盯着长信草,眼露深寒,不屑一顾,他不想摘下它,甚至懒得看它。可停了半晌,他的手还是伸了过去。一行墨迹飘飘忽忽地在信卡上晕开,暗黑灵力。

"北唐北冥回来了。"简单一行字,很快消失了。

连雾看着信卡,很快把它攥成了碎末。

"杀了他。"连雾的脑子里不待反应,即刻蹿出这个念头。眼看颜童就要被拿下了,国正厅又拿不住军政部,到时候还得他来坐这个位子!这个时候北唐回来干什么!此后的几日里,连雾让细作反复探查北唐北冥的下落,他要在北唐没回菱都前就除掉他,但始终一无所获。就在连雾像热锅上的蚂蚁坐不住时,又一道讯息传来了。这次不是信卡,而是枯叶蝶。

"干掉北唐北冥,他即日到达菱都,我助你得到军政部主将宝座。"一行犀利狂草,龙飞凤舞张狂地出现在枯叶蝶上。

连雾迟疑片刻道:"我能信你吗?"

"北唐北冥不信你。"对方道。

连雾一怔,随后道:"你想怎么办?"

"去找姬仲,你二人联手可胜!"

连雾思前想后,赶往了国正厅。

一天前,深夜。姬仲和胡妹儿在卧室熟睡。一阵窸窸窣窣的攀爬之声在他们房间响起,越来越吵,越来越密。姬仲被吵醒了。他伸手摸向桌台上的灯。咔嗒,灯亮了。昏黄的桌灯前,有什么东西在对面墙上攀爬。

嗖嗖嗖!无数道幽光射来,墙上有人在眨眼!姬仲登时被吓出一身冷汗,忙把整个卧室都点亮了。跟着一声惊悚的尖叫,胡妹儿也醒了,看到房前的一幕,她晕了过去。姬仲顾不得照看她,只直直地看向屋子。

棕黑大蛾像甩卵般爬满了这个屋子的每个角落,扑闪着它们掉粉的粗糙大翅,好像那毛顷刻就能刮到姬仲脸上。他俯身向下,哇的一声吐了。一只只黑色的眼睛在枯叶蝶的翅膀上张开了,渐渐组成了一张图像。修弥的庞然大躯出现在姬仲卧室的面壁上。

什么时候!姬仲心下大惊。辽地的枯叶蝶是什么时候出现在自己的寝室中的?不可能!这是自己常年休息的地方,外人万不得入内,怎么会有辽地的东西进来?是谁!是谁出卖了他?姬仲还来不及考虑清楚,对方已经开了口。

"姬国主,别来无恙啊。"修弥居高临下道。

"你怎么会来这儿!你怎么进来的!"姬仲语无伦次道。

"一个老朋友帮的忙。"修弥道。

"谁!"姬仲怒道。

修弥本还想耍耍姬仲,看看他惊恐出洋相的样子,可它转而一想,还是作罢了,开口道:"戚瞳。"

"你说什么!"姬仲大惊,不敢置信道,"戚瞳!九霄国的戚瞳?"

"正是。"修弥道。

"一派胡言!你这畜生,休想愚弄我!"说罢,姬仲挥手欲粉碎这满墙的枯叶蝶。

"北唐北冥回来了。"修弥不慌不忙道。

姬仲手中一顿,北冥回来的消息早在姬菱霄归来后他便第一时间知道了,不是什么机密。姬仲定了定心神,再不犹豫,灵力放出。

"还有一日便到了。"修弥继续道。

呼啦!枯叶蝶被毁了大半,修弥只剩下半个脑袋映在墙上。姬仲猛然撒手,盯着修弥。

修弥微微一笑道:"姬国主终于肯听我一言了。"

姬仲不接话,只看着修弥。修弥心思一转,想:老狐狸。它再不耽搁继续道:"我可以帮你杀了他。"姬仲眼睛一亮,修弥继续道,"趁这次机会,我助你拿下军政部,让你成为东菱国真正说一不二的男人,就像九霄戚家一样,独霸天下!"修弥信誓旦旦。谁料姬仲出乎意料地沉默着。

"父王说的果然没错,姬仲,不是好蛊惑的……"修弥心道,"以前竟是我小看了他。"

"怎么,姬国主无动于衷?"修弥缓了半晌道。

"你想夺我赤金石?"姬仲阴沉道。

修弥斜眼一笑道:"没错。"

"休想!"姬仲喝道。胡妹儿一个颤悠,吓醒了,看见面前的半头狼兽,登时又晕了过去。

"啊,"修弥缓缓开了口,"看来,我们的姬国主还是个忠贞保国之士啊,是我轻看了。不过,"修弥话锋一转,"你是忠贞保国呢,还是中饱私囊呢?"

姬仲听罢,眼缝微眯,面不露色。

"赤金石是个好东西,只怕近些年姬国主灵力大涨啊。"修弥道。听到这儿,姬仲身体微微向后靠去,显是缓了下来。"有了它,想必您的国正厅侍卫一个个都勇猛似虎,当真连那北唐家的军政部也不怕了。"姬仲轻轻嗤了一声。"可你不要北唐的命,北唐也会要你的命啊……我的好叔父……"

修弥话落,只见残破半屋的枯叶蝶瞬间舞动起来,簌簌簌地向房间各个角落快速爬去,好似长了腿的巨型枯叶乳蛾扑啦啦扇动着棕黑羽翅,瞬间爬满了整个卧室,沿着床沿儿爬上了床柱。忽然,一片莹绿色的光射来,千万只蝶眼睁开,无数影像出现在姬仲卧室的房上地下。

叶有信死前的画面瞬间出现,姬仲眼睁睁地看他断了气,让龙二处理了他的尸体。画面一闪,来到了西番美人泉,一男一女一丝不挂在池边荒淫无度,正是姬仲和未出阁的胡妹儿。再来,裴析跪在修罗身前,卑微供述着当年姬仲让他探寻崖青山一家的始末,说自己不过就是个穿线人,姬仲真正的目的是帮助狼族杀害崖青山一家。

姬仲看着眼前的一桩桩一件件。最初叶有信的出现让他脸色一青,可随着之后的事出现,姬仲的心反而落了下去。

修弥看出了他的不以为然。忽然画面一转,大雪纷飞,东菱北境的天时阴时晴,北唐穆仁军队的信号断了,一封信件落到姬仲手上,正是当年修罗联络姬仲,要他暗中阻碍北唐穆仁军队前进的铁证。姬仲猛地从床上坐了起来,怒气冲冲地看着眼前画面。

"你说,北唐北冥还会留你的命吗?我的好叔父……"修弥讪讪道。

"你要干什么?"姬仲沉声道。

"帮您杀了北唐北冥,夺取军政部,让您再无后顾之忧,和九霄戚家一样,独霸东菱。"修弥道。

"戚家老贼早就和你们串谋了?"姬仲道。

修弥笑道:"不然,徒幽壁怎会落到我狼族手上,我又怎能幻形成人?"

"那戚家和灵魅也……"姬仲道。

"不管和谁,您都得先过了眼下这道关才行,再晚,北唐北冥就回来了。还有,我不会让您孤身犯险的,早就替您找了个好帮手。"修弥道。

"你为什么一心一意让我除掉北唐?"姬仲打断了修弥的话,"北唐抓到了你的把柄!"

修弥狼口一僵,向姬仲看来,嘴角跟着向上咧去。

"修罗呢?它怎么不来见我?这等大事,他装死没用!"姬仲大声道。

修弥眼神陡然一厉,道:"叫谁都没用!杀了北唐,你才能保命!"又是几番进退,修弥的影像消失在了姬仲的房间内。

姬仲忽觉疲累,颓唐地倒了下去。一阵急迫的脚步声传来,有人在门外说话:"父亲!父亲!出什么事了?您和母亲还好吗?"姬世贤赶到了,胡妹儿的窜天响果然惊动了外面。

姬仲缓了缓,没好气道:"不用你管!退下!"姬世贤对姬家的事几乎一概不知,连龙二的存在他都不曾耳闻,平日里只管处理国正厅的一些琐碎事宜。姬仲看他胸无大志,早就厌弃了他。"还不退下!"姬仲再次吼道。

姬世贤这才离开。又过了半晌,一声低语在门外响起:"爸爸妈妈,你们还好吗?"是姬菱霄。少时,姬仲把姬菱霄让进了房间。

父女俩飞速合计了一下,没想到这修弥和姬菱霄的想法一拍即合。

"就是那个能幻人形的畜生?哼,"姬菱霄冷笑一声,"当年就觉得它不一般,现如今看来,还真是个人才。"

"你当真要反军政部?"姬仲道。

"是军政部要反!"姬菱霄厉声道,"既然北唐不要脸,我就杀了他!木沧的事,我已经安排好了!"

一天后,姬菱霄、姬仲、严录、胡妹儿、连雾聚集在国正厅,准备与军政部开战。

第一三七章
叛军

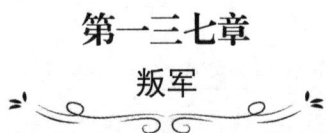

  颜童前脚离开礼仪部，后脚整个菱都城上空传来呼啸般的警报声，满天红色信号炸天，映得菱都城每个街道都亮了。
  "军政部颜童反叛！军政部颜童反叛！城民速到国正厅避难！城民速到国正厅避难！"
  半夜，家家户户的灯都亮了。国正厅危言耸听的号子在天空一遍遍回旋，闹得人心不宁。所有红色警铃都亮了，不停旋转着，姬仲把持着全城的通信信号。人们从家里冲到街上，急速飞转的红色警铃照亮整条街道，映在人们的脸上，搞得人心惶惶。
  "军政部颜童反叛！军政部颜童反叛！颜童勾结狼族攻占菱都城，城民速到国正厅避难，城民速到国正厅避难！"国正厅的警报响彻天际。莫多莉惊恐地听着号子，立在当下。玄花不知什么时候从礼仪部默默走了出来，看着莫多莉的背影，又朝颜童离开的方向看去。
  "通知花婆！准备迎战！"莫多莉猛然转身对玄花下令道。
  "军政部颜童勾结礼仪部莫多莉预谋反叛！军政部颜童勾结礼仪部莫多莉预谋反叛！城民速到国正厅避难！城民速到国正厅避难！"国正厅再次传来警报声。
  莫多莉听着刺耳的号子，冲进礼仪部。
  颜童一路狂奔冲回军政部，手中无数信息放出。
  "冷羿！收到速回！收到速回！"
  "赤鲁！守好国门！守好国门！狼族来袭！狼族来袭！"
  "嬴部长准备迎战！嬴部长准备迎战！"

"邢真！准备迎战！准备迎战！"

"军政部上下注意！木沧反叛！钟离反叛！"颜童一纸令下,秒传八方。

东菱城外,二分部军营。库成风风火火地跑进赤鲁的营帐之内,大喊:"部长！什么情况！"

赤鲁见他,噌地从椅座上站了起来,吼道:"你怎么在这儿！今日不是你二纵队防守东菱城门吗！"

"十分钟前,钟离来报,说今日与我换防！他的手下枕戈待旦前来,说你有事和我相商,我便撤下了自己的人手,前来与你汇报！"库成道。

"钟离这个混账,难道真的和木沧里应外合了?"这个时候赤鲁还不知木沧已在军政部军中,"把钟离的人给我撤下来！快！"等赤鲁下令,冲出营帐才发现,菱都城城北大门霍然敞开,夜未落锁！

"部长你看！"库成大惊。跟着一阵金戈铁马的踢踏之声由远及近,从城外北方传来。赤鲁霍地向北方看去,狼族绕过加密山,从东西两方面奔来了。

"全员战斗！城门落锁！"赤鲁大喝。数万狼族转瞬兵临城下,大地传来隆隆之声,直指城中。"冷羿！支援！"赤鲁传信道。然而,久久不见回音。"冷羿！"赤鲁语毕,已冲入战壕。

"全员参战！全员参战！"颜童已赶回军政部。

守门士兵惊愕地看着颜童,听着城中不断疯传着"颜童反叛"的号子,竟一时呆若木鸡！

"愣着干什么！出击东菱城！抵抗狼族！"颜童道。

赢正已率领三分部全员参战,颜童的一分部尽数抵达战场。

"子游！看到冷羿了吗！"颜童对自己的三纵队队长道。

"没有！"子游回道。

"钟离呢！"颜童道。

"方才起就不见他和他的二分部三纵队的弟兄了！"子游道。

"二分部三纵队！二分部三纵队！听到命令即刻回城守城！即刻回城守城！"颜童全军下令。

不一会儿工夫,东菱城城北破了,狼族奔袭而来,赤鲁陷入苦战。城民拼命逃窜,蜂拥而至,赶往国正厅保命。

"守住城中！"颜童喝道。颜童和赢正纷纷打开防御结界,掩护城民,可狼族的数量太多,只守不攻,他们眼看就要顶不住了。

"颜童！不能再守了！再不攻,我们就再无回旋之地了！"此时的半数狼族已然全部进城，攻入城中。

颜童咬牙道："让剩下的城民进去！"

就在此刻，国正厅的警报再次响起："军政部叛将北唐北冥勾结灵魅来袭，军政部叛将北唐北冥勾结灵魅来袭，城民速到国正厅避难，城民速到国正厅避难！"

"什么！"嬴正听闻亦是大骇。

"军政部叛将北唐北冥为救亡妻，与灵魅勾结，攻打东菱城，盗取赤金石！城民速到国正厅避难！军政部叛将北唐北冥为救亡妻，与灵魅勾结，攻打东菱城，盗取赤金石！城民速到国正厅避难！军政部反叛！军政部反叛！"国正厅的号子在菱都城上空不断盘旋，叫嚣。

军政部的士兵听到了均是一惊，手下一松，大感："主将叛变了？"

"噗噗！"跟着无数道血花溅起，战士们背后遭袭。无数黑衣夜行人从城西蹿了出来，蒙面来袭。

"狱司！"颜童大喝。"进攻！进攻！迎战！"抵挡不住了，颜童挥起刚玉剑朝狼族敌军砍去，"狱司反叛！进攻！"当他再下令时，菱都城已是乱作一团。

忽然，一道烈火铸融墙轰然而起，火焰指天而去，只听一声犀利豪言："颜童！把菱都城给我守住了！后半城，我老婆子帮你守！"只见花婆煞白玉指，指天而誓，千丈烈火铸融墙顷刻间把菱都城一分为二，只留了一道口子让城民逃难。狼兽被纷纷挡在外面，由军政部阻截。

"多谢了！花婆！"颜童喝道。

接着，又是一道火墙沿着大地裂开，莫多莉为花婆加持。"颜童！小心！"莫多莉担心道，冲着火墙外的颜童喊去，也不知他还能不能听见。

"知道！"不一会儿，一个刚烈之声传来，是颜童。

莫多莉心下一松，紧绷的脸露出笑容。玄花远远朝她看来，没有上前。

"礼仪部与军政部通敌卖国，欲毁菱都城！城民速来国正厅避难！城民速来国正厅避难！"国正厅的号子再次响起。花婆眉间一蹙。

不少城民在听到"欲毁菱都城"时，纷纷慢下脚步，回头向身后菱都城看去，这一看便傻眼了，菱都城好像陷入一片火海之中。

"他们……他们要烧了菱都城……"有人在惊呼。

"我的家，我的家还在后面！他们要干什么！"

"他们要烧了你们的家……"一声幽暗绵长的声音在糟乱的人群中散开。国正厅的号子一遍遍在空中盘旋，蛊惑人心。

"放我们出去！停手停手！"城民开始暴乱起来，纷纷拿起东西朝礼仪部的人砸来。"放我们出去！放我们出去！住手！住手！混蛋！"

"暴民！"莫多莉大骂道，"玄花！把他们给我挡开！"然而，没有人应莫多莉。

花婆的火焰术只涨不停，丝毫不受影响，忽然，一个砖块朝花婆扔来，停在半空，砰的一声爆裂，粉碎成末。

"混蛋！"莫多莉大骂道。

"愚民。多莉，不用理他们，守好阵地。"花婆沉声道。

一时半刻过去，花婆的火焰突然停了！

"花婆！"莫多莉大惊，冲花婆看去，只见她满脸铁青，仰面倒下。"花婆！"莫多莉欲冲过去相助，有一人比她快了一步。灵枢部总司陈九仁赶到了，接住了花婆。

"多莉，不许停！"花婆道。只听噗的一声，花婆吐出满口黑血。莫多莉噙泪相抵。

忽然，火墙外传来簌簌之音，像是落雨。莫多莉冲天看去，双眼登时睁大，狼毫箭雨铺天盖地朝城中袭来。颜童挡不住了！

"防御术！"莫多莉同颜童在火墙内外齐齐下令道。

唰！一道寒光袭来，砰砰砰！狼毫箭雨纷纷落在半空，停止击杀。一张弥天大网罩住了半个东菱城。

"端镜泊！"莫多莉骇然道。

只见聆讯部总司端镜泊立在陈九仁和花婆身旁，挥开双臂，一张透明的弥天灵化防御结界挡住了纷至沓来的狼毫。

花婆轻笑一下道："哼，老小子。"

可片刻不到，端镜泊的灵化防御结界开始有了崩裂的迹象。他眉头深陷。砰！又一道寒冰防御墙立在了端镜泊的结界之外。

"军政部……"端镜泊默语道，"还有空管这里，管好你们自己吧！"

突然，一声脆裂，一根钢剑般粗细的狼毫扎进寒冰防御墙里，瞬间透了！跟着，上百根狼毫穿透而来。端镜泊双拳一紧，退后三步，结界破了！菱都城上下人心溃散，有的想往家跑，有的想往国正厅避难，乱作一团。

就在这千钧一发之际，只听大地一声开裂，众人身形猛晃！一道百尺壕沟乍现在菱都城中，霎时间往东西两岸裂去，人们纷纷往地上摔去。天灾人祸，难不成是地震了？嚯嚯嚯！地底传来阵阵骇人听闻的隆隆之声，好像闷雷从地下深处炸开。人们寒噤颤颤，如惊弓之鸟。

轰然一声巨响，一面千丈石门从壕沟中拔地而起，冲天而上，遮光蔽月，千里而去！此乃绝迹灵法——万象长门！

"主将!"颜童大喝,跟着无数寒冰箭从城外落进,分毫不差,根根插进狼兽眼中,"副将!"

　　红鸾在天上冲着地上的狼兽喷火,发出阵阵嘶鸣,百十道狼毫箭针冲红鸾射去,红鸾摇身一换,用时空术变了方位。然而狼族为了擒它,发出猛攻。红鸾性子刚烈,只进不退,聆龙急得在一旁大喊:"小胖鸟! 快跑!"然而箭针已到红鸾眼下,红鸾怒睁瞳眸,欲与其拼个鱼死网破。"小胖鸟!"

　　"砰!"一扇寒冰巨盾出现在了红鸾面前,挡掉一切狼毫。红鸾一怔,鸾鼻紧收,金光瞳眸倏地向城北看去,跟着一声嘶鸣响彻天际,两行热泪忽闪落下,登时在地上灼出无数大坑。红鸾羽翼尽放,飞出火海。

　　"鸾儿!"一声清脆,绕进红鸾鸾耳,红鸾俯身下冲,抱着梵音飞上天际。"鸾儿!"梵音哭道。红鸾抱着梵音再不撒手,只想把她抱离天际。梵音短暂安抚道,"鸾儿,先放我下去,我要去帮北冥还有战友们!"

　　又一声急切穿进梵音耳膜:"小音! 是你回来了吗!"聆龙的冥声传响钻进梵音大脑。

　　"聆龙! 是我!"梵音高兴道。很快,聆龙在天上找到红鸾和梵音,它张开华美银龙翼,围着他们不撒手。

　　"我的小音回来了! 我的小音回来了!"说着说着,聆龙扑簌簌地哭了起来,"我的小音回来了!"

　　"好龙儿,不哭了! 你们先放我下去,北冥和将士们还在下面奋战。你们两个先去远处避难,切不要再上前来!"梵音嘱咐道。

　　"我和你一起去! 北冥也回来了,我要去看他!"聆龙激动道。

　　"聆龙,你和鸾儿远远看便可。鸾儿,你带着聆龙,如有危险立刻避开,知道吗? 万不能再像刚才那般勇猛了。"梵音好言相劝道。红鸾这才把梵音放回地面。

　　城中的士兵们已经有些疲累,在看到身后那面千丈万象长门之后,一个个呆立当下,只听一声豪言大喝:"三分部防守! 一分部总攻! 二分部撤离伤员,掩护灵柩部救人! 见狱司之人,格杀勿论! 见国正厅叛军,格杀勿论!"北冥洪钟之声震彻东菱朗朗乾坤。

　　"主将!"颜童等人齐声喝道。

　　"东菱军政部同僚皆听我北唐北冥之令:抵御狼兽! 内打奸佞! 切勿自乱阵脚!"北冥再道。

　　"是!"众将士皆应。

　　"愣着干什么! 御敌! 战场之上,切勿动摇军心!"北冥辽阔之声,声声回荡在菱都城内外。年轻的战士们听到他的铿锵之言,原本发白的脸色渐渐有了血色。

一个挥斩劈下,七八头狼兽应声倒下。北冥的百斩大刀发出森森杀气。只见他指尖轻勾,三五个战士瞬间被他送到灵枢脚下。

"主……主将……"一个小战士吭哧道。

"主将……回来了……"又一个战士结巴道,平时战士们是不敢直面北冥的。

"白泽,辛苦了!"北冥道。

"小心!"白泽说完,已是眼眶蓄泪。

"真的,真的是主将吗?"有小战士怯生生地问着白泽。

"你们的家人已经被主将护在万象长门之后,你们还在怀疑什么!"白泽厉声道。

"主将……主将……主将……"一声声低语响起。

"家人已被主将护在万象长门之后!将士们,专心应战!"赢正老部长的话响彻全军。将士们纷纷往万象长门看去,脸上的颜色由青变红,心中情绪由急变稳。国正厅的蛊惑再无用处。

"主将!主将!主将!"三军齐喊,高声嘹亮,声声震天!

万象长门后,一个虚弱之音轻笑道:"冥小子,回来了。"花婆靠在陈九仁身上。莫多莉回首似笑似哭,泪流满面。

北冥手起刀落,瞬间杀伐一片。梵音赶了过来,护伤员撤下。一丝寒冰灵力从不远处传来,是从刚才那道寒冰防御墙传来的。她回头看去,只见一个熟悉的身影站在不远处,抵挡着狼兽,和她一样护送伤员下来。一分部、三分部已经有序地把阵线拉开。

第五梵音身形一晃,口唇发干,直直盯着那人,生怕自己看错了!只见她薄唇轻启,破涕大喊道:"灵超!"

那人腾地立在当下,半晌缓了过来,朝梵音看来。两个人相隔不过数十米,却像隔了万年。梵音看魏灵超回首,热泪狂奔,冲魏灵超跑了过去,撕心裂肺地尖呼道:"灵超!"

她砰的一声把他抱进怀里。魏灵超明明已比梵音高出一个脑袋,可梵音一个猛子,蹿到了他的肩头,双脚腾空,抱住了他。怎么看,都像是个姐姐抱住了自己年幼的弟弟,将其护在了臂弯之下。

"灵超!我的灵超啊!你还活着!你还活着!我的好弟弟!"梵音痛哭道。

魏灵超神形恍惚,双手僵直得一动不动,不敢相信眼前发生的一切。刚才他在全力奋战之中,杀气腾腾,充耳不闻身外事,竟不知北冥和梵音已经回来了。

"梵……梵音……"魏灵超艰难道。

梵音落回地上,捧着魏灵超的脸道:"灵超!你还活着!你还活着!太好了!太好了!我的好灵超!"

魏灵超低头看着梵音,不知不觉中早已泪流满面,眼泪鼻涕淌了梵音一脸,两人当真是姐弟情深,不管不顾,谁也不嫌弃谁了。梵音替他抹了鼻涕。魏灵超一把抱起梵音,原地转了好几个圈。

"梵音!你回来了!"说着,他又呜呜呜地哭了起来。

梵音频频点头。两人相拥而泣。等魏灵超放下梵音,梵音道:"我临死之际记得你……"

"大哥救了我回来。"魏灵超道。

"谁?"梵音道。

"冷羿大哥。大哥耗了他半生心血救了我回来。"灵超道。

"哥哥?"梵音又惊又喜。原来是因为冷羿灵力深厚,又同是水系灵能者,耗费自己大半灵力才救了魏灵超回来。只不过,后来便如梵音所见,魏灵超的灵力大幅削减,使出寒冰防御墙已是极限,水域持天短短几年内是唤不出了。冷羿和他的状况差不多,灵力耗损极重,实难恢复。但二人终归是保住了性命,梵音大喜。

说到这儿,梵音迟迟不见冷羿踪影,于是问道:"我哥呢?"

魏灵超语塞,眼神闪躲。

"怎么了?"梵音看出异样,凌眉一蹙,问道。

"大哥他,被钟离那个混蛋害了,不知好了没有。"魏灵超道。

"什么叫不知好了没有?"梵音道,"冷羿到底出什么事了?"

魏灵超看瞒不住梵音,也不想瞒她,便心直口快道:"大哥被钟离和木沧那两个混蛋暗算了,放了血,我从部里出来时他还不省人事。等我追上去时,钟离和木沧那两个混蛋已经不见了!"

梵音一个踉跄,险些被气昏了头。

"哎!梵音!"魏灵超一把扶住了她。

"没事!混蛋!"梵音厉道。

魏灵超眼神一晃。只见他和梵音身后不知何时来了一个人,默默站在他二人身后,不曾被发现。

"你怎么来了!"魏灵超霍地冲那人冲了过去,一把揪住了她的胳膊,"不是不让你出军政部大门吗!怎么出来了!"

那人见魏灵超着急,立刻紧张道:"我,我,我担心你。"

"担心我干什么,又死不了人!你出来干什么,伤到怎么办!快给我回去!"魏灵超急赤白脸道。

"小雀儿。"梵音欣喜地看着眼前这个被魏灵超训得战战兢兢的一个小人儿。

"副,副将!"小雀儿看到梵音也是高兴,不禁笑了出来。可她又看了看魏灵超,眼神落寞下去:"我来,还有一事想告诉你。"

"有什么话回头再说! 你赶紧给我回去! 白泽! 让你护送伤员的人把小雀儿一起给我带回军政部!"魏灵超扯着嗓子道。

"你,你先听我说完嘛。"小雀儿有些着急道,踮着脚又够不到魏灵超。

"灵超! 你吼什么! 先让雀儿把话说完。"梵音道。

"我要赶紧把她送回去! 有什么话回头再说!"魏灵超心急道。

小雀儿憋足了劲儿,全力喊道:"冷队长醒了!"

"什么!"梵音和魏灵超大喜。

"冷队长醒了。"小雀儿再道。

"真的吗?"梵音跑了过来,笑道。

"嗯!"小雀儿用力地点了点头。

"你这傻小子对小姑娘那么凶干什么!"梵音一巴掌呼到了魏灵超后脑勺上。

"哎哟!"魏灵超大叫一声,捂着脑袋道,"我怕她出事啊!"另一只手还紧紧攥着小雀儿的胳膊,眼看姑娘的小腕子都快被他掐紫了。小雀儿却强忍着一言不发。

"丫头! 你真厉害! 把我大哥救活了!"说罢,魏灵超抱起小雀儿把她抛得高高的。落下后还把她抱在怀里。小雀儿脸一红,嘟起小嘴,不知该看哪里好。

梵音看着他们,心中漫上暖意。转眼,二人再次奔向战场。

一阵猎猎风啸朝北冥逼近,原本围绕在他周遭的百十匹狼兽瞬间清散。北冥霍地将百斩大刀收于身侧,往身后看去。只见一头身长三丈的庞然大物正向他走来,两颗绿宝石般的眸子璀璨夺目,竟与那九霄灵石徒幽壁不相上下。然而那不是两颗硬邦邦的宝石,而是活生生的眼珠子,像两潭碧翠湖。

修彦所到之处,狼兽纷纷为它开路,战士们根本无法靠近。修彦一身凌厉霸道的灵力,但凡离近一点都让人觉得皮肉要裂!

"北唐。"修彦率先开了口。

今日的修彦已和北冥多年前见过的完全不同。那时的修彦还只是跟在狼王修罗身边的一个唯命是从的幼女,比肩修弥尚且不足,可现如今,北冥竟是从它身上感受到了前所未有的狼族鼎盛之力。那身形竟是比修罗不遑多让。

"修彦。"北冥淡淡道。

"七年前,你我未见一面,可惜了。"修彦道,像是在叙旧。"修门、修弥两个都没把你宰了。"

七年前，北冥为救莫多莉，所中的狼毒正是修门之毒，随后又与修弥恶战，算是与这狼族二子都过过招了。"人没杀掉，竟还被你的小情人宰了一个，不中用。"修彦厉色道。

"你是来和我叙旧的，还是替你哥报仇的？"北冥冷眼道。

"我哥？"修彦突然一怔，忽又冷笑道，"你说修门那个废物吗？死不足惜！我狼族没有那样的杂碎充数！"

忽然，修彦八米狼尾突然向旁一扫，狼兽、士兵被它掀翻大半，千丈长门就在不远处。修彦急转掉头冲着长门壁垒嘶吼而去。

"后退！"北冥喧喝道，"一分部！全防盾甲！"

三军听令，不再御敌，全速向后方撤离。士兵训练有素，瞬息间相聚成阵，不知怎的，这时的狼兽也向与修彦相反的方向奔去。

一分部数万将士瞬间将军政部全军覆盖，灵化防御盾甲骤然成型，结界开！只听一声洪浪震天，修彦的夜丧冥钟奔腾而出，直击万象长门。它要凭一己之力轰碎这千丈长门御垒。

修彦的夜丧不止，大地震荡不停，整个菱都城的地心似乎都被它震酥了。皓月成红，天地间变了颜色。军政部上下惊怖地看着前方的一切，若挡，必粉身碎骨。身在阵线前方的北冥与梵音更是大呼意外，这威力堪比修罗，气盛之势更有碾压之意！此时藏身于军政部后方的端倪、蓝宋儿二人瞠目结舌！

"北唐！快想退敌之策！"一声疾呼从北冥的信卡传来，端倪的声音急迫而出。阵营之中无一人不脸色煞白。只北冥沉眸看着前方修彦，指语快速地与梵音、颜童等战将布阵。修彦的摧枯拉朽之势远远超过众人预估。

"姬仲和狼族达成契约了，誓死夺取赤金石。"北冥沉声道。众人听了，虽不知何由，却也心中有数。

"端倪，速让聆讯部人保卫赤金石。"北冥发信给端倪。现在还在这万象长门之后的除了礼仪部、狱司，就剩聆讯部了。

多时，呼啸声退去，夜丧之力缓停，人们心惊胆战地看着前方战况。万象长门若破，东菱将顷刻间尸横遍野。一席残风掠过，零星碎石飘落壁垒下，众人仰头望去，血月当空，红溅大地，万象长门仍屹立菱都城中，岿然不动。

一声狼吼，修彦冲北冥厮杀过来！

"散！"北冥高喝。众军撤防。然而战士们的心还在悸动着，他们不敢相信主将的万象长门分毫未损。自己的命保住了，一瞬间，多少将士油然而生出这个念头。

他们原不知还能凭什么抵抗这样强大的外敌,手中提着的刀剑已开始颤抖,而此刻,心却比刚才跳动得更快了,血脉涌动,刀尖震震,勇从心中来。

一道森白劈光从天而下,朝修彦头顶砍下。

北冥手腕一旋,刀柄传来铮铮之声。嚓,一缕银白狼鬃落下,扎在地上根根如锥。修彦退后数步,露出獠牙,怒目而视,猛然一惊!只见北唐北冥手中握着的竟是一把灵化武器!

"连件趁手的兵器都没有,竟能削去我的狼鬃!"修彦暗道。不等它叹完,犀利刀锋再至眼前。北冥挥刀之快竟是让人看不见他的身形了,修彦狼瞳紧收,快步移去,只觉脸颊生疼。吧嗒一声,一滴鲜血从修彦眼角落下,它被开了一道口子。

沙场之上顿然静了下来。狼兽纷纷向修彦看来,军政部的战士们亦屏息凝视着前方。北唐北冥一个纵跃,翻身落地。浓烈的血腥味蹿了出来,北冥挥掌冲地下那一滴狼血打去,血迹瞬间无影无踪。这东西,战士们但凡嗅到一点,怕是小命不保!

赢正皱起眉头:"这家伙是个什么东西!"

赢正说着话,北冥指语已经打来:"专心迎敌!速撤至离修彦十丈外!"

话落,众人只觉前方有霍霍风浪涌来,修彦幻形了。不是双头狼,也不是人身,而是一只比方才还要大上一倍的巨型狼兽,身高两三丈,百尺长,赫然之姿竟是胜过狼王修罗!

"三分部全防御!"北冥下令道。

跟着一声夜鸣来袭,没有夜丧的破晓凄厉,但超声波夜鸣夹带着风中利刃席卷而来,东菱半城顷刻间湮灭成灰。

颜童的八门盾甲、赤鲁的虎门盾甲、梵音的寒冰盾甲瞬间崩溃!防不住了!北冥大喝一声,跃然而上,倏一道银光闪过。只见他周身换上一身灵化防御铠甲,手中加力,只听嗡的一声,百斩大刀再涨!刀背霍然再长三尺,刀身锃亮,好一柄银兵利器,可斩日月之光!殊不知,那是他一身灵力所化之器,无形之道,生生练出了这有形之刃。

一道银光砍下,北冥当空把修彦的夜鸣一分为二。修彦盛怒,一跃而起百丈高,如遮风蔽月向北冥攻来。

"主将!"只听一声高喝,赤鲁嚎了出来。虎胆男儿的赤面竟也闪过一丝惊恐,紧接着笑意袭来,"主将!回来了!"他刚刚从城外奔来,还未来得及与北冥、梵音碰面。

"回来了。"身旁一人道。

"老大!别来无恙!"赤鲁大喝一声。

"今日退敌,你我永永远远都会无恙!"梵音高声回应,坚毅的脸上,笑意横出。

只听赤鲁一声令下:"杀!"将士们顷刻分杀出去。

北冥已和修彦斗成一团,旁人半步不得靠近,就连狼兽也纷纷远离修彦的攻击范围,只怕一个不留神被误伤。

"这东西是个什么玩意?老大!怎么和上次你打的修门全不相同啊!"赤鲁边打边叨叨。

"我也没见过!"梵音大喊道。

"和我们上次遇见的修弥也不一样!"颜童也插话进来,手上还挥着剑。

"都他妈是幻形,怎么这个这么厉害!"赤鲁嚷嚷着,"要真的狼王修罗来了,那还了得!"

"来不了了!我们已经把他杀了!"梵音道。

"什么!"赤鲁、颜童、魏灵超齐骇。

"别叨叨了!专心退敌!"梵音道。

"人家报杀父之仇来了!"赤鲁道,忽然一乐。

"笑什么!"梵音道。

"人家老子都被你们杀了,这个自然也不在话下了!"赤鲁忽然觉得有些轻松道。

"你看不出来,它比它老子还厉害吗!"梵音骂道。

"呃!"赤鲁呛了一下,往远处的北冥和修彦看去,"怎么办,我们得上去帮主将啊!"

"你过得去吗!"梵音道。

"过不去!"赤鲁嗷嗷道。

"那就先收拾好眼皮子底下这一堆!"梵音道。

突然,一声刺耳的警铃在菱都城上方再次响起,梵音亦觉耳膜一痛,听得明白。

"叛将北唐北冥临阵退缩,命军政部不可迎敌,东菱半城已被狼族毁于一旦。城民速到国正厅避难!城民速到国正厅避难!"国正厅的号子再次响起。城中架起了巨大的影画屏。北冥的万象长门把菱都城一分为二,城民根本不知外界状况,甚至不知这保卫他们的万象长门就是北冥所造。

国正厅指挥通信部传回了部分外界战况,连雾一手操刀编辑。此时的影画屏上,修彦正试图用夜丧摧毁万象长门,战士们退防其后。下一个画面,夜鸣摧毁了半个东菱城。

"叛将北唐北冥临阵退缩,军政部缴械投降!城民速到国正厅避难!"国正厅的号子一遍遍响彻菱都城。人声鼎沸,怨声载道,都在怒骂军政部。

"国正厅他妈的在干什么!"赤鲁道。他回城晚,没有听到军政部诸人早已被国正厅打成叛军。

"愚民！蠢货！还不如让他们去死算了！"莫多莉大骂道。突然几个黑影闪过，莫多莉被架了起来。"你们干什么！"

"多莉！"花婆急道，却已经站不起来。

莫多莉张手就要打！

"多莉！住手！"花婆给莫多莉打了个眼色。寡不敌众，见机行事！这几个人明显是狱司的细作，莫多莉不是他们的对手。她随后被带了下去，留下花婆、陈九仁、端镜泊守在万象长门之后。

"北唐，你已经被国正厅打成叛将了。是进是退，都没有活路。你要是识时务，我留你个全尸。"修彦道。比起修弥的奸猾、修门的野蛮，这修彦倒是更有几分沉着的气质。

"修弥和姬仲谈好了，你来当个马前卒，不过如此而已。"北冥道。

修彦听罢一怒，冲北冥扑来。一个狼爪盖过，北冥从它的爪牙之下躲过，轰！尘土飞扬。地上被修彦踏出个十米深坑。北冥翻身一脚踩在狼腿上，修彦竟然吃痛，跪了下去。"好大的力道！"修彦暗道。

北冥跟着它一刀劈向狼面，修彦狼爪一挥，游刃有余，一把抓住北冥大刀。北冥借力使力，也不抽刀，向上翻去。修彦狼眸一瞪，咔嚓一声，北冥的灵化大刀碎了，跟着它一掌打向北冥。北冥双手护在胸前，被打飞出去。只听空中一声暴响，北冥一个急刹，脚踏半空，轰的一声又反攻上去，砰的一拳打在修彦面门之上。

修彦一个踉跄，北冥跟着再打，修彦应声倒地。周围狼群向这边看来，不禁一颤。

"愣着干什么！上啊！"赤鲁一声吼叫，战士们才晃过神来，险些被北冥的战况唬住。好不容易得来的间隙，赤鲁可不会放过。

北冥喘着粗气，已是大汗淋漓，胸膛起伏不已。霍地，修彦的庞然之躯不见了。北冥一怔，轰！一记重拳狠狠凿在北冥背脊之上，咔吧一声！背恐要折了！

砰！北冥被打得飞向远方，重重撞在长门之上。

"突袭！"修彦大喝一声。万匹狼兽骤然耸立，数万狼毫朝北冥射去。

第一三八章
叛将

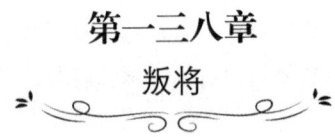

　　北冥喉咙咳血，口中一阵甘甜。他怒目一睁，迎了上去，又单臂画圆，一拢狼毫被他尽数收纳，转而怒放，向修彦打去。

　　赤鲁惊诧："主将那一身防御术是什么？"

　　"不知道！"梵音道。

　　"灵之铠甲！"颜童道。

　　然而眼下北冥这身灵之铠甲与颜童以往知道的大不相同。北冥这身灵之铠甲是为了抵御时空轮回术对他灵力的巧取豪夺，在时空夹缝中用了十七年时间锻造而成的灵法。北冥凭一人之力，抗时空之势，花费了整整十七年时间，才练就了这一身无坚不摧的灵之铠甲，从时空轮回中捡回一条命，当然和颜童以前知道的灵之铠甲不可同日而语。

　　"我靠！真厉害！回头我得和主将去学！"赤鲁嚷道。

　　梵音蹙眉，看向北冥。

　　"老大！你这几年到底和主将在没在一起啊？怎么什么都不知道啊！你知道啥啊？"赤鲁道。

　　"没有。"梵音一边看着北冥后一边不耽误回答赤鲁。这该死的默契，她自己都懒得要。

　　然而，无数狼毫反攻到修彦身上后，尽数折断，不堪一击。北冥皱眉，刚才修彦只是故意让他晃神而已，根本没有被打倒！它的身形之快，更是快过了北冥的眼睛！北冥赤手空拳与修彦较量开来。

　　"主将没兵器了！快给主将递个兵器啊！"赤鲁担心道。

"没用。"颜童道。在他看来,修彦这一身铜皮铁骨,怕是这世上任何兵器也打不透的。他看向梵音。梵音摇了摇头。梵音和他想的一样,即便是梵音的坚兵寒冰刺棱刃也无济于事。

狼兽向东菱发起猛攻,齐齐攻向万象长门,将士们欲挡不得。赢正欲带兵奋力御敌。只见北冥在远处下令,再次命士兵后退,不得迎敌。赢正已是一手冷汗。他不知北冥的万象长门能撑到什么时候。忽地,长门下的一寸土地松动了。

"进攻!"这时北冥下令。他是待狼族射完狼毫后,再让将士突击,最大限度地减少伤亡。

修彦只觉胜利在望,一边与北冥缠斗,一边观察长门内状况。然而一时半刻过去了,万象长门竟纹丝未动。修彦大怒,甩开北冥向万象长门攻去。砰的一声撞击,修彦三尺长的狼尾生生打在长门之上:一声下,狼毫落;二声下,长门动;三声下,寸土开裂,大地晃动。

修彦喜上眉梢,然而这土地一寸寸开裂,长门却渐渐稳住了。她霍地向地面看去,原来晃动的一直是她脚下的土地,而真正的万象长门仿佛是从地心而来,丝毫不受影响。修彦怒转掉头,心道:欲攻东菱,必须先杀了北唐北冥!

北冥再次幻出灵化大刀,与修彦厮杀,然而这大刀能削修彦皮毛,却伤不了它骨肉。二者僵持不下。修彦身形庞大,北冥分身乏术。

突然,北冥身下慢了一步,一掌被修彦摁住,狠狠踩在狼爪之下。狼爪趾缝间,露出北冥头颅,他已动弹不得。

"之前让你束手就擒,我留你个全尸。现在,混成肉泥,给我父亲陪葬吧。"噗一声,北冥被修彦深深嵌到地底,连滴血都没渗出来。

"主将!"赤鲁、颜童大喊道。

修彦用力碾实爪下,一身夸起的华丽外衣落下,疏散的毛发,让它看上去雍容华贵。这血月不过是它的容妆。颜童和赤鲁已向修彦的方向跑去。唯梵音落下身影,她灵眸紧蹙,眯成了一条缝。魏灵超在她左右。

突然,一阵肃杀之气腾然而起,席卷着空气中的急流,阵阵如刀,空间被割裂开了!

"时空术!"魏灵超道。

惶惶间,众人只觉眼前一阵晕眩。咔嚓,东菱犹如镜面碎裂,一分二,上下错落开去。一道犀利从天而降。嚓!修彦的狼尾断了!修彦狼眼一突,暴然出声,腾跃而起。

倏!一人闪了过来,拿起狼尾,血亦没来得及溅出半滴,噌的一声扎进狼腹。修彦晃了片刻,愕然向自己腹部看去。只见一根炸满锋利狼毫的狼尾,白骨蹿出,直挺挺地扎进自己的狼腹。

北冥站在十米狼尾之上,那锋利的狼尾好像他足下的利刃。北冥用力向下一踩,穿了狼腹。修彦暴血而出,只听北冥冷冽道:"当真只有这弥生骨,才能克你修罗族这无坚不摧的铜皮铁骨。"修彦看着北冥,三晃两晃,没了生气。

赤鲁张着大嘴,梵音用节骨鞭锁住他的腰身,把这九尺壮汉生生从半空扯了回来。就在方才,东菱的天空在赤鲁眼目前被一分为二了,连带着他差点也被劈了。

"啊!啊!"赤鲁扯着嗓子鬼号着,"吓死我了!"中间的头发已经被削掉了一缕。

方才,颜童和赤鲁跑到一半,颜童已然发觉不对,等他停下脚步准备再次观望时,赤鲁已经冲了出去。颜童伸手去拉,但此时北冥的时空利刃已开,幸好梵音来得及时,扯回了赤鲁,不然连他的命也得搭上。

"啊啊!"赤鲁惊魂未定,还在号叫,"主将!你干啥呢!你干啥呢!能不能提前说一声!打个手势也行啊!我差点死在你手上!"

北冥一个闪身,来到他身旁,吓得赤鲁嘎一声,噎住了。只听北冥道:"有长进!"

颜童和梵音掩面而笑,魏灵超看着北冥,胸膛不由自主向前挺了两分。北冥朝他走了过来,魏灵超不明所以,闪身想躲,谁料北冥伸手捏住了他的肩膀,用力拍了拍道:"当年你为了音儿拼命,多谢了!"魏灵超嘴一撇,觉得怪别扭的。北冥冲他一乐,魏灵超脸一烫,竟难为情起来,自顾自吹起了口哨。

"啊?"赤鲁还犯着迷糊道,"主将!你下回可不许这样了啊!你这招也太危险了!杀敌不说,伤着弟兄们怎么办!"

北冥道:"好,我下次再快点。"

"啊?什么再快点?啊?主将你说什么呢?啊?对了,主将,刚才你说'有长进',是在说我吗?啊,主将?你刚才是在夸我吗!"北冥已赶往三分部阵营,赤鲁还在他身后嚷嚷。

梵音拽住赤鲁,道:"赶紧把剩下的都收拾了!别吵吵了!"

"哎呀!我主将难得夸我一次,我得问问怎么回事啊!"赤鲁有些沾沾自喜道,然而他还不明白其中缘由。

梵音指了指修彦倒下的地方,道:"这个距离,除了你,没有第二个人能赶过去了。"赤鲁盯着前方,忽然恍然大悟,哈哈大笑起来。

修彦的倒下让狼兽失了头领,然而狼兽不比一般族群,它们天生乖戾嚣张,残暴肆虐,并未因失去了头领而抱头鼠窜。事实上,北冥认为,正是因为它们失去了头领才越发张狂,肆无忌惮。因为狼族的最高统治阶级又多出了一个空位,谁得到就是谁的。

狼兽开始了疯狂的进攻，它们踏过了修彦的尸体，随意践踏。然而乌合之众少了修彦的加持，没有一只再能使出像修彦那般威力的夜丧与夜鸣。普通的狼兽身上的狼毫亦没有狼毒，这让士兵们负担减轻大半，终于可以放手一搏。

就在北冥与赢正商讨下一步退敌之策时，忽然一道暗袭击来。北冥猛一回身，发现上千枚暗器射来。北冥转身急撤，赢正已被他一把挡了出去。

"裂簇寒针！"北冥道，"连雾！"北冥跟着大刀砍去。

然而那人簌簌成空了。细作，最善躲避、隐藏、逃跑。大批狼兽进攻，赢正已杀出去。北冥在人群中，打起了十二万分精神。

又一道暗器袭来，这次是朝着北冥身边的小战士。北冥一个箭步冲了上去，挡开士兵，跟着背后又有暗器袭来，等他再一回头，却空空如也。

"藏身术！"北冥暗道。凭他的本事于千军万马之中也能找到想找之人。然而此刻，他却探不到敌方灵力。只有灵力高出探寻者许多的人，方能不被人察觉。一个小小的连雾竟有这般本事？此时暗袭北冥的人，灵力已完完全全隐匿在了军政部士兵之中。

又有二十柄利剑袭来，个个化身藏身术，北冥闻着耳风，把一众狱司细作擒下。倏！裂簇寒针趁着北冥擒拿细作的空当，朝他肩膀袭来。裂簇寒针乃蓝宋国锻造的绝顶暗器。每柄暗器内藏暗针千枚，根根由钨钢打制，细如千分发丝，掠过无痕。暗器启动之时，就连空气中的微尘亦不会被震动，绝难被人发现，而一旦命中必穿心透骨。

"呃！"北冥向后倒去，裂簇寒针的威力超过他的预判。吱！北冥向后划过一道直线，堪堪停住。他的左肩被千百根细微钢针穿过，又被急速拔了出去，连滴血都未曾留下。可他终是慢了半拍，痛得抬不起手来了。

"咔嚓！"一声脆响，锁骨匙套在了北冥的左腕上。北冥一怔，灵力尽收。

"北冥！左膝！"一声清脆穿过战场，梵音鹰眼急骤，看到了再次偷袭北冥的裂簇寒针。

北冥一个翻身，躲过了偷袭，夺下了在他身旁不远处一个小战士的长剑。他因被锁骨匙套牢，幻不出灵化兵器，只能借用他人的。只见他剑影簌簌，有如光痕，向四面八方斩去，顷刻间挡住了全部空当。一丝血痕抹过剑刃，北冥刺到了连雾。他跟着瞬步而上，急杀而去，手中速度越来越快。嗒嗒，北冥的剑尖已滴下血珠。

小战士傻了眼，不知道主将凭空在和谁斗。

一丝灵力也嗅不到。此时北冥已心中了然，定是姬菱霄用大巫之法帮连雾抹去了灵迹。一时间,几十名狱司好手围住了梵音,梵音想赶过来帮衬北冥都不行。这几十名暗线细作同样施展了藏身术。只见梵音凭空舞动着兵器,却不见对手。

唰!一层冰幕张开,几个人影,影影绰绰映在了上面!魏灵超赶了过来。梵音一剑劈了过去,倒下数名。他二人背靠背观察着周围动向。突然,几十名士兵倒下,细作开始挑容易对付的年轻士兵下手。原本和狼兽厮斗的士兵们纷纷遭了暗算。军政部腹背受敌,陷入焦灼。

"灵超!你我分头除掉狱司的人。"梵音道,身影已奔向与狼兽缠斗的士兵阵群之中。他二人以水为雾,以冰为镜,急速排查着隐藏在战场上的细作。然而狱司派出的人远比梵音预估的要多,战士们一个个倒了下去。军政部渐落下风。

突然,风中带过一丝金沙,噗!一团血花爆裂在梵音身前,比她的动作还快一分。

"暗部!"梵音心道。跟着几十团血花纷纷在空中爆开,金沙若隐若现游走在血腥弥漫的战场上。

"小音!"只听一个声音响了起来。战况焦灼,梵音的耳力开始一点点恢复。

"崖雅!"梵音叫道,猛然回首,只见一个身材娇小的女孩正在她不远处,向她跑来。

"小音!"崖雅尖声叫着,眼含热泪。天阔在其左右。

"天阔!"梵音道,"带崖雅下去!"还没等崖雅向她飞奔而来,梵音已陡然下了命令,脸色严峻。

崖雅跑到一半,呆立在那儿,被梵音怔住了。"带她下去!"一语毕,梵音挥剑砍碎了一只狼兽。"暗部的人是你带来的?"梵音继续道,只管和天阔对话,崖雅已被她晾在了一边。

"是!"天阔道。

梵音冷眸一闪,严肃的脸上忽然划过一抹笑意:"好!"

"我从西境夏滔那里带兵过来支援!暗部也已经全员被我调回菱都!"天阔道。军政部在七年前就开始大力培养暗部精英,以对抗狱司和监听各方动向,尤其是大荒芜的。

然而这暗线联络统一由北唐天阔部署,外人不得插手。自两年前天阔与梵音等人一同去了地球,东菱军政部的暗线便断了大半,颜童分身无暇,只联络回了少部分。

"这金沙就是暗部的招数。"梵音道。追踪他们不行,暗部却技高一筹。

"只要有活人,这金沙就能一探到底。不追灵迹,只寻活人气。"天阔道。

梵音脑筋一转,明白了。这正是对付大荒芜那帮没有活人气的鬼祟之法,让灵魅无所遁形,若再有灵魅附人身的情况,暗部的人便能第一时间察觉。

"那追踪灵魅呢?"梵音道。

"冥沙。"天阔道。

梵音嘴角一翘道:"真有你的。"不过冥沙这名字,梵音怎么听都觉得别扭:没事用你哥的名字干什么……

"梵音……"说到这儿,天阔脸色有变。

"怎么了?"梵音道。话音未落,梵音消失在了战场上。

一阵天旋地转,梵音觉得胸口发闷,直想吐。等她再次恍回神来,已是开始大口喘气,大口呼气。她鹰眼急转,周遭一片破败景象,这是在东菱城外!

"姥……姥爷!"梵音缓了半口气,喊了出来。

眼下,一行人站在梵音面前。正是夜昼一家,拐带着天空景阳夫妇,负责看护他们的正是夏滔六分部战士。八名战士看见梵音后,即刻立正站好,齐声喝道:"副将!"吓了夜家一行人和景阳夫妇一跳。

"落!"梵音跟着询问道,"怎么回事!"话是对着战士们说的,其中一名戴着番队组长肩章。

"报告副将!我等奉命在这里看护主将一家人安危!"年轻的组长掷地有声道。

"六分部派了多少人来?"梵音道,她还没来得及询问天阔,就被夜昼拐了出来。

"八千!"

狼兽能以一敌五,梵音估算着目前的战力指数。狱司,国正厅,军政部要拿下这一仗难。

"小白!"忽而,一人吼道,梵音回神。夜昼正吹胡子瞪眼看着梵音,胖乎乎的矮老头像个不倒翁,白发苍苍,几日奔波下来瘦了大半。

"姥爷!您没事吧!"梵音一脸严肃地扶住夜昼。刚从战场下来,梵音身上净是杀气,连眉毛眼睛都像能横出一把剑,全没了往日莫小白的憨傻模样。不知不觉中将关心的话语也像是命令般喊了出来,震得夜家人无一不是一个激灵。一旁士兵倒是习以为常。

"你,你喊什么呀?"夜昼声音矮了一截道。

"我没喊啊!"梵音继续道,跟着回身飞速检查着一家人的状况,"姥姥!妈!爸!小姨!姨夫!奇奇!都没事啊!"一家人像是被点名的士兵,一个个不自觉地绷紧了身子。

"小,小白……"夜雨哽咽着,伸手想抓孩子。梵音一把抓住母亲道,"妈!我没事！你们赶紧和战士们到远些的地方去,等我回来！"

"你去哪儿?"全家人一同道。

"前线啊！"梵音道。

"不许去！跟我走！"夜昼怒道,伸手就要拽小白。

"不行！士兵,把他们给我看起来！"梵音下令道。

"你说什么！"夜昼瞪着梵音,不想她能对自己这般无礼,"你若敢去！我现在就打断你的腿！"夜昼从未对梵音这般严厉过,说完,他老花的眼睛里竟流出了泪水,双颊颤抖不已。梵音弹指一挥,倏！一道幕布封住了夜昼的去势,困牢术。

"把主将一家给我看好了！"梵音呵令道,言语间已是毫无回转。

"小白！"夜雨喊了出来,泪眼婆娑,"让妈妈,妈妈跟你一起去！"

"不行！"梵音头也不回道。

夜昼一个跟跄,险些摔倒。

"姥爷！"梵音忙跑过来扶。

"不能……不能去……"夜昼有气无力道。

"姥爷,这次我不能听你的。东菱城危在旦夕,我辈必拼死相护。即便我不是东菱人、我不是军政部副将、我不是北冥的妻子,只为那城里还有数百万人的性命,我也必奋勇杀敌,永不后退！"梵音铿锵有力道。一腔热血,英勇无畏！夜昼身形一颤,默不作声。

"看护好主将家人。"梵音一凝眉,决绝而去。

这时天空中传来一声闷响,"砰！"一个人摇摇晃晃出现在了梵音面前。梵音向那人看去,神色一僵,道:"晓风阿姨……"

"小……音……"北唐晓风身形消瘦,脸色僵白道。

"晓风阿姨！"梵音朝北唐晓风跑了过去,一把拥住了她,"阿姨我们回来了！我们回来了！对不起！对不起！"看着北唐晓风这般落魄的样子,梵音一阵酸楚涌上心头。她只觉对不起她,若不是因为她,北冥也不会离开东菱,离开北唐晓风,音讯全无,生死杳然。

这一拥,北唐晓风的心都碎了,抱着梵音悲戚喊起来:"我的孩子啊,你终于回来了！终于回来了！"

"阿姨！对不起！这些年让您一个人受苦了！"梵音颤抖道。

这时,一行人向北唐晓风看来。她轻轻扶开梵音。其实,自打北冥一入城,北唐晓风便知道北冥已经回来了。她迟迟守在家中不出现,只是为了不去前线打扰儿子战斗。现在,她来是为了见那早已阔别多年的人。

"爸,妈,女儿不孝。"北唐晓风弱柳一般的身子缓缓俯了下去。梵音见势要扶,却看见对面早已面色惨白的夜昼一家,一个个不知该如何,错愕地看着北唐晓风。梵音只略略扶了扶晓风胳膊,还是由着她。

"风儿……"湖泊最先开了口,热泪淌下。

"妈……"晓风激动道。

"大姐!"小妹夜清喊了出来,泪流满面。

"清儿!"晓风亦哭了出来。她回头又看向夜昼,没有父亲的应允,她不敢起身。"爸爸……"当年她忤逆家人,和北唐穆仁在一起,夜昼怕是永生永世不会再原谅她了。看着大女儿如今清瘦孤苦的模样,夜昼一阵心疼,竟是哭出声来。

北唐晓风咬着嘴唇向父亲母亲走去。待她走到父母身旁,扶住他们,权作安慰,又带着一丝不安向一旁看去。夜雨正面色青白地看着北唐晓风。

"妹……"一声低婉,北唐晓风颔下首去。对这个妹妹她终是觉得亏欠,她这个大姐像是犯了罪,她抛弃了妹妹。

"你!"夜雨怒上眉尖,跟着一泻,面容顿时垮了下来,上前抱住北唐晓风大哭道:"姐!"

"雨儿!是姐姐对不起你,是姐姐对不起你!姐姐没有不要你!姐姐没有不要你啊!"北唐晓风痛哭道。一时间,一家人抱作一团,相拥而泣。梵音也在一旁泣不成声。然而她眉头稍动,与士兵打了个眼色,动身要走。

"小白!"

"小音!"

夜雨、夜风突然齐呼道。

"妈妈跟你一起去!"

"阿姨跟你一起去!"

"妈,晓风阿姨,你们留在这儿!"梵音忽向天空一喊,"聆龙!鸾儿!"霎时间,艳阳盖世,红鸾带着聆龙瞬间出现在梵音眼前,"你们替我守着家人!我去去就回!"梵音命令道。红鸾虽有不愿,却也不再违拗梵音指令。

"小白,你怎么回去?"夜昼道。此时,他们已在城外几十里处,夜氏的时空术虽不及北冥力强,却也不能小觑。梵音这一回要耗费不少时间。"我送你回去。"夜昼道。

"不可!"梵音道。

"小音!阿姨不能再让你独自去前线!你必须带着我去!"北唐晓风一把抓住梵音。梵音下了狠心不管他们,撒手要走。

"让阿姨再看看你!"北唐晓风忽而大喊道,梵音心口一震,"让阿姨陪你和冥儿一起去,行吗?让我们一家人在一起,行吗?"北唐晓风坚韧道。

梵音紧咬牙关,双拳紧握道:"聆龙!北冥战况如何了!"

聆龙张开银龙耳廓道:"狼兽的战线压得太紧!北冥被什么人封住了去势!"

梵音眉头紧锁。

"小,小白……"一个怯生生的声音在旁边道,"天阔还好吗?"天空不敢直视她道。

"好着呢!"梵音没好气道。

"三三呢……"天空道。

梵音一顿,道:"死了。"众人一惊,心沉了下去。

菱都城中,硝烟弥漫,血腥当空。北冥的呼吸略显沉重,额角流下了汗。此刻的他左肩垂下,毫无生气。周围的士兵离他十丈远,无人上前。十丈外已然倒下一片。

"一分部、三分部,退防,守住万象长门。"北冥道,随后他右手极快打出指语。魏灵超顿足,一个纵跃离开原地,往城外方向奔去。

倏!静谧无声,裂簌来袭,北冥左臂一阵剧痛,千根钢针再次扎进他的臂骨,臂骨瞬间粉碎。他反手一握住,嚓,左手掌瞬间被割裂出千道细痕,血迹顺着裂簌撤回的方向而去。北冥一个箭步夺去,腾空而起,十方上下,挥斩出一百三十剑。忽而剑势稍顿,砍到了!北冥一掌劈了过去,正中那人腹部。连雾显了真身出来,飞至半空!

北冥跟着又是一掌,重重打在他身上,连雾口吐鲜血,摔在地上。北冥一剑戳穿他的大腿,连雾号叫着,被北冥钉在了地上。北冥在连雾腰间搜出了锁骨匙的钥匙,替自己解了锁。这锁骨匙锻造得异常精良,威力之大,一时间让北冥灵力暂无,无法挣脱,险些束手就擒。

"东华。"北冥道。他一眼看出这东西不是出自连雾之手。说罢,又朝连雾身上搜去,一无所获,北冥脸色凝重起来。

"你找什么?"连雾口吐鲜血,仍旧阴阳怪气道。

"你老子给你的东西呢?"北冥道。

"什么东西?"连雾道。

"放骨匙。"北冥道。

"那是我的东西。"连雾奸笑道。

"你没那个本事。"北冥道。

"你说什么?"连雾脸色一怒道。

"我说你没那个本事，杂碎。"北冥道。连雾还想挣扎，北冥贯穿了灵力，一掌拍在他胸前，连雾登时没了生气。

北冥看着眼前这人，锁骨匙困不住他，困牢术对他无效，普通军官也不是他的对手，唯有让他彻底丧失战斗能力，才能放心地把他押解起来。北冥命几个战士把连雾带了下去。又不放心，让士兵把连雾就地捆绑起来。

狼兽大军步步紧逼，逐渐形成碾压之势，它们要群起攻之，硬袭菱都城。

"北冥！"三分部嬴部长赶来，"再退就没有路了！我们可三军联合，冲散了它们的包围之势，再逐一击破。"

"不可。"北冥道。狼族天生神力，以一杀百不在话下。今日之战，东菱军在全盛之时仍没拿下狼族半数人马，此时已是人困马乏。而论持久战，人力更是无法和狼族抗衡。一时间，北冥深感这弥天第一凶族的压迫之力。

"再退！到万象长门之下！兵分两路，给狼兽开出道来！"北冥下令。

"什么！"嬴正大惊。

"快！"北冥喝道。

霎时间，东菱军兵分两路，不战而退，给狼兽让出大道。数万狼兽齐攻长门，浩瀚之势踏得东菱城全城震荡。隆隆之声震天响，万匹狼兽齐齐撞向了万象长门，叠罗汉般拼杀上去。它们要用其金刚不坏之躯硬攻北冥的长门防御，看到底哪个更胜一筹！

三番四次下来，狼兽用了全力。北冥眉宇凝重，目光尖锐。"还不够！"他心中掐算。嬴正等人已是落下冷汗。眼见万象长门有破裂之相。

霍地，万匹狼兽停止了进攻，下一刻，所有狼兽齐齐弓起了狼背，数以亿计的钢针狼毫朝长门攻打而去。狼族群龙无首，却能个个占山为王，势力滔天！

只听一声令下："放箭！"城内城外，北冥、梵音同时高声亮起！无数箭雨从东菱城外飞天而来！六分部的援军到了，在北冥和梵音的指挥下，一飞冲天。狼兽刚刚失了一身狼毫，又全力进攻了长门，此刻正是它们渐弱之时。

无数箭雨夹杂着寒冰箭，梵音和魏灵超全力一搏。惨呼声起，大批狼兽纷纷倒地。

再听北冥一声高喝："圣甲防御！"

东菱军与万象长门配合，分列东西两侧，成围剿之势，把狼兽三路封死。轰轰轰！灵化防御盾甲接踵而立，三军齐发，层层加持，直达天际。狼兽乱冲乱撞，然圣甲防御坚固异常，将士们拼死相抵。狼兽胆寒，陡生退意，冒着箭雨向菱都城外落荒而逃！

赢正望着远退的狼兽,本想拼死一战的,没想到此刻竟保全了将士性命。他感叹间一掌拍在了北冥左肩上:"有你的!好小子!"

北冥眉头一紧,倒吸了半口凉气,道:"狼兽一族,天生神力,未尝败绩,毫无节制,要不是陡然失利,它们不会逃的。"北冥面色仍然凝重。

梵音率军从城外赶了回来,还未到城中,只觉大地突然一震,所有人踉跄一晃。一丝惊恐霎时漫上北冥眼底!只见他右臂高抬猛挥,擎天万丈的万象长门轰然下落,菱都城顷刻间暴露于世。

还未等众人回神,只听北冥大喝:"攻城!"

狱司的狼兽、异族、食苍兽、重犯统统被放了出来,正在城中西南角。

"北唐!狱司破了!"端倪在军政部后方赶了过来,聆讯部也传信回来了。

北冥猛然朝看守连雾的方向看去,空空如也,连雾消失了!

"保护平民!围剿狱司!"北冥道完,如一道光影朝国正厅方向奔去。

城民突然暴露于世,全不知外界到底发生了什么,只见军政部将士们一个个杀气腾腾,血红双眼。还未来得及到国正厅"避难"的城民们,猛然间看"叛军"来袭,一个个陡然而立,全副武装,准备与军政部厮打开来。一时间东菱城混乱一片。

赢正高喊着"让开让开",但"暴民"们无动于衷,与军政部将士们缠斗起来,拖慢了守城速度。一声穿破耳膜的嘶吼,十几只食苍兽飞向天空,朝地面喷洒恶水。城民们惊呆了,抱头鼠窜,还有些理智的只管朝国正厅飞奔而去。

"拦住城民!"北冥在最前方下令道。此时的国正厅大殿前早已人满为患,上百万城民来此避难。

"拦住城民!不要再往国正厅拥挤!"北冥疾呼。脚下的大地隐隐开裂,那动静是从地心传来的,北冥心下已知大事不妙!

霍地,一道赤焰来袭,截住了北冥的去路。北冥反手一掌,击退了赤焰,紧接着又是数十道赤焰强攻,封住了北冥赶往国正厅的去路。

"木沧!"北冥怒喝。

眼前那人衣衫褴褛,满面颓废,却目露凶光,正是木沧。

"北冥,我不想与你为敌,我只想拿到赤金石,让汐儿回来。"木沧道。

"你拿到赤金石木汐也回不来!"北冥道。

"只要我拿到赤金石,汐儿就能成人!"木沧激动道。

"你要徒添人命!"北冥道。

"那也是冷羿欠我的人命!正好用他妹妹的命来还!"木沧道。

"你妄想!"北冥怒道,抬手向木沧打去。几招强攻过去,木沧招架不住,胸口一阵剧痛,他被北冥打断的十根肋骨还没愈合,不堪重击。北冥一个闪身,绕开木沧,不再与他多作纠缠,直奔国正厅。

"钟离!拦住北冥!"木沧道。

唰,一路剑招再挡北冥,钟离手持利剑蹿了出来。

北冥冷眼朝钟离看去,道:"你挡得住我吗?"

"主将……"钟离手中迟疑,心中有愧。

"你叛军叛国,置兄弟们的性命于不顾,钟离!你还不罢手!"北冥斥道。钟离目光闪烁,萌生退意。

"钟离!只要拦住他,汐儿就能活命!你犹豫什么!只要拦住他,汐儿就能重新回到我们身边!你一生在军政部唯唯诺诺,难当重任!今日,我只不过让你拦住北唐北冥,你都不敢,我又没让你杀他,你有何不敢!他日汐儿复活,我怎敢把她托付于你!"木沧道。钟离心下一横,攻了过来。"对!只要拖住他片刻,赤金石就到手了!"木沧道。

北冥挥剑挡开。

"攻他左路!他左手废了!"木沧大喊道。

北冥听罢,心中生怒,连拆带打,朝钟离攻去。几招下来,钟离便招架不住。

刹!一道烈火攻来,北冥下意识地用左臂去挡,谁知抬到一半便掉了下来,赤火打到北冥左臂上,他向后退去。

两个人影闪过,挡在北冥前,颜童道:"主将!你去国正厅,我拦住他!"莫多莉跟在他身后。

"小心!"北冥道,说完直奔国正厅。国正厅前,摩肩接踵,水泄不通,连根针都再插不进去。北冥刚刚踏上国正厅大殿前的石阶,脚下霍地一阵撼动,人们纷纷摔倒下去,挤踏成片。一声撼人心弦的断裂之声从国正厅内传了出来。赤金红光耀燃于世,赤金石被打开了!

北冥见状,愤然冲去。霍地!天空一暗,红光尽收。北冥心下一沉:夜靡裳!

北冥冲进国正厅。谁料那里早已是人去楼空。姬仲一家无影无踪。城民惊惧万分,蜂拥而入,以为国正厅是最安全的地方。

只听北冥雷喝当空:"后退!"

城民惊立半分,然而下一秒更加疯狂地向内冲去,早已失控。北冥无法,只能穿过人群,一马当先,往国正厅赤金石所在的南崖顶冲去。

只见十个身着银衣斗篷的人正从南崖顶向外赶来。

"狼兽!"北冥一眼认出了前方之人正是狼兽幻形后的人身。他拔剑阻拦,却见那十人行动极快,只闪不攻。

"它们要逃!"北冥心道。他不知赤金石在谁手中,拦住九个,还剩一个。这几人都是个中好手,北冥分身乏术,渐感吃力。东菱城内纷乱成海,援军一时不到。

突然,大地猛然下陷,紧接着国正厅南崖顶以急速之势向海中沉去。赤金石被夜靡裳裹挟而走,国正厅呈断崖式下沉了!

北冥已顾不得那许多,若他再与狼兽缠斗,则东菱城百万人性命不保。城民还在盲目地向国正厅内涌来。北冥心一狠,放下狼兽,往崖顶奔去。

这时,一道人墙挡住了狼兽去路,北冥余光扫去:"姬世贤!"

只见姬世贤带着国正厅众多守卫挡在了狼兽前,欲要拼杀。可几道血光闪过,国正厅守卫倒下大半。姬世贤使出浑身解数与狼兽人形厮斗开来。然而此时,人潮也涌了进来。

"姬世贤!穷寇莫追!让它们走,百姓性命要紧!"北冥道。再回首,只见北冥纵身一跃,跳下南崖。

南崖顶全面下陷,无数城民仍然疯狂无措地涌了进来。大地断裂,整个国正厅以倾颓之势崩塌,沉入海底,东菱城要毁了。

此刻,冲在最前面的人才惊觉南崖顶断了,然而后面的人碾踏而来,前面的人被推下断崖,往回已是来不及了。

国正厅外,狱司的狂徒渐被军政部、聆讯部合力拿下。然而重压之下,东菱地势顺着国正厅南崖顶的方向倾斜而去,地壳脆裂,军队欲拦住城民退出东菱城,但为时已晚。

重压之下,国正厅内的悲呼惨叫声响彻东菱,人们乱了方寸。悄然间,一道透明幕布从天而降,无声无息地隔开了国正厅前慌乱的城民。百万民众再闯不得。

"弥天防御!"梵音道。如此精湛的防御术只有聆讯部总司端镜泊一人做得到。

梵音同样无法再进国正厅,她也被端镜泊的弥天防御阻挡在外。

"北冥!"梵音心底焦灼地呼喊着。军队不敢再贸然前进,否则只会徒增危险。

巨浪滔天,海水沿着断崖涌进东菱。失了赤金石的镇守,国正厅辉煌不再,淹没在尘埃之中。

突然,菱都城戛然停止颤动,人们的心忽地一下被摁停了一拍。东菱城骤然静止,人们错愕地停止了尖叫。可一切只在瞬息,下一瞬哀号声再起。然而瞬秒将过,又一个停顿,南崖顶停止了下陷。人们的眼神在惊恐中停止了疯狂。

呼!一个悠荡,人们的心齐刷刷向上拱了一下。一声风啸从崖底传来。

霍!又一个悠扬,人们的心再次揪了起来。冲向崖顶的人们停止了滚落,一个个拼命抓住可以保命的东西,手指挖进地里。喘息间,他们回头朝断崖望去,身子还在拼命往回爬。

又是一时静默,东菱城内肃然一片。紧接着,一阵强烈的震动从南崖顶传来。嚯嚯嚯!地动山摇!人们惊恐未过,再次夺命往城中跑去。有人还在滚落,掉下来的人穷尽力气向上攀爬,却于事无补。

呼!一个闷声出海,北冥大呼着气浪,狂风巨浪砸在他身上犹如坚冰巨石。只见他青筋暴突,肌肉暴涨,东菱崖顶被他扛在了肩上!

瞬息将过,北冥大口吸着气浪,贯穿肺腑。呼的一口豪饮,北冥力拔山河,以擎天之势把南崖顶顶了起来。只听他一声暴喝,气吞山河,撼天动地,洪荒蛮力从他身上迸发而出,气血狂涌,海天之间惊爆赤血奔腾之色。东菱大地被撼动了。

"喝!"北冥再喝一声。东菱崖顶在他宽广的肩头被一寸寸扛了上去!

"旱魃!"国正厅外,梵音、赤鲁、颜童齐声喝道。此乃北唐北冥身法绝技之一,旱魃擎天。单凭一己人身对抗山河之力,灵力尽收,乃登峰造极之术。

北冥炽汗落下,海水被他激得哧哧作响。南崖顶少了赤金石巩固,已经不能和菱都平齐,岩石下露出大块缺口。北冥凭一己之力,顶住重压,寸寸向上,终于到了顶。北冥大口喘着粗气,东菱城民的性命保住了。人们落荒而逃。

第一三九章
东菱劫

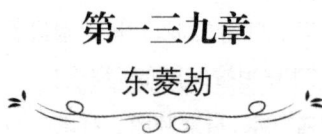

北冥呼啸着,霍地伸出右臂,灵力一聚。南崖顶上发出嗡鸣之声。噌!一股剑气袭来,重器在手!北冥把当年插在南崖顶上的固国之重器拔了下来。掌中灵力一阵急旋,北冥手持重器,灵力暴涨,重器开刃。伴随着隆隆之音,重器摇身一变,赫然变成一座巨石神峰。重器深深扎入海底,北冥倾身一侧,轰然一声巨响,菱都城南崖顶被北冥稳稳地放在了重器化作的山峰之上。北冥用力向上一跃,回到了崖顶之上。汗水海水浸透了他的军装。

人们茫然地看着这个被国正厅口口声声打成叛将的北唐北冥,一时间没有人敢造次。北冥稍作歇息,往国正厅外走去。人们纷纷为他辟开了道路。姬世贤为了拦住慌乱的城民,身上净是被城民撞出的伤口,脸上也是淤青一片。北冥走到他身前停下,两人相视无言,径自离开。等他出了国正厅,数百万民众相守于城下,齐齐向他看来。

突然有一人破口而出:"叛将!"霍地,又静了下去,踌躇道:"主将……"

这时守在城下的数万军政部将士看见北冥平安归来,一个个眼含热泪,高声欢呼道:"主将!主将!主将!主将!"声浪震天,动人心弦。梵音站在人群中亦落下泪来。北冥凝望着夜空,血月渐隐,东方将白。只见他手高抬起,又轻轻落下,将士们收了声音。

他快步向大殿东南角走去。一小撮人围守在那里,见北冥赶来,为他让出了空地。北冥俯身下去,道:"端总司。"

端镜泊靠在端倪身上,朝北冥看来,慢声道:"回来了。"听不出关心温暖,还和往日一样,冷冰冰的。

"是!"北冥恭敬道。

"嗯。"端镜泊应了一声,又合上了眼睛。他身上被扎进了长长短短数十根狼毫,其中一根贯穿了胸膛。

北冥喉咙干涩,说不出话来。军政部未到之前,是他和花婆挡下了狼兽的全速进攻之军。在那之后,端镜泊已然身负重伤,又在菱都城南崖顶陷落之际展开了弥天防御,阻挡了百万民众糜沸蚁动。至此,他的最后一丝灵力也耗尽了。端倪紧握着父亲的手,热泪淌下。

端镜泊睁开了眼,看着端倪,略显严厉道:"哭什么?"聆讯部的人最忌七情六欲、喜怒哀乐,要做到每时每刻都喜怒不形于色。

"爸……"端倪咬紧牙关,忍住眼泪道。端镜泊看了颇为安慰。

"你们几个从大荒芜回来,找到真相了?"端镜泊道。

"找到了。"端倪、北冥一同道。

"嗯。"端镜泊又应了一声,"那就别白费。"说完,他朝北冥看来,"你不适合当军政部主将。"北冥心头一落,恭敬听着。"你们北唐家都不适合。"端镜泊紧接着道,"莽夫!脑袋像块石头!"说完,他又瞟了北冥一眼:"怎么,要把命赔给亚辛?"北冥一怔,向端镜泊看来。"你以为你一条命够吗?还是让这数万生灵都为那该死的恶魔当了罪罚的容器!"端镜泊振声道,北冥只觉一身冷汗落下。"这世上,不是非黑即白,不是非正即邪。谁还没个邪的时候,要都如你那样想,人也不用活了。"端镜泊一双让人晦涩难懂的眼看着北冥。北冥凝神望去,一言不发。

端镜泊忽然指向大殿下军政部的众将士们:"他们为国拼杀牺牲,英勇、忠诚,哪一个不值得活下去!这条路,是他们用鲜血帮你走出来了,你怎能被蒙了心智,弃他们于不顾!"说罢,端镜泊猛一挥手,一丝黑障从北冥的脑袋里被抽了出来,攥在端镜泊手心:"就凭它,也能轻易蛊惑你的心智?"端镜泊用力一捏,黑障灰飞烟灭。北冥错愕,那是他潜入永生湖底带出的恶念。他竟不知有这个东西在不停扰乱他的心智。

端镜泊话音一变,冷言道:"有它又如何?没它又怎样?你心底的那份信念不是照样被撼动了?"北冥听罢,不禁汗颜。"看看他们!没有谁要替谁赎罪。你以为灵主先成圣,再入魔,就没有错?你以为人性贪婪,原本恶,就没有善的果?那你的将士们又是什么?他们哪一个不值得光明正大地活着?到最后,只不过是看你们哪个先意志不坚,腐朽堕落,与魔为伍。身为军政部主将哪怕知道这世间有恶,你也得不离不弃、义无反顾,将人们带回正途。这才是你身为军政部主将最终的坚韧!"端镜泊铿锵有力道。

北冥听后,一声长叹重重呼出,对端镜泊恭恭敬敬地行了一个大礼,字字珍重道:"多谢端总司教诲!北唐北冥铭感五内,牢记于心,永不敢忘!"

端镜泊长长呼了一口气,话锋一转,变了风向,道:"哼!军政部交给你北唐家也是对了。带兵之人必要刚正不阿、黑白分明,忌左右摇摆。否则,军心扰动,岂不天下大乱?这正是你们这一根筋人的长处。除了你,也没别人了。"北冥领首听教。

端倪亦悉心听教,却记挂父亲安危,愁容满面,时刻关注着父亲。

"你看我作甚!"端镜泊忽而对端倪道。端倪神情一敛,毕恭毕敬。平日里,端镜泊对端倪严厉有余,夸赞不足。但他对儿子寄予厚望,外人不得说其半个不字。端倪心知父爱如山,只是从不言语。

"你比他,强得多!"端镜泊突然道。端倪一怔,向父亲看去。"心思缜密,灵机多变,城府深沉,是聆讯部总司的不二人选!"端镜泊自傲道。

"爸……"端倪哽咽道。

"你脑袋灵光,凡事不用我多说半个字,便可会意,这正是你我父子过人之处。"端镜泊凡事不甘人后,自命不凡,此刻加持到儿子身上,他甚是欣慰,"但,你我父子二人自命不凡,鲜与外人交往,略显孤傲,适时也应与人接触。不用凡事都要看透人心思。"端镜泊讲自己儿子时颇为保守,自谦之余还要自抬三分,"北唐这人心思直,不会拐弯,你和他配合最合适不过。以前,我都懒得搭理军政部的人,与莽夫不愿多讲。但现下已是战时,你二人必要配合,摒弃前嫌,互通消息,才能拿下灵魅一战。"端镜泊嘱咐道。

"儿子知道,还请您放心。"端倪泣道。

"晚辈知道,总司放心。"北冥道。

说到这儿,端镜泊忽有迟疑,慢些开口,声音也低了些:"倪儿,你什么都好,只有一点,不该对那人动心。"端倪眉间轻蹙,低头不语。"到底是害了你们几个……也怪我,说什么也想保住东菱的面子,岂知到底是保不住的。"端镜泊微微转过头,又看看北冥道,"你父亲也是。"这一刻,端倪、北冥心下了然。

这时,一个灵巧的声音在端倪身后响起:"他对谁动心了?"蓝宋儿探出脑袋看着端镜泊。

"你……"端镜泊迟疑地看着蓝宋儿。

"我是蓝宋儿,蓝宋国的二小姐。"蓝宋儿道。

"我知道。"端镜泊道,"你这一路跟着倪儿来的?"

"嗯。"蓝宋儿点了点头。

"巫术不错!大巫族后继有人。"端镜泊道。他胸口贴着一片黑色药膏,正是蓝宋儿情急之下为他敷上的。

"救不了你的命,抱歉了。"蓝宋儿直截了当,倒不觉有何不妥。

端倪眉头一紧,两腮紧咬。端镜泊看着蓝宋儿,忽而笑出声来:"有意思。明知救不了我,为何还救?"

"我不想他难过。"蓝宋儿看了一眼端倪,不由噘起小嘴。"哎,你还没告诉我他对谁动心了?"蓝宋儿催着道。

"你。"端镜泊肯定道。端倪眼神一亮,蓝宋儿小嘴一抿,倒吸了一口凉气。"小丫头性子野,诡谲多变,你以后有对手了。"端镜泊对端倪道。端倪僵持着没有出声,蓝宋儿不耐烦了,撞了他一下。

"说你呢!你怎么不说话?"蓝宋儿拔尖声儿道。

"知道了,爸。"端倪道。蓝宋儿在他身旁笑了起来,一把挽住了他。

端镜泊喘息片刻,低声道:"那人呢?"

端倪、北冥迟疑片刻,朝人群外看去,姬世贤站在不远处,不敢上前。

"怎么,和你爹一样,是个懦夫吗?害怕见我不成?"端镜泊沉声道。姬世贤脸色一变,窘迫异常。"我看,你倒是比你老子强上千万倍,比这两个蠢货也中用得很。"端镜泊此话一出,姬世贤摇摆地向端镜泊看来,嘴巴张了张,又闭上了。端镜泊叹了口气,他没有多少力气了,姬世贤走了过来。

"总司……我……没脸见您……"姬世贤悔恨道,已是泪流满面。

"比你爹强……你哪里没脸面……这东菱的脸面要是没了你,今日就都完了……"端镜泊艾艾道。

这时,只听不远处一声凄厉尖叫:"花婆!"

花婆躺在陈九仁怀里,脸色黑青,口吐黑血,一双玉手已成焦炭。

"花婆……"莫多莉跪在地上泣不成声,语不成调。

花婆摸过她的头,低声道:"不哭了,真丑……"

"花婆……"莫多莉无法克制,哭得浑身颤抖,快要气绝,"总司,再,再救救我花婆!再救救我花婆啊!"莫多莉扒着陈九仁的手道。陈九仁是一个头发花白的小老头,个子本就矮,现在更是缩得像个小老儿,一点点大,一句话也讲不出来了。

"你去哪儿……"一声阴戾的低沉在莫多莉身后响起。颜童抓住了玄花。玄花一愣,震惊地看着颜童。"为何要下毒?"颜童再道。

玄花瞪着颜童,半响道:"我……我没有。"

莫多莉噌地站起身来,薅住了玄花的领子道:"为什么!为什么!你为什么要害花婆!说!"莫多莉已是声嘶力竭,怒不可遏。

玄花回身看向莫多莉，身子颤抖起来，因为竭力扼制，嘴唇也不停地抖动。

"说话！"莫多莉咆哮道。

"因为你抢我的颜童！"玄花突然暴怒道，喊了出来。

莫多莉一怔，气提半路，扼在了胸口，半天道："你说……什么？"

"你明明已经有了北唐北冥，为什么又来抢我的颜童！只因为北唐看不上你这个老女人，你就转过头来抢我的颜童，退而求其次吗！不要脸的东西！"玄花破口大骂道。莫多莉一个踉跄，险些摔倒。颜童急忙扶住了她，她一把甩开颜童，揪着玄花，气得脸色煞白，只顾颤抖，却说不出一句话来。

"你当我不知道！你十几年前就爱上北唐那个小子了，只因人家还是个孩童，你才下不得手！青天白日，你罔顾伦常！莫多莉！你还要不要脸！就凭你，也配成为礼仪部总司，受万人倾慕？你凭什么！就凭你长得一副风骚样吗！"玄花咆哮道。莫多莉气得手一松，一屁股坐在地上，起也起不来了。

"怎么，被我说中了？不喊叫了？"玄花道，"平日里，我最恨你那副嚣张跋扈、目中无人的样子！嘴巴里像含了条毒蛇，是人都能被你轻易作践，连我你都不放过，想骂就骂，想打就打！混蛋！"

"我何时骂过你？打过你？"莫多莉道。

"你没骂过，没打过，可你比我骂我更让我痛恨你！因为你瞧不起我！你看不上我！你看不上我的身世！你看不上我的品味！你连我喜欢的颜童你都看不上，只因你喜欢的是北唐北冥！"玄花于大庭广众之下，怒不可遏道，"你什么都有了！样貌！身份！地位！爱慕！为什么还要跟我抢颜童！哦，不，你没有一样东西，你没有得到北唐北冥的爱慕，所以你疯了，你变态，你嫉妒，你开始拼命吸引其他男人的目光，来证明你的存在！所以，你就来抢我的颜童了……只因为，他是军政部除了北唐北冥以外的第二个男人，根本不是因为你喜欢他！"

"他不喜欢你！"莫多莉反驳道。

"你放屁！"玄花骂道，"那年国正厅的晚宴，是我邀请的他，跳了第一支舞。是我先认识的他，喜欢的他。你应该懂得什么是先来后到，而不是横刀夺爱！你个贱人！"玄花怨毒地看着莫多莉。

莫多莉的脸渐渐冷了下来，站起身道："既然是我和你的恩怨，为什么要害花婆？"

玄花直勾勾地盯着莫多莉，冷笑一声道："姬菱霄说的没错，捷足先登的人，都得死！不然，我们留下也是没出息！这世道，没天理！第五梵音抢了北唐北冥，你莫多莉抢了我的颜童。明明是我们先认识的他们！不弄死你们，我们怎么好活？"

"我问你为什么要害花婆?"莫多莉冷言道。

"因为我要当礼仪部总司!有你们,我当不了。"玄花道。

"那为什么不害我!"莫多莉怒道。

"你以为我不想吗?我第一个要毒死的人就是你!只因为你撩拨,赶着送颜童出去,才没赶上我送你的那碗红豆红姜暖胃茶。花婆比你有口福,先喝了。"玄花轻蔑道。

莫多莉一巴掌扇了上去,玄花看不清她的来势。"姐妹多年,为了个男人,你这么对我!"莫多莉咆哮道。

"你又是怎么对我的!姐妹多年?姐妹多年就教你横刀夺爱,卑鄙下贱吗!"玄花被打得口吐鲜血,却不服输道,"有本事,你抢你的北唐北冥去啊!抢我的颜童干什么!贱货!"

莫多莉张手又是一巴掌扇了过去,毫不留情,玄花的脸登时被打得肿成老高:"我莫多莉想喜欢谁,就喜欢谁,用不着你多嘴!我莫多莉从不抢男人,喜欢就是喜欢,爱了就是爱了!我多年前是倾慕北唐北冥,但那又怎样!如今他有伊人在旁,我难道还祝福不得了?我莫多莉难道连这点气量都没有?至于颜童,我爱了就是爱了,你能拿我怎样?我一没偷,二没抢,光明正大,你奈何不得我!他也不是你的,他不喜欢你,他没有心上人,我便可以光明正大地喜欢他!"莫多莉豪言道。

"你!你!你!下贱!"玄花听着莫多莉的凿凿之言,气势已落下半分,没了刚才的理直气壮,只剩怨妒。

莫多莉跟着打出第三掌,玄花被她扇翻在地:"说!谁让你害花婆的!狼毒哪里来的!"

"我巴不得你们死!我巴不得你们死!"玄花捂着脸道。

"狼毒哪里来的!说话!"莫多莉薅起玄花道。

"我没错,我没错!姬菱霄也是这么做的,姬菱霄也是这么做的。捷足先登、半路插足的人都该死!第五梵音该死,你也该死!人家堂堂国主大小姐都是这么做的,我当然也可以这么做!"玄花怔怔道。

"狼毒是姬菱霄给你的!"莫多莉打断了玄花的话。

玄花茫然地看着莫多莉道:"大小姐说了,只要我杀了你和花婆,颜童就是我的,礼仪部也是我的。只要我杀了你们,她就让我当上礼仪部总司。她说的……"玄花开始四处张望,寻找姬菱霄的影子。

"混账!"莫多莉气得一把将玄花扔在地上,随后礼仪部的人扣押了玄花。莫多莉跟跄回到花婆身边道:"花婆!是我害了你,是我害了你,我识人不清,我该死!我该死啊!"莫多莉说着又自责地哭了起来。花婆摸着莫多莉的头,幽幽看向了天空。

忽而,她眼睛一瞟,嘴角弯出了一个弧度,只听她亲昵道:"这是谁家的小子回来了,长得这样俊。"

北冥站在花婆身前,早已泣不成声:"花婆。"北冥哽咽着,俯下身来。

"哎哟,谁让我们家的俊小伙儿哭成这样了,羞不羞?"花婆万般宠溺地对北冥道。

"我回来了,花婆,我回来了。冥儿回来晚了,还请您责罚。"北冥道。

"我可舍不得!"花婆道,苍老的脸上已是泪眼婆婆,"媳妇讨回来啦?"

北冥强忍着悲痛"嗯"了一声。对花婆,北冥从小就是亲孙儿的模样,百般温顺亲和。花婆说罢,往一旁看去。梵音站在北冥身后,亦是泪流满面,冲花婆挤出了个微笑。

"般配!"花婆握着北冥的手道,"你这傻小子,别亏待了人家这么好的丫头……好了,该交代的都交代了,你也该给我一个交代了……冥小子……"花婆突然手一紧,紧紧攥住北冥的手道,"叶有信是怎么死的……"北冥听罢,踌躇在当下。"你爹就不肯告诉我,你也不肯,难不成你想让花婆死不瞑目!"花婆突然厉声道。北冥咬紧了牙关。"说话!"花婆再道。

"叶有信……被姬仲杀了。"北冥道。

"还有呢?"花婆道。

"他勾结了东华,觊觎赤金石。"北冥道。

"为什么?"花婆道。

"延年益寿,巩固地位。"北冥道。

花婆忽而冷笑一声,道:"亏得他还有这么大的野心,连国主也敢反。"听不出是褒是贬。过了一会儿,见北冥没有声音,花婆低声道:"还有呢……"北冥低下头去,不作声。"说呀!"花婆又捏了捏北冥的手,然而已经没有力气了,"他……他……他就没想过娶亲?"

北冥提上一口气道:"我不知道。"

"胡说!就凭你也想骗花婆?"花婆道,"告诉我,他有没有喜欢过我?"花婆直白道,已不管身旁皆是后生晚辈。

旁人眼里,叶有信一直是个病秧子,连自己都照顾不好,更别提娶亲生子了。北冥心知花婆的意思是,叶有信之所以觊觎赤金石并非只想延年益寿,更是想娶亲生子,至于这亲的对象,也许就是她。

"我不知道,花婆。"北冥道。

"冥儿,连你也不管花婆了,不疼花婆了?花婆就剩下这一点念想了,不问你,还能问谁啊？"花婆颤抖地抓着北冥的手，"我花婆一世活得明明白白，干净利落，容不得半点敷衍！你说！"

北冥听罢，定了定心神，手缓缓抚上了花婆的肩膀，轻声安慰着："花婆，那个人没喜欢过您。"北冥说完，把头靠近了花婆，像孙儿一样轻轻拍打着她，安慰着。他没有多一句的搪塞，花婆不需要，北冥也说不出口，祖孙俩都要活个明白。

"我知道……我知道……我就是在自己骗自己，他怎么会喜欢上我这个老女人……"花婆喃喃自语，妄自菲薄道，心已寒成潭底。

"我的花婆美如仙，哪里老了，净瞎说。迷倒众生一大片。"北冥倚着花婆，柔声道。

花婆凄凄一笑道："就你会哄我……你也只会哄我……"北冥疼花婆，这番撒娇卖乖的话除了花婆，北冥对旁人是从不说的。

"他喜欢谁？"花婆突然道。北冥没想到花婆还会追问，手下一顿。"你知道，告诉我。"花婆警醒道。

北冥皱起眉头，话在嘴中狠咬了一遍，道："莫副总司。"

北冥话低，周遭的人听不到，但莫多莉、陈九仁、颜童却是听得明白。花婆心一颤，身子一震，北冥惊慌，赶忙稳住了她。

颜童的脸色铁青，陈九仁仍旧安慰地抱着花婆，唯莫多莉面色如常。花婆向莫多莉看来，望了半晌道："傻孩子！为什么不告诉我！你要告诉我，还怕花婆不能给你做主吗，打死那个淫棍！"

莫多莉轻柔一笑，俯上前来，北冥起身给她让出位置。莫多莉小心翼翼地拢着花婆精心装扮过的发梢，替她抚开碎发道："若能伤着您的事，我一字不说。省得让咱娘俩儿心烦，提他作甚。"

花婆嘴角一撇，心酸道："他伤着你没有？"

"他敢！一个手无缚鸡之力的老贼，我剁了他的手！"莫多莉厉声道。

花婆泪眼道："好！好！没伤着你就好！等我到了地底下，定扒了他的皮！"莫多莉听罢，心头一疼，背过脸去。

"枉我一生争强好胜，自命不凡，到头来却是个蠢货……"花婆一息尚存，自怨自艾道，"看不清男人，也识不清女人，还有何脸面当这东菱国礼仪部的总司……真是让人笑掉大牙了……"

"花婆，您别这么说。您那样好，不是这天下任何一个女人能比的！"莫多莉激动道。

"多莉……女人命苦……听花婆一句话，万不能重蹈花婆的覆辙，听见了没有！"最后一句，是花婆毫不收敛的训诫。

"多莉知道！多莉知道！花婆放心！"莫多莉用力道。

"嗯……"花婆合了合眼道，"你比我聪明，比我能干，看上的人，也好，花婆放心。"莫多莉哭得气急，险些仰了过去，忽然一个人俯下身，用胸膛抵住了她。莫多莉缓缓回头，正是颜童。

说着，花婆一口黑血涌出，身子已是疼极了，止不住打摆。

"总司！总司！救救我的花婆！救救我的花婆！"莫多莉扑了上去，只听一声闷哼，陈九仁吐出半口鲜血。"总司……"莫多莉大骇。

花婆倚在陈九仁身上，努力睁开眼睛，看着这个其貌不扬的小老头，嘴角一扁，笑道："是我瞎了眼，负了你。"

"哼，"陈九仁一乐，道，"为了你，什么都值得。"

"哪怕帮那个混账续命？"花婆道。

陈九仁瞪着自己并不明亮的双眼看着花婆道："你知道？"

"我怎么不知道，傻子。"花婆道。

"只要你高兴，都成，"陈九仁硬声道，说话虔诚，"只怪我自己没本事，不能让你高兴。"

"胡说！你本事大着呢！没了你，我这条命，他那条命，早就都断了气。只是我自己混，竟不知道这条命留下来是应该陪你的……"花婆道，"下辈子，下辈子你要不嫌弃，就娶了我。"

陈九仁笑道："傻姑娘，我是得了便宜卖乖，这七年，我与你寸步不离，朝夕相处，本就与那夫妻一模一样啊。"说完，陈九仁已是怆然泪下。

花婆哭笑道："老不正经！"缓缓地，花婆长长呼出了一口气道："这辈子，有你陪着我，护着我，我也甘愿了。下辈子，咱俩做夫妻……"

"好。"陈九仁说罢，把最后一丝灵力顺着花婆的掌心传了过去。随后，二人慢慢合上了眼睛。

"花婆！"莫多莉抱着花婆痛哭起来。

"花婆！总司！"北冥站在一旁，痛呼出声，已是去了半条命。梵音扶着他，抵着他臂膀，不忍再看去。

端镜泊望着天，喃喃道："烂了的样子终归是要舍弃的，幸好，你们几个还不蠢……"跟着嘴角浅勾，闭上了眼睛。

"爸！"端倪痛呼道，心如刀割。

菱都城上下哀寂一片，肃穆无声。

久时，北唐北冥重整精神，往国正厅大殿中央走去。他看着姬世贤和端倪，等那二人到来，三人齐齐站在大殿之上后，只听他振臂一呼道：

"东菱对大荒芜全面开战！"

跟着姬世贤与端倪高声附和："东菱对大荒芜全面开战！"

三人齐喝："东菱对大荒芜全面开战！"

大殿之下，山呼海啸，铁血将士，忠肝义胆，遥相呼应，荡气回肠。北唐北冥看着殿下的战士们，破晓红光映着他们刚毅、坚定的脸，带他重归光明。这一刻，他心潮澎湃、热血沸腾，刚韧不拔、无可动摇道：

"讨伐奸佞！虽远必诛！"

"讨伐奸佞！虽远必诛！"倾城相喝。

他看着满城城民，他们前一刻还骂他是叛将，后一刻已回心转还。北唐北冥不卑不亢，心中只念："哪怕有罪，我辈也当披荆斩棘，勇往直前，重寻光明。"

姬世贤看着百万民众声势浩瀚地拥护着北唐北冥，口中喊着讨伐奸佞的号子，心中一痛，不觉往后退了半步。

北冥低声道："去哪儿？"

"他们拥护的人是你，不是我。"姬世贤道。

"他们从来没有拥护过谁。他们拥护的是安定、平和。"北冥道。姬世贤停下了脚步，看着北唐。

"那帮愚民，刚才还骂他是叛将，拥护个屁。"端倪依旧尖刻道。

"你们……"姬世贤不知他二人何意，只道，"既然知道他们愚不可及，你二人又是作甚？"

"既然知道他们愚不可及，既然知道我与你父妹有深仇大恨，你又为何甘愿留下，违背父愿，坚守东菱？"北冥道。

"我……"姬世贤一时哑言。

"蠢呗！"端倪骂道，"就是还不坏……"

"我们需要一个新的国主，勇敢、坚韧、正义，即便他的民众一时被蒙了眼睛，他也愿意拼死相护，以正光明。"北冥道。姬世贤愣在那里，又看了看端倪。

"别看我，我没兴趣。"端倪道。姬世贤又看了看北冥。"他不行，脑袋一冲就不管不顾了，为了个媳妇都能疯！"端倪讽刺道。

北冥冷笑一声，置若罔闻。

"东菱不可一日无主，军政部静候佳音。"北冥说罢，走下大殿。端倪护送着端镜泊的遗体返回聆讯部。留下姬世贤看着满目疮痍的菱都城，落下泪来。破晓佛光，北唐北冥临走前的话萦绕在姬世贤耳边："你终将带东菱重归正途。"

第一四〇章
弑父

北冥往军政部阵营走去,将士们伤势不轻,却一个个正义益然、斗志高昂。

"主将!主将!"一声声高亢的呼唤此起彼伏。北冥来到木沧身旁,他躺在地上,被看守的战士们层层围住,胸前晕出大片血迹,活不成了。

"你不后悔?"北冥道。周遭的呼喊声随着北冥的话音瞬时安静下去,训练有素。

"不后悔。"木沧目视前方,斩钉截铁道。

北冥凌眉微蹙,深深沉了口气道:"勾结姬菱霄,听从灵魅,窃夺赤金石,背叛军政部,你几乎断送了东菱的活路。"

木沧望着天,苍老的脸上沟壑纵横,那是父亲的脸:"为了汐儿,我有什么后悔!"忽而,他痴笑出声,悻悻道,"赤金石没了,我的汐儿能活命了!"

"那别人的命就不是命?战士们的命就不是命?他们与你有同袍之义那么多年啊!"北冥霍地俯下身,抓着木沧浸满鲜血的衣衫怒吼道。

"那是他们的命,与我何干!"木沧执迷不悟怒回道。

"火隶呢!他是你麾下第一战将铸灵师,为了你和颜童相拼,已经死了!"北冥道,"你带领铸灵师一脉统统背叛军政部,毫无悔意!你该当何罪!混账!"北冥一把推开了木沧,气得胸口气血狂涌。梵音站在一旁心疼不已,却不敢上前。

木沧向躺在不远处的火隶看去,眼眶酸涩道:"为了汐儿,我已经拼尽所有……火隶!我对不住你!兄弟!多谢了!"一句豪言,净是感慨,却无悔意。

"那我父亲呢?"北冥道。

木沧激动的眼神在听到北唐穆仁的名字后猛然一怔!"主将……"他不敢面对,只能在心里默念他的名字。

"拿走他的遗体,换木汐的命,也值了,对吗?"北冥沉声道。木沧别过脸去,没有搭话。"我想,若真能如此,父亲也是愿意的,你不用悔。"木沧听闻,头慢慢回过来些,却不愿抬起。"当年我把镩镰杵还于你,就是盼你念及北唐家与你木家的往日情分,回头是岸。可终究还是我父子无能。"北冥说罢,狠狠攥紧了拳头。

木沧抬起头,看着北冥,木然道:"我对不住主将,是我辜负了他一番厚意,毁了铸灵师与军政部的情义。"

北唐穆仁,那个待他如兄长的大哥终究让木沧心生愧疚。木汐早逝,北唐穆仁常与他做伴,饮酒排忧,两个男人不善言辞,却情意深重。渐缓,木沧垂目对北冥道:"北冥,若汐儿回来,还请你多加照拂。"

北冥听闻,沉默下去。

"不取第五梵音的命,我汐儿终究也能取别人的命回来,不用她的也罢。"木沧道,"只求你看在我与你父亲的情面上,善待汐儿!"

北冥眉头一攒,沉声道:"木汐回不来了。"

"你说什么?"木沧心下一紧道。

北冥道:"亚辛没想帮你。木汐回不来的。"

"你胡说!"木沧猛然抬头,怒视着北冥道,"只不过是要用第五梵音的命换我女儿的命,你才这样胡说!我怎会信你!冷羿害死了我女儿,用他妹妹的命来还已经便宜他了!该死的是他!幸好我已经把他宰了,替汐儿报了仇!"木沧痛快道,"现在我已经说了,我不用第五梵音的命填我女儿的命了!世上任何一个人换我女儿的命都可以!你不用再介怀!我只求你善待汐儿,等她回来帮我多加照拂,别让别人欺负了她也不可以吗?我已经把第五梵音还给你了!"木沧强词夺理。

北冥怒其不争道:"亚辛都已经杀了音儿,他怎会帮你!"

"当然要杀她!不然我汐儿用谁的人身!"木沧激烈道。

"亚辛成人,要用活人当容器,他杀了音儿,怎会是为了帮你!木沧你糊涂啊!"北冥道。

木沧听罢,身子一僵,道:"什么……"

"亚辛从始至终都是骗你的。他答应你让木汐复活,只不过是为了招揽你这个强大的铸灵师帮他成人而已,又让你和国正厅里应外合,窃取赤金石,这才是他的最终目的。"北冥解释道。

木沧精神气一散,瘫在地上喃喃道:"不会的……不会的……"身形潦倒,"那他要主将的遗体干什么!"

"不用我父亲的遗体骗你,你怎会相信他的鬼话,帮他一起杀了梵音!"北冥道。

木沧踉跄在地,脑中飞旋。原来是这样……原来是这样!亚辛让自己误以为用死人当容器便能让木汐复活,于是他奋力帮亚辛杀了第五梵音,而偷取北唐穆仁的尸体只不过是亚辛为了让自己相信的幌子罢了。

北冥看着木沧失魂落魄的样子,不愿再多讲半句。

十七年前,梵音骤然离世,木沧跟着北冥等人去了地球。从那时起,北冥便对木沧起了疑心,把木沧送的铩镰杵转还给他。那是木沧除了女儿,唯一为外人精心打造的冷兵器,不用任何灵力,亦是威力无穷。北冥只愿木沧念着往日情分,善待梵音,谁料还是走到了如今这番田地。

良久,木沧望着苍天忽然大笑了起来,那笑声越来越大、越来越狂,却听不出半分欢愉,只叫人心中发寒,只听他道:"太好了!太好了!我死了!我的汐儿就能活命了!太好了!太好了!"说完,木沧径直望向天空,双脚一蹬,死了。

众人望去,皆是唏嘘不已。北唐北冥看着木沧的尸体静默良久。忽而,他眉头一皱,右手扶向左肩,疼得闷哼一声。

"冥!"梵音跑上前来,扶住北冥。只见他大滴大滴的冷汗落了下来。

"主将……"一个怯懦的声音在一旁响起。钟离被二分部的人扣押了起来。北冥向他看来。钟离已是无颜再对北冥。

"佐领,佐领他什么意思?汐儿……汐儿还能活,对吗?"钟离痴情道。

"押回去吧。"北冥道。

"主将!主将!您告诉我啊!您告诉我啊!"钟离大声呼喊着,渴求着。

"你眼里除了木汐,还有没有我们这帮兄弟!"贺拔赤鲁突然冲上前来,一把抓住钟离吼道。

"主将还不是一样!主将还不是一样!为了副将,主将还不是豁出命去,什么都不顾了!"钟离喊道。

"你怎可和主将相提并论!"贺拔赤鲁狂怒道,"当年副将为了东菱战死沙场,死守赤金石!主将拼命将她救回,你怎可和他二人相提并论!"

"还不都是一样!主将暴走,撕裂空间,东菱险些毁于一旦,不是你我拼死相护,东菱早就毁了,还用等到今天!"钟离激烈道。

"混蛋!"赤鲁一拳打在钟离身上,把他掀翻在地,"为了副将!我们心甘情愿!"

"那我为了汐儿又为何不可!怎的副将的命就比汐儿的金贵吗!"钟离激辩道。

"因为北冥没有通敌叛国!"梵音突然暴怒道,"钟离你可认罪吗!"

"不认!"钟离执迷不悟道。

北冥扶开梵音,对着钟离道:"我北唐北冥犯的错从未想过要抹去,要不是你们一番兄弟相帮,我已是东菱罪人,抵赖不得。今日你这番声讨,我无言以对,终究是我北唐北冥的罪。"

"北冥!"梵音见北冥这番说辞想打断他的话。

"主将!"赤鲁与颜童一同阻止道。

北冥抬手制止了他们,继续道:"若有来日我北唐北冥必为国鞠躬尽瘁、死而后已。"北冥坚韧地看着钟离,"你呢,今日之罪,认吗?残害同袍、通敌叛国,钟离,你认吗!"钟离一怔,胆怯地别过头去,不敢再看北冥。北冥突然厉声喝道:"钟离!看着我!别像个懦夫一样以为能逃得了!我北唐北冥的罪板上钉钉,他日必还!钟离,你呢,怎么还!"

"我只是……我只是想让汐儿活过来……"钟离道。

"那就能通敌叛国吗!冷羿是你说杀就杀的吗!三纵队是你说出卖就出卖的吗!你还是个军人吗!钟离!"北冥抓住钟离的领子质问道,"你明知狼族来袭,却让三纵队只身抵抗狼族,大开国门,你可知三纵队现在还有几人活命!你把兄弟们的命当什么!啊!你说话啊!"说着,北冥已是落下泪来。

半晌,钟离瘫倒在地道:"主将……我错了,主将……我只想让汐儿活命……我只想让汐儿活命……我没想让兄弟们送死……我只想他们把狼族放进来便可……不想,不想他们抵抗的……"

"混账!"北冥把钟离甩在地上,大口喘着粗气。

"我只想让汐儿活命……活命……兄弟们……兄弟们……我错了,我错了。"说罢,钟离已是掩面痛哭,倒地不起。

"带他下去吧。"北冥有些无力道。

"呃!"北冥突然一声苦痛呻吟,身子弯了下去。梵音赶忙扶住了他:"北冥!回军政部!回军政部!"

"冥儿!"一声疾呼,北唐晓风从远处跑了过来。

"妈!"看到多年未见的母亲,北冥激动道。北唐晓风一把抱住了儿子,痛哭起来。"妈!儿子……"北冥咬牙哽咽。

"回军政部!回军政部!"梵音急切但冷静道,命令战士们给北冥让出道路。

"再不治疗,他的胳膊就保不住了。"一个细小的声音从人群中传了过来。

"姐姐……"天阔迟疑道。说话的正是天阔在地球的姐姐天空。天空看了一眼天阔,勉强一笑道:"你还认我这个姐姐吗……弟……"

"您照顾了我十七年,当然是我的姐姐。"天阔认真道。

天空听到天阔如此说来,凄凄一笑:"弟……"

"姐姐。"

"快带北冥回安全的地方,他的胳膊再晚就保不住了。"天空道。

"青山叔!快找青山叔来!白部长!"梵音大声唤着。

"已经叫爸爸来了!他正……"崖雅话音没落,只听不远处一个人大声呼喊道:"崖雅!小音!"

"叔叔!"

"爸!"梵音、崖雅一起喊了出来。崖青山向两个女儿跑了过来。

"灵枢不中用,找蓝朝天来。"只听天空冷冷道。天阔看向天空,天空继续道:"裂簇寒针是蓝宋国的东西,找蓝朝天来,他的胳膊尚有一线希望。"天空说着大步上前,伸手在北冥的左臂上探去。"一、二、三……"天空皱眉数着,"你中了三下!"她不可置信地看着北冥。北冥点头。

"伤你的人好生厉害啊!"天空叹道,"可你怎么还能强行运转左臂!"天空难以置信,忽然,她脸色一怔,扒着北冥的肩膀上前一嗅。"毒!"只见她一脸震惊道,"裂簇上淬了毒!怎么会?快!快找蓝朝天来!"

"老大,借一步说话。"这时赤鲁疾步上前,走到梵音面前唇语道,那意思就是要背着所有人了。

"怎么了?"谁知还没等梵音应声,北冥已开了口。

赤鲁一怔,咬了咬牙,还是说了:"主将……修彦的尸体不见了。"北冥猛然回头,快步赶向修彦倒下的地方,只见被他斩断的巨型狼尾还冲天插在地上,而那原本被北冥插得肠穿肚烂的修彦却不见了。狼尾下只留了一小撮红布条,像是从衣服上扯下来的,它幻形了!

加密山中一行黑衣潜行的人骑在幻影猎豹身上急速前进。幻影猎豹的眼睛已经被戳瞎了,任凭驾驭它的人操控方向和速度。胡妹儿拼命抽打着她座下的猎豹,已经把猎豹的后臀打得血肉模糊,好不容易才赶上最前面的人,生怕掉队。

姬菱霄身前躺着一个人,腹部重伤,穿着军政部的军装,正被带着一齐向前飞奔。连雾和她并驾齐驱,在一行人的最前面,身后是姬仲等国正厅的人。

只听一个好像被捏住嗓子的声音道:"菱霄,你带着她干什么……多可怕……快扔了吧。"胡妹儿哆哆嗦嗦地看着姬菱霄。

"滚一边去!"姬菱霄脱口便骂。胡妹儿一个寒战,落下队伍。

姬仲跟在姬菱霄身后,一路上一言不发,此时上前沉声道:"你真打算好了,去辽地?"

"不然,您以为呢?"姬菱霄反问道,瞥了一眼姬仲继续道,"事到如今,不和狼族、灵魅联手,怎能夺回东菱!"

姬仲沉默不言,许久道:"不该和军政部做对……"

"放屁! 不和他们做对,他们迟早拉你下马,还由得你在这里清闲!"姬菱霄骂道。

"菱霄!"姬仲斥道。

"只怪你自己无用! 既然早就和狼族有了勾结,为何不早早除掉北唐穆仁和军政部一干将帅,把大权揽在你手! 还有花婆,留她这种老妖精干什么! 庸懦!"姬菱霄道。

"都怪你哥哥不中用,扶不上墙! 不然,我早就像九霄戚家一样,大权在握了!"姬仲抱怨道,"岂料,他竟然倒戈了! 混账东西!"

"他不中用,你自己呢! 说到底还不是你自己无能,和哥哥有什么干系!"姬菱霄道。

"事到如今,他叛变国正厅,你还帮他说话?"姬仲气道。

"他留在东菱也好,不至于让军政部独揽大权! 等我们回去了,也好有个照应!"姬菱霄道。不一会儿,她身前那人扭动了一下。

"醒了?"姬菱霄淡淡道。

"为什么救我?"修彦道,此时它已经幻形成人,假扮成了军政部士兵的样子,掩人耳目。可一张颚骨错落,牙尖嘴利的模样,一张口就露了馅儿。

"有用。"姬菱霄道,"你哥在哪儿?"

"你想和修弥联盟。"修彦道。

"难不成和你?"姬菱霄讽刺道。修彦龇出獠牙,姬菱霄不屑一顾。不久之后,修彦安静了下去。

姬菱霄很快带人冲出加密山,来到平原之上。

正午阳光,刺得人眼生疼。姬菱霄讨厌这耀眼的光芒,加快了猎豹的速度。不远处,一个小国出现在平原之上,是胡蔓国。一个少女身穿一袭白纱,脚下无鞋,坐在城门前的石墩上痴痴望着加密山的方向。

忽然,一道利刃划过,割破了少女的喉颈,鲜血喷涌出来。少女惊恐地捂住脖颈倒了下去。一道黑影从她身旁掠过,她甚至没看清来人。

"把你的血放进胡蔓国的河流中!"姬菱霄发狠道。

"你杀了她,要干什么?"修彦道。它看着姬菱霄一刀割断了胡轻轻的血管。

"我要让胡蔓国的人喝光她的血!"姬菱霄咆哮道。修彦不明所以。"快点!"姬菱霄命令道。此时他们已经来到胡蔓国城外的溪流旁,姬菱霄一把将修彦扔了进去,清澈的溪流瞬间被狼血染红了,散发出刺鼻的血腥味。

"他不是宝贝他的第五梵音吗!我倒要看看这曾经救过他性命的痴女因为他死了,他还能不能好好活着!"姬菱霄厉声道。

河水潺潺,流进胡蔓国,狼血渐清,但狼毒已在。不多时,胡蔓国骚乱了起来,大批的城民往城外奔来,他们知道胡轻轻每天都会坐在那里张望。只有她的血能解他们身上的毒。也正是因为这样,胡尔丹一直受国民"拥戴",因为他有一个宝贝女儿能解这世上最烈的毒!他甘愿让女儿为国民付出这绵薄之力,以保他部落首领的位置不倒。

姬菱霄兴奋地回头看去,一切和他"有染"的女人都不能好活!第五梵音不可以!莫多莉不可以!胡轻轻当然也不可以!看见她们死,姬菱霄就痛快了!

胡轻轻痴痴望着加密山的方向,口中默念:"北冥救……"那一声已是默了下去。

夜半时分,姬菱霄率人越过辽地直奔辽界,那才是狼族最终的老巢。穿过腐蚀地时姬菱霄眯眼向后看去。狼族,果然厉害!怪不得它们会让灵魅在此注入黑水,原来是为了得到那样东西!

等到了辽界,这里一片乱象丛生。修罗死了,修彦出征,修弥不知去向,万兽无主,于是开始任意残杀以夺得狼首之位。修彦见状大怒,跃下幻影猎豹,往狼巢跑去。

"母亲呢!母亲!"修彦心中急念。它的母亲正是修罗的续弦,修弥母亲以前的随从,名叫狼侍。它甚至连个像样的名字都没有。但若有狼侍在,狼族不至于像现在这般混乱不堪。

修彦冲进狼巢,只见狼侍身旁围着几十匹狼兽,正是狼侍的贴身随从。一股恶臭血腥味传来,修彦蹙眉冲了过去。只见狼侍身下攒着一团烂肉,是个死胎。狼侍奄奄一息地看着修彦回来,把它唤道身前:"帮……帮你哥繁衍子嗣……不然修罗族就灭了。"说完狼侍便撒手人寰了。

"母亲!"修彦大呼着,没有流下一滴眼泪。

姬菱霄等人站在狼穴外等候。胡妹儿已经吓得浑身发软,靠在国正厅侍从身上,姬仲懒得搭理她。姬菱霄一言不发,等待着修弥的下落。连雾缓缓上前道:"这就是你的计划?"姬菱霄瞥了他一眼,没有回话。

"为什么不杀了北唐?你还是对他有情。"连雾质问道。

"你没资格跟我说话。"姬菱霄冷淡道。

"若不是你心软,我们何苦落到这番田地。"连雾道。

"我不是让你废了他一条胳膊吗,你怎么还没有把他给我带来!"姬菱霄突然怒道。

"我要的是杀了他,不是废他一条胳膊!"连雾回击道,"要不是我灵法出众,现在早就死在他手下了!"

"哼哼!就凭你!"姬菱霄冷笑一声,"就凭你也想杀他!你有那个本事吗!要不是我告诉你攻击他的方法,你连他一条胳膊也伤不了!谁知道你这么不中用!原以为你是东华的儿子能有两把刷子,谁知道,眼看到手的羔羊也没了!你个蠢货!没用的东西!"姬菱霄骂道。

"倘若你一早在裂簇寒针上涂上狼毒,他北唐北冥还有命活吗!"连雾道。

"我要他的命干什么,我要他给我俯首称臣!好好好!北唐北冥,你敬酒不吃吃罚酒!现如今你害我颠沛流离,你生不肯当我的人,那我就让你死后当我的鬼!"姬菱霄颠倒黑白发狂道,"修彦!你哥呢!是不是在大荒芜?"她一个转身,猛地看向刚刚从狼穴出来的修彦。修彦看着姬菱霄阴戾的模样不禁一阵胆寒,生生半晌没说出话来。

此时,大荒芜边界,修弥口中咬着一庞然大物,正是修罗。一天前,北冥等人合力杀死了修罗,修弥拖走了它的尸体,不眠不休地疾驰了一天一夜赶到了大荒芜。修弥停下脚步,狼口一张,放开了被它拖行一路的修罗。

只听修弥淡淡道:"果真,这世上没人能杀得了你。"

只见修弥身前的修罗一阵抖动,活了过来。它躺在地上,半死不活,看着修弥,张口道:"你呢?"

修弥缓缓看向父亲,一字一顿道:"我能。"

"你要弑父?"修罗道。

"你杀了我母亲。"修弥咬紧牙关,说出一句话来。

"你母亲自愿的。"修罗道。

"放屁!"修弥狠道,"是你看我母亲年老,不能繁育,这才杀了它,娶了它身旁的第一侍从,是你和狼侍一同合谋杀了我母亲!我要宰了你!还有它!"

"正是因为你母亲不能繁育,它才让我杀了它,纳狼侍为后替我繁衍子嗣。"修罗道。修弥一口咬在修罗肩头,登时骨穿,修罗疼得身体一挣,扭动了两下倒了下去。修弥狠狠把修罗甩在一旁骂道:"混账!这种鬼话你也说得出口!只不过是想让我饶你一命,竟连狼王的脸面也不要了!"

"我为何要骗你,反正都是一死,我为何不告诉你真相?"修罗道,"你要把我交给亚辛,凑齐四灵石,炼成永灵石,得到神力,化解你我身上这一世诅咒。我为何要骗你?"

修弥一愣,缓缓向修罗走去,居高临下地看着它道:"我不炼了你,难不成等你掉过头来化了我?"

修罗看着它道:"我怎会,我连你母亲都不舍得杀死,怎会舍得杀你?"

修弥冷笑一声道:"你舍不得的是狼侍生下来的那两个杂种,不是我。"看修罗不言,修弥继续道:"修门死了,你为何不拿它的尸体炼成永灵石! 那正是与亚辛交换的绝好时机! 你不舍得! 既然你不舍得它,那你准备牺牲谁……"说罢,修弥一点点低下头去看着修罗的眼睛,近在咫尺。

"我……"修罗虚弱道。

"好伟大啊,你以为你几句鬼话我就能信了你? 做你的鬼梦去吧! 今天你必死在我手上! 我要给我母亲报仇!"修弥说罢,叼着修罗又往前走。

半日,修罗一言不发,好像真的死了一样。眼看到了大荒芜深处,灵魅皆向灵主通传灵王到。修弥慢下了脚步,看着口中的修罗,停了半晌,再次把它放了下来,道:"你怎么不说话?"修罗还是一言不发。

"说话啊。"修弥有些不耐烦道。修罗还是不应,修弥再道"说话啊! 怎么不跟我求饶了! 不留两句话给你那狼后还有修彦了?"

听到修彦的名字,修罗身体艰难地动了一下,道:"善待修彦。"

"凭什么! 我回去第一个杀的就是它! 再来就是狼侍!"修弥发狠道。

"因为它是你妹妹。"修罗道。

"放屁! 我没有兄弟姐妹! 它和修门都是杂种! 都得死!"修弥道。

"对不起,我和你母亲尽力了,却没有给你留下一个兄弟姐妹……现在你唯有修彦一个妹妹,你一定要善待它。"修罗道。

"死到临头,你还是只记挂狼侍生的野种! 我的母亲算什么! 我的母亲算什么!"修弥悲呼道,"它为你生了十二个子女啊! 都死了! 都死了! 唯留我一个! 你就这样抛弃了它! 另觅新欢! 你该死!"

只见修罗一阵抽搐,呜咽起来:"它是我妹妹,也是我最疼爱的妻子啊……"

"你说什么?"修弥忽而瞪大眼睛看着它道。

"弥帝是我的妹妹也是我的妻子,我怎会忍心杀了它,我怎会忍心杀了它……"说到最后修罗低下声去,没了气息。

"你在胡说什么!"修弥一脚蹬翻了修罗,让它仰了过来,质问道,"母亲怎可能是你的妹妹！你在鬼扯什么！"

只听修罗缓声道："修罗一氏继承了弥生骨的血脉，天生神力，无坚不摧，势不可当，造就了我狼族弥天第一杀族无可撼动的地位。弥生骨化成我修罗一脉的狼骨，可无限自愈，长命百岁。但正是因为有了这一身天生神力的骨血，我们遭到了反噬，修罗一族将无后而终！"修罗讲着修罗一氏的命脉，修弥在一旁听得耸起眉骨。凡是继承狼王之位的修族，在登上狼王宝座的那一刻便有了狼王亘古不变的名字——修罗。

"正是因为继承了弥生骨这强大的灵力，修罗一族无法和外戚繁衍结合，任何一个狼族和我们在一起都会因为无法承受修罗族的强大灵力而丧失繁衍子女的能力。渐渐地，修罗一族衰落下去，狼嗣也越来越少。近百年前，我修罗一族仅剩十匹狼兽。万般无奈之下，我们只得和自己的兄弟姐妹结合，生下狼子，以保血脉延续。弥帝正是我的亲妹妹，也是修罗一族最后一个女孩，我对它疼爱有加，哪里舍得伤它半分。可它知道家族血脉危在旦夕，才拼命为我产下十二匹幼子。又因为我和她是亲兄妹的关系，我们的子嗣越发难以存活，最终只留下了你一个。你知道你母亲看见你平安出生后有多开心吗，它抱着你在怀里哭了三天三夜，对着烈日高呼，说你将成为这弥天大陆之上最凶悍的狼王。

"于是，在你降生的那一刻，我就对狼族万兽宣告，你是与我齐名的狼王，我们不分高下，并驾齐驱，继承修罗之名。"

修罗一口气说了这许多，声音渐渐低了下去，修弥在一旁听着，心中辗转，不知如何。

"然而你母亲由于生子之累，身体渐渐垮了下去，它要在临死前为你铲平所有阻碍你道路的人。这时人类崖青山进入了它的视线。原本一个灵枢也不算什么，可你母亲得知崖青山研究出了抵抗狼毒的药物，这是它所不允许的。

"于是我们通过姬仲，跟踪裴析，找到了崖青山的下落。本想着除掉一个臭虫不费吹灰之力，然而你母亲一时大意，着了他的道，中了他的毒。崖青山趁机跑了，我因怕你母亲出事便再未追赶。就在我们返回辽界不久，你母亲病重，已知自己命不久矣。它临走前让我把它交给亚辛，炼成灵石。那时还没有人知道我们修罗一族弥生骨的身份，亚辛也不知道。"修罗给修弥讲述着它和弥帝的过往。

弥帝想让亚辛把它炼成灵石，给它的第一侍从狼侍服下，为的就是让狼侍得到它的灵力，继承狼王后位，替修罗繁衍子嗣，可如此做法必会引起亚辛怀疑。当时狼族只剩修罗和修弥两个修氏狼族，即便它们再厉害也抵不过灵魅大军。弥帝必须想出个万全之策掩人耳目，不仅要让亚辛相信，更要让成千上万的狼兽相信。

于是,它让修罗和狼侍一起杀了它,只有这样,狼族和亚辛才能相信修罗是为了另觅新欢,狼侍是为了王后之位,才合谋杀死了弥帝,不会有人疑心到弥生骨这个秘密上。

在那之后,修罗带着弥帝的尸体来到大荒芜,承诺亚辛狼族是他对抗人类坚实的盟友,并且为了让亚辛毫无疑心,告诉了亚辛它准备让狼侍吞食由弥帝炼成的灵石,以扩充灵力,为它繁衍子嗣。

亚辛见修罗如此心狠,又告诉了自己修罗子嗣不继的秘密,于是便相信了它,替它炼了弥帝。随后,狼侍吞服了由弥帝炼成的灵石,吸纳灵力,为修罗顺利产下修门和修彦二子。而修罗杀妻、狼侍弑主的"事实"也就此在辽界传开了。

修罗说完这一切,长长呼了一口气,心愿已了。它对修弥道:"弥生骨的秘密,只有你知道,修门、修彦两兄妹是不知道的。"

"若一切真如你所说,那当年修门死了,你为何将它的尸体交与亚辛炼成永灵石?"修弥道。

"因为它是我的儿子,是弥帝牺牲自己为我换来的儿子,我怎能负了它的心愿。"修罗道。

修弥听完,半响说不出话来。

"把我交给亚辛,让他炼成永灵石后分你一半。到时候你吸纳了永灵石的灵力,自然可以化解弥生骨的毒咒。"修罗道。

"为什么这样对我?"修弥喃喃道。

"因为你是我的儿子,你是我和弥帝唯一的儿子!我要看着你成为这弥天大陆之上最凶悍的狼王!"修罗威严道。

修弥看着父亲,动摇了。

"不许退!"只听修罗大喝一声,止住了修弥的想法,"不许逆了你母亲的心愿!"修弥听完,两行灼泪落下,在地上烧出百尺深坑。它向前一拱,把修罗稳稳地扛在了背上,向大荒芜深处走去。

第一四一章
太叔公反叛

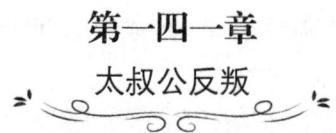

清晨,梵音安静地趴在北冥床边,伸出手,搂住他的腰。一阵轻动后,北冥醒了。梵音立马起身向北冥看去。不一会儿,北冥慢慢睁开了眼睛,转了转,看见了梵音。

"冥,你醒了?"梵音柔声道,生怕吵到他。

只听北冥发出了一声沉重的回应:"嗯。"显然是太累了。

"我去给你拿点水喝,你等我啊。"梵音依旧温柔道。

北冥欲动,想拦住梵音,不让她操劳。可就在他动作的一瞬间,他的身体僵住了。梵音发觉,轻声在他耳边唤道:"冥……"可话刚出口,她便不知该怎样说了。只用一双小手轻轻抚在北冥肩头,问道:"疼吗?"

北冥缓了半晌道:"不疼。"

"嗯……"梵音哽咽应着,没有落泪。

"她呢?"北冥道。

"活着,你放心。"梵音道。

"嗯。"北冥应道,随即合上了眼睛。

梵音见他再次睡去,半天才敢轻轻离了他身旁,走到桌边,为他倒一杯温水。可水倒了一半,梵音便落下泪来,眼泪滴到了杯子里,泛起涟漪。她不敢出声,便用手捂住了嘴。这时,一个有力的臂膀从她身后环住了她,在她耳边轻声道:"我没事,音儿。"

梵音猛地提气,捂住嘴巴,哭了出来。另一只手紧紧抓住北冥右臂,靠了上去。

几日后,北冥的身体逐渐复原,开始主持军政部事宜。

端倪接手了狱司和聆讯部,姬世贤挑起国正厅大梁。两人很快找出了藏在连雾和姬仲手中的罪证。连雾谋杀管赫，篡夺狱司司长一职；姬仲谋杀叶有信，勾结狼族，斩断当年北唐穆仁北上讨伐大荒芜时的讯号，拖垮他的军事部署等，一项项罪证昭然若揭。

姬世贤更是在国正厅搜出了大量的枯叶蝶。原来狼族早就开始反向监视国正厅的一举一动，而姬仲与狼族里应外合，不惜放弃赤金石也要绞杀以北唐北冥为首的军政部一干人等，从而稳固他一国之首的地位。姬世贤痛心疾首，但仍以大局为重，把一切原委坦诚地告知北唐北冥。

几番商讨，北唐北冥重启三国联手攻打大荒芜对抗狼族的计划。这一日，北冥在军政部长桌会议室上发问："雷落那边情况怎么样？"

第五梵音面色凝重，她早在北冥养伤期间联络过雷落。自梵音重返弥天大陆，被困大荒芜后，事情接二连三层出不穷，导致她一时间分身乏术。但就在东菱战乱结束后，梵音第一时间与雷落取得了联系。此时北冥问起，也不是因为他才想起雷落，而是因为东菱一片混乱，他又有伤在身，应接不暇。

只听梵音语气沉重道："太叔公率西番军政部反叛了。现已带大部投奔亚辛，西番留守兵力不足十分之一。"在座众人听闻皆是震惊。

军政部会议室灯火通明，众指挥官十天十夜不眠不休，密切关注狼族与大荒芜的动向。夜雨夫妇守在军政部十几日了，加起来见到梵音的次数不过三次。

此时他们又在会议室前踱步，想着梵音什么时候能出来休息一会儿。夜昼站在走廊尽头踌躇良久，最后默不作声地离开了。崖雅得知了龙三三的死讯，悲伤过度，一连在家待了十日都未出门。崖青山和天阔轮流陪伴她，寸步不离。

军政部没有刻意为难天空夫妇，在他们参与救治北冥后，便让他们离开了。就在天空与景阳准备离开东菱时，却被蓝朝天拦下。原来天空本名蓝天空，是蓝朝天的亲妹妹，只因年少莽撞，刁蛮成性，早早离开了蓝宋国，独自在外闯荡。

蓝天空修习了一身大巫正宗本领，亦有手段毒辣之术，后被亚辛囚禁，又到地球生活，与兄长蓝朝天足有二十多年未见。

那一日，天空看了一眼北冥伤势，便知是裂簇寒针所为，当下唤了蓝朝天来。裂簇寒针乃蓝宋国顶级暗器，银针比发丝还细十倍不止，使得灵能者单凭一己之力绝难发现裂簇寒针的射杀轨迹。

正因如此，蓝宋国的裂簇寒针之上从不涂毒，因为任何一丝多余的点缀都将成为裂簇寒针的累赘，使它失去最锋利的杀伤力，而且涂毒会直接缩短裂簇寒针的使用寿命。如此金贵上乘的暗杀武器，打造者和使用者必然会心知肚明其中关窍，将其威力发挥到最大。

然而那天，天空一眼便看出射杀北冥的裂簇之上涂有剧毒。当下她便断定，射杀北冥之人定是要用尽浑身解数取他性命，即便废了这价值千金的裂簇寒针，也务必求得一击命中。

然而那毒虽狠，却不是普天之下最狠的狠毒。蓝天空看着北冥的伤势，心中陡然一震："姬菱霄，当真是狠毒至极！她是要废了北冥手臂，却不取他性命……为什么呢？当真是要北唐北冥做她的阶下囚才甘心？"

蓝天空想到姬菱霄的种种手段，不禁不寒而栗！她要逃出东菱，逃出姬菱霄的控制范围。可就在临走前，蓝朝天拦住了她。兄妹俩从小少言寡语，可现如今，蓝宋人在东菱避难，国正厅又大势已去，人灵大战即将开始，蓝朝天必须找到新靠山。而目前来看，东菱军政部就是他们蓝宋最后的靠山。蓝朝天自当全力以赴救治北唐北冥。

不仅如此，蓝宋国已毁，狼族猖獗，蓝朝天历经艰难才与失散多年的妹妹重逢。现下，他们是万不能再离散了。最后，天空终于听了蓝朝天的劝，与哥哥一同留在了东菱。

此时，北冥在军政部接通了与雷落的影画屏，上来一句便问道："怎么样？"

只听雷落重声道："死不了！"

这一来一回，倒像是兄弟间的问候了。

一个月前，北冥等人从地球返回弥天大陆，雷落因九百昆儿受伤，先行一步脱离时空隧道，返回弥天。

雷落抱着被天空暗算中毒的九百昆儿冲出时空隧道，一袭厉风刮过，把雷落带到了西番国边界。此时九百昆儿已浑身黑紫，不省人事。

"昆儿！昆儿！"雷落大叫着九百昆儿的名字，吓得六神无主。"雷兽！带我们回九都！"谁知，雷落唤完雷兽后，半天不见雷兽应声。雷落急忙向雷兽看去。只见雷兽浮在半空，奄奄一息，身上偶尔蹿着蓝色火苗。

原来，他们三个刚才从时空隧道冲出被乱流袭击时，雷落一心只在九百昆儿身上，忘了身处险境，雷兽便展开雷电防御，带着雷落冲出时空乱流，回到西番边境，此时已是灵力衰减，再难发力。

雷落见状一把揽过雷兽，把它放在衣服口袋里，让它休息，自己则抱着九百昆儿全力往九都城赶去。那里有最好的灵枢，定能救好九百昆儿。雷落发力狂奔，灵力全开，一跃千里，三小时后已行至九都城边境。

只听他大声道:"昆儿!你坚持一下!我们马上到家了!"然而躺在他怀里的九百昆儿一动不动,身子冰凉,分量一点点重了起来。雷落坚实的手臂一抖,低头向九百昆儿看去。只见她双眸紧闭,嘴唇紧合,身上已经黑得像墨。

大滴大滴滚烫的泪水从雷落眼眶里砸下,他毫无知觉,只会一味恍惚喊道:"昆儿!昆儿!你醒醒!我们到家了!"泪水流进九百昆儿嘴里,又苦又涩。忽然,九百昆儿好像动了一下。

"昆儿!"雷落大惊,抱着九百昆儿直直向她看去。半响,只见她口中微微呼出一阵气流。雷落大喜,喊道:"昆儿!咱们马上到家!你坚持一下!"

话落,雷落欲抱着昆儿再赶路。谁知,雷落这一发力,灵力暴涨,激得九百昆儿一声痛苦呜咽咕哝而出。雷落登时停下,急向昆儿看去。只见她神情痛苦难耐,在他怀中艰难蠕动着。

"昆儿!你怎么了?"雷落大声道。他不准备再等,眼看就要进城了,雷落再一次灵力全开,冲九都城奔去。

可就在他灵力溢出的那一刻,九百昆儿又痛苦出声。一声呻吟,瞬间让雷落整个心都揪住了。"昆儿!"他不敢再动。

只见,一丝丝紫色灵浪从九百昆儿体内慢慢渗出,雷落见状大哭出声:"昆儿!"这正是灵丧之迹。

雷落不敢再调动灵力,单凭脚力往九都城跑去。但他每颠簸一下,九百昆儿的痛楚就增加一分。直到最后,雷落一动也不敢再动了,九百昆儿的痛楚越发不可忍耐,四肢挣扎窜动。

"昆儿!都是我害了你!昆儿!都是我害了你!"雷落抱着昆儿痛哭道。忽然,一声分筋错骨之音猛然撞进雷落耳朵,他只觉自己的心就此随着九百昆儿的痛楚破得粉碎。他死死抱着昆儿,呼吸已滞,面色铁青。

一阵热浪从雷落胸口传来,他失魂间向九百看去,只见一团紫色灵浪从九百昆儿的胸口处慢慢涌出,越来越强。雷落定睛看去,忽然发现九百昆儿的脸有了变化。一丝温暖漫上她的身体,九百昆儿变得绵软起来。

"昆儿!"雷落大呼,往昆儿脸颊额头抚去。脸颊方才还是冰凉的,现在已是热得烫手。紧接着,昆儿的脸漫上红晕,黑色被一点点驱散开来。她的眼睛还是紧闭的。雷落马上攥住她的小手,用力喊道:"昆儿!昆儿!你醒醒!"

忽然,雷落觉得手中有异,他急忙向掌心看去。原本五六岁娃娃的小手,此时慢慢变得纤长起来。雷落一惊,又往昆儿脸上看去。这一看,他倒恍惚了,似乎未有什么变化,可再看,九百昆儿原本稚嫩圆滚的小脸,此时慢慢变得分明起来。

"到底是哪里不对!"雷落心中大惑。他又往昆儿肩膀扶去。这一扶,雷落登时一愣,那显然不是一个孩童的骨骼,九百昆儿的骨骼变大了!

雷落愣了半晌,突然大叫:"昆儿!你到底怎么了?"他急得六神无主,上蹿下跳。雷兽被惊醒了,从雷落的衣兜里蹿了出来,跑到九百昆儿面前看了又看。

忽然,雷兽惊慌地对雷落拼命摆动。雷落一脸紧张,不明其意。雷兽急得原地打转,倏地飞到雷落面前,蓝色雷火从身上哧哧冒出。

它在空中急速翻滚起来。只见几道蓝色轨迹出现在半空,雷落喃喃念着:"十五。"雷落愣在原地,突然,他大叫一声:"十五!今天是昆儿十五岁生日?"雷兽在空中拼命点头。

"不对啊,昆儿生日在十天后啊……"雷落脑子发蒙,忽然,他又是一怔,道,"我们在地球待了刚好十天!所以……所以……"雷落猛然朝昆儿看去,"今天是昆儿十五岁浴火重生、涅槃成凰的日子!"一句话落,一声沉重的呼喊从九百昆儿身体中迸发而出。

只见九百昆儿灵力暴涨,肆意蔓延,身体骨骼开始急速增长。她痛苦地扭动着,睁不开眼。紫色灵浪滚滚而出。雷落指天一挥,一层防御结界落天而下,把他们三个稳稳罩在里面。再回九都国正厅已是来不及了,九百昆儿即将在这里涅槃成凰。

雷落想把昆儿放在地上,让她躺平。可他还未松手,昆儿已是浑身打摆。雷落不敢再动,脱了外套裹住昆儿,紧紧地把她抱在怀里。有了雷落的力量,昆儿的挣扎不再那样激烈,得到了控制,她似乎舒服了些。

结界空间里,雷落已是汗流浃背,九百昆儿的挣动让他一刻不能放松。紫色灵浪像是灼热的海,疯狂冲击着结界边缘。

雷落从未想过九百家的灵力竟这样扎实。九百金辉体弱,平日里全不像个国主的样子,西番国似乎都是太叔公领导的军政部一手支撑。听说每到九百家的女儿十五岁浴火重生之日,国正厅都会戒备森严,重兵把守。九百族人统统全力以赴,固住这西番国的掌上明珠。前有九百斜月,后有九百昆儿。只是外人从未踏足,并不知道九百家的正统血脉竟是这般强大。这次他算是领教了。

半日后,九百昆儿状况渐稳,一身的巫毒也在她强大的灵力下被驱逐。

夜深,雷落终于能松一口气。他用衣服好好裹紧九百昆儿,免得她见风生病。见九百昆儿昏睡,雷落的心终于放下半颗。他悄声抱起昆儿,往九都城走去,步伐轻稳,再不像之前那般惊慌颠簸。

忽然,一阵躁动传来。雷落稳住了脚步,侧耳倾听。只听一袭窸窸窣窣的声音从城外军政部营帐传来,向城外九都山方向赶去。

"夜半行军？干什么？"雷落心中起疑，把衣服往九百昆儿头顶拉了拉，捂了个严实。到了城门下，眼看城门大开，却无一个士兵把守。

"祁门！怎么回事！守城士兵呢！"雷落发出号令。然而半晌也不见祁门回应。这时城门内传来响动。

"什么味道？好香啊。"一个奸邪的声音道。

"是啊，好像在城门外！好香啊！鬼爷，咱们去看看？"一个殷勤的声音道。

"快点！快带我们去！"又一个尖细的声音催促道，"快点！"

这时，方才说要领路的声音静了下来，跟着又上来几个人。夜黑风高，原本繁华无眠的九都城今日竟一盏明灯也没亮起，漆黑一片。只见几个人影从城门外探出脑袋，抻长着脖子使劲嗅着，一个人木讷道："好香啊……女人……是女人……"

众人一听，愣了，紧接着贪婪不可抑制的口水从一行人口中流了下来，像一群行尸走肉一般往前挪步。

"女人？女人在哪儿？没想到咱这么幸运，刚变成人，就能动女人了！"刚才被称为鬼爷的两个人在一行人后大笑着，声音尖得能刺破人耳。"刚才还说主子没咱们去拿灵石，在这里守门是个窝囊事呢，谁承想，是个美差！你们给我快点，让我看看女人在哪里！"说着，两个鬼爷朝前面一行人踹了一脚。

三五个人倒了，扑哧一下跪在地上，摔了个狗吃屎。当他们再抬头时，只见身前立了座大山。一袭暗紫劲装，银瀑飞流，军政部副将的肩章熠熠生辉。雷落目不斜视地看着前方那颠倒歪斜而来的一群人，他们无一不是身着西番军政部军装。最后面的两个，嘴脸扭曲，用力说着人话。

"女人……我要女人……"忽然，雷落脚下跪倒的一人冲他扑了过来。嚓！一道蓝电，那人身首异处。

"女人！女人！"躁动的喧闹声此起彼伏，他们一拥而上。雷落脸色森白，手起刀落，毫不留情，眨眼间，他身前多了二十几具尸体。还没等最后那两个"鬼爷"反应，倏！一袭蓝闪划过，黑灵鬼徒从附着的人身上逃出，下一刻便灰飞烟灭。

此时，九都国正厅前，血流成河。只听一个强壮有力的声音道："祁门，你快让开，我无意取你性命。"

忽而，一声冷笑起："少废话！"祁门一身重伤，胸口淌着血。

"你要当国正厅的走狗，背叛军政部？"那人怒声道。

"放屁！你才是走狗！战斧！"祁门喝道。战斧，正是和祁门喊话之人，西番军政部一分部部长。

只见战斧身形魁梧,浓眉虎瞳,四十岁上下,看着祁门道:"你让开,今日没你的事,我要替副将报仇。"

"副将活得好好的,你报什么仇!战斧,拿上你们要的东西赶紧走!"祁门厉声道。

"你知道了……"战斧的声音低沉下去。

"西番美人面,既然主将已经拿到了他想要的东西,为何还来国正厅寻事?"祁门道。

战斧的眼睛虚掩下去:"我的副将早就死了……我要为副将报仇……"他看着祁门,半晌道,"雷落是你祁门的副将,不是我的!我战斧的副将只有太叔玄副将一人!今日我就要为他报仇!"

"太叔玄副将是被灵魅所害,与国正厅何干!"祁门道。

"你个黄口小儿懂个屁!"战斧骂道,"要不是当年九百斜月抛弃了我们副将,太叔玄副将何以被灵魅所害!全是因为副将一心想探望九百斜月那个贱人过得好不好,只身上路,这才中了灵魅的伏击,被害身亡!一切都是因为九百斜月!"

"既然如此,你为何不汇报主将,让主将为太叔玄副将报仇?"祁门道。

"因为我们副将又回来了!"战斧忽然眼冒金光道。

"那是假的!那人是灵魅幻形的!"祁门道。

"闭嘴!"战斧呵斥道,"你到底让还是不让!"

"不让!"祁门道。

"为何!是谁让你守国正厅的?九百金辉?"战斧问道。

"不守的话,副将回来,我没法和副将交代。"祁门道。

"雷落……"战斧若有所思道,随即,脸上露出一副鄙夷的笑愤愤道,"我早就知道雷落一早和国正厅勾结,攀龙附凤,对军政部有不臣之心!只怪老主将不听我的!"

"你知道个屁!叛贼!"祁门嚎声骂道。

战斧眉眼一立,全速杀了过来:"看来留你也无用了,都是雷落的走狗!和我太叔公家的军政部半点关系都没有!去死吧!"

祁门已和西番军政部各部连战数个小时,刚刚才从美人泉撤了下来,转防国正厅。他的二分部损失惨重。雷落的亲军被他按在兵营里,一动不动。他不能让雷落的亲军反了太叔公,断了父子之情。祁门只能一人一部苦苦坚守。

"反贼!"祁门大骂道,迎击而上。

噗!一片暴血喷涌。战斧杀过来的刀停在了祁门胸口前的半寸距离,祁门的身子倒了下去。他以为自己死定了,可膝盖还没着地,身子却被稳稳地架了起来。战斧双眸怒睁,倒了下去,死了。

祁门霍地回头,只见雷落正一脸凶神恶煞地盯着躺在地上的战斧,战斧亦恶狠狠地盯着他。

"副……副将……"祁门结巴道。雷落还在气头上,没有回应,祁门再道:"副……副将……你回来了……"雷落还是不语。

祁门转头朝战斧看去,怯生生道:"副将,你把战斧杀了……他,他可是主将的心腹……他……"

"他敢伤我兄弟,必死无疑!"雷落狠道。

祁门白净又略带几分可爱的脸一怔,跟着嘴角一抖,哗的一下抱住雷落,大哭道:"副将!你可回来了!我以为我死定了!"说着,祁门哇一下又哭了出来。

"哎呀!哎呀!大小伙子哭什么!出息!"雷落终于被祁门的哭声从愤怒中拽了回来,一脸嫌弃道。

"我差点死了啊,副将!我的妈呀!吓死我了!"祁门继续呜呜道。

"老爹呢……"雷落话锋一转,严肃道。

祁门神情顿收,道:"属下该死,无力拦住主将,主将带着军政部半数人马撤去了美人面,和一个样貌酷似太叔玄副将的人离开了西番,下落不明。"

"亚辛!"雷落攥紧了拳头发狠道。这时,国正厅中战斧的人马已被雷落调遣来的亲军统统拿下了。

只听下面的俘虏大吼道:"叛贼!雷落!叛贼!雷落!背叛太叔公主将,你不得好死!背叛主将,你不得好死!"

祁门向雷落看来,只见雷落剑眉一横道:"再有造次,杀无赦!"

祁门默默垂下头道:"副将,我做得对吗……"祁门对雷落的忠心毋庸置疑,他为了雷落宁愿只身率领部下反抗太叔公,可他此刻彷徨了。

"你为何要守国正厅?"雷落道。

"您和昆儿大小姐那样要好,若大小姐家里出了什么事情,等您回来,我怎么跟您交代?"祁门诚实道。

"你为何要守美人面?"雷落道。

"那是西番的东西,我觉得,别人不能拿走……"祁门含糊道,"可我背叛了军政部,背叛了主将……我……"

"但你没有叛国!"雷落忽而一声坚定道,震醒了正在难过的祁门。

"军政部也好,美人面也好,国正厅也罢,都没有权力令国土动摇!祁门,你现在保护的不是美人面,也不是国正厅,你保护的是生你养你的西番国!世上没有任何一个人可以在我们的国土上撒野!哪怕是军政部主将,哪怕是一国之主,都不能妄动国之一分一毫!

"西番国是属于西番人的,面对在这片土地上巧取豪夺、奸淫掳掠的,我们身为守护国家的军人,定当义不容辞、一马当先、奋勇杀敌、抵抗外敌!所以,祁门,今日之战你没错,你是西番国最忠诚的军人!我雷落因有你这样的兄弟而感到无比自豪!"话落,雷落重重的一掌拍在了祁门身上。

祁门险些被拍得咳出血来。随后他难为情地看着雷落,挠了挠后脑勺道:"谢谢您,副将,其实我也没您说的那么好。"片刻,祁门郑重道,"副将!能成为您的部下,乃祁门今生大幸!"

雷落笑着,用力捏了捏他的肩膀,嚎声道:"是个爷们儿!"

之后,雷落连夜命他的副将亲军收拾了九都城残局。他把九百昆儿送回九百金辉手中,又赶去查看美人面的下落。

美人泉被凿毁得一片狼藉,破败不堪,水流殆尽,露出空空的湖底。藏在湖下的美人面不翼而飞,就好像被挖了心的美人一样,令人心碎。

雷落不眠不休,安顿好大批伤兵和祁门,让其养伤。虽然祁门精神亢奋,一再坚持要与雷落共事,可雷落坚决拒绝了。他连夜调遣他的亲军指挥官雄霸回都。先前雄霸镇守九都东北方,非召从不回都。这次叛乱,雄霸获悉军情本要参战,可强行被祁门压下。

现在雄霸看祁门如此重伤,捶胸顿足,呼天抢地要为兄弟报仇,被雷落斥责。西番当务之急是要查出太叔公反叛的来龙去脉,更要估算太叔公的下一步动作,以免生出更大的祸端。

雷落八日不眠不休,后与梵音取得联系,这才全力以赴安心追查西番之事。

八日前,正是雷落打通时空隧道,赶往地球与梵音会合的日子,也正是太叔公反叛当日。照此说来,太叔公反叛之心已久,正是要趁雷落不在之时采取行动。

第八天深夜,雷落遣各指挥官回去休息,自己一人靠在会议室的高椅上,久久不能入眠。

第九日,雷落清早赶往国正厅,他要知道国正厅的状况。一旦西番和大荒芜开战,面对的将不只是以亚辛为首的灵魅一族,还有太叔公带走的军政部重兵。若太叔公真有了反叛之心,西番国到时候不要说攻打大荒芜,就连守城都是难事。雷落要和国正厅达成一致,共同抗敌,保卫西番。然而此时的国正厅九百一族犹如惊弓之鸟,是否愿意听他的建议,还是未知之数。

雷落在国正厅外等候良久,九百金辉方才传他进去。听了雷落一番中肯之言,九百金辉心中有了打算。此时的军政部兵力严重亏损,雷落必要联合国正厅共同抗敌,而想拿到这最终的指挥权,雷落需要得到九百金辉的同意。

"还请国主三思,我且先回军政部等待您的消息。"雷落道。

九百金辉看着眼前这个既是外族人,又是太叔公一手培养的义子。可以说,太叔公对雷落义薄云天,更有再造之恩。单凭雷落一席听上去精忠报国的话,九百金辉又怎能轻易相信,毕竟九百家的东西可不止美人面这一块灵石。九百金辉沉默了。雷落见状起身恭敬一礼,欲要离开。可就在他准备转身离开时,顿住了,雷落鼓足勇气道:"国主,昆儿现在是否安好?"

九百金辉原本靠在软椅上的身子在听到雷落这番询问后,渐渐坐直了起来。他平静地看着雷落,一言不发。雷落见状,又道:"昆儿现在可好?"

"你关心她?"九百金辉道。

"是。"雷落道。

"不用雷副将费心了,我自己的女儿自己照顾,是死是活是她的事,雷副将今后不用过问了。"九百金辉淡淡道。

"昆儿不好吗?"雷落听罢有些心急,蹙起眉来。

九百金辉的淡眉也渐渐皱了起来:"管好你的青梅竹马,别人家的事,雷副将勿要再问。"

雷落一惊,不知道九百金辉是什么意思。他一心只想着九百昆儿是否安好,狼毒解了吗,身子好了吗,未想其他。九百金辉这样说来,他不免心急,脱口而出道:"昆儿怎么了?不好吗?我去看看她!"

九百金辉沉吟了半晌,默默提了一口气,道:"跟我到后殿来。"

第一四二章
雷落与昆儿

雷落二话不说,急忙跟了上去。九百金辉的步速太慢了,雷落在他身后跟着心急,忍不住道:"昆儿在她房间吗？我自己过去便可,您不用领路了。"

九百金辉一怔,回过头来,道:"你知道昆儿的房间？"说话间,他的脸已是冷了下去。可雷落全无察觉,道:"不知道,但应该在后面吧,穿过国正厅后花园,我往殿后找应该很快能找到。我能感觉到昆儿的灵力。"国正厅大小姐的闺房岂是外人随便能去的,但此时的雷落已没有心思想这些礼数之事了。

九百金辉顿了大半晌道:"在后面,你去吧。"

雷落得允,二话不说,飞也似的冲了过去。果然不出他所料,找到九百昆儿的房间,他不费吹灰之力。就在他要推门而入时,手下的动作突然停住了。雷落伫立在昆儿房门前,缓了缓焦躁的情绪,抬手轻叩房门,低声道:"昆儿,你在吗？"

雷落打起精神听着房门内的动静,然而过了半天也不见有人回应。雷落又道:"昆儿,你在吗？我来看你了。"说完,又是过了许久,无人应声。雷落有些着急了,敲门的声音也略大了些,道:"昆儿,你在吗？我是雷落。你好点了吗？我想进去看看你,可以吗？"

雷落说完,周围再次安静了下去,连个路过的女仆都没有。偌大的国正厅仿佛就雷落一个人。雷落的呼吸越发沉重,就在这时,房门内传来一个娇小低沉的声音:"进来吧。"是九百昆儿。雷落听闻,毫不犹豫,推门而入,大声道:"昆儿！你没事吧？"

九百昆儿华丽的闺房宽敞而明亮,鹅黄色的装扮让整个房间看上去温暖又可爱。落地的青纱帐被风吹得老高,挡住了后面的人。

"昆儿？你怎么了？站在那儿干吗？"雷落一眼找到了昆儿的身影。那声音在听到雷落的询问后身形一顿，随后慢慢从青纱帐后走了出来。雷落看见昆儿，大喜，道："昆儿！你身体好了吗？复原了吗？还疼吗？狼毒解了吗？"一连串的发问没有任何停顿。雷落瞪着眼，看着面前的九百昆儿，毫不回避。

九百昆儿站在那里，遥遥看着雷落，听着他几句不痛不痒的问候，心落了下来。

"昆儿？怎么了？你怎么不说话啊？"雷落见昆儿不开口，心里又急了，往前走了两步。

"站住！"昆儿突然发号施令，"你来干什么？"雷落吓了一跳，登时立住。

"我？我来看你啊！"雷落一怔，跟着理直气壮地回道。

"看到了。"说话间，昆儿若隐若现，飘忽不定，雷落甚至不能确定自己在跟昆儿说话。"看到了，回去吧。"昆儿再道，身子已是往回退去。

雷落愣在那里，半晌道："昆儿！"昆儿听见他的叫喊，停住了，眼睛却没有看他。"你，你身子好了吗？狼毒，狼毒解了吗？"雷落不知为何，突然变得不敢跟昆儿大呼小喝、直来直去地讲话了，不知不觉变得有些小心。

"跟你无关。"昆儿冷言道，转身往房内走去。

"昆儿！"雷落突然急了，往前急走两步，想要追上去。

"站住！"九百昆儿猛然回头，大声喝道。雷落登时立在当下。九百昆儿眼中射出怨恨的光，狠狠看着雷落。雷落不明所以，茫然道："怎，怎么了，昆儿？我怎么了？"像个不知所措的孩子。

九百昆儿看着他，突然身形一哀，默默垂下泪来，道："我不想看见你，你走。"

雷落的心咣当一下掉在地上，道："昆，昆儿，我怎么了？我做错什么了？"忽然，雷落恍然道，"啊！啊！是我不对！是我不好！我不该带你去地球一起找小音，害你受伤中毒，是我不好！我跟你认错，赔罪！我以后再也不带你冒险了！你别生气了！"

"滚！"九百昆儿突然大声喝了出来，双拳紧握，身子止不住颤抖。

雷落见状彻底慌了，急道："昆儿！你怎么了！你哪里不舒服吗？灵枢！灵枢！我这就给你找灵枢过来！"

"我让你给我滚，你没听见吗！给我滚！我的事不用你管！我的事以后统统不用你管！滚！"昆儿咆哮道。

雷落愣在那里，道："怎，怎么了？为，为什么啊？"

昆儿看见雷落一脸茫然不知的蠢相，顿时怒火中烧，冲上来骂道："你要管我什么！你想管我什么！你会管我什么！啊？"雷落被昆儿喊蒙了，不知如何回答。"说话呀！你想管我什么！这些天,你死哪儿去了？你想过来看看我吗？啊？既然你早就忘了我这个人,现在又过来干什么！看我怎么死的吗,还是活没活！"

"我……我……"雷落被昆儿逼得连连后退。

"你是想让我死,还是想让我活啊？"昆儿眼神突然一阵阴戾,期期艾艾道。

"我……我……我这些天忙着军政部的事,所以,所以一时没得空来看你。"雷落老实巴交道。

昆儿听罢,突然一阵冷笑道："军政部……第五梵音……太叔公……哪个都比我重要,哪个都比我重要。连我这条命……都比不上他们。"昆儿垂着头,半晌抬了起来,对着雷落道,"我还活着,你找我还有别的事吗？"

雷落呆呆地看着昆儿,结巴道："没,没了。"

昆儿的脸冷了下去。雷落看着她有些害怕,又往后退了一步,小声道："既然你没事了,那我就先回去了,部里还有很多事。"昆儿不答,雷落停了一会儿,转身离开。

九百昆儿看着雷落"绝情"的背影,心中愤恨已起。霍地,一阵铺天盖地的紫色灵浪向雷落擒去,还未到雷落跟前,雷落猛然回身,向九百昆儿大步走了回来,一把捂在了九百昆儿的脑门儿上。

停了半晌,只听雷落喃喃道："没发烧啊,这是怎么了……脾气这么大？"雷落又向昆儿仔细看去,皱眉道,"昆儿,你是不是还有哪里不舒服啊？要不然,我让雷兽接青山叔过来给你看看？或者让小音派红鸾把青山叔送来,给你看看？"

一听见第五梵音的名字,九百昆儿顿时炸了毛,大吼道："第五梵音！第五梵音！没有她,你就死了吗！没有她,你就活不了了吗？你的脑子里除了她还有谁！"

"啊？"雷落一脸懵圈地看着昆儿,有点怕她道,"青山叔在东菱啊,所以我请青山叔过来给你看病,总得通知一下小音啊,不……不对吗？"

"你！你！你！"九百昆儿气得浑身发抖,周遭的灵浪已像龙卷风一般捆住了雷落,可雷落仍旧无动于衷,毫无察觉地看着九百昆儿。忽而,九百昆儿的小脸涨得紫红,哇的一下哭了出来。

"啊！"雷落一惊,忙道,"怎么了,昆儿！"只见九百昆儿越哭越凶,越哭越急,眼看就要背过气去,雷落一把揽住了她,急道,"昆儿！昆儿！你别吓我啊！这是怎么了！怎么灵力一下暴涨得这么厉害！"说着,雷落反手一压,霍地,九百昆儿的灵力尽数被他收下。

只听九百昆儿大叫一声,"啊！"的一声从雷落怀里蹿了起来,灵力再次怒放！她恶狠狠地看着雷落,小脸已落下汗来。雷落还想制止,只听昆儿一声厉喝："你别动我！再动,我就杀了你！"雷落听罢,立刻老老实实,一动不动地看着昆儿。昆儿灵力激增,倏地捆住了雷落,只听雷落一声闷哼道:"哎哟,昆儿,我好难受,你的灵力太厉害了,能不能,能不能放开我?咱们不发脾气了,好不好?"

"哼!终于觉得难受了?"昆儿有些得意道。

"嗯……"雷落低声应了句。

昆儿看他的模样,突然一戾道:"但对你还不够!"说罢,昆儿灵力再上三层。扑通,雷落摔倒在地,大颗大颗的汗水落了下来,呼吸变得痛苦不堪。昆儿一步步走上前去,缓缓俯下身,看着雷落道:"你还好吗?"

"嗯……"只听雷落又闷声应了一句。昆儿一惊,不可置信地看着他,忽听他道:"昆儿,对不起,前几日没来看你,是我的错,我该死。你要想出气,尽管拿我出气吧。我保证半句不吭,半步不躲。"雷落的声音渐渐低了下去,衣襟已然湿透。倏,一个小身影从昆儿身后蹿了出来,看见雷落这副疲惫模样,雷兽登时急了,上蹿下跳围着雷落乱飞,又想张开手阻止昆儿的施压。

昆儿冲雷兽一龇牙,雷兽吓得躲回雷落身后。

"昆儿……雷兽……雷兽……每日给你拿来的花,你看见了吗?"忽而,雷落断断续续低声道。

昆儿一愣,道:"花……"

"嗯,我让它每天给你送的花,你看到了吗?军政部后山的紫夜开了,我让雷兽每天给你送些过来,你看着它能高兴些。你收到了吗?"雷落勉力支撑道。

"花……紫夜……紫夜是你让雷兽给我带来的?"昆儿喃喃道。

雷落勉强点了点头,扑通一下倒在地上。雷兽看去,大惊,扑通扑通在他胸口跳着,此时雷落的胸口已经停止了起伏。九百昆儿呆呆地看着雷落,雷兽蹿了起来,冲昆儿张牙舞爪地摆弄着。半天,昆儿才缓过神来,赶忙收了灵力。可雷落已是一动不动了。昆儿大惊,道:"雷落!雷落!"雷落仍是纹丝不动。

昆儿怕了,急忙摁压着他的胸口,却毫无反应。情急之下,昆儿掰开了雷落的嘴,口对口给他送去空气。雷兽在雷落胸口使劲跺着,发出轰轰之声。过了大半天,雷落方才有了反应。他缓缓睁开眼睛,正看到昆儿向他"吻来"。雷落登时一个激灵,倏地躲开了昆儿的粉唇。昆儿一怔,眨巴着眼睛盯着雷落,缓了半刻,霍地扑了上去,哇的一声哭道:"雷落!你醒了!我以为你死了!对不起!呜!"

雷落只觉此刻脑袋发蒙,口唇发干,想着刚才昆儿"吻"他的样子,他就一阵躁动,哪知那是昆儿为了救他,在给他做人工呼吸啊。昆儿趴在他身上,抱得紧,哭得急。雷落感觉自己的心快跳出来了,猛地起身,把昆儿推在了一边,磕磕巴巴道:"我,我没事了。"

昆儿抽抽泣泣地看着他，满脸委屈。雷落一时心疼，伸手摸向她的小脸，替她擦去泪水。可这一碰，雷落顿时觉得一阵火烧，心跳得更厉害了，他心想："昆儿的灵法太厉害了，我都招架不住！还是让她赶紧休息吧！"

雷落边想边道："那个，昆儿，你休息吧，我先走了。有时间我再来看你。"说着，雷落已经起身，仓皇向外逃去。昆儿坐在地上，垂着头，一动不动，也不去看他。

雷落快步走到门口，雷兽紧随其后。小家伙儿看到昆儿发飙的样子，吓坏了，想跟着雷落一起走。雷落赶道："你留下来陪昆儿，快去！"雷兽团团着脸，把蓝线皱成了一团。雷落伸手拽向门把手。

"吧嗒，吧嗒。"几声液体滴落的声音传进了雷落耳朵。他猛地回头看去，只见昆儿伏在地上，眼泪默默流了下来，却一声不吭。雷落中心一震，连忙跑了回去，俯下身道："昆儿！怎么了？怎么哭了？"

九百昆儿一言不发，撇着小嘴，只顾流泪。

雷落慌了，道："昆儿！你别哭啊！怎么了！哪里不舒服了？还是，还是还生我的气？要是还生我的气，你就继续打我，骂我！求求你，别哭了！"

半晌过后，昆儿道："你就那么不喜欢我？"

"什么？"雷落被昆儿问得一头雾水。

"浴火重生，涅槃成凰。那天，是你送我回来的？"九百昆儿道。

"是啊！"雷落连连点头。现在只要昆儿能跟他正经说一句话，说一句他能听得懂的话，他都拼命应和，生怕再让她不高兴。

"你……"昆儿犹豫道，最终还是开了口，"你看到我的驭火了……"

"什么驭火？驭火是什么？"雷落一头雾水道。

"就是我浴火重生那天的……"

"哦哦哦！"雷落没等昆儿把话说完，赶紧接茬道，"就是你浴火重生那天爆发的灵力！那叫驭火吗？我看见了！看见了！好强啊！我险些也控制不住了！"

"控制不住什么？"昆儿眼睛突然一亮，看了过来。

"控制不住你的灵力啊！我用了九牛二虎之力才把你的灵力控制在我的结界内，不然后果不堪设想啊！"雷落声情并茂地真诚道。

"就这样？"昆儿道。

"对啊，是这样啊！你真的很强啊！"雷落禁不住赞叹道，"怪不得你们九百家小姐涅槃的时候那样兴师动众。我想，当时要不是我在场，就凭你们九百家的人都在，也未必能控制住你的灵力！多亏有我在！"雷落说着傻笑起来，好像心里的一块石头落了地。

"你对我就,就没有别的!"昆儿有些激动道。

雷落懵然道:"没,没有啊。还有什么?我把你带回来了。路上碰见几个流……"雷落话到一半,停住了,脸色瞬间难看起来。他想起了那几个混蛋对昆儿的龌龊举动,顿时怒火中烧。

"怎么了?"昆儿道。

"没什么。"雷落冷了下来。

"你带我回城,路上就没碰到别人?"昆儿道。

"杀了。"雷落突然沉声道。

昆儿一怔,看向雷落道:"为什么……"

"因为他们对你不尊重!"雷落狠道。

"那你呢!"昆儿突然道。

"我当然没有!"雷落猛然道,"你难道不相信我吗!"雷落剑眉一厉,变得很严肃。

昆儿看着他,脸色一苦,幽怨道:"你就没发现我变了……"

"没有啊。"雷落一本正经道。昆儿听完,猛提一口气,双唇紧闭,不愿再说。这时,雷落慢慢悠悠再道:"个子长高了点吗?个子是长高了……"

昆儿倏地回头,狠狠看着他。

"啊……"雷落一吓,赶忙道,"头、头、头、头发也长了点!"

"雷落,我在你眼里是什么啊?"昆儿忽然哀怨道,心中已是苦上千番,"涅槃成凰加上纵情驭火,你都无动于衷。我竟像个跳梁小丑一样在你面前作践自己!爹爹还说你是叛将,让我休要信你,竟不惜让我使出驭火这等下贱法子探你忠心!都是放屁!都是放屁!我为什么要为了你这么作践我自己!你给我滚!给我滚!"昆儿情绪失控大喊道,"以后别让我在西番看见你!滚出我的国家!滚出去!你去找你的第五梵音!找你的义父!我永生永世不要再见你!你给我滚!"九百昆儿歇斯底里地大吼着。

雷落一颗强壮的心在听到九百昆儿的咒骂后,重重砸在地上,起不来了。他痴痴地看着昆儿,眼中不觉泛出泪光,哽咽道:"昆儿,我没有,我没有对你做什么。你在说什么啊?我怎么听不懂啊。什么作践你自己,你在胡说什么啊?我没有,我什么都没对你做啊!你别乱想了!你别生我气了,好不好?你打我,你骂我,都可以!都是我的错!都是我的错!可是昆儿你要相信我,我什么都没对你做!我发誓!我雷落要是对你,对你,毛手毛脚,我就天打雷劈,不得好死!"

"你去死!你最好现在就去死!"昆儿猛地推了雷落一把。

雷落咣当摔在地上,心中一阵剧痛。原来他这么禁不起昆儿骂他。以前,他们两个总是斗嘴,他以为自己脸皮厚得很。可谁知道,现如今,昆儿不过骂了他两句,他的心就已经碎成渣了,他连站都站不稳了。

"昆儿……我……我知道我错了。我害你中毒,我害你受伤,我害你被别人……被别人……不过他们没有看见你一分一毫!我发誓!我把你裹得严严实实!他们没有看到你半分,我就已经把他们都杀了!我知道,老爹背叛了西番,军政部没脸见你们,可我,可我拼了这条命也不会让你受伤的!你相信我!我一定会守住西番的!你别……你别讨厌我……我再也不会因为小音的事牵连到你了,我再也不会了,永远也不会了,昆儿!"雷落呜咽道。

"你眼里除了第五梵音还有谁!还有谁!我的凤凰涅槃在你眼里是不是净是些下贱招数!你给我滚!给我滚!我要杀了你!我要杀了你!"九百昆儿猛地拽住雷落衣襟歇斯底里道。

雷落的眼泪大颗大颗落了下来,满腹委屈,却也不敢违拗此时癫狂的九百昆儿,只想着任她撒气就好了。她要杀要剐,他都依她,只要她不生气就好。雷落不知道自己怎么做才对,又不敢哭出声,只低泣道:"昆儿,你别哭了,别生气了,你要杀要剐,我都依你,你别哭了。"

两个人四目相对,都是泪流满面,九百昆儿盯着雷落,下一刻,倏地吻了上去。雷落倒吸一口冷气,吓得一动不敢动。原本强壮的身板,此时紧张得浑身发软。九百昆儿绵软的粉唇在他嘴边轻碰,雷落只觉自己灵魂出窍,心中激荡。

"我这是怎么了!我这是怎么了!"雷落心中狂跳,疯念。

许久,昆儿放开了雷落,低着头,不去看他。雷落看昆儿这般低沉,他就着急,想说话,又不知说什么,一双手在鹅绒地毯上拼命抠着,挖出了好几个洞。

"你走吧……以后别再来了……"昆儿幽幽道。

雷落听完,一颗心顿时好像散了一般,飘飘荡荡神志全无。

忽而,昆儿扬起小脸,眼含笑意,嘴角弯弯,甜甜道:"你看,我的样子变了,你看到了吗?"

雷落瞪着双眸,大口喘着气道:"哪,哪里变了,还,还和以前一样啊……"

昆儿那笑得跟小葵花一样的脸在听完雷落最后一席话后垮了,眼泪跟雨线一样落了下来,心都碎了。

"昆儿!我又说错什么了!我又说错什么了!我的天啊!你别哭了!不哭了,好不好!不哭了,好不好!"雷落急得砰地蹦了起来,又赶忙伏下身去,伸手就往昆儿脸上抚去,为她擦干眼泪。这次他再没了火辣辣的感觉,只感觉自己的一颗心被昆儿哭得乱七八糟,七上八下,好像都不是自己的了。

雷落的温柔让昆儿哭得更厉害了。

"天啊！我的天啊！昆儿你能不能告诉我,你到底怎么了!"雷落再不含糊,一把将昆儿抱了过来,像哄小孩子一样揽进自己怀里,温柔又急切道,"我的好昆儿,你不哭了,行吗？你哪里不高兴,哪里不开心,哪里不舒服,你告诉我,告诉我啊！别哭了！我的心都被你哭碎了!"

九百昆儿在雷落怀里一怔,张开了眼睛,只见雷落一双炯炯有神的虎瞳正一转不转地看着她,眉间皱成了川字。

昆儿情不自禁,探头吻了上去。雷落呼吸一滞,双眸一定,醒了过来。良久,昆儿放开了雷落,轻声道:"我喜欢你,可你不喜欢我……你走吧……"

又过了不知多久,两个人都没再说话,只听昆儿喃喃道,"你以后还会回来看我吗……"两滴温热的眼泪落在雷落手背上,昆儿低下头去。

忽而,一双有力的臂膀稳稳抱住了九百昆儿,只听那人道:"昆儿！我哪儿都不会去的！你别害怕！我不会离开你的！永远都不会!"

"雷落……"昆儿道。

"哎,"雷落应道,眼泪也是落了下来,"你别害怕啊,我哪儿都不去,就陪在你身边,哪儿都不去……"

"那,那你还会去找第五梵音吗？"昆儿怯生生道。

"小音和北唐在一起,很安全,我放心。而且,就算去,我也会带你一起去,当然,前提是你愿意的话。如果你不愿意,那你就在西番等我,等我安顿好小音,等我把太叔公和亚辛的事解决了,我第一时间就回来找你。你安安心心待在九都,不会有事的。我让祁门、雄霸、雷兽统统留下来护着你。我不会让你有事的,也不会让九都出事。"雷落道。

"那你为什么不留下来？"昆儿道。

"我不能让亚辛找上门,否则你不就危险了吗？我要在西番以外的地方解决掉亚辛。"雷落道。

九百昆儿恍了半晌道:"你关心我？"

"我当然关心你了！我不关心你还能关心谁呢?"

"是因为梵音有了北唐吗？"

"这和小音有什么关系？我关心你是我的事,和她没关系啊。"

昆儿沉默了。雷落见她不语,又有些心慌道:"昆儿,你怎么又不说话了？"

"雷落……等有一天,你会像对待梵音一样对待我吗？"昆儿话落,雷落久久没有回答。昆儿在雷落怀里抬起头,望着他。雷落察觉,把头低下,看着怀里的昆儿,想了很久道:"不会。"

昆儿的灵眸再次落寞下去。

"我为什么要像对待小音一样对待你?"雷落一本正经道,把昆儿问蒙了,"我不知道你在瞎想些什么,昆儿。但我可以告诉你,我永远不会像对梵音一样对待你的。"

"为什么?"昆儿秀眉一蹙道,"是因为我不如她好看,还是,还是,还是……"

"没有什么还是。你哪里不如小音好看?你可爱得像九都山的山泉,云峰顶的雪球儿。"

"我不要可爱!我要好看!我已经不是小孩子了!我已经变了模样了!我是一个漂亮的女人,才不是什么雪球儿!"昆儿鼓起小脸道。

雷落看着她,忽然笑了起来,越笑越大声,越笑越痛快,毫不克制。

"你笑什么呀!"昆儿气道,"我已经是女人了,不是小孩子了!不是什么雪球儿!"

"我不管你是什么,在我眼里,你都是弥天之上,西番国独一无二的九百昆儿大小姐。我只会把你当作我独一无二的昆儿对待,任何人都不能和你相提并论。懂吗?"雷落认真道。

"我是你的什么?"昆儿突然道。

"你是我独一无二的昆儿啊!"雷落磊落道。

"我是你的什么?"昆儿再道。

"你是我独一无二的昆儿啊!"雷落再道。

"那你喜欢我吗?"昆儿大声问道。

雷落一怔,脑子嗡一下蒙了。

"你喜欢我吗?"昆儿再道。

"我……"雷落的嗓子好像卡了鸡毛,一时间没办法回答。

"你说话呀!"昆儿急道。

"我喜欢呀……"雷落咬牙道。

"真的!"昆儿顿时喜笑颜开。

"可是……"雷落刚要继续说,昆儿在听到"可是"后,小脸瞬间又难过起来,"哎!不是!昆儿,你别!"雷落不知怎的,看不得昆儿有一点委屈难过。她一着急难过,雷落就跟着心烦意乱。

"你不喜欢我……"昆儿说着,委屈得又想哭。

"我喜欢我喜欢!我什么时候说我不喜欢你了!"雷落发现,只要昆儿能高兴,现在让他说什么都行!

"那你可是什么?"昆儿撇着小嘴道。

"你,你是个宝宝啊。我喜欢你,当然是和喜欢一个小女孩一样了。"雷落艰难道。

"我跟你说过了,我不是小女孩了,我现在已经是一个女人了!我是一个女人,不是小女孩!你瞎了吗!你难道没看见城外那些士兵连嗅到我的香气都受不了了吗?"昆儿放胆道,"我哪里还是一个小女孩!我是一个女人,一个随时可以放倒男人的女人!"

雷落在听到昆儿这番话后,脸色骤然暗了下来。

"以后没有雷兽陪着,你哪儿都不要去!或者等我回九都,你想去哪儿,到时候我陪你一起去!"雷落严肃道。

昆儿被雷落突然严肃的样子吓到了,下意识往他怀里一躲。雷落见状,赶忙收敛了态度,可神色却不见缓。昆儿在他怀里生着闷气,咕哝道:"你不是说我是小孩子吗,我是雪球儿吗?一个雪球儿出去有什么害怕的……反正也没人看。"

"昆儿!以后不许拿这种事开玩笑!"雷落突然异常严厉道。

昆儿吓得一个激灵,可她紧接着又凶道:"怎么!不是你说的我只是一个小孩子吗!怕什么!"

"他们不是我,怎么可以相提并论!"雷落有些生气了。

"谁们!"昆儿不服输道。

"别的男人!"雷落厉声道。

"反正你也不喜欢我,还不让我找别人吗?"昆儿大声道。

"我喜欢你!"雷落脱口而出大声嚷道。可他一说完,就后悔了!

"什么?"昆儿灵眸一瞪,清脆问道。

"没,没什么……"雷落道。

"你刚才说什么?"昆儿再道。

"没,没什么啊……"雷落含糊道。

"你不承认!你刚说你喜欢我!你个胆小鬼!你个骗子!"昆儿道。

"我哪里不承认了!我怎么是胆小鬼了!"雷落道。

"你不是胆小鬼,那你再说一遍你喜欢我啊!你再说一遍啊!"昆儿噌地从雷落怀里坐了起来,脸对脸逼问他道。

"我!"雷落已是汗流浃背,心脏狂跳!

"你为什么不说!你为什么不说!"昆儿打着雷落道,"是不是你心里还有梵音,你放不下她！你什么时候才能放下她，喜欢我！"

"我……"雷落这一声，已是虚汗都流下来了。

"我讨厌你！我讨厌你！你个坏蛋，还不如外面那些喜欢我的人！"昆儿急道。

"昆儿！不许胡说！我不许你再把自己和外面那些混蛋说到一起！"雷落道。

"我不要你管！反正你也不喜欢我！"昆儿撒泼道。

"我喜欢你！我喜欢你，行了吧！我承认！哎呀！"说到最后雷落竟变得十分懊恼。

九百昆儿见他这副模样气得小脸通红，一把推开了他，起身就要走。"喜欢我就让你这么痛苦吗？好！那我永远不要你喜欢我！"

"哎呀，不是！"雷落一把拽住昆儿，可他的样子显然已是别扭至极。

"你！混蛋！你放开我！"昆儿气道。

"我！我没有恋童癖啊！我要是承认我喜欢你，我不是变态有毛病吗！我怎么承认啊！该死！承认就承认吧！我喜欢你，就是喜欢你！你觉得我是变态也好，混蛋也好，随你怎么想吧，但我真的对你没有非分之想！我发誓！我只是，我只是很喜欢你，喜欢你可爱的样子，喜欢你每天坐在我肩膀上，喜欢你在我身前晃荡你那两只可爱的小脚丫！哎呀！我就说，我要是说出来，你肯定当我是变态了！我以后还怎么见你，怎么见人啊！"雷落一股脑地痛苦道。

昆儿呆呆地看着雷落道："你……你什么时候喜欢我的呀……"

雷落有气无力地垂丧着个头，哀丧道："不知道……"

"骗人！你明明喜欢的是第五梵音，怎么会喜欢我！"昆儿道。

"我是喜欢小音，从小就喜欢。可那是很久以前的事了，久到我自己都觉得心疼……"雷落忽而低沉道。九百昆儿原本听到雷落说喜欢第五梵音又要发作，可见他话锋一转，神情落寞，她却不忍心了。

"我们分别了十年，我断了双臂，失去了亲人，我的心里就只有她。可她又何尝不是如此对我呢？她为了想我，每天吃着她不喜欢吃的蛋糕，只因为那是我爱吃的。她为了我日夜不能安睡，只因她觉得我们两个无论何时都应该共同进退。她为了我聋了双耳，直到现在也不愿再用那双耳朵，只因她习惯了。这十年，我们两个相隔千里，可心都是在一起的。你问我有多爱她，我不知道，我只觉得这条命活着，就是为了她。所以这十年我拼命活着，只为能再见到她。周围的一切，我不看，也不顾。她又何尝不是，为了我日夜吃着她不喜欢的东西，只因为那样她会觉得我不曾离开她。我们两个人这十年，活得好像行尸走肉，心却热着，疼着。你问我有多爱她，我不知道，我只知道我是为她活着，为她留下这条命。她也如此。

"现在北唐能在她身边,我终于能安心了。世界上没有什么比让她幸福更让我安心的事。她也是这样对我的,不是吗？只要我能开心,她什么都愿意为我做。"雷落抬起头来,看着昆儿,热泪横流。

昆儿看着他吐露衷肠的样子,感动至深,跟着他一起流泪道:"你这么对她,她知道吗？"

"她知道啊。"

"那她还不要你？你不恨她？"

"她哪里不要我了,我们都深爱着对方啊。愿为对方赴汤蹈火,始终不离不弃。只要彼此快乐,我们就足够了。"雷落坦荡道。

昆儿乖巧地点了点头,听懂了雷落的话。

"昆儿,我想说的是,以前那十年我从没有把你和梵音相提并论。你只是我认识的一个可爱女孩儿,可爱到我愿意让你每天坐在我的肩膀上。"雷落道。

"梵音小时候也那样……"昆儿低沉道。

"是,她也喜欢这样,但和你不同。你喜欢每天坐在上面,她只是偶然,再大一些她就经常和我打闹了。我们两个很少有和平共处的时候,更不要说她还会继续坐在我的肩膀上了。"雷落耐心地解释道,不想遗留一点一滴让昆儿不安的细节,"我愿意让你坐在我的肩膀上,并不是因为你和梵音一样,而是因为我真的觉得你很可爱,你带给我的温暖,让我从一个麻木的人渐渐变得平缓、温和。谢谢你,昆儿。"雷落道。

昆儿听着雷落的话,身子渐渐直了起来,眼睛也开始一眨一眨的。

"我不知道什么时候喜欢上你的,总之不是离开梵音的那十年。"雷落肯定道,"再后来,梵音死了,我开始疯了似的寻找她。我的心里没有情爱,只有仇恨和希望。我的仇恨是对亚辛的,我的希望是对梵音的。我总想着,北唐可以救她回来,所以我日夜祝祷。终于我打通了时空隧道,我有了梵音的消息,这犹如天恩。我恨不得第一时间就找到她。但我没有那样做,你知道为什么吗？"雷落看着昆儿道。

昆儿木然地摇了摇头。

"因为你还在九都,你一个人在九都,我不放心。我知道老爹因为大哥的事一直对国正厅心存芥蒂。把你一个人留在这里我总不踏实,所以我告诉祁门,无论什么时候都要保你周全。"雷落道。

"你知道太叔公要反？"昆儿道。

"我不知道。我只知道,如果我不在你身边,你身边必须留下一个可靠的人,足以保护你周全的人才行。亚辛也好,老爹也罢,不管是谁,我都不能让别人伤了你。但我终归是要去寻梵音,所以那段时间我寝食难安,不知怎么才能把你安顿妥当。

直到后来你说要和我一起去地球,我才如释重负!"雷落一鼓作气道。

"为什么……"昆儿茫然道。

"因为你只有在我身边,我才能安心。"雷落道。

九百昆儿的心跳了起来,她的呼吸变得紧张微小。

"可后来,你受伤了……"雷落的声音低沉下去,"我追悔莫及、心如刀绞,我恨不得把自己的脑袋剁下来,看看我自己到底哪里出了问题,为何要鬼迷心窍地带你来地球!我这个白痴!"说到这儿,雷落一拳打在地上。偌大的房间顿时晃了三晃,昆儿一屁股坐了下来,雷落一接稳稳地把她放在怀里。昆儿捂着胸口,感觉心要蹦出来了!

"昆儿,对不起……"说着,雷落自己抹了把眼泪道,"都是我混账,害你受伤了,对不起。"

"你心里还有她吗?"昆儿小声道。

"有,但不是爱情,是亲情。"雷落道。

"可你去了地球,还因为她和北冥在一起而生气了。"昆儿不安道。

"我当时想着北冥是个混蛋。小音宁愿跟混蛋在一起,也不跟我离开,我当然生气。毕竟我们的感情那么深厚,我总比一个混蛋强吧!"

"你要她跟你离开干什么……"昆儿不敢再看雷落道。

"我照顾她啊。"雷落道。

"怎么照顾,娶她吗?"昆儿道。

"开始是这么想的,可后来没想这么多,只要能照顾她就行了。青山叔能照顾她,我也能啊,我可是梵音在这个世界上最亲的人,怎么照顾不行。"雷落突然有些得意道,昆儿有些沮丧,可后面雷落的声音再次沉了下去,"再后来,我就什么都想不了了……"

"怎么了……"昆儿有气无力,有些不愿再听,勉强接道。

"你受伤了……"雷落道,昆儿缓缓抬起头来,"我的精神在那一瞬间好像被抽走了一样,连对抗敌人都不会了。姬菱霄借机逃跑,要不是小音帮我,我连带你出时空隧道的理智都没有了,我以为你死了……

"再后来,我也不知道怎么带你回来的。你涅槃成凰,我拼了全力才控制住了你的灵力。我从来不知道自己这么没用,看见你受伤难受,我整个身子都软了,腿都迈不动了。直到看见你毒伤渐退,我才又活了过来。"说到这儿,雷落不禁笑了一下,甚是欣慰。昆儿看着他,小脸一红,眼睛立刻看向一边。"再后来,进城时碰见几个杂碎。我就把他们都杀了。"雷落的脸上突然发狠。昆儿有点怕,哼了一声,雷落立刻收了态度。

两个人互诉良久，一时间都沉默了下去。

"那……说了半天……你到底喜不喜欢我呀……"昆儿捏着衣角道。

"我……"雷落听完，冷汗都掉了下来，艰难痛苦道，"我没有恋童癖……但我……好像……真的……喜欢上你了。啊！我这个疯子！变态！"最后雷落实在憋不住了，号叫了出来。

"怎么就疯子了！怎么就变态了！我说过，我现在已经是大女人了，不是小女孩了！"昆儿直起身，冲着雷落，极力证明道，"人家别的男人看见我都喜欢，怎么你看见我喜欢我就成变态了！"

"我又不是现在才喜欢上你的！我两年前就喜欢上你了！"雷落忍不住道。

"啊……你不是因为我变了模样才，才喜欢上我的？"昆儿错愕道。

雷落正在为自己这种不可理喻、羞于开口的情感状况挠头："你变了什么模样啊？"他不明所以。

"变,变女人了啊……"昆儿害羞道。

"啊？"雷落回神看着昆儿。昆儿一羞，不再看他。"哪变了呀？没变啊！"雷落愁眉苦脸道，他真看不出昆儿有什么变化。

"怎么没变啊！我没有变美吗！你瞎了吗！"昆儿生气道。

雷落苦大仇深道："还是个小不点儿啊。哪里变了啊？哎呀！我这个变态！"说着雷落抱住了自己的脑袋，难以接受"现实"。

昆儿一把扳过雷落的脸来，大声道："你给我看清楚，我现在的模样！快点告诉我，我变美没有？"

雷落皱着眉，老实巴交道："圆眼睛,圆鼻子,圆脸蛋,小嘴巴,有什么变了呀？还是个小孩子模样啊。"说着说着，雷落又要哭。

"不许哭！"昆儿训斥道。

雷落撇了撇嘴，憋住了。

"你说你不是因为我的模样喜欢我的？"昆儿再道。

"不是。"雷落道。

"那,那是因为我涅槃成凰吗……"昆儿想着自己成凰时的灵压，不单单是男人，连女人都对她那时的魅力一样痴恋。昆儿怕雷落是受了当时的影响。毕竟，九百家女儿的气焰只有九百一族的人才能不受控制和蛊惑。

"什么？"雷落懵然道，不知道昆儿何意。昆儿想起雷落杀人的模样，也断了自己这个念头。

"那……是因为我的驭火吗……"昆儿低声道。

雷落缓了一会儿道:"驭火?什么驭火?"

"就是刚才,刚才,我……"昆儿蹙脚道。

"你是说你刚才对我用的操控术啊?"雷落道。

"你知道?"昆儿惊道。

"我当然知道了,我又不傻,你想杀了我,我还不知道吗?"雷落道。

"我什么时候想杀你了?"这次轮到昆儿糊涂了。

"就刚才,你用那个什么操控术。你刚才叫它什么?驭火,对了,是驭火。你差点把我杀掉,我为什么会因为你要杀了我而喜欢你呢?你真当我是变态不成?"雷落无奈道。

"你刚才除了感觉到我想杀你,还有,还有别的感觉吗?"昆儿瞪大双眼看着雷落道。

"没了。"雷落自暴自弃道,心想九百昆儿一定恨死他了。

不是因为模样,不是因为涅槃,不是因为驭火……九百昆儿的心狂跳着。她轻轻挡住了雷落的眼睛,只听一声温柔道:"是因为我吗……"

雷落的心在这片小小的黑暗中安静了下来。许久,他诚恳回应:"嗯。"

昆儿的小手抖了一下。随后,一只温暖富有力量的手掌轻轻握住了昆儿垂在身旁的另一只手。只听雷落深沉道:"我喜欢你不因为其他,只因为你是九百昆儿。你是我肩膀上的太阳,永不西落。"

昆儿身子有些发软,雷落轻轻一环,搂住了她的腰。两人四目相对,一抹激荡的柔情在两人瞳眸中晕开,让彼此越陷越深。雷落双眸坚定,吻了上去。

第一四三章
戚家军

九霄国都城,王胜天玄山下。

灵魅大举进攻,九霄国国主戚渊携子戚瞳亲自参战,天玄山下战火连天。为保山下城民安全,戚渊派亲军御敌。天玄山上他与戚瞳二人迎战。灵魅见缝插针,对天玄山地势了如指掌,直奔天玄山后山而去。

"徒幽壁!"戚渊心中道。只听他一声令下,九霄军随灵魅而去。那是天玄山禁地,除了戚家人,外人不得擅自踏入,可事到如今,瞒不住了。徒幽壁正在天玄山后山。戚家军英勇善战,灵魅只躲不攻,眼看就要被围剿殆尽。忽而,一声暴喝,震彻天玄山:

"戚瞳!现在是你孝敬灵主大人的时候了!怎么,临到跟前了,想反悔?"只见一骇然大物,吞云吐雾,呼风唤雨而来,正是灵主亚辛座下大将魔坤。

天玄山顷刻间乌云蔽日,落下瓢泼大雨,阻了军队视线。然而这一声号叫响彻天玄山,战士们的脚步顿住了,纷纷回头看去。戚瞳的一分部压在国主戚渊半数亲军之后,涂鸢的二分部紧随戚瞳之后。

"现在是你坐拥九霄国的大好时机!围剿戚渊,我助你成为九霄国新任国主!"魔坤再次高声道。

此时,天玄山上,前有灵魅盗取徒幽壁,后有戚瞳压阵,戚渊被夹在两股势力中间。忽听魔坤如此高喊,戚渊手下亲军无不一震。戚渊深邃的眼睛看向身后不远处的戚瞳。

只听戚瞳一声威吓:"魔坤!你休要胡言,乱我军心!今日你来了我九霄王胜,我让你魂飞魄散!"

大批灵魅在魔坤身后云涌似的奔向徒幽壁，毫不停留。只听魔坤冷笑一声，不紧不慢道："想反悔？孬种……你不杀你父亲也行，到时候东菱、西番合力围剿你九霄国，我倒要看看他们吃人吐不吐骨头！"

戚瞳脚下一顿，神情有恙。

"两年前，由修弥牵线，你与我灵主大人共谋，骗东菱、西番两国入大荒芜，助我们得到赤金石和美人面，而我们助你拿下东菱、西番二国，让你一统弥天三国，之后你双手奉上徒幽壁。难道都忘了？"魔坤道，"现在在你眼前有两条路。一是杀了戚渊，助我拿到徒幽壁，我仍可助你一统三国！二是与我灵主大人为敌，我将告知天下，两年前你已经出卖了东菱和西番！到时候，与你九霄为敌的可就不止我们灵魅一族了！你自己掂量着办吧，戚瞳！"说罢，魔坤狂笑起来。

戚渊远远向戚瞳看去，眼睛已经眯成了一条缝，下一刻，只听戚渊一声令下："进攻！"半数亲军向灵魅厮杀而去。然而，戚瞳的脚步停下了。他远远看着父亲，没有增援。

九霄国二分部部长、戚瞳的表弟涂鸢赶了上来，道："哥，上不上？"

戚瞳缓了半晌道："等等……"

眼看前方戚渊和魔坤杀成一团，战况愈演愈烈，戚瞳仍旧按兵不动。

"这就对了！戚瞳！无毒不丈夫！如若不然，你老子的王位将给你那乳臭未干的姨娘小弟了，到时候哪里有你戚瞳的份儿！"魔坤嘲笑道，"拼死拼活，不过是为你那姨娘小弟做嫁衣！"

听到这儿戚瞳目光一狠，杀意起。

"还愣着干什么！拿着修弥给你的狼骨金刚戟不为夺位之用，难不成留着给你小弟当玩具？孬种！"魔坤激将道。

站在戚瞳身旁的涂鸢听闻也是一惊，往表哥手中的三棱金刚戟看去。那是九霄国最厉害的兵器，无坚不摧。前有戚渊的六棱金刚戟，后有戚瞳的三棱金刚戟，都是九霄国无可匹敌的宝器。然而这宝器什么时候变成狼骨做的了？

戚瞳攥着三棱金刚戟，指节发白。霍地，他手中一挥，三棱金刚戟十一节棱轴急速旋转起来，冲着戚渊身后攻去。戚渊猛然回身，挡开戚瞳，威吓道："逆子！你要干什么！"一个空当，魔坤逃离了戚渊的纠缠，往徒幽壁奔去。

"王位，你给谁？"戚瞳一字一顿道。

"轮不到你管！"戚渊道。

"你当真要便宜了那个小妾的庶子！"戚瞳道。

"花容是我正妻！逆子，你怎可胡言！"戚渊怒道。

"那个贱人是你正妻,那我母亲又是什么!"戚瞳道。

"你母亲和花容都是我的正妻,平起平坐,不分高低!"戚渊道。

戚瞳忽而一声冷笑,怒道:"坐享齐人之福!那我呢!拼死拼活为你效忠二十余载,最后你要把王位给那个贱妾生的庶子!你要当着全九霄人的面打我的脸吗!"

"九天是你亲弟弟!"戚渊道。

"我没有这样的弟弟!我都能当他爹了!你羞不羞耻!"戚瞳道。

"混账!"戚渊双目怒睁,狠命向戚瞳打去。父子俩一来二去,不分高下。三军见状,不知何从,已然自乱阵脚。只听一声穿山裂谷之音,天玄山剧烈晃动起来。一阵暗黑来袭,夜靡裳再现,徒幽壁被魔坤裹挟而去。

"戚瞳!坐稳你的王位,我会向灵主报喜的,到时候给你个头功!"说罢,魔坤乘风驾雨,狂笑着带着徒幽壁离开了九霄国。天玄山摇摇欲坠。

东菱军政部会议室大堂内,北冥正和雷落激烈地讨论着两国下一步的部署。九百金辉已经把西番的指挥权全权交给雷落掌控。此时二人神情严肃,谨慎部署。忽而,梵音口袋传来一阵攒动。她低头看去,眉间一蹙。然而北冥正和雷落讨论得如火如荼,她不想打断,便轻身离了座位往会议室外走去。谁知梵音刚出会议室的大门,冷羿迎面走了过来。

"哥?"梵音出声道。

"你也收到了?"冷羿道。之前冷羿被木沧、钟离联手重伤,现在刚刚恢复,还未来得及参加军政部会议。

梵音点头,她展开手中信卡,上面显出一行刚劲有力的草字。

"第五主将,现九霄国有难,徒幽壁被窃,天玄山欲坠,王胜城欲毁。请您顾念同根同源,救九霄国百姓于危难之中。在下颔首,跪谢!戚九天敬上"

冷羿看罢梵音手中信卡,又展开自己手中信卡,上面的文字如出一辙。

"冷先生,在下乃九霄国后生晚辈戚九天。现九霄国有难,徒幽壁被窃,天玄山欲坠,王胜城欲毁。请您顾念同根同源,救九霄国百姓于危难之中。在下颔首,跪谢!"

"戚九天?"梵音和冷羿相视一眼,异口同声道。戚九天正是戚渊和二夫人汪花容的独子。

还未等兄妹二人多想,又一行草字传来:

"还请第五主将、冷先生速到九霄国解围,九霄国百姓及九霄国国正厅上下定当感恩第五主将、冷先生大恩。还请第五主将携红鸾神兽前来。戚九天叩谢!"

"这小子一口一个第五主将,是要抬高你的位置啊。"冷羿一针见血道。

"还想到让我们携红鸾同去,心思甚密。"梵音摇头道。

"管他死活!北冥和雷落谈得怎么样了?"冷羿随手收了信卡。但梵音还在踌躇。这时北冥走了出来,见梵音道:"怎么了,音儿?"

梵音见北冥出来,也就是说他已经中断了军政部会议。梵音也就无须再瞒。她把信卡递给了北冥。北冥看过后道:"果然。"

"怎么?你也知道了?"梵音道。

"刚才姬世贤来信,说我们监视九霄的灵植通信全部中断了。"北冥道。说话间,三人已经返回会议室。就戚九天的求救,会议室众人展开讨论。雷落坚决反对梵音支援九霄国。东菱国军政部内也出现分歧。梵音默下声去。又一条信卡传来:

"在下戚九天叩谢第五主将大恩,请第五主将速援,九霄王胜危在旦夕!"

"恕我直言,副将,就算您帮了九霄国,九霄国对我们也无益,甚至对整个弥天大陆都无益。"军机处部长南宫浩道。

"小音,别想了,谁要去拼死帮他们戚家!真当我们是阶下臣啊,以为打打感情牌就能对你我呼来喝去。"冷羿藐视道。

然而梵音仍然看着戚九天传来的信卡,一言不发。北冥顺着梵音的目光看去,只见她定睛停在了戚九天最后的一句话上。这行字,戚九天的手抖了。

"北冥,"只听梵音沉声道,"我和红鸾去一趟九霄,你等我回来。"

"我和你一起去。"北冥毫不犹豫道。

在座众人均是一惊,冷羿脱口而出道:"小音,为了他们犯不着!"

"哥,若九霄国真灭了,你我这身血也就真的无根无源了。"梵音道。冷羿听罢,眉头一皱,沉下声去。

"音儿……"北冥还要开口,梵音打断了他:"冥,现在的你哪儿都不能去!"只见梵音一脸严肃,不容驳斥。

"我不可能让你一个人去九霄国。"北冥沉声道。

梵音的手轻轻握住了北冥的右手,道:"等我回来。为了你,我一定会平安回来的,放心。我顶不住大不了就跑了,不会舍命的。"

北冥不吃梵音这一套,还要反驳。梵音手中忽而加力,轻轻摇了摇他的右手,眼神也变得温柔起来。只这一下,北冥原本严肃的神情忽而松懈了。

"咳咳!"在座一个粗声大气的指挥官突然咳嗽起来。众人原本沉浸在这莫名尴尬的气氛里正认真地看着北冥和梵音二人,此时猛然惊醒,好几个人吓得一个激灵。嬴正清了清嗓子继续道:"那个,第五啊,就让主将陪你去吧,你自己去我们也不放心啊。"

"主将哪儿都不能去。"梵音再次严肃道。

赢正看着梵音,忍不住吞了一口口水,她的样子不容反驳。赢正道:"要不,要不让赤鲁跟你去吧。"赤鲁听罢正要欢快地点头,梵音却抢先一步道:"谁都不用跟我,我和红鸾速去速回。"

时间紧迫,北冥见状散了军政部会议,会议室内只剩下他和梵音二人。梵音突然向前凑近一步道:"冥,我速去速回,你等我回来!"

"不行!"北冥道。

"你怎么吼我?"梵音故意委屈道。

"我陪你去,现在就走。"北冥不接茬。

"北冥,你重伤初愈,哪里都不能去。即便你没有受伤,我也不会让你跟我去的。现在大战在即,你必须养精蓄锐,万万不能再有闪失。一旦……"梵音还想再说什么,又咽了回去,"不仅是东菱,整个弥天都将危在旦夕!你相信我,我一定会为了你安全回来的!"

"你说什么我都不会听的,你到底要不要去九霄?"北冥催促道。

"你这个人怎么这样!"梵音突然叉起腰板道,"还没怎么着呢,就不听老婆话了,真是够呛!"说着梵音白眼一翻,懒得理他。

北冥一哽,跟着笑了出来,越笑越大声,越笑越开心。

"笑什么笑!再笑我跟别人了啊!"梵音尖声道。

北冥噗的一声喷了出来,脸色唰地白了。现在轮到梵音抿嘴笑了。"好了好了!不跟你闹了!我真的要赶紧走了!有红鸾,你放心,我们两个随时能回来!"梵音一本正经道,用力捏了捏北冥的右手。

北冥沉下脸,梵音仍是不依他,快步走出会议室。冷羿等在门外。

"哥?"梵音道。

"走。"冷羿一瞥,示意道。兄妹二人心照不宣,快步往军政部外走去。

临行前,北冥对红鸾道:"红鸾,一旦见形势不对,立刻带音儿回来,知道吗?不许让她硬撑!"一声鸾鸣入天,红鸾亲昵地在北冥颈间蹭了蹭。"你自己在天外等候注视着梵音,不可靠近九霄,保护好自己,知道吗?我不放心九霄人。"北冥抚摸着鸾羽道。北冥说罢,梵音、冷羿翻身跃上红鸾背脊,一个火焰冲天,红鸾消失在东菱山。

天玄山上,戚渊与戚瞳还在厮杀。

"是你把徒幽壁给了修弥,助它幻形?"戚渊一边与戚瞳博弈着,一边质问。

"事到如今这还重要吗！"戚瞳喝道，举起三棱金刚戟朝戚渊打去，戚渊立起六棱金刚戟格挡，只听砰的一声巨响，天玄山被震得嗡嗡作响，士兵们被震飞出十丈。咔嚓，戚渊的六棱金刚戟断了。亲军士兵大骇，欲要冲上阵来救驾。戚瞳的一分部、二分部见势也要拔刀相见。

"当真是你。"戚渊看着手中的金刚戟。它无坚不摧，然而此刻竟然断成两截，普天之下，若非狼骨又有什么可以与之抗衡呢。

"把王位传给我，我不与你为难。"戚瞳道。他狠狠攥着手中的三棱金刚戟，那是用狼骨打造的，天下至坚。"九霄之下，没有人比我更适合接替你的位置。"

"你与修弥勾结，用徒幽璧换取了狼骨。"戚渊道。

"有何不可？"戚瞳道，"那只会让我九霄国国力倍增！就像现在，你也不是我的对手。有了它，我们也不用再忌惮狼族的力量！"

双方僵持不下，就在这时，突然山摇地震，千军万马猛然一坠，天玄山要塌了！

"父亲，莫再恋战！天玄山要塌了，王胜将毁，守住天玄山要紧！"只听一清脆声音眨眼间从千军万马之后冲到阵前。

"你来干什么？快回去！"戚渊见状大喊。

"九霄有难，孩儿岂有袖手旁观之理！"只见一个身高不过四尺的男孩站在戚瞳身后，他刚刚穿过戚瞳的一分部、二分部，来到阵前。戚瞳猛然回首，杀意起！

"守住天玄山！"只听男孩一声令下，气震山河，三军均是一震！"父亲！"男孩再喝！

戚渊不再迟疑，令全军往天玄山后赶去。因为失去了徒幽璧，天玄山半面欲坠，巨石青岩向王胜都城砸去。戚渊亲军奋力阻挡，但山体颓势太快，众人力渐不支。然而以戚瞳为首的两大分部，一动未动。

"戚瞳！你想干什么，还不护国！"男孩道。

"护国？"戚瞳道，"轮不到你来指挥我！"说着他一剑朝男孩劈去。男孩闪身一躲，青石地面登时被戚瞳的金刚戟凿出一个巨坑。男孩不再与他纠缠，奔向后山，帮助戚渊。

"愣着干什么！把那个贱妾的儿子给我拿下！"戚瞳怒道。天玄山上混作一团。戚瞳对男孩穷追猛打，戚渊为护天玄山已分身乏术。

霍然间，天玄山上一片霞光。正午时分，烈日当空，也被掩去七分颜色，漫天火海顷刻而至，士兵大骇。霎时间，又有两道冷冽从天而降，光霞顿散。倏！一道冰幕阻了天玄山倾颓之势。

"第五……"戚瞳眯起眼道。

梵音和冷羿二人急纵落地,看着天玄山上乱况,不禁皱起眉头。戚渊感受到身后一股寒意,猛然回头,待看到梵音、冷羿二人后,登时凌眉怒起,本想杀个回马枪,可山体再次动荡。梵音刚刚施下的冰幕瞬间碎裂,巨石再次朝山下砸去。戚渊顾不得梵音等人是何来由,直奔塌陷的山体而去。

看样子天玄山撑不了多久了,梵音、冷羿互视一眼。忽然,又一道冷冽袭来,冲破一分部、二分部阵仗,倏地停在梵音、冷羿二人身前。冷冽所到之处,士兵们无不身前一痛,哗然倒下一大片。

冷羿、梵音二人猛地瞪大双眼齐声喝道:"老爹(叔叔)!您怎么来了!"

"咱家祖坟在后山呢!他妈的!再晚就全塌了!老祖宗尸骨无存啦!"只听一声咆哮,冷彻怒吼道。

"啊!"梵音、冷羿一个个张着大嘴愕然道。

"愣什么呢!赶紧呀!两个傻子!"冷彻二话不说,冲着后山奔去。

"呃……"梵音、冷羿愣在原地,一脸懵圈。

"赶紧的!两个傻子!咱家祖坟被人刨了!他妈的!"冷彻一边跑,一边骂骂咧咧道。

"父亲!给第五主将和冷先生让开道路!"只听一声铿锵,男孩深陷阵中再次大喊道。梵音猛然循着那个声音看去,薄唇轻动:"戚九天!"只见男孩身形灵巧,却熠熠生风,气宇轩昂。

"第五主将!冷先生!拜托了!"戚九天再次嚎声道。

原来冷彻手中的信卡也是戚九天传送的。只是内容与给梵音、冷羿的不同。戚九天写道:

"冷先生,九霄今日大敌在前,冷先生不愿出手相助,实乃人之常情。但,冷先生一家先祖的安眠之地恐怕保不住了。恕在下无能,还请冷先生节哀。九霄,戚九天敬上。"

"叔叔,您是何时收到戚九天来信的?"梵音一路跟上冷彻追问道。

"一天前!"冷彻道,"我与你婶婶原本正赶往西番,相助九百家的国正厅,谁料半路收到戚九天的来信!见鬼了!他们打仗,干咱家屁事!祖坟还被人刨了!妈的!"冷彻不爽道。随后,冷彻和九百斜月分道扬镳,他独自赶来九霄。梵音听罢,默下声去。

只听冷彻再道:"戚九天,不简单!"

"是!"梵音、冷羿一同道。

这小子早就算准了灵魅会来袭,更是提前通知冷彻,为的就是让他尽早前来相助。

戚渊看见第五家三人到齐,心中一凛,眼射寒芒。

"羿儿!守住我和小音!"冷彻道。

"是!"冷羿道。冷羿当年为救魏灵超,灵力耗损所剩无几,如今虽恢复大半却不足以施展上乘灵法。

"父亲!给第五主将家让路!"只听一声暴喝,戚九天洪声震天,气魄难挡!戚渊手中一颤,心中一震,眉眼一凛。片刻后,戚渊亲军为冷彻等人撤出道路。

只听地震山摇,龙吟九霄之声冲破天际。冷彻盛大的灵力破空而出,席卷天玄山。水域持天拔地而起,势如破竹,直达山巅。

"叔叔!"梵音大喝一声,跟着双掌加力,一股浩瀚灵力奔腾而出,加持着冷彻的水域持天往天玄山顶奔去。眼看着要倾塌的天玄山瞬间被冻住了,寒芒外散,冻得人瑟瑟发抖。

"速把山下巨石路障清走!救人!"戚九天再道。主将亲军心随声动,不知不觉听了戚九天的调遣,纷纷向山下冲去,防止碎石跌落伤民。

"喝!"只听冷彻大喝一声!山风猎猎,水域持天再上一层,倾塌的天玄山慢慢稳住了。天玄山高耸入云,冷彻已然放出全部灵力,才保其不倒。一座万年冰山赫然出现在王胜都城之中,冰锥入骨,已成了天玄山的脊梁!然而碎石崩塌之相,仍不见减轻。

梵音跟着嚎声穿云,在冷彻的水域持天之外再上一层。梵音的水域持天犹如冰河浩瀚,星光熠熠,华美绝伦,璀璨耀眼,闪得人眼一时间难以辨物。巨石碎岩慢慢停止了下陷滚落,天玄山稳住了。然而冷彻和梵音无一人敢轻易撤力,怕一个疏忽,功亏一篑。

"还差一点!"冷羿在一旁观测道,身上已是落下汗来,叔侄二人喘着粗气,灵力外放已到阈值。

"喝!"只听冷彻再喝,锥扎入地,水域持天伴随着天玄山的根基往大地深处延展而去!梵音紧随其后,稳稳定住了天玄山的根基。

戚渊的眼神忽而一暗,亲军随动,唰地分开成股势力,向冷彻、梵音二人袭去。冷羿的寒冰刺棱刃已握在手中,正是剑拔弩张之际。

忽听一声暴戾:"谁敢!"倏地,一道裂痕划破长空,撞开了戚渊亲军。戚九天只身挡在梵音、冷彻身前,凌眸怒睁,手持六棱金刚戟,与军为敌。

"九天!"戚渊大喝道。

"父亲!让亲军退下!"戚九天道。

"回来!"戚渊再道。

"让亲军退下!"戚九天再喝,灵力暴涨,唰地,金刚戟一挥,震开大片亲军。戚渊动作稍缓。就在戚渊迟疑之际,戚瞳领兵攻了上来,戚渊再次陷入混战。

"父亲!"戚九天大声道。然而戚渊已无力再回,断了金刚戟的戚渊力量大减,很快被戚瞳占了上风。眼看戚瞳攻了上来,梵音和冷彻的水域持天还没有彻底完成。

戚九天心下一横,迎了上去。父子三人斗成一团。只听一声闷响,戚瞳的金刚戟打中了戚渊,戚渊登时倒地,口吐鲜血。戚九天急忙冲了过去。戚瞳再要下狠手,了结戚九天。然而这时大地一震,碎冰滚落,水域持天即将完成。

戚瞳再不耽误,冲向梵音和冷彻。忽而,一个小身影闪了出来,尖声道:"副将!不可啊!不可伤了第五主将一家!"说话之人正是九霄二分部二纵队队长盗铃儿。此人一双铜铃眼,一对招风耳,身形飞快,善于追踪之术。自从七年前在游人村捕熊之时见过梵音一面,就对第五主将一家心生向往。

"滚开!"戚瞳道。

"不可啊,副将!第五主将是在拯救九霄国啊,副将!"盗铃儿恳切道。

"混账!第五家死了这么多年,九霄内竟还有余党!给我拿下!"戚瞳道。说着,二分部两位队长司空尚和鸥夫冲了上来。盗铃儿一闪,护到梵音身前大声道:"副将!不可!"

司空尚和鸥夫听盗铃儿如此肺腑之言,不禁一怔,手中慢了半拍。戚瞳见状大怒,道:"涂鸢!你想反吗!"戚瞳此话一出,涂鸢二分部的手下再不敢耽误,纷纷向梵音、冷彻攻去,冷羿随即与九霄军开战。

只见一条血路开,戚瞳势如闪电,倏地朝梵音冲了过来。此时的梵音、冷彻已是身形疲累,呼吸沉重。轰的一声暴击,戚九天震开了戚瞳亲军,冲了上来。

戚瞳猛然回首,这小子的命,他留不得了!兄弟二人话不多说,战了起来。少时,只听一声嘘喘,咻的一声,戚九天冲破了戚瞳的纠缠,穿过阵营,来到了梵音身前。只见他额头淌下一行血痕,双目镇定地看着前方。戚瞳不可置信地看着戚九天,他过去了,先声夺人!

"好身手!"梵音、冷彻无一不是心中大赞。

"要想伤第五主将,先过我这一关。"戚九天沉着道。

二分部的人见此状况,不知为何,人人心中颤动起来。霍地,盗铃儿尖叫出声:"第五主将是来救九霄的,不是来害我们的!你们怎可忘恩负义!"说着盗铃儿冲破了鸥夫的束缚,往戚瞳身后攻去。

"鸥夫!"司空尚见状大喊道。

然而鹞夫手下已是松了,他看向司空尚,没有回应。盗铃儿一个闪身,已经来到戚瞳身后,攻他下盘。盗铃儿身手之快,戚瞳始料未及,更没料到二分部的人竟然没有看好他。

一时疏忽,他抄起金刚戟朝盗铃儿打去。盗铃儿抬手一挡,另一只手已经用鞭绳困住了戚瞳双腿,只听一声脆裂,盗铃儿"啊"的一声倒在血泊中。

就在这时,戚瞳中段出现空当。戚九天冲了上来,对准戚瞳腹部打去,戚瞳猛然回身迎击。戚九天个儿矮,一个下蹲,躲开戚瞳直击。

戚瞳一个踉跄,就要摔倒,他大喊一声:"涂鸢!"

涂鸢手持玄铁黑钢剑冲戚九天攻来,戚九天一个回身,砰的一声!六棱金刚戟打在了涂鸢的玄铁黑钢剑上,黑钢剑登时粉身碎骨。涂鸢愕然,戚九天回手一抽,正中涂鸢腹部,涂鸢被打飞在地。戚九天跟着回身,朝戚瞳被捆绑的双腿再次攻去。

戚瞳腰身一倾,躲过攻击,跟着挥戟反击。戚九天双手一持,挡住了戚瞳攻势。不想双戟相撞,嗡嗡作响,震得人心骇然。戚瞳心中一凛,眼含杀意,冲着身下绑住他的盗铃儿怒扎而去,盗铃儿已经没了反击之力,奄奄一息地蜷缩在戚瞳身下。

倏!一柄长鞭挥来,咻地卷住盗铃儿。鹞夫手下发力,拖回了盗铃儿。这时盗铃儿鸡贼的铜铃眼猛然睁开,唰地拖住手中鞭绳,戚瞳再次踉跄。戚九天飞身而起,冲着戚瞳当头棒击。戚瞳反手一挡,两戟相撞,震得戚瞳手臂发麻。

"怎么回事!"戚瞳心中大惊。

咻,一束冰刃飞过,冷羿眼射寒芒,戚瞳躲闪不及,倒在地上。戚九天趁机向戚瞳肩头打去,戚瞳肩头顿时被戚九天的六棱金刚戟钻了个窟窿。戚瞳挥臂再打,戚九天双手发力,朝戚瞳手中的三棱金刚戟攻去。

砰!戚瞳手中的三棱金刚戟飞了出去,戚瞳倒地,金刚戟把大地砸得开裂。他看着戚九天,从牙缝中挤出几个字:"狼骨金刚戟!"

戚九天走到戚瞳身前,俯视道:"蠢货!与狼共谋,等于与虎谋皮!"

戚瞳双眸怒睁,盯着戚九天。霍地,他回过头去,看着不远处被士兵们搀扶起的戚渊,道:"你和狼族早有勾结!"

此时戚九天手中的六棱金刚戟正是戚渊送给他的兵器,原为戚渊所有。

"你当真要把徒幽壁交给亚辛?"戚渊反过来质问道。

"我没有!"戚瞳道。

"那方才魔坤的话是何意?"戚渊道。

"当年我想诓东菱和西番进攻大荒芜,到时候我九霄在外观战,坐收渔翁之利!"

戚瞳道。

"若亚辛赢了呢？你怎么得利！"戚渊道。

"东菱、西番不是草包！亚辛就算能胜了他们也必要付出代价，到时候我亲手毁了徒幽壁，他自然功亏一篑了！"戚瞳道。

戚渊看着戚瞳，忽然仰天大笑起来，道："好好好！不愧是我的好儿子！"父子俩的想法如出一辙，要的都是九霄在弥天之上独占鳌头！一个九霄还不够，他们要侵吞整个弥天大陆！

忽而，戚瞳冷笑一声道："人心隔肚皮！你我父子都不是一条心，真是可笑！你又凭什么来声讨我，你和狼族早就勾结在先了！"

"没错！我是和修罗一早结识！它用修罗族狼骨换取了我的一块徒幽壁。我用狼骨打造了这天下至坚的兵器金刚戟！"说着，戚渊向冷彻与梵音看来。

原来狼族是这样得到可以让它们幻形的灵石徒幽壁的。梵音、冷彻、冷羿三人在远处想着。

可那之后，戚渊发现狼族的野心远不止如此，一块徒幽壁根本满足不了它们的欲望。狼族到底要干什么，戚渊不得而知，最终他放弃了和狼族共谋。这也就断了狼族获取徒幽壁的途径。

在那之后，修弥找上了戚瞳，两人一拍即合。戚瞳背着戚渊得到了狼骨，炼成了新的三棱金刚戟。他也把徒幽壁分给了修弥。

后来，修弥假意为灵主和戚瞳搭上了线，让戚瞳谎骗东菱和西番进攻大荒芜，灵主帮戚瞳一统三国，之后戚瞳再把徒幽壁完好奉上。可谁知，这中间每个人都有着自己的心思和谋算。

北冥和太叔公早就不信任九霄了，但攻打大荒芜势在必行，所以他们一早规划，一旦兵力在大荒芜耗损严重，东菱和西番立刻撤退，放灵魅出大荒芜，到时候九霄不得不参战护国，谁都跑不了。

今日之战，九霄内忧外患，如不是梵音等人前来搭救，恐怕九霄国就要毁在戚渊、戚瞳这对冤家父子手里了。

"糊涂。"戚九天忽然开口，他看着眼前的父亲和大哥不禁摇头道。

这时，只听远处传来一串银铃般的声音。汪花容从国正厅急赶而来，穿过三军，奔到戚渊身前。只见她肤若凝脂，美眸无限，看着重伤的戚渊，心头一痛，却咬住软唇，把眼泪生生憋了回去，道："夫君！你可伤着了？"说着一把搀过戚渊。

"你怎么来了？快回去！"戚渊看见娇妻，心中不由一颤。汪花容足足比他小了二十岁。

"我哪儿也不去！就陪着你！"汪花容道。

戚瞳看着眼前这和他年纪一般大的二娘，心中一狠道：

"戚渊！我为你拼死拼活二十载，在你眼里却不如这个贱人生的庶子！"戚瞳愤怒道，"这些年来，你不说一个字，我便知你心意，为你操刀，拼杀天下。当年太叔公偶得义子，你忌惮在心，恐西番越了我们去，我便假意为太叔公谋划，诓他用大巫熊骨接骨之法，替他义子雷落再续断臂，实则取他性命，削他西番实力。

"这一桩桩、一件件，哪样不是我为你，为戚家，为九霄搏出来的！到最后，你却把狼骨金刚戟传给了戚九天！你怎么对得起我为你搏命！我这个儿子的命在你眼里就是为你，为戚家，为九霄搏命用的吗！"戚瞳悲愤。

忽然，一股劲风越过三军，冲戚瞳而来。啪的一声脆响，一个巴掌狠狠打在戚瞳脸上。

戚瞳猛然回头，当下惊愕道："妈！"一声惊呼，震惊了在场所有人的心。梵音、冷羿很快打了个眼色，冷彻纹丝不动，淡然看着面前发生的一切。

"瞳儿！你做了什么？"只见一个雍容华贵的女人伫立在戚瞳身前，连声音都显得高不可攀。

"他为了那个贱人之子全不顾我的死活！"戚瞳道。眼下这人正是戚渊的大夫人，涂玉，戚瞳之母。

"他是你爹！"只听涂玉喝声道。

"可他没有当我是他儿子！"戚瞳道。

"胡说！"啪！又是一声脆响，涂玉再一巴掌打到戚瞳脸上。戚瞳不可置信地看着母亲，双目震颤。涂玉看着儿子伤势不轻，心中猛然软了下来。只听她一声哀叹，垂下眼眸，半晌道："都怪母亲和你爹争了这些年，闹了这些年，才让你父子二人隔阂越来越深。"

"是他先对不起您的！妈！"戚瞳不忿道。

"他哪里对不起我？娶了汪花容？是，他是娶了别人，普天之下，只有他戚渊是两女共侍一夫，坐享齐人之福，混蛋！"涂玉骂道，可戚瞳却听不出母亲是怨是怪，"为了戚家，他什么都做得出，只要能扩充他戚家在弥天的势力，他就敢娶所有天下权贵之女。"说着，涂玉忽然冷笑一声，"哼！他想娶，人家也得想嫁啊。也不看看，他儿子可比他这个老帮菜潇洒多了！可真就有那眼瞎的，看得上他，愿意嫁给他，傻子。"涂玉说话不留情面，却也不像是在骂人，汪花容听了瞬间红了耳朵，可手中却搀着戚渊，半步不退。

涂玉深吸了一口气，好像费了好大力气才终于又开了口："瞳儿，你十五岁出任军政部一分部本部长,二十岁不到成为军政部副将。你舅舅任军政部参谋长,鸢儿在你手下当差,也早早成为二分部部长。你父亲把九霄半壁江山都给了我,他哪里对不起我?"说着,涂玉幽幽转身,向身后勉强站起的戚渊看去,"他没有薄待过我,也没有薄待过你。只是我心不满,意不足,谁让他娶了别人,我偏要和他争个高下,看看九霄上下,是我涂玉厉害,还是他戚渊更胜!"

涂玉看着受伤坐在地上的戚瞳,没有上前帮扶,而是转身向戚渊走去。夫妻二人相视一眼,涂玉道:"活该!"跟着从另一边挽住戚渊,一身倔强傲骨的她竟是没忍住,落下泪来。

"无妨!"戚渊道。涂玉听罢,在他身边点了点头。

"你二人都是我儿,我一样器重。今日之事,一笔勾销,过往不提!"戚渊当着三军的面大声下令道,"瞳儿,我与你父子血脉,天下间没有比你更像我的人!"戚渊这一句,已是替戚瞳证明了他在九霄无可撼动的地位!

"父亲……"戚瞳看着戚渊,站起身来,眼中已是酸涩。

"好了,别在这里多说了,回家去吧。"涂玉道。

半晌,戚渊点了点头,在两位夫人的搀扶下往国正厅走去。临别前,他没再留下半句话。戚瞳看着父亲的背影,发现他伤势不轻,心中悔恨。他看了一眼离他不远处的戚九天,亦是未再多言半分,随父亲往国正厅退去。三军将士看着接连离开的戚渊和戚瞳没下半句军令,无一不是茫然无措。

正在戚渊、戚瞳退去不远时,只听一声清脆高亢在天玄山上响起:"第五主将!冷先生!冷公子!今日九霄大难,承蒙三位先生不远万里前来搭救,戚九天铭感五内!在此,请三位受我戚九天一拜!"说着,戚九天双手抱拳,当着三军将士的面,对着对面三人恭恭敬敬拜了下去。

天玄山上静了下来,戚渊、戚瞳父子在不远处背对着梵音等人亦是知道发生了何事,却无一回头。戚家军无一不是同气连枝,无动于衷。

戚九天一人礼成起身。他年纪不过十岁上下,戚家军中无他一兵一卒,当然无人听他号令,他也没有命令。冷彻看着戚渊、戚瞳不敬的身影,看着戚家军盛气凌人的态度,就气不打一处来,懒得再看,欲带梵音、冷羿二人离开。反正他这次来也不是为了拯救什么九霄百姓,不过是怕自家祖坟被人刨了而已。

忽听戚九天再喝一声:"北唐主将大驾光临!幸会!幸会!"此声一落,戚渊、戚瞳猛然回首!三军众人更是齐齐向戚九天喊话的方向,即梵音等人身后看去。梵音、冷彻三人亦是一惊,霍地回眸。只见一个身披暗红军装、金虎在肩的男人从山脚处走了出来,显于人前,正是北唐北冥。

梵音愕然一惊，双眸闪烁地看着北冥，心中大喊："他什么时候来的！"跟着急忙向他双臂看去。这一看，更是让她大吃一惊，再说不出话来。此时，不管是远在阵营中的戚渊、戚瞳父子俩，还是冷彻、冷羿二人，皆是虎视眈眈地看着北冥。

"戚公子，初次见面，幸会。"北冥淡淡道。

戚九天看着北冥。在场之人没有一人能凭灵力发现北冥的行迹，戚九天亦是不能。只不过，九霄大战刚停，戚九天精神戒备，正眼观六路耳听八方，机警间发现了北冥隐在暗处的身影。然而片刻一过，戚九天便明白了，北冥无意隐藏自己的行迹，如不然，他简简单单施个藏身术，谁又能发现得了他呢。

戚九天心下想着，北唐北冥之所以这样，全因为这次九霄之战，不仅是九霄与灵魅之间的，更是九霄国正厅戚家的家务事。他若一早显于人前，不免尴尬。北唐北冥如此一来，不仅保全了戚家颜面，又能在暗中监视着九霄的一举一动。至于为何要监视九霄的一举一动，恐怕就是因为此时站在他身前的那人了。

梵音回头看向北冥，此时北冥已经来到她身后，梵音眉眼微瞋，稍纵即逝，便转回身来。

戚九天小小一个人，就这一会儿心思已经转了个大周天。即便北唐北冥此番前来没有恶意，可他的行为已经让戚九天大为光火。九霄天玄山岂是外人可以随意踏足的！然而此刻，戚九天面色如常，眼如日月道："北唐主将若有事相商，便请到九霄国正厅一坐。若没有，还请退避。我自与第五主将、冷先生一家说话。"此话一出，戚九天亦是带了三分颜色。

北冥略一瞭望，向不远处的戚渊、戚瞳看去，三人相视，均无半分退却。然而，都再没有动作。

戚九天看罢，不再多言。他再次转向第五梵音与冷家父子道：

"第五主将，冷先生，冷公子，今日承蒙您三位摒弃前嫌，前来相帮。如不然，天玄山倒，王胜城塌，九霄大地上将生灵涂炭！谢主将一家救九霄黎民百姓于水火之中！请再受戚九天一拜！"戚九天说完，铿锵一礼，灵浪阵阵，喝得三军将士赤胆红心一震，齐齐向戚九天、梵音等人看来。

戚九天行礼过后，直起身来。天玄山上再无半分杂音，肃静无声。只听戚九天第三次以洪亮之声道：

"第五主将，冷先生，冷公子！戚家军三谢第五主将一家不计前嫌，大义相帮之恩。今日若不是第五主将一家出手相助，戚家军军心不定，将帅不和，阵前倒戈，定遭灭顶之灾！戚九天愿从今往后，戚五两家重修旧好，相辅相帮！戚家对第五主将一家有愧！请第五主将再受我一拜！"只听砰的一声巨响，戚九天把六棱金刚戟狠狠戳在地上，嵌进了厚土山岩。

普天之下，谁不知道第五家的看家本领便是这无坚不摧的终极防御，水域持天。而这狼骨金刚戟天下至坚，戚家人嘴上只说那是弥天之上最厉害的兵器，可真正的目的便是专克第五家的水域持天和野鬼幻形之法。戚家军倒要看看是这盾坚硬，还是矛更锐利。

戚九天的话响彻三军，战士们纷纷向他看来。只见那一个小小的人儿，背弯得矮平，脊梁却挺得笔直，一身正气，浩然于身，光明磊落，不弱人前半分！战士们再次向第五梵音与冷家父子看去，那相同的肤色，冰一样的脊梁，在九霄大地上已消失半世。然而，他们仍心怀坦荡，英勇无畏，在九霄人需要他们的时候义无反顾地拼杀在前，哪怕背后站着的已是对他们刀剑相向的昔日"战友"，他们仍未退缩半步！

戚家军一颗颗坚硬的心被撬动了。盗铃儿泪流满面地看着梵音，哭喊道："谢谢您！第五主将！"在鸥夫的搀扶下，他深深鞠下躬去。

鸥夫稍停片刻，也随盗铃儿一起鞠下躬去。漫山遍野的三军将士，看着那如冰山一样挺拔坚毅的三人，少时，整齐划一地向梵音等人行礼一拜，高声道："谢主将！"那气势恢宏的三军喝令顺着天玄山浩浩荡荡传遍九霄大地。

"谢主将！"戚九天再喝一声。

三军皆听号令，高喝道："谢主将！"

冷彻的眼圈红了，默念着："老爹！你可看到了，第五家又回来了。"

梵音两行清泪垂落，虽未想过荣归故里，可这一刻她觉得自己是个有根的人。不在东菱，不在游人村，而是在这浩瀚的九霄大地之上。他们和她有着相同的肤色，那是太阳的颜色，是勇往直前的颜色！

戚渊看着远处的将士们，心中默然漫上一丝苦涩，难以启齿。可忽然一个小小的人儿进入他的视野，戚九天那刚毅的身影撑起了九霄戚家军坚定的脊梁，虽弯不折。戚渊转身朝国正厅走去，头也不回。戚瞳看着自己一手培养出的一分部、二分部，随后，站直了身躯，也扬长而去。

这第三鞠躬，戚九天和三军将士久久不起。只听梵音道："戚公子，言重了！快请起！"戚九天这才直起身来，只听他背对着三军将士，道了一声："起！"三军将士皆听他号令，高声重喝，霍然挺拔了身姿！

"冷先生、冷公子、第五主将，一路奔波，还请到国正厅稍作歇息。"戚九天道。此时他已经换了称呼的顺序，把冷彻放在了前面，按照第五家现在三人的辈分道了出来。先前在三军将士前，戚九天句句把第五一氏放在最先，颇为器重，此时换了顺序又不失礼数，周到有加。

"若是你老爹和你大哥有你这两下子,戚家军也不至于此。罢了,我们这就离开九霄,不再逗留。"冷彻仍旧不留颜面道,但话已收了半分。

"既然如此,九天就不留冷先生、冷公子了。日后,九天定当登门拜谢。"戚九天道。冷彻点了点头,准备带梵音离开。

忽而,戚九天又开了口:"第五主将,敢问您可否到舍下一坐?听闻您刚从止灵回来不久,之前又深陷东菱内战,现如今再到九霄相助,一路奔波疲累,需要多多休息。还请第五主将到国正厅休养。"

梵音原本紧绷的神情此时一松,道:"多谢戚公子好意,我这就返回东菱了。"

戚九天看着梵音,沉吟片刻道:"那我就不多留主将了,来日方长,我定登门道谢。"梵音点头,冲他笑了笑。戚九天看着她一愣,半响无语。随后,他向北唐北冥看来,道:"北唐主将,今日不请自来,我就不多留了。请。"

北冥看着戚九天,从方才戚九天让他现身起,他便知道此人不简单。寥寥几句,戚九天表明了心意:他的敬是对第五梵音和冷家的,没北唐北冥的事;北唐北冥站在暗处,听他慷慨激昂、又行大礼,算什么事?所以,戚九天先让北冥现身说清楚,并让他站在一边,候着便是。这义,戚九天今日是做全了,这亏,戚九天是半分不能吃。

倏!一道凌厉划过,戚九天抬指一接。一张信卡显于他手。

只听北冥道:"恭候戚公子大驾。"随即,他的手轻轻环在梵音腰间,道:"红鸾!"一片艳阳下,红鸾从天外而来,携众人而去。

只听一声明亮道:"第五主将,雄鹰更配您的灵眸,日后九天定当登门拜访。"梵音回眸看去,只见戚九天身着九霄暗绿军装,身姿挺拔,一只雄鹰在他肩头,熠熠生辉。唰的一下,梵音等人消失在天玄山上。

一眨眼,红鸾带梵音等人回到了东菱军政部的校场上。冷彻还未见过红鸾穿越时空的本领,一时间有点茫然,慌忙从红鸾身上下来。左右看了看,才发现自己来了东菱。

"你把我弄到这儿来干什么!"冷彻不满道,回头看向北冥。这一看不要紧,冷彻顿时大为光火,只听旁边还有一个人和他异口同声道:"把手给我放开!"

只见北冥的手还在梵音腰间环着。没等北冥动作,冷彻一把扯回梵音。

"冷先生。"北冥毕恭毕敬道。

冷彻瞥了他一眼,没有搭话,随即看向梵音,道:"这些年在止灵受苦了吧?"

"爸爸妈妈把我照顾得很好。"梵音抱住冷彻,冷彻伸开双臂把侄女揽在怀中,两人情同父女。

"跟叔叔走,别留在东菱了。当年留你下来,就是叔叔这辈子犯下的最大错误!

不能再犯!"冷彻红着眼眶道。

梵音返回弥天后很快与冷彻取得了联系,只不过先是东菱大劫,后是西番内乱,冷彻第一时间想赶过来看梵音,可妻子那边的西番国已经乱得一塌糊涂。东菱稍安后,梵音百般劝阻,冷彻这才与九百斜月先行赶回西番九都,以看状况。

"叔叔,如今乱世,我们还能去哪儿呢?"梵音轻声道。

冷彻长长叹了口气,这丫头真让他心疼,可他又有什么办法呢。

在这之后,冷彻见到了在地球上抚养梵音成人的夜昼一家,千恩万谢,几天几夜也道不完他的感激之情。然而,这两家人初相见时,冷彻除了道谢,却一句话也不想与夜家人多说。因为他知道夜昼是北冥的外祖。经过梵音这十几年的生死大劫,冷彻心里早就有了打算,无论如何他不能让梵音留在东菱,留在北唐北冥身边!

可话不多时,冷彻渐渐发现夜昼似乎和北冥的关系不那样亲近。夜昼更是跟他打听当今弥天之上各处游人村的状况。听夜昼的意思,他是想尽快带梵音搬出东菱。这一听,冷彻来了精神。两人越聊越投缘。

第二日军政部晚宴上,夜昼与冷彻聊得欢实起来。梵音坐在一边看得笑眯眯的。夜雨则是皱着眉头,一会儿往梵音嘴里塞个果子,一会儿往梵音嘴里递口水,想和女儿说以后凡事不要冒险,不要出头。可这些天她也看出来了,梵音在战场上杀伐果决,是轮不到任何人左右的。夜雨无法,只能尽量照顾女儿的身体健康了。

"妈,我不吃了。"梵音嚼着嘴里的果子道。

"再吃一口秋梨。"夜雨道。

赤鲁奇怪地往梵音这边瞄来,看着梵音此刻被夜雨"控制"得像个小猫一样,他就想乐。他早就看出来,梵音已经坐不住了。莫清扬话不多,可也和颜悦色地听着夜昼与冷彻攀谈,心中高兴。

忽然,冷彻低声道:"我是不会让我家小音跟军政部再扯上什么关系的。"他收敛了态度,为的是不让夜昼难堪,毕竟夜昼是北冥外祖。

忽而,夜昼眼睛一闪,大呼道:"冷先生也是这么想?"

"当然。"冷彻道。

"那真是太好了!冷先生此话正合我意啊!我绝不会让我家小白和什么鬼扯军政部的人扯上关系的!"夜昼大声道。

"哦?"听到此处,冷彻眼睛一亮,道,"夜老先生也是这么想?"

"当然!"夜昼肯定道。随即两人大笑起来,推杯换盏!冷彻不会喝酒,便以茶代酒与夜昼痛快喝了起来。

"女儿家的事,咱不能在这里说。"冷彻突然低声道。

夜昼急忙应和："对对对！小白还小，不能在这里说！"

"但，我是不会让她和北唐家有什么瓜葛的……"冷彻低沉道，声音只够他和夜昼、莫清扬三人听见。冷彻的性子是不会藏着掖着的，聊了一夜，还是把自己的态度明明白白地告诉夜家。

夜昼愣了一下，突然大笑起来，重重拍着冷彻的肩膀道："冷先生所言甚是！所言甚是！"两人这下更是痛快起来，随即开始大声交谈，酣畅淋漓，从东聊到西，从天聊到地，好像有说不完的话！

梵音眨巴着眼睛，也不知道姥爷和叔叔之间发生了什么，只是看他们聊得投缘，自己也跟着高兴起来，小脸笑得红扑扑。

可是北冥的几个兄弟觉得别扭起来，颜童和赤鲁交换了眼色，觉得有些莫名的不自在。北冥已是寒芒在背，一言不发，一脸严肃。兄弟几人心有灵犀，总觉着对面几位老先生和自己不是一个路数啊。

天阔看了一眼哥哥，心中道："哎！哥哥还真是姥姥不疼，舅舅不爱啊！自求多福吧，哥！"

夜半，梵音挨个把长辈们送回房间休息。这时一个人等在梵音房门前，是湖泊。梵音看见姥姥还没休息，赶忙上前道："姥姥，怎么还不休息？找我有事吗？"

湖泊看着梵音，忽然眼睛红了，哽咽半天道："小白，姥姥……姥姥……"

梵音看见姥姥面有难色赶紧道："姥姥怎么了？您别急，到我房间说。"随后，梵音把湖泊请到自己房间，关上房门。

湖泊抓着梵音的手颤抖道："小白，那天姥姥的话伤到你了吧……姥姥……姥姥心里难受……"湖泊说着，落下泪来。

梵音见状吓了一跳，赶忙道："姥姥，您这是怎么了？哪天的话？什么话？小白不记得了呀！"

湖泊哽咽道："姥姥，姥姥那天在地球上对你说了，说了重话，让你，让你离开冥儿，你心里，心里定是难过了吧……"说着，湖泊一把抱住梵音，哭了起来。

"姥姥，我没有！我没有啊！您别难过！别难过啊！您这样，让小白心里好难过！小白没事！我没事！"梵音说着，鼻子酸了起来，"我知道，我知道您是为了北冥好，所以，所以不让我跟他……"

"胡说！"湖泊突然怒道，"什么为了冥儿好，姥姥是为了你好！"说到这儿，湖泊一把扳正梵音道，"你以为姥姥真的喜欢那个什么国主小姐吗？呸！姥姥就喜欢你！姥姥不能让你跟着冥儿受苦！"湖泊一脸严肃地看着梵音。

梵音恍然大悟,原来姥姥当时在地球上说的那些咄咄逼人的话,让她离开北冥的话,都是骗她的。为的就是激梵音,让梵音知难而退,离开北冥!湖泊为了达到目的,甚至假意对姬菱霄百般示好,让梵音误以为湖泊真的中意姬菱霄这个大小姐。

可真到危难关头,姬菱霄要伤害梵音之际,湖泊还是奋不顾身冲进时空隧道保护梵音。梵音此时方才明白姥姥的一番苦心,当即抱住姥姥哭了起来。祖孙俩呜呜地哭成一团。老的哄小的,小的哄老的。随后,梵音费了好大工夫才把湖泊哄好,送回房间。

深夜,当梵音再次返回房间休息时,北冥早早等在了那里。他没有干涉梵音安顿每一个长辈,只是在远处默默跟着。即便是这样,北冥也遭到了无数白眼,他不得不退了回来。

这时他一个人等在梵音房门前,稍显落寞。梵音二话不说,拉着他的手,把他带进了房间。

关上房门,梵音便道:"怎么了?累了?"

"没有。"北冥道。

"那怎么不高兴?"梵音柔声道。

"没有。"北冥再道。

"撒谎。"梵音上前一步,贴近了北冥突然道,"当真是姥姥不疼,舅舅不爱了。"北冥一怔,看了过来。梵音看着北冥傻傻的样子,忽然笑了起来。北冥被梵音笑得莫名,一阵心慌,只听梵音再道:"我爱不就行了。"跟着梵音踮起脚尖,冲着北冥的嘴唇轻轻一吻,随后抱住了他的腰,往他怀里一靠,小脸绯红,不再说话。

北冥抱着梵音,心这才重新放回肚里,笑了出来。

"音儿,你说我们以后结婚了,会去哪儿呢?"生逢乱世,北冥不知为何问出了这样的话。

"你去哪儿,我就去哪儿。"梵音道。

"嗯。"北冥应道,坚定又温暖。两人相拥着,只觉一切都满足了。

第三日,冷彻离开了东菱,赶往西番与妻子九百斜月会合。

之后的半年里,弥天大陆彻底陷入水深火热之中。三国实力皆遭到重创。狼族与灵魅正式结盟,太叔公与姬菱霄等人和异族为伍,不可转还。双方势力,壁垒分明,大战一触即发。

北冥请来了噜噜一族,让它们用精湛的造物术,把东菱南崖顶的断崖用上万根木桩和木楔,横切竖立地镶嵌在南崖顶之上,使其屹立不倒,牢不可破。北冥取回了原本支撑在断崖下的重器。

"北唐,这修复断崖的工费你可负担不起。我能要了你整个军政部的宝贝!"噜酱带领噜噜大军来东菱相助之前,对北冥道。

"看上的,你都拿走!"北冥豪言道。

可直到噜酱带领噜噜大军修复完南崖顶,也没听它说要什么酬劳。

"要什么?你还没说。"北冥道。

噜酱瞥了一眼北冥道:"别死在前头!不然,我这回可亏大了!"

北冥豪声笑道:"好!多谢了!噜兄!"

噜酱擤了擤朝天的鼻子,突然有些得意,大摇大摆地离开了东菱国。

"这账先赊着!等你回来,再跟你讨!"噜酱大声道。

"好!"北冥硬声喝道。

第一四四章
弥天之战

半年之中，弥天三国结成同盟，共同抗敌。三国军政部先后派出无数兵马驻扎在大荒芜全境之外，随时观测其中动向。最终，三国推演出进攻大荒芜的终极之路——从西番亡命谷进攻，与多年前三国预备进攻大荒芜的路线不变。

然而此次选择这条路还有一个原因：西番太叔公带领西番九成兵马叛变，现如今西番兵力薄弱，雷落一旦长途跋涉选择另一条路线进攻大荒芜，那西番后巢空虚，将岌岌可危。

雷落在三国影画会议上道，灵魅只有踏过他的尸体才能入侵西番。九百昆儿守在雷落一旁，手指冰凉，却坐得笔挺。雷落紧紧抓着她的手，毫不避讳，九百昆儿的心落了下来，血热了起来。

然而这一决定却牺牲了东菱与九霄两国的利益。雷落在家门口作战，是死是活只有这一条路。可东菱和九霄两国需要大军开拔，延长战线，这无疑是把两国人民抛在了身后。以目前的状况，虽说东菱和九霄比西番强些，但也不足以保全本国安危了。戚渊与戚瞳在三国会议上静默多日，他父子二人爱惜自己的羽毛天下皆知，让他们冒险比登天还难。因此，西番与九霄在进攻路线上一直僵持不下。

"我们九霄凭什么要听你雷落的？"戚瞳不屑道。

"那就各自为战吧！戚瞳！"雷落道。

三日后，北冥一声喝令，打破了西番与九霄的僵局："好了！你二人不要再争！选择亡命谷没有错，戚瞳！"

"北唐！你又有什么资格命令我？"戚瞳道。

"因为我比你知道亚辛要什么！"北冥犀利道。

"他要什么？"戚瞳不屑一顾道。

"他要容器。"北冥道。此话一出，三国将领纷纷通过影画屏看向北冥，北冥又说："换言之，我在哪里，他就必定会杀到哪里。"

戚瞳的眼神沉了下去，道："如果他先掉头攻击九霄和东菱呢？正好打我们一个措手不及。"

"即便他杀了天下人，最终也要和我们的三国兵力交手，得不偿失，他不会那样做。"北冥笃定道。一语毕，众人静了下去。

半响，戚瞳蔑视道："即便如此，你就有那么大的把握，亚辛非要你这个容器不可？北唐，你是不是太高估你自己了？"

"哼！"北冥冷笑一声道，"你说的没错，戚瞳。不过，我们一起去了亡命谷就不会再有差池了。"

"为什么？"戚瞳道。

"因为他要的容器都在那儿了。"北冥道。

戚瞳、戚渊一怔，不再辩驳。

半年后，三国大军集结在西番与大荒芜边界——亡命谷。

这一战，雷落率领西番军政部剩余兵马全员出征。九霄国戚瞳、戚九天兄弟二人率军政部半数人马出征，戚渊坐镇九霄国。东菱军政部，北冥率一分部、二分部、主将亲军全员出征，姬世贤亦披甲上阵，莫多莉率礼仪部千人助阵，南扶摇率五分部一万人马会合北冥大军。东菱誓要拿下大荒芜一战。菱都由端倪镇守。

亡命谷谷底长年蹿出疾风，直通天际，常人踏进八百米内便已觉得天旋地转，不能立足。亡命谷正是十万年前灵父九周天为保弥天大地，用灵力拖住灭世陨星时在弥天大地上划下的深深伤口。

北冥站在三军中央，看着那呼啸的疾风，心中一阵凄凉。

伤感稍纵即逝，北冥向西番大军看去，只听他高声一喝道："冷夫人！九百小姐！有劳了！"

跟着戚瞳、戚九天在东侧大军道："冷夫人！九百小姐！有劳了！"

最后，雷落率领西番大军在三军最西侧，对着身前的两人道："冷夫人！九百小姐！有劳了！"

只见西番大军前站着两个女子，长发及腰，姹紫嫣红。正是九百斜月与九百昆儿二人。她二人仿若九天下凡的两位仙子，伫立在弥天大地上，眉眼温柔。

九百斜月轻动指尖，似扶风弄海，只听她淡淡道："昆儿，准备好了吗？"

"好了，姑姑。"昆儿道。

霎时间，九百斜月双掌急推，盛大灵力如紫色汪洋向亡命谷潮涌而去。九百昆儿紧随其后，浅藕粉荷接天灵浪，推波助澜。亡命谷凄风猎猎，好像要折断了这弥天大陆。两力相撞，大地震撼。九百斜月再次发力，九百昆儿不甘示弱。亡命谷的玄天旋风被二人的翻云覆雨操控术压了下去，重回地心。

"就是现在！"只听九百斜月大喝一声。三军将士冲亡命谷急行而去。嗖嗖嗖，无数剑力灵浪始于足下，三十万大军倾轧而过。

"阿落！我等你回来！"只听九百昆儿在西番大军之后大呼着，两行清泪已落了下来。她不能随雷落一同出战，她不能让他分心。

"昆儿！我一定回来！"雷落回首高喝，看着九百昆儿眼中的期盼，他已斗志昂扬。

"儿子和小音就交给你了！阿彻！"一阵凉意划过九百斜月鬓边。冷彻身形已远。"你一定得给我活着回来！混蛋！"九百斜月跟着大吼道。

"知道了！"冷彻高声应道。

三军跨过亡命谷，九百斜月与昆儿收了灵力，玄天旋风再次夺命而来，毫不收敛。如此，里面的人出不来，外面的人进不去。

三军来到大荒芜边境，眺望着雾气沉沉的荒芜之地。他们不进去，也自会有人出来，这一战，无路可退。三巡已过，大荒芜方向传来隆隆之声，结实的步伐震得大地颤颤。

只见汪洋一般的凄厉鬼魅冲弥天大军弥漫而来，他们脚下的步伐不再虚无缥缈，而是变得坚实有力。一个浩然身躯凌驾在汪洋鬼魅的天空之上，一个纯白之身立于天地之间，眉眼修长，口若青云。亚辛睁开他那傲然于世的双眸，如日月明镜，身姿凛然。他的样子变回来了，和十万年前一样，永灵石炼成了，帮他恢复了灵身。

灵魅大军霍地闪开一条大道，只见一片慑人寒芒，奔腾着撼动大地的力量出现在灵魅正前方。数万狼族雄风赫赫，耀动着金刚狼毫，好似银海茫茫，就连汪洋鬼魅在狼族身前也变成弱柳扶风。

一人身披银白战甲，银发银面，莹绿的眼睛好像淬炼过的宝石，修弥化身成人，长身玉立在狼群中央，王公贵胄之绝顶风华直叫人高不可攀，数万狼族俯首称臣。它身旁有一浩然大物，身形成峰，碾过数万狼族，威风凛凛，正是修罗另一子，修弥同父异母的妹妹，修彦。

此时的修彦仍是狼兽模样，然而身形已比先前和北冥幻形对打时还要庞大。修弥已幻形成人，在修彦身旁本应显得微不足道，可修弥那嚣张的气焰，抑制不住的灵压，却让身旁的修彦看上去只不过像只凶悍的坐骑。

亚辛立于长空之上，俯瞰着弥天人类的三十万大军，藐视道："怎么，来还债？"

"你要得起吗！"只听一声浑莽，雷落杀意尽显。

"哦？雷师。"亚辛道，"你老子当年不中用，今天看你的了，可别让我失望。太叔公，你儿子就交给你了。"亚辛翻手一挥，一片暗黑褪去，数万兵马乍现在灵魅鬼徒之中，正是太叔公的军队。

只见他一脸肃穆，看着弥天大军。一个身姿挺拔、相貌英俊的男人站在他身旁。只听那人开口道："您就是让他占了西番军政部副将的位置，夺了我的头衔？"

太叔公沉默良久道："阿玄，这是我的义子，雷落。"

"哼！"只听迦罗冷笑一声，道，"亲儿子您都不要，还要义子。"迦罗猛地朝太叔公看来，眼含戾气，相貌与太叔玄如出一辙。迦罗已经完全占用了太叔玄的身子，为他所用。太叔公看见儿子的脸，猛然一震道，"阿玄，你别生气，阿落没有恶意。"

"放屁！他敢带兵打老子，打我？还说没有恶意！"迦罗厉道。

"他……他不知道你是他大哥……"太叔公低声道。

"谁是他大哥！他是人，我是灵！"迦罗吼道。

"是是是！儿子！你别恼！你别恼！待我好好跟他说说，他会听我话！"太叔公急忙劝道。

"西番军政部是我的！西番国正厅也是我的！统统都是我的！我这就要拿回属于我的东西！"迦罗说着便要带兵攻打雷落。然而他一声令下，太叔公的军队没有一人响应。迦罗猛然回首，牙尖嘴利道，"你还要不要我这个儿子？"

"当然要！儿子！你这说的什么话！"太叔公急道。

"那就让你手下的人听我号令，给我杀！如若不然，今日你我就断了父子情分！"迦罗威胁道。

"我！我！我！"太叔公一瞬犹豫。迦罗已消失在原地，回到亚辛身边，再不多看太叔公一眼。

"儿子！儿子！你回来！你回来！阿爹什么都听你的！你快回来啊！"然而，迦罗已是对他不理不睬。亚辛张手一挥，太叔公大军再次淹没在灵魅之中。

"老爹！"只听雷落大呼，"亚辛！你敢伤我老爹，我要你的命！"

"你亲爹都是被我杀的，还差这一个？"亚辛道。

雷落再不等待，率军杀向太叔公被淹没的地方。北冥站在三军中央，凌眸怒睁。

"北唐，好久不见啊。"只听一声缥缈仿佛从天外传来，亚辛笑意盈盈地朝北唐北冥看来，"从永生湖归来可好？竟还有脸活着。"

"亚辛！"北冥咬紧牙关道。

忽而，亚辛眉头一皱，倏地从空中落下，来到灵魅大军阵前。只见他细眉一蹙道："你！"样子甚是不满。霍地，他拂袖一挥，灵魅阵前再次出现一片空场。只见一行人华服锦衣地站在那里，正是以姬菱霄为首的东菱国正厅一众人。

姬菱霄站在幻影猎豹身上，不屑一顾地看向弥天大军。幻影猎豹早已对她唯命是从。姬仲、胡妹儿等人均是立在姬菱霄身侧，听她号令。不仅如此，数千灵魅也簇拥着她，好似俯首称臣。姬菱霄的操控术炉火纯青。

霍地，姬菱霄魅眸一闪，猛地朝北冥看来，只见她牙冠轻动、面容僵硬、脱口而出道："哥……哥哥……"几声细语从她唇间溢出，声音甚微。姬菱霄瞪大着双眼，以为自己看错了。连雾站在她一旁，朝她看来。

远处，北冥站在三军前方正中央，一条空旷的袖管飘飘荡荡。北冥的左袖中空无一物。

"他的手臂怎么没了……"姬菱霄呆念着，心中忽地一阵绞痛。

北冥在菱都一战中失去了左臂，东菱军政部为防走漏消息，隐瞒了北冥的伤势。就连九霄大军也是今日齐聚亡命谷时才知晓北唐北冥断了左臂，戚家军无一不震惊骇然。

当日，北冥完好无缺地出现在天玄山，带梵音众人返回东菱，是用了灵法幻踪，改变了自己断臂之状，在场之人竟无一人察觉。梵音发现他双臂无损地出现在自己面前后，心中先是大惊，随即立刻将惊讶隐了下去。她知道，北冥是要隐瞒他重伤的消息。戚瞳兄弟俩直到今天才知道真相，心中不禁翻起巨浪。

"他的手臂为什么会没了？不可能啊……不会啊……我只让连雾废了他的左臂……可……"姬菱霄双眸出神，远远望着北冥喃喃道。

突然，亚辛一声暴喝道："来了个残尸！没用的东西！你不是想要他吗，送给你了！"亚辛说着，翻掌一推，一个黑障灵魅被亚辛霍地推了出去！霎时间，东华已经到了北冥阵前。只听亚辛冷笑道："老贼，你不是一直想用他的身体吗？送你了！"

东华猛然回首，只见亚辛再次立于半空，俯视着弥天大陆，目空一切。

"他从一开始就知道！"东华心中呐喊着，惊诧万分。

东华鼓动亚辛拿下北唐穆仁当容器，在北唐穆仁死后，又让北唐北冥代替，说什么北唐北冥是时空术士，可以创造无限空间、时空夹缝，到时候亚辛就可以在北唐北冥创造的时空夹缝中无限修复自己的身体，直到成人，再也不怕陨灭。东华的种种作为不过是为了掩盖一个真相，那就是，真正想得到北唐一族身体的正是东华本人！

迦罗说的没错，能容纳灵主这般至阴至盛的灵力，成为其容器的，必须是至阴至盛之物。普天之下，只有第五梵音最为合适。然而东华是由人变灵，根本不是至阴灵力,他身体里残存着人类的印记,至死无法磨灭。所以,东华不需要至阴之体承载他的灵魅之身,他只想要得到弥天大陆之上最强人类的身躯成为他的容器。而那目标,早早被东华锁定在了北唐一族的身上。

亚辛看着被自己抛向战场的东华是那样卑贱龌龊,好像蝼蚁,连为他牵动一下嘴角都是多余。

"养了你这么多年,总得有些用处,现在是时候了。"亚辛道。

东华望着亚辛。这些年,他们两个究竟是谁利用了谁?七年前,东菱北境之战,是东华告诉了北唐穆仁亚辛的名字,这才让亚辛在与北唐穆仁对战时猝不及防,给了北唐穆仁进攻的机会。东华要让他们两败俱伤,自己渔翁得利。

东华已经被亚辛推至阵前,想躲也躲不掉了。只听他大喝道:"亚辛!北唐北冥要是被我拿下,收为己用,那你到死都不再是我的对手!若是我败了,哼哼,"东华笑道,"你此时不帮我!难道等他反杀你我吗!"

亚辛原以为推出东华这个奸贼便完了,让他一人先替自己挡了北冥这一刀。岂料,东华反将一军,蛊惑人心。少顷,亚辛再不耽搁,于空中厉喝道:"进攻!"霎时间,如海潮汹涌的灵魅向三国大军杀来。

只听三军将领齐声震天道:"杀!"

东华一身黑障,掠过千军万马直冲北冥而来。北冥迎面回击,腾空而起。东华露出阴鸷笑容,伸出双臂,手腕相对,咔嚓一磕,只见两个银色手环碎于他腕中,解了。

"锁骨匙!"北冥道。

霎时间,狂风大作,黑浪来袭。东华的暗黑灵力暴涨。四周的灵浪像飓风一样朝北冥席卷而来,昏天暗地,地上的灵魅被刮得四分五裂。战士们堪堪稳住身形,绷紧下盘才勉强不倒,却已是睁不开眼睛。那犀利的暗黑灵力瞬间在战士们的皮肉上割出无数断口。

东华这些年在大荒芜竟然用锁骨匙把自己锁住了,为的就是这一刻,大显灵力!亚辛在高空看着东华的一举一动,心沉了下去:"这老贼……竟还有这一手!"

霍地,亚辛长臂一挥,百万灵魅皆由他号令,翻云覆雨,冲着北唐北冥倾轧而去,他要从东华手中夺下北唐北冥。

只见东华脸上露出得逞的阴笑道:"亚辛小儿!跟着你那短命灵父一起去死吧!北唐北冥是我的!你到底是被我玩儿了!"东华奸诈地鄙视着亚辛的算计,就算他已活过万万年,还不照样被自己这等老奸巨猾之辈玩弄于股掌之中!亚辛又怎样!东菱又如何!谁能奈我何!

严录等国正厅一众手下为姬仲等人撑起防御结界,满天黑灵碾过,东华灵力肆虐,一个分神他们都将粉身碎骨。看着身边穿梭不息的灵魅,胡妹儿瘫软在地。姬仲惊恐地望着远处,东华还活着,那是他挥之不去的噩梦。

东华在世时,时时刻刻都把他攥在手心里。东华灵法大成,姬仲奈何不了他。直到与裴析一起谋杀了东华,姬仲才能睡个安稳觉,却也经常被噩梦惊醒,每次都梦到东华的淫威,让他反抗不得。

现如今东华又回来了,还要夺取北唐北冥的身体作为重生之用!姬仲脸色惨白,双腿发抖!他应该干什么,是盼望灵主旗开得胜,还是北唐北冥大杀四方,还是……不,他谁都不盼,他只盼望着自己能赢,称王称霸。然而现在,姬仲看着身边的几千侍卫在这弥天战场之上犹如蝼蚁,随时都会被侵吞而下,连根骨头都不剩。

东华集聚着二十年来成灵成魅后的所有灵力,冲着北冥席卷而去。那是他梦寐以求的容器!东华的眼中迸发出贪婪的金光。他的美梦就要实现了!

噌的一声嗡鸣,天空中划过一道锃亮,大地被豁开了一道深深的口子!

北唐北冥手持重器劈空而过,疾驰而来,穿过了东华的身体。东华被一分为二,下一刻,残形破碎,嗷的一声尖叫划破长空。东华被北冥一剑斩杀了。

大地之上,众人愕然,千军万马看向北冥。只见他身形如刀,刨开东华,仿若无人,冲着空中的亚辛射杀而去。

"北唐北冥!"戚瞳看着北冥不禁道。

这就是东菱第一战将的绝对实力,自己亦不可比!那一日,他幻踪来到天玄山,他们竟无一人察觉他的断臂之伤!现如今,他断臂而来,竟依然这般猖狂!戚瞳攥紧了拳头,心有不甘,却无可奈何。

"进攻!"只听一声冷冽从军中传来,第五梵音银霜入鬓,冷眸斜扬,高声下令道。北唐北冥替他们刨开了灵障,豁开了口子,灵魅大军一时形散,正是进攻的绝佳时机。梵音和颜童率领东菱大军突围而去。贺拔赤鲁带领着东菱二分部支援西番军政部,与灵魅一众拼杀。戚家军最后加入了阵营。

只听北冥在空中几个踏步,轰鸣之声顿响,他已然跃向高空,挥剑横切,斩向亚辛。亚辛想避,却没有北冥剑快,只能迎击而上。亚辛霍然挥出灵力,皓白一片,砰的一声巨响,天空震荡!二力相撞,震得弥天大陆晃了三晃!众人皆是不稳,又朝天际看去。

"认真迎战!勿要分心!"梵音再次高声厉喝。战士们的心被她一声勒令,收了回来。

亚辛避无可避,只能迎战。他本想隔岸观火,不费力气,谁知战火未起已引火烧身。

"用着我的永灵石,还敢与我对战!卑鄙!"亚辛道,意要动摇北冥根本。北冥手中重器正是永灵石所铸。

"少废话!那是灵父所有,与你无关!"北冥道。

"灵父的东西便是我的!"亚辛道。

"灵父乃弥天之父,却有子如你,屠杀肆虐,搅得天下不得安宁!"北冥道。

"放屁!都因为你们人类贪婪无耻,才害得我灵父不得善终!你岂有脸来与我搏命,还不束手就擒,给我父亲填命!"亚辛道。

"是给灵父填命,还是给你填命?灵父渡人,人却入歧途,你亦成魔,回头是岸,你我才能还天下太平!此乃灵父之愿!"北冥喝道。

"那就把我这些灵子灵孙的命都填上,你们就算功德圆满了!"亚辛呼道。

二人理念背道而驰,终不能妥协,只能一战。北冥挥出重器,重剑如船,杀向亚辛。亚辛抬臂一挡,本想此物不过是永灵石所化,能有多少分量,谁想千斤压顶,霍然而来,竟被北冥打向地面。如此分量的灵器,岂是常人所能持有的!单单这永灵石所化的重器本身已是灵力浑厚,若放出它全部灵能还了得!北唐北冥是如何加持这一灵器的!还没等亚辛想明白,北冥的第二剑已顺着亚辛坠落的方向砍来。空气中的压力竟像陨星坠落,碾压而来,亚辛大惊,闪身躲避。大地之上,一大片灵魅被北冥的剑力所伤,登时灰飞烟灭。

"你竟然继承了灵父的灵力,操控得了永灵石!"亚辛大惊道。他为了凑齐弥天四灵石重新铸炼永灵石,获得人身,已是费了擎天之力。谁料,北冥竟轻而易举地驾驭了灵父所剩无几的永灵石。

"我没有继承谁的灵力!但弥天之子要继承灵父的意志,还弥天一个太平!"北冥应道。

亚辛愤恨地看着北冥,怒道:"不可能!除非你死!"

亚辛天生天养,傲然于世,乃弥天之灵子,凌驾于万物之上,得天独厚,无上荣华。后虽沦落成魅,却从未失了君王气度。但他今日见了北冥,妒火中烧,难泄心头之愤。

只见他腾空而起,霍然挥出右臂,一道浩瀚灵光幻化于世,越展越广,越冲越高,最后竟变成一面巨型灵墙立在弥天大地之上,冲北冥怒击而去。灵墙净白如雪,照得天空黯然失色,盈盈灵力如天降纯白,与亚辛浑然一体!

"我才是灵父的意志,我才是灵父的儿子!你算是个什么东西,敢和我相提并论!今天我就要灭了你,让你知道谁才是这弥天之子!你们人类,统统都该死,还我弥天太平！"亚辛愤然道。

北冥从空中坠落，单臂举起千斤重器，对着怒斩而来的破天之壁挥剑砍下。只听他大喝一声，山河震荡，破天之壁被他砍了下来。此时亚辛已飞至半空，对着破天之壁挥手一分，再一道划天之光冲着灵壁斩去，灵壁瞬间崩碎。烈烈灵光杀向北冥，北冥立剑一挡，霍地飞身出去，消失在弥天之上。

"北冥！"梵音大叫一声，看着北冥消失的方向，不禁心惊。

转瞬间，北冥身影已回，一把劈极剑握于掌中，朝亚辛面门砍去。

嚓的一声，亚辛呜咽，一道犀利的剑痕划破他的面门。亚辛纯白的灵体骤然受损。

"时空术！"亚辛捂着伤口道。

北冥刚刚被亚辛打得身飞天外，可下一刻霍然出现在亚辛面前，正是用了时空转移术。北冥的劈极剑是裴析从灵魅王庭偷盗回来的，这原是梵音当年用来刺杀亚辛的，亚辛拔剑不得，便把劈极剑带回了灵主王庭。裴析死后，北冥把劈极剑带出了大荒芜。

亚辛中招，但他灵力深厚，霍地飞身避了开去。北冥本不会飞行，只能借助灵力暂时腾空，此时已是落了下来。只听他大喝一声：

"聆龙！"

只见一个雪点从梵音耳廓飞了下来，龙爪勾起北冥肩膀猛然带他飞向天际。轰的一声，聆龙幻化，一条傲然银龙飞跃天际。聆龙用力一抛，把北冥扔向高空。

"回到梵音身边去！"北冥再喝。

又听轰然一声巨响，聆龙消失了，下一刻一个银白雪点再次攀附到梵音耳廓。

"龙儿不怕！"梵音安慰道。她只觉聆龙龙爪冰冷，死死扣住自己耳廓不撒手。可它仍旧一步不退，一步不躲，紧紧跟着梵音。弥天之战，聆龙执意要和北冥、梵音同进退，说什么不肯离了他二人去，这才被允跟来。

北冥寻着亚辛灵迹，追杀而来。砰砰两声灵暴，北冥已到亚辛身前。他利剑挥出，瞬间把天空划出口子！亚辛大惊。北冥的剑身加持了时空灵力，他要把这弥天劈碎，将亚辛彻底斩杀！因为北冥发现，他刚刚挥剑劈中亚辛面门的那道伤口已经愈合了。亚辛已然是灵力本体，再难有兵器可以伤到他。即便是伤，也不致命。所以，北冥要用时空术分割了亚辛！

亚辛震惊地看着北冥，他的狠辣已远远超过他的父亲北唐穆仁！一道利剑劈下，亚辛避无可避！

"呃！"一个身影挡在了亚辛面前。魔坤狰狞无状的脸凶恶地怒视着北冥，硕大的身躯把灵主掩得死死的,他的身体被北冥一分为二,痛苦不堪。

下一刻,魔坤抓住了劈极剑,一掌向北冥打来,暗黑灵力轰然而出,弥天之上出现一个黑洞。千钧一发之际,北冥手腕一挥,将魔坤握有劈极剑的手臂砍了下来,随后自己被轰向了大地。魔坤在空中痛苦地挣扎,随即也一同坠落大地。

亚辛惊慌地摸索着自己的灵体,发现完好无损。待他想抓住魔坤时,一道狠辣的目光从大地的方向射来。亚辛猛然侧目看了过去。只见北唐北冥一边下坠一边盯着亚辛的方向,那目光好像猛虎扑食,瞬间要把亚辛射穿。

这一看,霎时激起亚辛怒火。亚辛从天而降,俯冲下来,朝北冥攻来,只听他大喝道:"谁给我拿下北唐北冥,我第一个助他成人!"一股强大的炽白灵力破荒而出,仿佛数万年前亚辛救世时的盛况,然而这一次他是要置北冥于死地!

轰!亚辛划过万物,席卷而来,大地上的烈火战场瞬间被他冲破。北冥收了劈极剑,再次亮出重器,只听他一声狂啸,犹如雄狮怒吼。两力相撞,亚辛的灵力咬着北冥向大荒芜退去。大地被他划出深深的沟壑,亚辛的灵力强大无比,北冥全力相抗,却止不住他的攻势。

"北冥!"战场之上,梵音看着北冥被远攻的身影却无力阻止,亚辛的速度太快了。

这时,潮涌般的灵魅停止了对弥天大军的进攻,统统涌向了亚辛与北冥消失的地方!他们要吞噬北唐北冥,得到第一个成人的机会!

"副将!"颜童大喝一声。

"远攻!"梵音高声下令,数以亿计的弓箭向灵魅大军射去。戚家军慢了下来,灵魅退去,他们正好得以喘息,戚瞳再无指令。

片刻将过,只听一声雄壮之音,苍茫大地上一片耀眼白光爆裂开来,北冥的声音从大地尽头传来,震天慑地。两股灵力相抗,霎时成灰。北冥的重器再向亚辛砍去。亚辛被北冥重重砸入地心,凿出了个巨陷深坑。北冥灵力激涨,血脉偾张,喘着粗气。

然而,一瞬未过,地心深处传来巨震,北冥的重器被打飞了出去。紧随而来一声厉喝:"给我拿下北唐北冥!"一道白光冲出地心,北冥脚下一慢,追赶不得,黑压压的灵魅铺天盖地袭来。

再听一声呼喝:"修弥!你还在等什么!给我拿下北唐北冥,我定将永灵石借于你用,让你狼族称霸!"亚辛捂着半面受损的灵体在空中吼道。

战场上,一束绿光朝亚辛射来,修弥纹丝不动,目光深邃。亚辛一怔,道:"待我炼成第二块灵石,修得人身,就把修罗的灵石还于你,助你成王!你我二人一统弥天!"亚辛瞬间换了说辞。

修弥一身寒芒湛湛,华贵非凡。它身旁的修彦看着它,一言不发。所谓的第二块灵石,其中用的弥生骨正是修彦的母亲狼侍先前生下的死胎。修弥把那未成形的狼崽同样化成弥生骨交给了亚辛,助它炼石所用。

现在,修弥一块永灵石都还没有得到,那印在修罗一族身上的诅咒还不能解。亚辛只把部分徒幽壁炼成的灵石给了修弥,让它灵力大涨,铸炼徒幽壁远比铸炼四灵石容易得多。亚辛做的这一切只不过是想让修弥为他所用,成为他的爪牙。

"等你修得人身……"修弥口中默念道,参差错落的尖牙中滋出寒意。

"杀了他。"修彦在一旁沉声道,"为父亲报仇。"

修弥顿了片刻,一声令下,数万狼族朝北唐北冥齐攻而去。

"北唐!"雷落在西面战场打得不可开交,太叔公誓要冲破战线,拿下西番国。雷落想支援北冥,却分身乏术!

"管好你自己吧!冒牌货!"一声阴戾传来,迦罗的雷电掌已向雷落打来。

"你个鬼祟,算个什么东西,敢在这里跟我说人话!杂种!"雷落怒道。太叔公的兵力远远超过雷落,加之迦罗率领数万灵魅来袭,雷落的西方阵线岌岌可危。只听一声咆哮,赤鲁率东菱二分部从东面攻来,支援雷落。

"你来干什么!北唐那边呢!"雷落边打边道。

"主将说西面守不住,一样前功尽弃,所以特派我来支援你!"赤鲁道。

雷落心下一狠,道:"谢谢兄弟!"

只见雷落越攻越猛,越打越急。只有解决了太叔公和迦罗大军,雷落才有工夫支援北冥。然而和自家军政部对垒,雷落说什么都放不开手脚,一时陷入焦灼。

数万狼兽连同灵魅一起朝北冥攻去。梵音率军紧随其后。只听她一声厉喝:"戚瞳!我东菱败了,你九霄也保不住!"那声音随着戚瞳展开信卡回响在戚家军上空。戚瞳横眉一竖,狠狠捏碎了信卡,道:"你们东菱!哼!好啊,那就和我们九霄没关系了,第五梵音!"

待戚瞳发出信息后,一个低沉的声音在他身边响起。"你当真要这样做?等东菱败了,你我再上?到那时,若你我需要援军,也是没有了。"戚九天直视前方战场道。话落,一个闪身,戚九天已挥刃冲杀上去。

戚瞳攥紧了拳头。只听一声尖厉,盗铃儿高举着旗帜道:"跟上二公子!冲啊!"只见一纵列戚家军追随戚九天而去。鹂夫稍停片刻,脚下将移。

"鹂夫!你敢违抗军令!"涂鸢大声喝道。

"部长,第五主将说的没错,我……"鹂夫面色尴尬,可身体已控制不住态势,欲要冲锋陷阵。

"第五梵音是东菱副将,不是你的主将!"涂鸢呵斥道。

"属下……属下……"鸥夫看着身形已远的盗铃儿,颤颤道,"若属下有命回来再给副将、部长请罪!谢副将、部长多年来的知遇之恩!"跟着鸥夫高声道,"愿意跟我走的三纵队兄弟,进攻!"话落,鸥夫已只身奔向战场。

第一四五章
修罗之战

半晌,鹗夫的三纵队将士全员紧随其后!鹗夫心中一动,落下泪来,只听他再道:"跟上二公子!"

戚瞳远远盯着北唐北冥与亚辛交战的地方,双唇紧闭,一言不发。

狼兽大军已向北冥攻去,然而修弥却纹丝不动,伫立在荒原之上。修彦欲动身猛攻,可看见修弥这般,跟着止住了脚步。

"你怎么不……"修彦在它一旁道,却不多加妄言,对修弥半恭半敬。

修弥看着身后的灵魅大军,又看着飞身躲在远处的受伤的灵主,口中鄙夷道:"蠢货!有了灵身却变得胆小如鼠,当真是身份贵重的灵子!"话落,修弥又向近在咫尺攻上来的东菱军看去。只见它一笑道:"时空术士!你怎么拿得下他,除非——"

下一刻,山呼海啸,震天而出,修弥化身成巨大狼兽招摇在大地之上,威风阵阵,冲着东菱军展开毁天灭地的狼嚎夜丧!修彦顿惊。没错,北唐北冥身为时空术士,只要他想逃,百万大军怎能拦得住他!除非——修弥是在声东击西,等的就是这一刻!修彦再不等待,紧随修弥之后一声鬼哭狼嚎灭地而来。两股巨大灵浪包围着东菱军吞噬而去。

轰轰然,一面百丈寒冰拔地而起,第五梵音的水域持天直冲天际,挡下了修弥和修彦的进攻。修彦一惊,心道:好厉害的防御术!然而修弥的嘴角开始上扬起来,修彦大惑。

只听一声低鸣,数万狼群猛然掉转狼头,冲着东菱军的方向齐声呼喝而来。

"不好,小音!是夜鸣!"聆龙大叫一声,冥声响彻三军。

"坏了!"梵音大惊。

夜丧之声人耳尚可听闻，但夜鸣之力超过了人耳可以承受的范围，仿若无声，摸不到痕迹，然而攻击之力却不弱于夜丧。梵音刚刚使出了一招水域持天，现下想再来已是跟不上了。修弥等的就是这一刻！逼出梵音的绝招，让她再无力回天！

"颜童！圣甲防御！"梵音高声道。她深知自己的水域持天挡不住这数万狼兽的攻击。

"啊！"聆龙一声尖叫，闭住了自己的耳朵，"来了！"圣甲防御还没来得及展开，夜鸣已奔至阵前。

只听一声穿天裂地之音再次响起，大地开裂，一面百丈寒冰再次立起，跟着朝狼族方向推进而去，实力远远超过梵音数十倍。

"叔叔！"梵音道。

只见一个凛冽身影闪到梵音跟前。冷彻一脸冰霜，目不转睛地看着前方，眉头紧锁。梵音跟着看去，这一看不要紧，她立马从指尖寒到心底。如此威力的水域持天已是第五家登峰造极之术，冷彻过后，再无人能出其右。然而，即便是这样，梵音的鹰眼也看见了百尺寒冰上细碎的裂纹，水域持天要破！

"防御！"梵音、颜童高声喝道。下一刻，一声震天爆响，冷彻的水域持天破了！夜鸣无形，近在眼前。就在东菱军政部上下准备全力一搏之际，只听一声威吓！砰的一声，夜鸣之力好像撞击在了一面无形灵盾之上，戛然停止。只听那人洪亮之声不退，节节攀高。

北唐北冥手持重器，挡在三军之前，刹那间，重器全开，好似山门，灵力洪泻而出，直抵夜鸣！然而夜鸣之力迟迟不散，北唐北冥汗如雨下。

梵音见状，双掌一推，稳稳抵在北冥背脊，跟着将至纯灵力源源不断输入北冥身体，顺着重器延展而出。颜童紧跟其后，抵住梵音，魏灵超再接，冷羿、邢真、库戍个个跟上。眼看群狼夜鸣之力渐衰，北冥见修弥又要起势，万不能再给它第二次机会！

霍地，一股强劲灵力顺着众人之手推向北冥，北冥挥臂砍向夜鸣之力，夜鸣之力顿时退散，向狼群反攻而去。再一转身，北冥已飞身来到修弥身前，腾空而起，重器劈下。修弥来不及躲闪，被砍倒在地，顿时勃然大怒。七年没见，北唐北冥何以变得这般强悍！

"这就是没有身中狼毒的北唐！"修弥心中道。

它戾气横生，当北冥再一剑挥来时，庞然大物已消失在原地。跟着一道戾气划来，劈向北冥背脊，北冥重器浑厚，险难回身。一声炸裂，北冥凭空消失。修弥反手向身后高空挥去，一道血痕划开天空，透着森森杀气。修弥手中握着一柄七尺弯刀，血满獠牙，正是从它父王修罗口中生生拔下的七尺血牙！

锵的一声震耳欲聋！北冥的劈极剑对上了修弥的血牙。半空之上，北冥挥剑上扬，两把利器擦出一行刺眼火星。修弥反手向北冥头顶削去，北冥在空中一个翻越，倒头向修弥腰身砍来。两个人杀意尽放，竟是谁都没有退却半步。

嚓的一声，两人腰间各被开了一个口子，衣衫开裂，差之毫厘，险伤皮肉。跟着无数刀光剑影在两人身间分裂开来，方圆百丈内已无人再能靠近。

修彦幻作巨型狼兽和梵音斗作一团，东菱大军深陷狼族灵魅夹击之中。梵音幻出寒冰刺棱刃，野鬼形态已然加身，与修彦焦灼不下。颜童、冷彻等人已被狼兽、灵魅团团围住，分身乏术。此时的修彦已和半年前大不相同，有了徒幽壁的加持，它的灵力激增，一身铜皮铁骨更是不可与之前同日而语。梵音跟它对抗只觉臂膀被震得生生发麻！

忽而，一匹狼兽趁梵音倾倒之势，朝她袭来。梵音厉眉横生，右手挡着修彦的攻击，左臂瞬间幻成一把寒冰手刀朝那狼兽腿骨砍去。就在手刀触及狼兽的那一瞬间，砰的一声，那匹巨型狼兽被打向天空，四分五裂。

梵音鹰眸一收，跟着掉转枪头全力朝修彦砍去。只听一声野鬼怒吼，梵音的灵力破腔而出，对着修彦的狼口狠狠击去。修彦狼口怒张，想要吞了梵音。

突然，寒冰刺棱刃飞长，卡住了修彦的血盆大口。伴随着梵音的怒吼，修彦被梵音砍飞了出去，巨大的狼口被梵音豁出了深深的口子。一个近身，梵音已来到修彦倒下的地方，纵身飞跃，手持寒冰刺棱刃朝修彦狼身砍去。

呼！一阵劲风袭来，修彦的三丈狼尾已向梵音打来。梵音攻势不减，誓要斩断修彦狼身，只见她周身寒冰再上三层，她要接下修彦这一击！

"砰！"修彦的三丈狼尾遭到重击，被打偏了出去。

只听梵音大喝一声，气贯全身，寒冰刺棱刃已向修彦狼身扎去。层层立起的狼鬃根根劲长，好似千锥炼狱，梵音的寒冰刺棱刃也随之增长，只看谁更厉害！

"铮！"梵音的兵器扎到了修彦坚不可破的狼身！梵音猛然加力，灵力暴涨，寒霜已至，修彦的狼身瞬间布满冰霜！它被梵音冻住了！

再来一声巨响，六棱金刚戟重重打在修彦身上，登时让它筋骨俱断。戚九天同梵音双管齐下诛杀修彦，方才在北冥身后给他最后一掌助力的也是戚九天。

只见梵音獠牙参差，鬼气森森地朝戚九天看来。

"这就是第五家名震天下的野鬼幻形！今日当真不枉费我来这大荒芜一遭！"戚九天道。

未等梵音开口，一道劲风再来，梵音立即挥起寒冰刺棱刃抵挡。修彦攻了回来！

那边北冥与修弥打得只见残影，两人攻势迅猛，仿佛半隐半显，消失在了当下一般。谁若慢了半分，今日就是死期！

就在北冥剑刺修弥喉头之际，一个圆形环扣急速朝北冥飞来。"咔嚓！"那圆形环扣不偏不倚死死铐住北冥右腕，北冥灵力登时尽收！

"锁骨匙！"他心中道。

修弥一怔，跟着挥出血牙，朝北冥肩头砍去！北冥双眸怒睁，翻身而起，砰的一声双脚蹬向修弥血牙刀身。他力道之大，竟把修弥蹬了出去！跟着，北冥大喝，灵力怒张，誓要冲破这锁骨匙的束缚！

一声炸裂，锁骨匙崩开了！北冥灵浪肆起，周身刮起旋风。战场之人纷纷朝北冥看来，看是谁逼得他到如此地步！无数暗器袭来，看不清来势，北冥反手快攻，灵力剑气化身成满天利刃攻了出去。噗的一声暴血！连雾栽倒在地，浑身伤痕。

修弥攻了上来，北冥提剑再挡已是来不及了。一道红光顺着他脸颊砍下，北冥腰腹加力，生生撤了半步，跟着一记重拳打在修弥肋上。修弥吃痛，回身再砍！两人身法劲道不分上下，一时间难分胜负。

"那，那匹大狼呢？怎么没看见它？"一个战战兢兢的声音在人群里响起，姬仲手下的防御范围越缩越小，胡妹儿一双眼睛滴溜乱转，害怕道。

"在那边。"姬菱霄道。她朝北冥与修弥战斗的方向看去。

"都这个时候了，修弥怎么还不变回狼形咬死北唐！"姬仲又恨又怕道。

一道戾气朝姬仲射来，姬仲猛然回首，只见姬菱霄恶毒地盯着他，姬仲顿时收敛了态度。自从离开东菱国，姬仲夫妇就越发忌惮姬菱霄，直到最后唯她命是从。

姬菱霄再次看向远方战场道："这要是现在化身成狼，北冥一剑便能劈了它，到时候岂不是死得更快！"

姬仲咋舌："北唐当真有那么厉害？你不是卸了他一条手臂了吗！"

啪的一声脆响，姬菱霄狠狠打在姬仲脸上道："闭嘴！"跟着又怒目而视着战场，愤恨道，"他怎么断了一条胳膊！他怎么能断了一条胳膊！"

姬仲夫妇看着女儿阴晴不定的样子，心中胆寒。

正如姬菱霄所说，修弥和北冥的实力相当，一旦修弥变回狼形，攻击目标变大，以北冥的身法速度修弥岂不是要吃了大亏！

修弥的银发被削掉数缕，北冥的灵之铠甲亦被修弥砍出裂缝。两人的手臂渐渐酸了，就看谁能顶到最后。狼群涌了上来，颜童与一分部战士联合抵挡，封住狼群攻势。

唰！十几名身披银色斗篷的男人冲出狼群，攻向颜童，正是那日夺走赤金石、幻形成人的十几匹狼兽，它们是修弥手下最得力的杀将。修弥亦赐予了它们幻形的能力。颜童被团团围住,奋力厮杀!只见一片火海起,莫多莉冲了过来,两人与十几名银发狼人缠斗起来。

北冥与修弥的呼吸越发急促,生死只差一招。嚓的一刀!北冥的灵之铠甲碎了,狼毒顺着北冥磨损的衣服蔓延开去。修弥笑了出来。北冥一把扯去军装,反手一挥,裹住了修弥的血牙,跟着向前一攻,膝盖往修弥下颏撞去。砰的一声!修弥下颏碎裂,鲜血淋漓。修弥登时张开双眼,不可置信。

殊不知就在修弥破了北冥的铠甲,以为自己得逞之际,北冥已然料到自己扛不住修弥这一刀,而提前撤了防御,把所有灵力用在体魄之上,只等着修弥近身之时给它猝不及防的全力一击。

待修弥把这一切想明白,不过喘息间,然而一把劈天重器已然架在修弥头顶,向它砍去。修弥躺在地上知道大势已去。差以毫厘失之千里,修弥失算了!

噗的一声重击,血花四溅,北冥的双眼瞬间睁得老大!

梵音和戚九天的两把利器深深插入修彦狼身之中,修彦割断了自己的椎骨从梵音与戚九天手中逃脱,狼形之躯已不能再动。一个闪影从远处飞来,修弥化身成人,拼尽最后一丝灵力,挡在了修弥身前,腹部中击,被北冥刺穿了。

北冥、修弥皆是大惊,下一刻北冥凌眉再立,腕中加力,重器深深向下刺去,要贯穿修弥、修彦兄妹二人!

忽地,一股强大灵浪凭空而来,无踪无迹,向北冥身后袭来。

只听梵音尖叫一声:"北冥!"已是来不及阻挡。

那人乍现于空中,灵力乱放,手中扣着一精湛灵器,是放骨匙!连雾用放骨匙把自己周身的灵力统统拔了出来,不顾性命,非要杀了北冥才罢休!

北冥灵芒乍起。只见他左袖一挥,倏地,一柄百斩大刀幻于空空袖臂之中,杀向连雾。这时,修弥已起,幻形成浩然大物,无数狼毫钢刃夺起,朝北冥刺来,双面夹击,北冥难逃一劫!

北冥凌眉斜扬,无所畏惧。大刀、重器分别向连雾、修弥砍杀而去。

空中一团暴血,百斩大刀贯穿了连雾胸膛。跟着重器加力,修弥嘶吼。霍然间,一面灵化防御盾甲挡在北冥身前,是颜童赶了过来!北冥撒手,松了穿进修弥、修彦兄妹二人身体的重器,掩于八门盾甲之后。待颜童来到北冥身边,两人再向八门盾甲之后的修弥攻去,然地上已是空空如也,徒留一把重器镶嵌在大地之上,沁染狼血。

北冥看着地上的血迹。修弥已然是强弩之末,不然凭它的钢刃狼毫怎会是这八门盾甲可以轻易阻挡的。北冥转身再向连雾看去,只见他倒在血泊里,奄奄一息。

北冥拔了百斩大刀,挥刃砍去。倏地,连雾消失了!

"怎么回事!"颜童大惊道。

北冥厉声道:"姬菱霄!"

"什么?"颜童不解。

"她用操控术把连雾带走了。"北冥道。

修弥战败,狼族大势已去,四面逃窜,溃不成军。它们本就不像人类这般意志凝结,只是在修罗一族的统治压制下,不得不屈居,为利而聚,此刻不过是利散而逃。

现下,狼族的退散让东菱军暂时得以喘息。然而北冥的目光再次投向那隐秘在灵魅大军之后的亚辛,他的身影已若隐若现。一股暗潮渐渐向人类弥漫而来,北冥向天边看去,觉得这空气越发压抑了。

冷羿带领一众战士拼杀在前,渐渐压制住了灵魅的进攻,得以喘息。忽而,一声缥缈之音从远处传来,灌入冷羿耳朵:"羿哥哥,是你吗?"

冷羿猛然抬首向退去的灵魅大军方向看去,只见一个梳着两根麻花辫的"女孩"浮动在灵魅大军之中,慢慢向冷羿靠近。

冷羿大喊一声:"汐儿!"

那女孩闻声呆住,跟着下一刻也喊了出来:"羿哥哥!"

"汐儿!"冷羿再道,已是向女孩奔了过去,女孩亦朝他奔来。

"大哥!"魏灵超想出手阻拦,但冷羿已经飞奔远去,来不及了。

冷羿和木汐穿过人海,撞了个满怀,相拥而泣。

"羿哥哥!我可找到你了!"木汐大哭道,却没有眼泪。

"汐儿!你可回来了!哥哥每天都在想你!哥哥对不起你啊,汐儿!"冷羿说着痛哭起来。

"没有,哥哥!没有,哥哥!哥哥没有对不起汐儿!哥哥是全天下对汐儿最好的人!"木汐哭道。

"我该死!都怪我无能,才害死了你!哥哥对不起你!汐儿,对不起!"冷羿痛苦自责道。

"胡说!我的羿哥哥是全天下最厉害的男人!哥哥不要瞎说,不是哥哥害死我的!是南扶摇害死我的!是那个贱人害死我的!"木汐突然戾气横生道。

冷羿慢慢扶开木汐道:"汐儿,你怎么变成这番模样!怎么变成了灵魅!"冷羿看见木汐此番模样,已是痛心疾首,无心再顾其他。

"羿哥哥,是灵主帮了我!他帮我化身成魅,以后还会帮我化身成人!那样我就可以重新回到羿哥哥身边了！"木汐神情张狂道，"哥哥说好不好！"

冷羿面色一凝，说不出话来。

"哥哥！你怎么不说话？"木汐突然一怒，"难道哥哥不想我回来！你心里只有那个贱人，是不是！是不是！"木汐暴躁道。

"当然不是！我怎么会不想你回来？我日日夜夜都想你能回来！哪怕用我的命换你的命，我都在所不惜！"冷羿激动道。

"真的？"木汐心下一松，神情也开怀起来。

"当然是真的！我可以对天发誓！"冷羿道。

木汐一下扑进冷羿怀里道："我就知道天底下哥哥对我最好！"

冷羿抱着木汐道："汐儿，既然你现在已经回来了，就和哥哥离开灵魅，好不好！我们现在就离开灵魅，哥哥会照顾你一生一世的！"

"好！"木汐高兴道，此时她已经忘了所有，只顾听着冷羿的话。冷羿拉起木汐就往回走。木汐突然道："等等，哥哥！"

"怎么了？"冷羿问道。

"跟你回去之前，我还得先去抓那个贱人！"木汐眼神陡然一变道。

"你说谁？"冷羿道。

"当然是南扶摇那个贱人了！"木汐破口大骂道。

冷羿心下迟疑道："你抓她干什么？"

"是她害死我的，我当然要让她偿命！"木汐情绪激动，怒吼道。

冷羿一顿，当年海难，他确实先救下了南扶摇，而未来得及再救木汐。为此，冷羿痛恨自己半生而不得释怀，更是为了木汐留在了东菱，那个她生长的地方。由于过度自责，冷羿甚至把怒火撒到了南扶摇身上，即便他知道这事与南扶摇无关，可他就是无法放开自己心中难以磨灭的悔恨。忽听木汐如此说来，冷羿犹疑了。

"怎么？哥哥不这么想？"木汐突然贴近冷羿，那阴戾的暗黑气息瞬间向冷羿面门袭来。

冷羿一扫先前失态模样，神色坚定道："汐儿，这事与南扶摇无关，是我没有保护好你。要杀要剐我都随你，所有的错都是我的，与旁人无关。"

"你！你！你！"木汐突然甩开了冷羿的手，抵着他的面门道，"到了这个时候你还向着她！向着她！为什么你总是向着她！我才是你的汐儿啊！我才是你的汐儿！"

"汐儿！我没有向着谁！这是事实！没有人害了你，是我无能，没能救你，都是我的错！"冷羿道。

"胡说！都是她的错！都是她的错！没有她，哥哥最喜欢的人就是我！有了她，哥哥就不在意我了！"木汐激烈道。

"我没有！"冷羿道。

"那你现在就告诉我，你喜欢的人到底是我还是她？"木汐道。

"她。"冷羿坚定道。

木汐疯狂地冲向站在冷羿身后不远处的南扶摇。冷羿猛然回头，才发现南扶摇已经站在那里好久好久，泪流满面却喜不自胜，冲他开怀笑着。

"扶摇！"冷羿大喊着。

南扶摇看着冷羿，这许多年的儿女情长，百转柔肠，此刻终于得到了答案，她再无心恋战。她望着冷羿，那就是她爱了这么多年的人，即便他怨她怪她，她也从不后悔。那年在东菱相见，她就爱上了他，痴心再无转圜。

木汐全力撞向南扶摇，南扶摇口喷鲜血倒了下去。木汐还要再攻，一道冰幕挡住了木汐。冷羿赶到了南扶摇身后，抱起了她，急道："扶摇！"

"冷羿……你没骗我……"南扶摇笑道，呼吸减弱。

"没有！"冷羿大声道。

南扶摇笑得开心，跟着又是一口鲜血喷出，道："我……我没和年阙订婚，我骗你的……"

"嗯！"冷羿拼命点头，他知道南扶摇是故意激他才对外谎称和年阙订了婚。而年阙一心仰慕南扶摇，即便只是替南扶摇做幌子，也心甘情愿。"是我不好，害你受伤了！我这就带你回去！"冷羿道。说着，冷羿抱起南扶摇便向后方撤去。

谁知一回头，冷羿已被灵魅层层围住，陷入灵魅大军之中。

"哥哥，你去哪儿啊？"木汐的声音从冰幕后传来，啪的一声，冰幕碎了！

冷羿猛然回头，训斥道："汐儿！你立刻跟我回去！"

"有了她，你还记得我吗！枉费我为你赔上一条性命！我恨你！我要杀了她！"木汐咆哮道，再冲冷羿攻来。冷羿抬手一挡，木汐被轰了出去，却不致命。

木汐从远处爬起，恶狠狠地看着冷羿，她不知冷羿对她根本下不去重手！否则，就在木汐攻击南扶摇之时，冷羿便能把木汐杀了，可是他下不去手！他甚至不会对木汐展开攻击。

"啊！"木汐呐喊起来，冲冷羿疾驰而来。

"汐儿！"冷羿道。无数黑刺从木汐口中喷射而出，她已经变成一个彻头彻尾的灵魅了，冷羿心痛不已。可即便这样他也不忍伤了木汐，只是一味格挡。木汐的黑刺与普通灵魅的不同，她的暗黑灵力中夹杂着火焰，那是铸灵师的本事。

一道黑刺穿过了冷羿臂膀，开了个口子，跟着木汐又是一波攻击。冷羿连连后退。

"羿哥哥！你放下南扶摇，我们两个重修旧好！汐儿不会伤你的！"木汐道。大群灵魅已为木汐集结而来。

"汐儿！你别逼我，跟我回去！"冷羿道。

"那你就把她给我交出来！我要用她的身体当容器，再次成人！"木汐号叫道。

"休想！"冷羿怒道，随之一道冰斩挥出，大片灵魅被尽数砍去。木汐见状暴跳如雷，不分青红皂白冲冷羿攻来，灵魅大军紧随其后。就在这时，一道击杀从外围赶来，魏灵超率兵前来营救。然而冷羿的二纵队已深陷敌军，南扶摇的兵马还在更远的地方。

冷羿这才发现，狼族退去，灵魅已像黑夜般再次席卷而来。二纵队顽强拼杀，渐渐冲出了个口子，但很快就被再次包围起来。不止这里，整个战场之上，灵魅好像无限广阔的黑夜一般，从大荒芜源源不断而来，倾轧了整个战场。

北冥看着天际的方向，亚辛就在那里。是他，一切都是他操控的。

噗，一道黑刺再次击穿冷羿肩头，他单手抱着南扶摇，行动慢了下来。只听南扶摇道："冷羿……你放下我，不然，咱们谁都出不去。"冷羿对南扶摇的话充耳不闻，继续退敌。"冷羿，你放下吧……"南扶摇再道。

"别说话！安心待着！"冷羿道。

南扶摇看着冷羿的脸，那是她多么想亲近的一张脸啊，可现在她却不愿他对自己那么好了。她甚至有些恍惚，冷羿为何会变得对她这样好？只听她喃喃道："为什么……你已经冷了我这些年，现在要你放手却又不肯了呢！"

谁知，对这看似埋怨的话，冷羿那孤傲的性格却有了回应："因为以前我想放下的，现在不想了！"

"为什么……"南扶摇看着他道。

"因为小音回来了。"冷羿道。

"什么？"南扶摇不明所以。

冷羿忽而笑道："北唐哪里都不好，唯有一点，对我妹妹好！我看他二人历经千辛万苦才又重逢，心中感慨。"说到这儿，冷羿向南扶摇看来："看着他们，我明白了，我为何不能这样对你？揪着那些过往又有何用！负了你，也伤了你！亏我自命不凡，实则却这般固执，当真可笑！"

"冷羿……"南扶摇道。

"扶摇，我不会放开你。今日你我出不去就死在一起，出去了就喜结连理。"冷羿笑道。

南扶摇看着他。那挂在冷羿脸上的笑,南扶摇已经太久没见过了,潇洒狂放,浪荡不羁,她爱的冷羿又回来了。

木汐拼命对南扶摇展开击杀,却被冷羿统统挡下。木汐已在发狂边缘,大叫道:"爹爹!爹爹!快来帮我杀了他们!"一句话落,众人的心寒了半截,木汐还不知道木沧的死讯。她在这战场之上大声唤着木沧,不由让人心痛。

"爹爹!爹爹!你在哪里啊!快来帮我杀了他们!"

忽而,一个低沉的声音从悠扬的远方飘来,扎进木汐耳朵:"你爹已经被东菱人杀了!回不来了!除非你把他们都给我炼了,不然,你爹再无人身,魂飞魄散!"

木汐骤然顿住,瞠目结舌地瞪着远方。

"你爹,死了……"那人哑着嗓子再出声道。

木汐张着大口拼命呼吸着,却没有空气可以吸进她的口腔,她也是个"死人"。只听一声疯狂,木汐大喊着冲入天际,彻底失控。

忽然,天空中飞来一席黑障,霍地裹住了木汐。众人仰天望去,夜靡裳!

"亚辛要干什么!"同样身在战场的北冥心中赫然道。

下一刻,风卷残云,暗夜来袭,夜靡裳的无边法力随着木汐一起潮涌而来。天边传来无限霞光,照耀天际。这一暗一明仿佛整个宇宙,笼罩在弥天大陆之上。

只听一声山呼海啸,夜靡裳加持着木汐的暗黑铸灵术向战场肆虐而来。跟着无限霞光伴随着浩瀚灵力从天边倾泻而下。

"永灵石!"北冥大呼道。那无限霞光正是亚辛用四灵石铸炼而成的永灵石,那是融合天地精华的大成之物,弥天大陆上的傲世灵光。

"他要炼了东菱军!"北冥道。

梵音愕然看向北冥。忽地,无穷无尽般的灵魅朝人类涌来,失去控制。

"操控术!"北冥与梵音一同喝道。两人齐向身在灵魅大军之中的姬菱霄看去。只见她双手朝天摇曳,裙摆飞扬,操控术冲着灵魅大军荡漾而去。

暗黑铸灵术、操控之法、弥天永灵之力向人类大军席卷而来。霎时间,一众灵力受损的战士们被顷刻侵占身躯,瞳孔一黑,转而成魅!这时,只看一道劈光向天边斩去,开天辟地,白炽万里!

"红鸾!"北唐北冥大喝一声。万霞披天,红耀东方,红鸾掠过茫茫大地,北冥纵身一跃,一人一兽瞬间消失在战场之上。

下一瞬,他们已在万里高空。北冥挥舞着重器,欲斩断这吞噬而来的灭世之力,天空被他开了个口子。大地之上,人们大口呼吸着,得以喘息。下一秒,天空中又刮来旋风,人们像荒草一般倾倒歪斜,亚辛带着夺世之力朝北冥攻来。

"红鸾!走!"北冥道。一阵飞旋,红鸾消失在万里高空之上。北冥被一阵灵力急浪裹挟着,浮于半空之上。

"还不束手就擒,为我所用!北唐北冥!"一声威吓,亚辛长臂急挥,灵力轰出,向北冥打来。北冥脚下一稳,借着亚辛的灵力,骤然发力,朝亚辛直面攻去。

一刀重器劈过,亚辛的灵浪被北冥挡了下来。接着又是数刀砍过,北冥的攻击狠中带厉,划得这晴空猎猎作响。亚辛不想硬接,转而躲避,奈何北冥攻击的速度太快,根本没有他躲避的机会。亚辛只得迎面接招,挥舞着擎天巨臂,阻挡着北冥的攻击。他不知疼不知痛,挡下北冥的攻击原本毫不费力,可这一刀刀砍来,亚辛白玉无瑕的灵体被割出了数道口子,幸好他灵力醇厚很快便恢复如初。但这最后一刀北冥用了十成力,只听哧啦一声!亚辛的半面灵臂被断了开来,迟迟未能复原。

亚辛灵瞳怒睁,长啸一声,身长百丈,灵浪奔腾,好似万里云河呼啸而来。北冥长剑直立,全力相抵,顷刻间被淹没在灵海深处,了无踪迹。

"北冥!"梵音望着天边的北冥心急如焚却分身乏术,无力相帮!大地之上,万灵再次汹涌而来,吹灯拔蜡般侵蚀着战士们的身躯,梵音率东菱军奋力抵挡。九霄军亦逃不过,全数应战!

亚辛坐看着北冥被自己的无限灵浪吞噬殆尽,感到酣畅淋漓。他马上就能得到自己梦寐以求的人身容器了!霍地,亚辛撤去灵浪。他要留下北唐北冥一口气,因为只有活人才能当灵器,死人是不中用的!

就在亚辛朝北冥的躯体奔去之时,他的步伐渐渐慢了下来,脸上的神情凝固了。万里天际,他只手遮天,然而北冥消失得无影无踪了……

难不成,北唐粉身碎骨了!亚辛大惊。下一秒,他知道自己错了。只见天边闪过一抹红霞,朝大荒芜边界急速而去,红霞很快就淹没在一片傲世之光里。那里正是永灵石闪耀的地方!在那大荒芜的天边,只见一片犹如拂晓山巅般的神物凌驾在云端之上,闪耀着璀璨光明,正如当年的灵山九周峰之端。

北冥驾着红鸾来到灵石之端,他挥舞着擎天重器,以洪亮之声道:"灵父!我等弥天之子保不住您的灵身神峰,却要保住您座下的弥天大陆!前生罪恶,我北唐北冥愿以命奉还!"说罢,北冥一剑劈了下去!

第一四六章
疯狂的姬菱霄

北冥灵力肆放，重器灵压全解，霍然，一道赤焰红光直逼云霄，朝永灵石化作的神峰之巅劈去。北冥狂啸不止，灵力喷薄而出，重器好像一把开天巨斧，劈山而下。弥天大陆之上只听一声天崩，响彻苍穹！远在菱都、王胜坐镇的护国将领们和爱国百姓们，纷纷通过影画屏注视着前线战士们的浴血奋战。那一声惊天动地似要震碎人心、原以为是影画屏中传来的声响，渐渐地越来越近、越来越重，竟是从万里外的大荒芜边境生生蔓延而来，响彻整个弥天大陆！

北冥灵力不减，手持开天巨斧，誓要劈了这傲视弥天的永世之光。原本它是集天地精华于一身的灵石，可助弥天万物生长，生生不息。然而此刻在亚辛手里，神峰却变成了夺人性命的摄魂之光。当真是一念成佛，一念成魔！

北冥目眦欲裂，神峰开裂，开天巨斧一寸寸向下劈去，眼看就要到底。远处一束灵光攻来，北冥誓不松手，轰的一声巨响，亚辛撞向了北冥背脊。只听几声脆响，梵音只觉她的耳朵再次活了，一颗心戛然而止停在了胸膛。永灵石发出的弥天之光消失在了弥天大陆之上，灵魅停止了进攻，他们再近不得人身。

再看天边，一阵通天遁地的疾风，席卷着万物生灵毁天灭地而来。

"北唐！我要你的命！"灵主亚辛在万空之上高喝着，追赶着已经被他一击命中向大地坠去的北冥。北冥口吐鲜血，脊骨断裂，灵力外散，再无还手之力。

"北冥！"梵音鹰眼千里，痛彻心扉。

一声冥声传响，穿过北冥耳畔，只听他道："音儿……"

聆龙在梵音耳畔急飞，替二人传递着声音，一滴银龙血落在梵音耳廓。梵音大惊道："龙儿！"只见聆龙双耳颤抖，瑟瑟不停。这惊天动地的灭世之音，足以震破凡人耳膜，像聆龙这种灵兽，更应该避之不及。然而聆龙为了让梵音和北冥二人可以听到对方的声音，在这灭世之音里放大了自己的耳力，替他二人相互传递。

"龙儿!"梵音一把捧过聆龙，护在掌心，一层坚实的防御结界格挡了外界的声音。

就在梵音想要奔向北冥坠落的方向时，一个闪影攻了过来，速度之快，让人咋舌!

"连雾!"梵音惊道。

这个家伙中了北冥的灵剑竟然还没死!然而连雾的身法已经大不如前，几道闪影蹿过梵音身前，留下痕迹。凭着他以前的本事，就算是北冥也只能堪堪凭灵感力捕捉到连雾的行动轨迹。梵音一剑挥去，扑了个空!天边北冥还在下坠，梵音一时分心，身上被开出数道血口。

呜的一声，梵音吃痛。

"音儿! 专心对敌!"忽然，一个冥声传响，北冥的声音再次传到梵音耳中，梵音精神大振，向聆龙看去。只见小家伙在她掌心瞪着澄月般的眼睛坚定地看着梵音道："小音! 北冥没事，让你好好对敌!"

"好!"梵音道。

北冥在空中一个抖身，一剂再生针向自己胸腔打去。北冥双目瞬间暴突，青筋崩裂，心脏急缩，剧痛碾压而来。北冥倒吸一口冷气，呼吸戛然而止，但脊骨顺着他的脊梁寸寸生长开来，分筋拨肉。

亚辛冲着灵峰奔去，双臂一挥紧握开天巨斧，想要把它从灵峰上拔开。然而，巨斧力重，被北冥深深嵌在山峰之中，不可撼动。亚辛狂怒，奋力一拔，万丈精光照耀弥天，灵峰倾世之力洪泄而出，涌向百万灵魅。亚辛要吞了整个弥天大陆!

姬菱霄一骇，向身后的灵魅大军看去。夜靡裳还在肆意扩散着木沙的暗黑铸灵术，伴随着弥天之光，灵魅大军张开血盆大口再次向弥天大军吞噬而来。再不用姬菱霄操控术的加持，无数灵魅钻进了将士们的身体，顿时哀鸿遍野。

砰砰砰! 灵魅疯狂地撞击着姬仲手下设定的防御结界。他们感受到了，那里有人味! 起先，灵魅还知避开姬仲一行人的防御结界向前进攻，可现在灵魅的行径已全不受控，肆虐而来。

"菱霄! 怎么回事! 怎么回事! 它们怎么发疯了! 它们不是受你控制吗，菱霄!"胡妹儿尖叫着，神情早已失控。

"别吵!"姬菱霄狂躁道，对准身后的灵魅再次施展操控之术，这次是用于退敌，而非助纣为虐。

然而有了夜靡裳和弥天之力的加持,姬菱霄的操控术已完全失效,灵魅再不受她摆弄!只听砰的一声震响,防御结界破了!大批灵魅从被撞破的结界缺口挤了进来,面目狰狞,张牙舞爪,嘶嚎鬼叫着,想要掠夺结界内人类的身体!

"国主!快跑!"严录用身体死死守住结界缺口,双目赤红地看着姬仲。

"严录!"姬仲大叫道。

"国主!快跑!"严录再次大声道。跟着一阵啃噬骨髓之声响起,严录的身体被无数灵魅争先撕扯侵占着。他的双手死死卡在结界缺口,鲜血冲破胸膛,瞳孔黑了下去。

姬仲心中一疼,大声道:"撤!"

数千国正厅守卫开始急速缩小防御范围,簇拥着国主和国主夫人还有姬菱霄向前逃去。姬仲踉踉跄跄地向前跑着,抬头一看,怔住了。那不远处的正前方正是浴血奋战的东菱战士们,正是他对其痛下杀手的东菱军们。姬仲停住了,他不敢再向前去。

忽听一个声音道:"国主!快跑啊!再往前就是咱们的东菱军了!"国正厅的年轻守卫在看到近在咫尺的东菱军后眼射精光,他们看到了归家的希望。

姬仲双目失神,立在当下,脚下好像生了根,再难动摇。任凭侍卫们怎么推他,他也是一步也迈不动了。

一个心生恐惧又尖酸刻薄的声音响起:"老爷!快逃啊!快逃啊!"胡妹儿拉着姬仲的衣袖已然扯出了窟窿,但姬仲仍是无动于衷。

姬菱霄指挥着大批侍卫仍然马不停蹄地向前奔去,胡妹儿松开了姬仲的袖腕,被人潮推搡着向前挪去。

"哎!哎!"她回头看着离她越来越远的姬仲,原本还能够着的臂膀软绵绵地收了回来,脚下的步伐一点也不想再慢了。

姬仲抬头看着黑暗的天幕。夜靡裳驱赶了一切光明,然而那散发着巨大灵力的永灵石又放射出万丈灵光,照耀在无尽黑暗之中。姬仲笑了,什么灵魅,什么永灵石,到最后不过是一群乌合之众,夺人性命,哪有什么善恶。谁赢了便听谁的罢了。

忽而,姬仲仰天长啸道:"北唐!你就一定能赢吗?到最后还不是这灵魅成为天下霸主!你和我一样,都是飞禽走兽罢了!臭虫!我才是东菱唯一的王!最后的王!"话落,灵魅对准姬仲蜂拥而上,侵占了他的身体。

"回不去了……一切都回不去了……"姬仲道。

姬菱霄挥动的指尖猛然一顿,向后看去。她这时才发现姬仲没有跟上她的部队,被淹没在了黑暗之中。姬菱霄的眼中露出一丝错愕,随之消失不见。

国正厅跟随的侍卫越来越少,渐渐被灵魅攻破,姬菱霄已经阻止不了灵魅的进攻。她开始转攻守护她的侍卫们。姬菱霄用操控术想方设法逼迫出侍卫们最后的灵力,护她左右,侍卫们在她身边一个个力竭而亡。他们惊恐地看着姬菱霄却无力反抗。

胡妹儿摸爬滚打,蓬头垢面地跟随着女儿疯跑,衣衫破烂,然而她仍死死地抓住最前面的那个侍卫,手指已经抠进他的肉里。眼看他们就要到东菱大军阵前了,胜利在望!胡妹儿一把扯倒身前守卫,抢先一步蹿了上去。

突然,姬菱霄停住了步伐,人群里她看见了她的仇敌——第五梵音!她正在和藏头露尾的连雾纠缠!方才姬菱霄于千钧一发之际救了连雾,为的就是让他刺杀第五梵音。现在时机到了,她的仇敌近在眼前!姬菱霄一把撤了操控术,全力向第五梵音攻去!

北唐北冥的身体在坠落中挣扎生长。一道厉光向他射来,北冥一个侧身,重器贴面从他眼前划过,扎向大地。亚辛全力朝北冥袭来,他要攻占北冥的躯体,转生为人!

"你我就同归于尽吧!"只听北冥一声豪言,同时亚辛钻进了他的身体,时空轮回术开启!天空上裂开一道巨缝,万丈劈光冲北冥胸膛刺杀而来,夺取着他的时光之力!一声凄厉刺破苍穹,亚辛的胸膛连同北冥一起被剖开了!他疯狂地挣扎着,想要从北冥身体里挣脱出来,然而北冥把他紧紧封锁在了胸膛之内。只见两人飞天遁地做着最后的角逐!

弥天大陆上战火燎原。梵音与连雾厮杀着,连雾渐渐涌出的血痕出卖了他的轨迹,梵音一剑向他刺去。忽地,梵音手中一顿,身体戛然而止,紧接着一个阴戾妖邪的声音刺破了她的耳膜:"贱人!我要让你生不如死,被万人践踏,成万魅之器!"姬菱霄张牙舞爪地冲梵音挥舞着妖躯,梵音被控制了!

跟着,一柄锁骨匙向梵音掷来,咔嚓一声锁住了她的细颈,梵音双眸登时睁大!连雾露出奸邪嘴脸,现身出来。这一仗,他终于赢了!

姬菱霄的利剑向梵音刺来,她要毁了她的容颜、剖了她的心肝。梵音全力一搏,却于事无补,她连喘气的能力都没有了。

"喝!"只听一声虎啸龙吟,聆龙冲破了梵音的保护,幻形成圣,朝姬菱霄攻去!嚓的一声,划破天际,一束银龙白血喷向夜空。聆龙的龙耳被姬菱霄割了下来,轰然坠地!

"龙儿!"梵音大喝着,贯穿心肺,鲜血破喉而出,灵力四射,嚓的一剑捅向姬菱霄。姬菱霄几乎与她面面相对,一丝恶臭扑向梵音面庞。跟着,梵音拔剑而出,反手一挥,再向一旁的连雾杀去。

噌噌噌！七道剑痕斩断连雾身躯,登时让他身首异处。连雾的身体可以吸纳攻击他的灵力,即便受伤也永不至死。梵音看到北冥方才用灵剑割伤连雾的伤口已经开始慢慢愈合了,然而这一次,她没再给他留下任何活路。

连雾瞪大着双眼看着梵音,难以置信地看着眼前的一切。他的身体七零八落,再也拼不回去了！他从未现身迎战过,这是他第一次现身而战。以前他都是躲在暗处,凭借自己一身诡谲灵法偷袭对手,就连北唐北冥也不是他的对手！他曾经卸了北唐北冥一条胳膊！现下,他终于现身了,因为他要赢了,十拿十稳！第五梵音是他的掌中之物！他要赢了！他只要杀了第五梵音,杀了北唐北冥,娶了姬菱霄,就是东菱国最厉害的人物！一切荣耀近在咫尺,唾手可得！第五梵音刚才明明还无还击之力！

"她！"连雾那被抛向半空的头颅张口念着。她现在明明应该已经死了！这不在他的计划之内啊！随着坠地的闷声响起,连雾断了气,死不瞑目！他不应该现身的！他不应该现身的！他大意了！

"龙儿！"梵音尖叫着,把聆龙捧在掌心,聆龙重伤已经变回原来模样,"灵枢！灵枢！"素黎冲了上来。梵音一边捧着聆龙,一边僵硬得不知要不要把聆龙递给素黎查看。

"副将！把聆龙给我！把聆龙给我！"素黎大声道。

"龙儿！龙儿！你要坚持住啊！坚持住啊！"梵音大吼着,热泪横流。

霍地,一阵暗袭朝梵音击来,梵音回身反杀,只看那妖物将要碰到自己之时,当空爆碎,冰落满地。冷彻赶了过来。

"小音！你没事吧！"

"叔叔！"梵音道。只见冷彻身旁还跟着一人,九百斜月也来了。方才灵魅大军攻占人身,冷彻接到夫人信息,折返西番,接九百斜月与九百昆儿来到阵前。此时九百昆儿已跑去相助雷落。

三人向那被冷彻打得碎落满地的灵魅看去。梵音蹙眉道:"东华……"

原来方才想要攻击梵音的灵魅正是东华。大家原以为东华已经被北冥砍得灰飞烟灭,谁知他竟然没有死透,而是借着永灵石之力附身到了自己儿子身上。现在连雾死了,东华又从连雾身上辗转而下,偷袭梵音。

众人看着东华的"尸体"随着冷彻的冰融后彻底消失了。这样一个人,算计了东菱,算计了灵主,算计了弥天,到最后连自己儿子也算计了。这世上,当真没有一个比他更像鬼祟的人了。这父子二人当真是血浓于水，一脉相承。

然而不等众人多想，天边突然裂开巨缝，金光四射，北唐北冥的时空之力全开。梵音无暇再顾其他，只见北冥与亚辛融为一体，撕裂而战。

"北冥！"梵音大喊着就要冲向北冥。

"小音！"冷彻一把拦住梵音。

"放开我，叔叔！放开我！"梵音大喊着。

"你先看清楚！你冲得过去吗！"冷彻大声道。

梵音一顿，强收着意志朝阵前看去，灵魅已碾压着弥天大军而来。天边的永灵石峰释放着最后的灵力，灵魅即将尽数成人。梵音只觉胸膛压抑难当，咽下最后一口恶气道："全力诛杀木汐！"梵音一声令下，东菱军朝天空齐放利箭。此时的木汐已被夜靡裳吞噬，扩散在暗夜之上，好似无边无垠。夜靡裳释放着暗黑铸灵力，好似永不会停歇。

一束寒箭冲夜靡裳的中心射去，梵音厉声道："就在那里！"跟着，万箭尽放，射杀木汐，然而不一会儿工夫，灵箭便尽数被夜靡裳吞噬。梵音一个踉跄，想要再攻。

这时，天边再次传来戾嚎。亚辛似要挣脱北冥束缚，从他身体之中挣脱而出。只听一声鬼厉："夜靡裳！"灵主擎天一挥，夜靡裳骤降而来，弥天大陆再次重现光明。

夜靡裳裹挟着北冥，在天空肆意攒动，梵音的心揪在了一起。可就在这时，只见梵音双臂一挥，张弓搭箭，一枚寒冰箭朝天空的另一边射去，木汐就在那里。失去了夜靡裳的木汐暴露在光明之下，像个游魂一般在空中飘荡，攻击着地面上的士兵。

"汐儿！"冷羿看着利箭将至，心脏骤疼，那是他牵挂多年的妹妹，待他如兄长一般的妹妹啊！冷羿放下南扶摇，想替木汐挡下梵音这一箭！可灵魅众多，他不能看着身前的战士们被一个个吞噬殆尽。他拼命抵挡着灵魅的进攻，脚步慢了下来。

倏！利箭将至！木汐惊恐地看着来箭的方向，眨眼间利箭已近灵身！她听到了冷羿对她的呼喊，她唇齿颤抖道："哥……"

噗的一声，血花四溅！利箭贯穿了木汐的胸膛，大片鲜血染红了她的灵身。有一人挡在了木汐身前，木汐瞪大了双眼，难以置信地看着眼前那人。

"钟离！"木汐错愕道。只见那人的背脊被梵音射穿了，利箭刺过他的胸膛扎入木汐体内，正是东菱二分部三纵队队长钟离！

"汐……汐儿……"钟离喃喃道，"你没事吧……终于又看到你了……"

"你！你怎么会在这儿！"木汐道。

"钟离！"只听梵音一声大喝，她也不知是什么情况。

"我拜托赤鲁……让我来见你一面……"钟离道。

木汐听得云里雾里，全不知道钟离在讲什么。忽而，一道刺眼的光亮射进木汐眼里。

"锁骨匙！"木汐大惊道。

只见一个精密的锁骨匙正锁在钟离的脖颈之上，他已然灵力尽失。东菱军临行前，赤鲁来到军政部监狱探望钟离，那是与他并肩作战十余年的战友啊。想当年东菱军与灵魅的北境之战，钟离使出浑身解数辅佐梵音，冲锋陷阵，毫不退缩，可现如今竟成了阶下囚。赤鲁要当面向他问清楚为什么，是什么可以让钟离弃多年战友的情谊不顾，背叛军政部，伤害同袍战友！

钟离向赤鲁坦白了一切，他对木汐多年的情意深藏心底，从不示人，但难以忘怀，无法磨灭。最后，赤鲁答应了钟离的请求，让钟离带着锁骨匙来到这里，只为见木汐最后一面。赤鲁瞒着北冥，瞒着梵音，独自做了这样的决定，因为他放不下与钟离多年的战友情谊。

此时，钟离满怀哀伤却心满意足地看着眼前的木汐，热泪纵横道："汐儿，我终于又见到你了，我想告诉你，我喜欢你。佐领走了，我没能帮你照看好他，对不起。汐儿，你快走，这里危险！"说着，钟离一把推开了木汐，木汐踉跄着向后退去，眼睛却再也离不开为她受了重伤的钟离。

一口鲜血喷出，钟离倒地。梵音从远处奔来，喊道："钟离！"那一箭贯穿钟离心肺，他活不成了。

就在这时，天边再次传来隆隆之声！只见一片晶光耀日，永灵峰爆裂，灵力四射，永灵峰即将灵陨！这是灵魅成人的最后机会！只见灵魅大军排山倒海似的疯狂地攻向弥天大军！

木汐蓦然回首，望着黑压压一片的乌合之众，心中一阵悲戚。她又转头寻着冷羿，只见冷羿正关切满怀地向着她的方向冲杀而来，即便她想杀了他的心爱之人，他还是这样关心着她，他真的是她的大哥哥。

"哥哥。"木汐喃喃道，泪眼婆娑，嘴角已向上咧去，"下辈子，下辈子你娶汐儿吧。"蓦地，木汐冲进钟离身躯。

"汐儿！"冷羿大喊出声，泪洒战场。

暗黑铸灵术即将消失，弥天大军奋力抵挡着灵魅狂潮。胡妹儿的身子被踏烂了，没有灵魅再想进她的身。方才姬菱霄为了全力击杀第五梵音撤了一切抵挡灵魅的操控术，胡妹儿登时暴露在荒野之外，她用自己那微不足道的、荒废多年的灵力保护着自己，然而没有几下，她便被踩翻在地，再也爬不起来了。她的仆人胡翠抓着她的衣角，恨不能再沾上一点她的灵力用来自保，此时也是烂成肉泥。

胡妹儿哀号着："菱霄！"姬菱霄早就把她抛至脑后。

胡妹儿看着近在咫尺的东菱大军，忽而，一个矫健的身影奋力向她奔来。"世贤！"胡妹儿大叫着，是她的儿子姬世贤向她奋力奔来！当那句"快救我！"想要喊出来的时候，胡妹儿看到了姬世贤浑身上下血流不止。

胡妹儿登时泪流满面，一咬牙道："快回去！儿子！快回去！"

姬世贤听到了胡妹儿的叫喊，他急切地寻着母亲的所在，只见她已在灵魅大军的践踏之下，无力生还。姬世贤惨声道："妈！"

胡妹儿淌着泪，咬着牙，拼劲最后一丝力气道："快回去！儿子！快回去！"跟着她的身影消失在蛮荒洪流之中，再也看不见了。

"妈！"姬世贤一声哀号，悲痛欲绝。

弥天大军陷入全面战争，硝烟火海，厮杀不断。只听天边一声厉嚎，夜靡裳裹挟着灵主从北冥身体中分裂而出。跟着一声怒吼，北冥的胸膛再次被时空轮回术打穿了，他拽着灵主，反手一挥，擒住了灵主脖颈。

那时空之力从北冥胸膛再次贯穿到灵主的灵身之内！噗的一声，灵主的灵身被切开了！他尖叫着蹿天遁地！任何灵法都难伤灵主分毫，唯独这切割着时空的时空之力，能彻底斩断灵主的灵身、灵能！北冥狠狠扣住灵主身躯，誓不松手。与此同时，他的胸膛已鲜血淋漓。

灵主挣扎着欲摆脱北冥束缚。夜靡裳搅动着擎天之力，撕裂着二人，北冥的双臂渐渐被撬动了。灵主就要挣脱而去！北冥一声狂啸！时光之力从北冥胸膛破腔而出，带着他的热血刺向灵主。灵主惊诧！刺啦一声，夜靡裳被撕裂了，灵光乍现，而后分崩离析！北冥捂着胸膛从天空坠下。灵主甩开破碎的夜靡裳，拖着自己的残破灵身向灵魅大军飞驰而来。永灵峰之力即将消散，他要找到第二具适合自己的容器！

梵音众人见灵主袭来，灵盛之力全开，拼命截杀。用不了北唐北冥的身体，那灵主的第二个容器自当是第五梵音最为合适，东菱军全力击杀灵主，阻挡来袭。

霍地，灵主一个分身，消失在天空之上，障眼法！

下一秒，灵主已绕行蹿到东菱军后方，那里跪坐着一个人。姬菱霄的胸膛被梵音豁穿了，重伤之下，再无还手之力。她丰唇紧咬，用自己仅剩的一丝操控之力封锁住伤口。

姬世贤来到妹妹身边，怒不可遏地看着她，厉声道："姬菱霄！"跟着一个巴掌狠狠扇向姬菱霄，啪的一声，姬菱霄嘴角溅血。

"你干什么！"姬菱霄猛然回头,怒视着姬世贤喊道。

"你看你干的混账事,爸妈都死了！"姬世贤道。

"那是他们不中用,与我何干！"姬菱霄道。

"混账！"跟着姬世贤又一巴掌扇到姬菱霄脸上,姬菱霄的脸登时被打出五个血指印。

姬菱霄怒吼道："你凭什么打我！你个懦夫！没用的东西！你但凡有点用处,爸妈会落得今日下场吗！你要是个中用的男人,姬家会有今天的下场吗,你不早就拿下军政部了！"

"你！"姬世贤被姬菱霄气得面色涨红。他这个妹妹果真和父亲如出一辙,贪心不足蛇吞象,"你和父亲真的就这么想一手遮天,拿下军政部,权力滔天？"

"我要这全天下最好的男人！我要北唐北冥！"姬菱霄信誓旦旦道,"有了他,我就能得到这全天下最好的东西！"

"就为了北唐？"姬世贤质问道。

"对！"姬菱霄硬声喝道。

"你疯了！"姬世贤气得颤抖道。

"我没疯！我姬菱霄堂堂东菱国国正厅大小姐,就要这全天下最好的东西！你给不了我,端倪给不了我,爸妈也给不了我,连雾更是个畜生！只有北唐,只有北唐北冥能给我！因为他就是这全天下最好的男人！有了他,我就能得到我想要的一切！他统统都能给我！"

"你这个丧心病狂的东西！母亲怎么会生出你这样的女儿！今天我就替她杀了你！"姬世贤道。

"你凭什么替她杀了我,你算老几！胡妹儿不也是这样的吗！如果她不是这样,今日也不会有你我了,姬大公子！"姬菱霄字字锥心道。

姬世贤一个踉跄,险些摔倒在地。

姬菱霄讥刺地看着姬世贤,嘴角露出狰狞笑意："到最后,他也是我的！"姬菱霄向天边看去,北冥的时空轮回术已经打开,停不下了,只有她——

霍地姬菱霄双眸睁大,啊的一声尖叫出来,刺破苍穹！她惊怖地看着向她飞驰而来的一团黑障,正是灵主！

亚辛见大势已去,攻不下北唐北冥,攻不下第五梵音,转而找到了一具更适合他的身体——姬菱霄！他要用她的操控术修复自己的灵能！至阴至寒,姬菱霄就是他得天独厚的第三个容器！

姬菱霄尖叫着,喉咙已破！东菱军想要截击灵主,为时已晚！

砰的一声巨响,一柄擎天重器狠狠扎在了大地之上,挡在了姬菱霄面前!跟着又是一声轰鸣,亚辛重重撞在重器剑身之上,险些分崩离析!北冥乘着红鸾赶来,红鸾吐出烈焰圣火追讨亚辛,亚辛陡然一转,向战场西方奔去。姬菱霄木然地看着眼前的重器,呆掉了。

这时灵魅大军多半已攻占人身,正等待转换完成。战士们拼尽全力想要驱赶,却愈来愈弱。

第一四七章
忠烈太叔公

骤然间,风云逆转,紫灵来袭,弥天大陆上传来阵阵魅色灵浪。九百斜月朝天一挥,浩瀚绵长的醇厚灵力从她掌心盛放而出,好像那紫色的魅夜,驱赶着灵魅对士兵们的侵袭!

"操控术!"一身污浊的戚瞳在战场东方道,此时的他也已经被卷进这场大战之中,难保其身。

跟着,又一阵淡紫色灵浪向雷落统率的西番大军涌去。顿时,半数战士脱困解乏。

"昆儿!"雷落大喊一声,却是没有工夫转身。迦罗和魔坤对他的夹击越来越猛,灵主没了北唐这个容器,他们要拿下雷落作备用。

"你来干什么!快回去!"

"阿落!我来帮你!"九百昆儿大喊着,冲雷落奔来。

"快回去!"雷落道。

"父亲!您还不来帮我,替我拿下雷落,给我的主人享用!"迦罗道。

雷落一边对付着灵魅大军,一边和太叔公率领的西番叛军作殊死搏斗。生死兄弟多年,并肩战友,今日却要同室操戈!雷落的心备受煎熬,祁门在他左右亦是不敢奋力一搏。

"父亲!你在干什么,还不帮我!难道我这么点心愿你都不依!"迦罗说着人话,学着人语对太叔公道。

只见太叔公七旬已过,满头银发,却依然身姿挺拔、魁梧健硕,全不输壮年男儿!但此刻他的脸枯朽了,看着跟随自己征战多年的将士们一个个倒下,他的心动摇了。

"爹!赶紧随我打退雷落,攻占西番啊!我成人后就这么一个心愿,你还不帮我!"迦罗说着,声音越发尖厉起来。

"你给我闭嘴!阿公是我爹,不是你爹!你个杂碎!"雷落一手挡开魔坤的攻击,一手幻形出混天雷攻向迦罗。

"哼!就凭你!"迦罗冷笑一声道,"杂种!捡来的!我们才是亲生父子!"说着,迦罗反手一个混天雷挡了回去,这一招和太叔玄当年的招数如出一辙。

"阿玄……"太叔公再次恍惚道。

"老爹!别被他骗了!大哥已经被灵主杀了!这个东西侵占了大哥的身体,才会用大哥的招数!"雷落嘶喊道。

"谁是你大哥!蠢货!我可没有弟弟!老爹!给我杀了他,他占了我西番军政部副将的位置!你当真要认这个捡来的,也不要我这个亲生的吗!"迦罗的话句句扎进太叔公心窝,令其千疮百孔。

"混蛋!"雷落大怒,一掌向迦罗劈去,速度之快,迦罗竟是没有看清。待雷落的雷切刀即将斩断迦罗左臂时,太叔公攻了上来,一掌朝雷落打去。

"噗!"一口鲜血喷出,雷落全速向后退去。

"这就对了,父亲!杀了他,咱们带兵冲回西番,拿下国正厅,自立为王!"迦罗在一旁怂恿道。

"阿落!"九百昆儿冲了上来,接住了雷落。

雷落一声怒吼:"我让你回去!"

"我不!你在哪儿,我就在哪儿!"九百昆儿大叫道,跟着一掌朝攻过来的灵魅劈了过去。此间招式和九百斜月的别无二致,都是九百一族的上乘灵法,大力回天!攻上来的灵魅登时被驱散。

"九百!"太叔公不禁道。

"阿公!你糊涂了,怎么可以打阿落!"九百昆儿冲着太叔公道。

"就是她!就是她!我当年要不是为了她,我也不会化身成魅!"迦罗突然道,"当年若不是九百斜月负我,我怎会成魅!"

当年,太叔玄死在了探望九百斜月的路上,再也没有回来,太叔公口中不说,却早已对九百一族恨之入骨!尤其是九百家的女儿们!"杀了她,为我报仇!父亲!"迦罗再一次蛊惑道。

只见太叔公横眉一竖,立了起来,登时冲九百昆儿杀来。雷落揽着昆儿腰身,一把将她抛到身后,自己迎了上去。太叔公想到儿子死因,登时发狂,全力朝雷落打来。

霎时间,雷霆万钧,扑面而来。雷落大喝一声,重拳迎了上去,跟着数万雷切之力全速击出。轰的一声巨响,西方战场被这父子二人打得耀蓝一片!

"混账东西!你敢拦我!"太叔公狂怒道。

"老爹!迦罗不是大哥,你不要被他蒙骗了!"雷落大声道。

"他不是你大哥,还能是谁!你个莽儿!"太叔公道。

"他是灵魅迦罗,亚辛的爪牙!他们早就合力把大哥杀了!老爹!"雷落道。

"闭嘴!"太叔公怒喝一声,双拳发力,"让我杀了九百斜月,替阿玄报仇!"

"昆儿不是九百斜月,你不能伤她!"雷落顶着太叔公倾轧之势,一步步向后退去。

太叔公登时一怔,对着雷落吼道:"你近女色了!"

"我没有!"雷落应声道。

"那你为何拼死维护九百家的女人!你大哥就是这样折在她们手里!你敢不听我的话,碰九百家的女人!我今天定要杀了她,为你大哥报仇!"太叔公道。

"啊!"只听雷落大喝一声,马上就要顶不住了。对方是对自己恩重如山的义父,雷落与他抗衡根本无法使出倾囊之力。

霍地,九百昆儿冲了上来,大声道:"阿落!我帮你!"跟着一掌随着雷落的雷切刀之力而去。有了操控术的加持,雷落的力道猛然胜了一等,太叔公竟感吃力。

"你这逆子!果然中了九百家的蛊!"太叔公道。

"我没有!"雷落再次厉声道。

"快拿下他!"只听迦罗一声厉喝,魔坤和他突然出现在雷落两侧,冲他夹击而来,"永灵峰之力将散,替灵主拿下他,转身成人!"

迦罗看到远处被北冥打成重伤的亚辛正在向这边飞驰而来!若此时再不成人,则亚辛此生成人无望!

霍地,迦罗双臂一挥,众灵听令,全力攻了上来,他们要用最后的机会成人!眼见迦罗的雷切刀和魔坤的暗黑棱刺冲雷落杀来,三面夹击,雷落再无退路!

"副将!"祁门在雷落身后不远处喊道。

雷落虎躯一震,突然发力,九百昆儿再次被他震向身后,只听他大声道:"照顾好昆儿!"

"阿落!"昆儿道。

雷落猛然撤回一掌,用一掌抵着太叔公的雷霆之势,另一掌握拳向迦罗挥去,还有一面空了下来,魔坤的黑刺扎进了雷落腰腹。迦罗咧嘴笑了,弹指一挥,"守在"太叔公大军后的灵魅冲了上来……忽听一片惨叫,太叔公手下的将士们被纷纷侵占身躯,成了灵魅的新容器。

"阿玄！你干什么，那些是我的部下！"太叔公喝道。

"父亲！这些年我的魅族陪我出生入死，服侍我左右，我不能让他们再和我一样吃这人不人鬼不鬼的苦了！西番土地辽阔，九都更是人杰地灵。到时候等我们攻进了西番，我就让我的手下把身子还出去，让那些负了我的西番人填命！"迦罗振振有词道。

"你放屁！"忽听一声急喝从远处传来，跟着一阵紫灵急浪呼地挡开了迦罗手下的灵魅。

"谁！"迦罗猛然回身，只见远处一个紫发披肩的华美女人赶了过来，正是九百斜月。"九百斜月……"迦罗尖声道。

"还我阿玄！"九百斜月暴喝道。

"阿玄……"迦罗眉眼一转道，"我就是太叔玄，斜月！"

"放屁！你个鬼祟，杀了阿玄，用了他的身体！我要为阿玄报仇！"九百斜月冲了上来，一掌打向魔坤，魔坤登时闪避。

"父亲！这个负心女回来了，帮我杀了他！"迦罗突然道。

太叔公看见九百斜月登时眼红，杀气腾腾道："你还敢来！当年阿玄若不是为了探你，怎会一去不返！你个贱人，今日我就要为阿玄报仇！"说着，太叔公撤掌，向九百斜月攻去。只听轰的一声，一面寒冰防御墙挡在了九百斜月面前，冷彻赶了过来。"奸夫淫妇！"太叔公大骂道，双眼暴突。三人随即周旋起来。

太叔公撤掌，雷落一时有了余力。只见他徒手拔出腰间黑刺，跟着挥向迦罗，一刀斩断了他的进攻。魔坤再次冲了过来，雷落反手一个雷电壁，魔坤被雷电壁锁住，爆裂开来。

"魔坤！"迦罗大叫道，一束电光拳打向雷落。雷落张手一拧，猛然一攥，迦罗的电光束登时炸裂。"好厉害！"迦罗大惊，不禁道。

"冒牌货！还我大哥人身来！"雷落迎了上去。

"你大哥？哼！"迦罗冷笑道，"拿着鸡毛当令箭，真当自己是西番军政部少主了！看看谁听你的！破烂货！捡来的杂种！"说着，迦罗冲太叔公的队伍振臂一挥道，"给我杀！还愣着干什么，真要让这个杂种鸠占鹊巢吗！给我杀，我才是你们的副将太叔玄！"

太叔公的队伍在大荒芜驻扎已久，士兵们早就中了大荒芜里的毒，神志受损，对迦罗言听计从，偶有反抗的也已经被迦罗杀了。太叔公的队伍冲了上来，越杀越勇，雷落手下的战士们一个个奋力抵挡，心却是在滴血。

祁门边杀边哭，刀刀不敢砍中战友要害，然而对方却是手下无情，招招狠辣，雷落的将士们渐落下风。灵魅跟着冲杀上来，眼看就要吞噬整个雷落大军。

雷落一声暴喝，数万湛蓝雷电壁腾空而落，尽数扎向灵魅后方，杀尽一片。然而一道寒剑刺过，再中雷落腰腹，方才未愈合的断口此时更大了，雷落的鲜血和黑血一齐直流。杀过来的正是太叔公麾下的佐领战弓，西番一分部部长战斧的亲哥哥。战斧已在攻城时死在雷落手下，此时战弓狠了心要替弟弟报仇，下了杀手！

雷落闷哼一声，转身攥住战弓刺来的利剑。他正要反击，忽地，战弓身后有一黑影蹿来。

"魔坤！"雷落大惊，心下道，"还没死！"看魔坤的态势，是冲战弓而来。魔坤想要侵占战弓的躯体，以当容器。

雷落一脚踢翻战弓，让他倒了下去。轰然一声，魔坤撞进了雷落身体。雷落骤然一怔，身体顿时不听使唤。

"快！把雷落献给灵主！"迦罗见状大喊道。

魔坤听命，裹挟着雷落便向灵魅大军奔去。此时灵主亚辛已从战场另一端赶来。待灵主快到雷落身前时，魔坤骤然从雷落身上下来，等待灵主入侵。

"好！"灵主大赞道。

雷落回神，看见灵主已在眼前，双拳怒挥，雷暴顷刻间怒放而出，灵主大骇，飞身躲避。雷落再挥一拳直冲天际，风驰电掣，这世上没有一种速度快得过光。雷落的电光拳擦着灵主的右肩而过，登时轰下他半个肩膀。

灵主大怒道："杀了他！"不等灵主发话，迦罗的电光拳早已向雷落打来。雷落一心要拿下灵主，再没工夫闪避，眼看电光拳冲他背心而来。

轰的一声晴天霹雳，拳拳相对！迦罗被震飞了出去！他瞪大双眼不可思议地看着攻击他的方向："太叔公！"

只见太叔公怒目而视着迦罗，厉声道："你敢伤我儿！"

"我才是您的儿子！父亲！"迦罗道。

此时的太叔公撤了对九百斜月与冷彻的攻击，面红耳赤，双拳暴烈，狠狠看向迦罗。灵主亚辛俯冲而下，在空中高呼道："太叔公！你睁大眼睛看清楚，太叔玄才是你的儿子，就在你面前，你别认错了！"

九百斜月心急，想着太叔公定是在大荒芜待久了，被蛊惑了心智，人事不分了。

只听太叔公声如洪钟道："亚辛！他二人都是我儿，你休要伤他们！"

"若我就只留一个呢？"亚辛道。

"那我就杀了你！"太叔公道。

亚辛仰天长啸道："那你问问你亲儿子答不答应！"

"阿玄！你若敢动落儿，我就杀了你！"只听太叔公一声厉喝，震彻天际！三军皆震！雷落望着太叔公，早已是泪雨滂沱。

迦罗的脸渐渐冷了下去，换了另一副模样："魔坤！杀！"此前被九百斜月驱散而去的灵魅再次卷土重来，她的灵力亦到极限，弥天大军再次陷入焦灼。

太叔公看着自己的亲军护卫一层层被灵魅吞噬，全无反击之力，早就受了迦罗摆布，不禁老泪纵横！

只听一声勇猛："祁门！冲过老爹亲军，把灵魅给我压下去！"雷落一手拖着已受重伤的战弓，一手抵挡迦罗和魔坤的两面夹击。

太叔公看着他，苦泪变热，一张饱经风霜却依旧红如铜铸、威武不屈的脸由哭变笑道："莽儿！"

跟着太叔公双掌冲天，嚎声阵阵，顿时天上响起滚滚惊雷，乌云密布，哇呀呀地遮天蔽日而来！落雷万丈，齐天万鸣，太叔公凭一己雷师之力，腾云驾雾，竟脚踏惊雷，飞了起来！

"你若敢伤我莽儿，我今日便与你同归于尽！"只听太叔公高声厉喝，穿入云间，直击亚辛而去！雷霆万丈，电闪雷鸣，弥天大陆上的灵魅顷刻间被太叔公一杀殆尽。

雷落惊得急向天空看去，大吼道："老爹！停手！"

"莽儿！这世上谁要伤你，老爹定不罢休！从今往后，我西番军政部主将唯雷落是也，世上再无二人！老爹先行一步，看你大哥去了，替我照看好西番军政部！"太叔公说罢，周身已燃起湛蓝雷火。电光火石之速，世间无人能及，只看他穿云越雨，直杀亚辛而去。亚辛仓皇而逃，然而全不是太叔公对手！天雷地火，世间谁能快得过这般速度！

"老爹！"雷落涕泗纵横，就要追随太叔公而去。忽地，一只大手紧紧拖住雷落。

"主将！不能去！"只见战弓悲泗淋漓，却死死拖着雷落，不让他冲杀上去。

"放手！"雷落怒吼道。

"主将！西番军政部不能一日无帅啊！"战弓此时已全是肺腑之言。

"亚辛！你杀我玄儿，今日就是你的死期！"太叔公已然撵上亚辛灵尾。

一声惊天巨响！万里高空湛蓝一片，上达天庭，下穿地府，弥天宇宙顿时陷入一片电蓝雷海之中。太叔公所向披靡，灵魅尽毁。弥天大军全速向后方撤去。雷落抱起九百昆儿全速后退。

一片暴血喷溅到太叔公脸上。

"阿玄！"太叔公惊诧。

迦罗狞笑着，看着太叔公。他追上来了，挡在了亚辛面前。太叔公的双臂贯穿了迦罗的胸膛,一颗跳动的心脏在他手臂间震动,那是太叔玄的心脏!

"主上!快走!"迦罗大喝一声道。

亚辛回头看去,已是悲从中来,那是跟随他数万年的灵魅手下。从灵到魅,从魅成人,亚辛对迦罗如兄如父。两人穿空越世,不离不弃数万载,今朝已是灰飞烟灭!只听亚辛一声悲切,穿云越雨,斗上云霄。

"前世你们杀我灵父,今朝害我手足!我定要你弥天之人血债血偿!"亚辛说完,一把拖走迦罗。

太叔公的惊天雷火尽数被迦罗抵消,再无后继之力。只听他大喊一声:"阿玄!"

"我要让你无子送终!太叔公!"亚辛回头恶狠狠道,一个灵掌劈向太叔公。

太叔公大义凛然,生死无畏,看着越来越远的亚辛和迦罗,坠向苍茫大地。忽而,一席灵浪涌来,九百斜月在大地上散发出灵力,托住了太叔公坠落的身躯。

太叔公心间一暖,温声道:"玄儿,你没看错人。"

霍地,太叔公再次看向亚辛,反手一挥,接过九百斜月的灵力,又转手一送,尽数向亚辛攻去!一招移花接木,早已是灵者大成,登峰造极!

亚辛猛然回头,然劲力已到!轰的一声,亚辛身前的迦罗被太叔公打得身形俱损,灰飞烟灭!原来,太叔公那一招是对着迦罗而去的,而非亚辛!

"亚辛!我才要让你无父无母,无兄无弟,无子无女给你送终,断你灵氏一族血脉!我莽儿顶天立地,虎虎生风,岂是你这鬼祟可比!阿玄,老爹来陪你了!"说着,太叔公坠入茫茫荒原。

"阿公!"只听九百斜月在大地上哀号起来。

"月儿!顾好国正厅,我去见玄儿了!"一语毕,太叔公雷霆绽放,化作一团湛蓝消失在弥天之上。

"老爹!"雷落悲鸣起。

第一四八章
终极之战

北唐北冥乘着红鸾返回东菱阵营,他的胸膛已被时空轮回术剖开了口子。他掌心往胸前一抹,堪堪用灵力封住伤口。

"北冥!"梵音大喊着,向他冲了过去。看他一身鲜血满布,梵音咬破薄唇,硬是没有落下半滴眼泪,"你怎么样!灵枢!白泽!"

"音儿!我没事!"北冥蹙眉道,目光仍紧盯着西面战场。经太叔公这般灵丧之力,灵魅大军几乎被全线压了下去。可北冥的神经一刻也没有放松,只听他一声厉喝:"雷落!快让西番军重整旗鼓!"信卡已然传出。

雷落陷在太叔公离世的悲痛之中,怒火中烧,一时无法遏制,只想杀了亚辛才算完,但他身上的伤势亦是不轻。

九百斜月与九百昆儿用操控术全力清除着太叔公手下在大荒芜期间所中的蛊毒。他们的神经早已被严重侵蚀。然而就在太叔公牺牲之际,战士们听到了他的临终号令:从今往后,西番军政部唯雷落马首是瞻!

奈何战士们身体不受控制,无法相助太叔公。此时战士们脑海中的暗黑灵力被九百斜月和九百昆儿一丝丝拔了出来,神志逐渐恢复。

北冥捂着胸膛,望向大荒芜边际,眉头渐渐深锁起来。梵音在他身边,瞧着他的样子,也顺着他的目光往大荒芜方向看去。她的灵感力不如北冥,可一双鹰眼举世无双,看得明白。慢慢地,梵音的脸僵了起来,她薄唇轻启道:"冥……前方……有……黑水……"

"灵母。"北冥沉声道。

黑水越过大荒芜边界,向弥天大陆蔓延而来,梵音的视野很快被一片黑暗吞噬了……她的身子凉了下去。她从未这样恐惧过,哪怕面对生死。然而此时眼前的一切让她无从抵抗。

灵母像毁天灭地的巨浪,从大荒芜奔腾而来,摧枯拉朽般侵蚀掠夺了大荒芜上的所有生灵,一吞而尽,将其灵力据为己有。

一席硝烟起,大荒芜消失在了灵母的海潮之下,一散而尽!黑水越涌越高,越奔越急,像海啸般风卷残云而来。

忽而,一只有力的手紧紧攥住了梵音冰凉的手心,北冥在她身边道:"不怕,有我在。"

梵音望着他,惊恐的眼神在看到他的一瞬间消失了。有他在,她还怕什么。

北冥一道急令传给冷彻:"冷叔叔,您的水域持天能抗多久!"瞬息未过,北冥又一张信卡传出,"加上梵音、冷羿、魏灵超。"

"一刻。"瞬息将过,冷彻回道。

北冥注视着天边,亚辛即将与灵母会合。他要在这之前拿下亚辛。一席艳阳过,北冥乘着红鸾飞向天际。

"北冥!小心!"梵音再也忍不住大呼出声,紧接着,她一声号令,"全线戒备!"

天边响起一个冷厉的声音:"北唐北冥!你有何脸面再来杀我!弥天之上,忘恩负义、背信弃义的卑贱之躯,唯人是也!你敢立在这天地间告诉弥天之子们,是人负了我,还是我负了人吗?"一招灵袭劈过,红鸾闪身,险些折翼。北冥轻踏,离了红鸾去,只叫它飞身回到梵音身旁。北冥自己踏灵而来,劈极剑已挥斩出身。

"弥天之人,负了灵父,负了荒芜,负了这一世洪荒!我们生来有罪,必当如数奉还!"北冥在天空之上道。那声音震彻九霄云外,弥天之境,战场上下,三国内外,所有人都听到他这般洪声震天,振聋发聩之音。人们一个个呆立当下,瞠目结舌,仰天望去。

"算你有种!那就拿命来吧!"亚辛狠烈道,"从今往后,人为奴,我为圣,任我屠杀宰割!"

北冥惨笑一声道:"妄想!"

灵主狂啸于九天之外,以洪亮之声道:"我当你北唐一族一身豪烈,才多看你一眼,赏你当我灵身。不想你与你先祖一样,卑鄙龌龊,临阵倒戈,唯利是图!为一族人,灭一世良心,到头来都是黑心恶鬼!今日我定要杀尽弥天负心之人,报我大荒芜万世之仇!"

北冥亦仰天狂笑道:"人,毁灵诛心!灵,杀人成魔!在这无休止的战场上,你我早就满手血腥!屠戮不止,又有哪一颗是真正的良心!止戈为武,才能还弥天永世太平!"

灵主笑声应道:"止戈为武?那就等我取你首级,夺你人身,杀你全族,再到我灵父山前为他燃一支清香,用你的命来祭!"灵主一招灵袖挥来,半壁山河欲碎,再加一式叠袖,北冥被灵主两路夹击,锁在万丈高空之中,只等他魂碎人亡!

梵音只觉整个人被扼住了,不能呼吸,她看着北冥消失在灵主浩瀚的灵海之中。三国将士齐齐屏住呼吸,仰望天空。

"主将!"颜童、赤鲁、魏灵超,忍不住吼了出来。

一声洪荒骇浪起,穿云裂石,北唐北冥豪声震天:"那就等我杀了你,你我再到地狱尽头领那罪与罚吧!"

数道劈光在空中裂开,霎时间,天空四分五裂,灵芒乍现!北唐北冥挥舞着劈极剑从灵主的灵浪中急杀出来,把这时空再次切开了。灵浪就此被他斩断!

北冥沿着天空被割裂的方向朝灵主斩杀而去,快如银电。灵主转身急走。嚓的一声,灵主的一条手臂被北冥砍了下来!

"啊!"灵主怒号一声,转头看向北冥。北冥踏空急来,劈极剑挥斩不断,霎时间已砍出十三刀。伴随着银光剑痕,天空被不断割裂,亚辛见状一个闪身,消失不见了!

可北冥神速不减,脚下踏出灵力,在空中轰轰作响。只见他单臂一挥,唰,一道剑痕朝他自己的左方砍去,刺啦一声,天空上又多了一道口子。

轰!一团灵力波从北冥身后袭来,北冥躲闪不及,右肩中招。他不做缓冲,跟着向后再挥出一剑,又是一道裂口!

几番周旋,北冥把灵主圈在了自己的时空结界之内。

霍地,灵主反应过来,冲天飞去。北冥跟着一道劈光划过,封住了灵主的去势。灵主转而朝最后的缺口奔去,那里还没有被北冥封住。

北冥刀剑再提,忽感右肩剧痛,落了下去。灵主见状,一掌劈了过来,北冥左袖一挥,想要挡住灵主攻势,然而他的左袖内早已空空如也,挡不住了。噗!一团暴血从北冥口中喷出!

"北冥!"梵音大呼。

刹那间,红霞满天,红鸾冲了回来,接住了北冥。只这一下,北冥缓了半口气过来,再听他道:"回去!"跟着一掌推向红鸾。亚辛的力道再次打来,红鸾啼鸣,放开了北冥。

一片鸾羽落下,好似火焰纷飞,红鸾消失了。亚辛翻出一掌,又攻向北冥。北冥抡起劈极剑和亚辛正面对决。

嚓的一声!亚辛被砍断半身,他号叫着转而再攻,北冥已经被他打得退向远方。

只见北冥胸口起伏,大口喘着粗气,劈极剑已收。亚辛进来了!进了他的圈套!他单手向胸口抚去,时空轮回术欲开。亚辛见状惊觉不对,回身要走。

忽地,一片落雷来袭,雷落在大地上高举着双臂,双拳成锤,满天落雷随他而至,雷电交加,瞬间封住了亚辛去势!

只听一声海啸怒吼,黑水如期而至:"辛儿!"

灵母凄厉的轰鸣声响彻弥天大陆,哀声阵阵,只叫人心惊胆寒!"辛儿!"灵母再呼,一声悲愤交加,已是怒不可遏。众人听去,心间一凉,丧了斗志。

"杀光他们!杀光他们!杀光他们!"灵母痛苦地尖叫着,奔向弥天大军,奔向四方界外!那是她原本从未踏足过的地方,她在大荒芜与灵父相爱相伴,守这一方净土。然而为了弥天四方界,灵父失去了生命,于是灵母之心再无回转,永生永世暗了下去,甘泉成腐,变成了黑水。是人害了他们!

听着灵母的悲戚哭喊,三国将士的心一片凄凉,再无斗志,他们错了……这命,就还了吧……

"冷叔叔!音儿!水域持天!"只听一声高喝,从九霄云外传来,北冥追讨着亚辛从空中落下。亚辛与灵母即将会合。

梵音在涣散了斗志的一瞬,听见了北冥的高呼,醒了过来。她与冷彻、冷羿、魏灵超一起四人集结。水域持天再现,一层层、一障障对着黑水,冲着天际无限延展,扩张开来。

轰的一声,滔天巨浪撞击在了联合防御出的无边无际的水域持天冰盾之上。那举世罕见的冰墙把弥天大陆一分为二,隔绝了极地两端。灵母疯狂地撞击着冰墙,片刻不到,梵音、冷彻等四人已是落下汗来。

倏!一道灵浪来袭,戚九天一掌助攻,加持了水域持天的灵力,两者相辅相成,如虎添翼。

灵母凄厉的哀号还在弥天之上盘旋,然而音量已被挡去大半,可站在沙场阵前的人们,心一个个凄凉下去。

九百斜月与昆儿驱散着灵母的法力。她的暗黑灵法越过天际,从空中弥散开来,人们的心智受到损伤。一丝丝暗黑灵力被九百二人从战士们的大脑中祛除,可他们的心依旧冰凉。

"也许亚辛说的是对的……我们的命该还了……"一个战士道。

半刻将过,水域持天即将崩散,梵音等人撑不住了!灵母即将吞噬整个弥天大陆!

"辛儿!到妈妈怀里来!"灵母一声尖叫,黑水冲天而起,龙卷入天!亚辛瞬间被灵母裹进胸怀之内。跟着,无数海潮兴风作浪,如锥如刀耸入天际朝北冥乱砍而去。

"我定要把这人戳成个筛子给你出气!"灵母咆哮道。灵主亚辛已经奄奄一息,被北冥砍断的半个身躯再难恢复,他的灵心微弱下去,眼皮微合,即将涣散。

"灵母……灵母……给我夺他的人身……"亚辛虚弱道。

"好!"灵母大喝一声。霍地,一条百丈鱼骨凭空跃起,好像被天狗食后的半轮残月,张开参差獠牙向北冥咬去。北冥灵力见弱,一口被鱼骨叼进了黑水大浪之中。

"北冥!"梵音在水域持天之外呐喊着,血满眼眶。她透过冰墙看着里面的状况,然而北冥已身陷黑水之中,她看不见了。

"啊!"梵音尖叫着,她想冲进黑水救出北冥,可她还不能撒手,一旦撒手,弥天大陆就毁了!

就在这时,只听咔嚓一声,震人心魄!冷彻朝九天高悬望去,水域持天将破……

"守不住了!让战士们撤!"冷彻一声号令道。

然而此刻,战场上硝烟弥散,人心动荡,将士们早就再无斗志,当真要把这一条条命抛了,还给大荒芜。冷彻与梵音看去,只觉心寒,到底是人魔了心智,还是心智入了魔?

北冥在黑水中挣扎着,眼前一片黑暗,看不清来路。他腕中加力,劈极剑一挥,咔嚓一声!鱼骨断了腰身,扭动着落下深海。北冥屏住呼吸,感受着灵母的力量。那是弥天大陆暗化了的力量,四方上下,无可匹敌,唯有灵父。

"灵父……"北冥心中突然闪念,"确实是我们负了您,这条命,本也该还给您……"北冥落寞道。

忽而一声天外来音涌进北冥神志:"我只愿弥天之境,劫劫长存,生生不息。"

"灵父!"北冥大喊一声,黑水入口。刚才那是灵父的声音!当他再想听时,声音已是不见了。北冥喃喃道:"弥天之境,劫劫长存,生生不息……"念罢,一股倾绞之力随之袭来,攥住了北冥身躯,北冥痛苦不堪,是灵母困住了他!亚辛要来了!

"正好!"北冥心中道。忽地,一声断裂,北冥一怔,心道:"不好!水域持天要破!"他来不及等亚辛上他人身了,弥天大陆危在旦夕!

北冥一声吃喝,胸膛大敞,黑水狂吸入口,跟着一面金光从他胸膛爆破而出!时空轮回术已启动!霎时间,风云异变,惊涛骇浪,天地乾坤,扭转而来!霍地,北冥灵力绽放,双臂推开,涌向海潮,一面时空大门在黑水之心盛放!黑水顷刻间被席卷而去,一扫而空。

灵母尖叫着,涌进时空大门,黑水还在不断退却,抓住北冥的力道渐轻了。北冥挣扎着,往水面上去。灵主漂荡在黑水中,眼含怨怼,只听他大喝一声:"灵母!帮我!"亚辛单臂一挥,卡在了时空大门之上,跟着用力一拉,时空大门绞着亚辛的灵臂合上了!

亚辛冲天而起,飞出黑水,半身残躯,无臂无手,好似一个游魂野鬼飘荡在浩渺天际。他看着弥天大陆上的弥天大军们,此刻,他已是什么都没了……

只听他道:"北唐北冥,我今日不灭弥天,不杀你九族,誓不罢休!"一语毕,黑水绕天而起,裹挟着灵主,把他包围得水泄不通。渐渐地,黑水漫天,越来越甚,越来越浓,整个弥天即将被黑水笼罩,天塌地陷。

北冥一声大呼从黑水中冒了出来,大口喘着气。紧接着,黑水脱离了大地,尽数往亚辛身边涌去。此时的亚辛已经被包裹在"天水"之中,那弥散的暗黑灵力再次缓缓而来……亚辛要再次成魅。

北冥倒在地上,身上是大片血迹,胸口的伤已无法完全愈合。

"冥!"黑水已消,梵音撤了水域持天往北冥身边赶来,不等她搀扶,北冥已经站了起来。他看着天际,看着亚辛,目光再次坚定起来!

"音儿,我要把他封上!"北冥道。

梵音颤抖着,攥着北冥的手,想说话,张了下嘴,又咬住了。

"我该怎么帮你?"梵音道。

北冥盯着天际,半晌后向梵音看来,只见她一身冷汗,嘴唇惨白。显然,施展水域持天让她的灵力所剩无几。

忽地,北冥对梵音笑了一下,抚着她的脸道:"不用。"

这时,一个声音在北冥等人身后响起:"我送你上去。"北冥回头,只见姬世贤站在那里,一身伤痕,却目光坚韧地看着北冥。

"好。"北冥道,接着一片信卡传出,"雷落,我先去,你随后用混天雷帮我!"

"好!"信卡那一头,亦是一声豪迈。

天空中传来猎猎之声,亚辛即将成魅,不能再等。落雷将至,乌云压城,北冥反手甩过劈极剑,寒芒湛湛。

"冥,你小心。"只听一声温柔传来,梵音半滴眼泪未落,笑着看着北冥。北冥环过梵音,吻了上去。

跟着,他利落道:"姬世贤!"北冥双足一点,跃向高空,灵力纷至沓来。一束灵光跃世,姬世贤用醇厚扎实的灵力为北冥铺了一条通往天际的路。

北冥越跑越快,越奔越急,好似一道光消失在灵路之上。只见一道灵光劈过,北冥已是挥舞着劈极剑向亚辛斩去。亚辛在一片黑水之中,不见身形。北冥跟着剑飞凤舞,冷光乍现,一刀刀向黑水砍去。黑水围绕着亚辛越裹越紧,北冥的刀光砍断了水波,一层又一层,可终不见底。

此刻，混天雷已至，无数电光束从天而降，斩杀着亚辛与黑水。混天雷隆隆作响，雷落使出浑身解数，大地也将被他的雷电斩碎。黑水层层瓦解，即将脱落。北冥像道闪电穿梭在雷火之中，奋力前行。弥天大军茫然错愕地看着东菱主将的身影，他们分辨不出对与错。

只听一声水溅，北冥厉眸一凝，豪声道："再烈些！"

雷落应声，虎拳炸裂，灵力倾轧而出，落雷漫天，只听北冥豪声道："再快些！"

雷电之速，可劈空斩世，北冥在这漫天落雷之下，稍有不慎，自己便会灰飞烟灭！他好似一道银光，划过苍穹，不留余痕。劈极剑已擦出火光，北冥把这天空一分二，向灵主亚辛砍去。此时的亚辛已如澄月大小，黑水即将被他吸收殆尽，魅主再显！

伴随着落雷，最后一层黑水被北冥斩落。北冥欲斩杀灵主的灵身，然而，他距离亚辛还有一段长路。姬世贤大限将至，只见他倾力而出，灵路已漫上血色！北冥越来越快！霎时间，天空中传来一声鸟鸣。一只黑色羽翼的乌鸦，睁着黑曜石一般的眼睛冲北冥夺命而来！北冥已经没有余力躲闪。

霍然间，天空大亮，火红满天，一声悲鸣起，红鸾冲乌鸦击杀而去。

"鸾儿！"梵音、北冥一同悲呼。红鸾坠世，乌鸦丧命，双双消失在弥天大火之中。

北冥灵力再起，夺命之光从他胸膛爆裂而出，击杀亚辛而去。亚辛成型，黑雾将散，一身夜靡裳虽无坚不摧，但北冥时光割裂术不断，夜靡裳逐渐受损。然而亚辛仍躲在夜靡裳庇护之下，不露首尾，和当年迎战北唐穆仁时如出一辙。

亚辛透过衣缝看向北冥，咧嘴笑着。北冥的胸膛此时已是血流如注，倾盆而下。只听亚辛尖声道："你撑不了多久了，北唐北冥。等你将死，我便夺你身躯，到时候，时空之术便任我操纵。"

夜靡裳即将碎裂，然而北冥已是鲜血狂涌。

"主将要一个缺口！"颜童与赤鲁齐声道。

"我去！"赤鲁大喝道。

"我去！"梵音道。

"不行！老大，你已经为了弥天死过两次，若再让你去，我赤鲁有何颜面再活！"赤鲁怒声道。

"我去。"只听颜童道。

"你闪开！今日有我，谁都轮不上！"赤鲁道。

"你以为我想去啊？"忽而，颜童的手攥住了赤鲁的胳膊。

"你放开！"赤鲁甩手道，岂知颜童把他攥得生疼，一时竟没脱手。赤鲁回身怒目看着颜童，可刚想开骂，便止住了："你！"

只见颜童一脸青面,瞳孔深黑。

"颜童!"梵音、冷羿一齐大叫道,赤鲁跟着出声。

只听颜童冷笑一声,自嘲道:"真他妈倒霉,中了狼毒!谁他妈想死啊!你要去,我还巴不得呢!"

"颜童!"赤鲁再道,声音已是不稳。

"兄弟,这次,我先去了。"颜童对赤鲁道。

"不行!"赤鲁吼着,眼泪已经落了下来,"该轮到我了!"

颜童笑了起来道:"这他妈还有人争!"跟着,他又攥紧了赤鲁的胳膊道,"兄弟,死一个总比死两个强!划算!"说完,颜童看向天空中的北冥,不能再耽搁了。

颜童灵力起,灵丧将至,一股淡蓝贯穿全身。忽听他道:"找个好男人嫁了!"跟着头也不回,灵力全放,纵身奔向天际。

"童哥!"只听一声哀号起,莫多莉哭得撕心裂肺,张牙舞爪地奔向颜童,被梵音一把抱住,拦了下来。

"多莉吾爱!必当珍重!"一片温热的信卡从莫多莉手心展开。当她再次望向天际时,颜童已像一颗蓝色流星般撞向亚辛。一时间,亚辛豁口全开,面门大敞。

"童哥!"莫多莉悲痛欲绝,凄厉哀号。

北冥热泪淌下,咬紧牙关,一跃而起,倏地锁住了亚辛身躯。亚辛肆意张狂,北冥凭借时空之力割裂着亚辛身躯。不多时,北冥的手渐渐松开,抓不住了。亚辛一个抖身,逃离了北冥束缚。此刻的北冥自己已是被时空轮回术侵蚀,亚辛不敢再靠近他,只等他轮回术殆尽,一举攻下。

姬世贤放出最后一波灵力,托住了北冥下坠的身形,然而他也是强弩之末了!

忽地,天空中雷声阵阵,只听雷落道:"雷兽!"

雷霆万众,铺天盖地,一张弥天大网朝亚辛笼罩而来,正是雷兽幻化而成。红鸾殒命,雷兽怒号,伴着猎猎作响,天空被雷兽斩得碎裂斑斑。雷落施展雷火之法,与太叔公别无二致,霎时间穿入云霄,冲亚辛追杀而去。

亚辛被逼得无路可退,抛出夜靡裳,擎天而去。雷兽放出万雷激射,夜靡裳弥天而来,全力裹住雷兽的弥天大网。雷兽在夜靡裳里挣扎,尖角突刺而出。只见电闪雷鸣,雷兽自爆,化成电蓝雷火与夜靡裳同归于尽了!

"雷兽!"雷落一声悲呼,喷出热泪。可他不能再耽搁,亚辛已往天边逃去,雷落就要追赶不上!无数雷电壁斩过,雷落封住了亚辛退路。亚辛猛然回首,看着追击而来的雷落。雷光束已从雷落掌心击出,夹着震耳欲聋的轰鸣,亚辛无路可退,只能迎面回击。

一掌暗黑灵力轰出,用了他九成力道!他要雷落有去无回!雷落踏空而来,脚下不稳,被轰得向地面坠去。

"阿落!"九百昆儿在地上大喊着。

亚辛正要离去,一个人挡在了他身前不远处。北唐北冥嘴角淌着血,胸口的血即将流尽,时空轮回术将灭,再也击杀不得亚辛,他灵力尽散,只凭一口气吊着。亚辛笑了,他即将成人!天空大亮,耀日当空!

北唐北冥手提劈极剑,踏过姬世贤最后送上的一丝灵力,冲亚辛飞奔而去。亚辛亦向他疾驰而来。

霍地,北冥冲亚辛挥剑一斩,亚辛略略侧身便轻易躲过。

"蠢货!"亚辛鄙夷道。北唐北冥的身体,亚辛势在必得!

突然,一道雷击拔地而起,雷落散着周身灵力,灵丧已至,人已飞天,大喝道:"北唐!我助你一臂之力!"

亚辛忽感背后一阵冰凉:"什么!"

只见北冥踏着雷落的电光束,与光并行,全力奔向亚辛。只听他一声雄壮,震彻山河:"生命无休,善恶不止!弥天之子,用我们一世英勇,洗一条光明之路!让这弥天之境,劫劫长存,生生不息,才不枉你我来这世上走一遭!"

说完,北冥已擒住亚辛,向他身后奔去。

亚辛瞪大双眸,不知何故。一道时空裂缝悄然在他身后撕裂开来,北冥带着亚辛冲了进去!

"哥!"一声凄厉,姬菱霄倒在大地上,双眼涌出了血,"不能进去!"

亚辛的无数暗黑灵力拼命涌出,雷落跟着一掌雷电壁,把它们统统挡了回去。雷落纵身一跃,与北冥、亚辛二人一同冲进了时空裂缝。

苍茫大地上,无数双眼睛看着那不可触及的天边。北唐北冥的话响彻在每个人耳畔:"用我们一世英勇,洗一条光明之路!"

戚瞳看着那天边的口子,亦放手一搏,一道炽烈灵力蹿天而上。只看他灵力尽放,身形颤颤,合上了那只有时空术士才能合上的裂口!戚瞳脚下一软,险些跪倒。一只有力的手臂撑住了他的身子,戚九天来到了他的身旁。

"主将!"一声声悲切响彻云霄,震动山峦,数万万将士看着天边的痕迹悲鸣不已。

第五梵音望着那天边的口子,它已经消失不见。她怔怔看着那里,盼有个奇迹。若成了,北冥下一刻就会回来!

霍地,天空乍亮!一个人从天边落了下来!

"阿落!"九百昆儿飞奔着,展出灵力,向苍天而去,接住了下坠的雷落。梵音亦朝雷落跑去:"雷落!"

"阿落!"九百昆儿一把抱住雷落,拥他入怀,泪如雨下。只见他一身伤口,黑血不断。"灵枢!"九百昆儿大喊着。

"我没事!昆儿!"雷落紧紧抓着九百昆儿的手,再不松开。忽而,一丝花火在雷落掌心亮起,昆儿大喊:"雷兽!"只见雷兽奄奄一息,变成一丝电火花,浮在雷落掌心。它是被雷落从时空夹缝中带回来的。

"雷兽!"九百昆儿捧过雷兽,已是泣不成声,轻轻用操控术呵护着它,不再让它受一点风吹草动。

"雷落!"梵音亦是万分焦急地冲了过来,俯到雷落身前,"还好吗!没事吗?"

"没事!小音!你放心!"雷落道。

"那就好!"梵音开怀,展出笑容。

忽地,雷落一顿,道:"北唐让你等他回来!"

梵音的笑容像是在脸上定格了,少顷,她对雷落点了点头,依旧笑着。梵音缓缓站起身来,又慢慢转过身去,抬起头,望着天边。天上碧波无痕,像被水洗过一般,没有尘。

夕阳的余晖渐渐落下。大荒芜消失了,战场上安静了,硝烟退散,连远在国都城中的人们都安静地看着这里的一切,好像在等待什么发生。

飞云流转,暗夜将过,又一个晨曦渐明。弥天大陆迎接来了新的一天。

第五梵音伫立在那里三天三夜,一动不动,一转不转。三天三夜,没有一个战士离开,没有一个战士倒下,一个个身姿挺拔,站得笔直,齐齐望向北唐主将消失的方向。旭日东升,第五梵音收回了驻留在天边的目光,跟着几声踏步落地,铿锵有力。第五梵音迈着坚毅的步伐,向东菱军阵前走去。赤鲁在她左右,陪她一起来到阵前。

只听第五梵音一声号令:"立正!"全军皆动,形如霹雳,霎时规正!

第五梵音冲着北唐北冥消失的方向,再次仰天望去,将士们随她的身形而动,齐齐看向天边。

"敬礼!"第五梵音一声铿锵,手已落在阵前。

赤鲁随声高喝:"敬礼!"

冷羿、魏灵超等众将士齐喝:"敬礼!"

跟着弥天大陆三军皆动,将帅齐鸣:"敬礼!"

浩渺弥天,风过无痕,再没有半分残影留在那里。

第一四九章
三年后

第五梵音在家中醒来。距离那场战役已经过去三年,生活依旧那么平静,弥天大陆上再没有半分风吹草动,一片祥和。狼族回了辽界,大荒芜消失了,亚辛和灵母都消失了,北唐北冥也消失了。

梵音整理好房间便出门了。今天是休息日,她要去看看晓风阿姨,这些年都是她们两个在做伴。梵音从崖青山的家搬了出来。夜昼一家被梵音安顿在北唐晓风家的旁边住下,夜雨和莫清扬他们一起,还是一大家子。只不过梵音没有和他们住在一起,她自己盖了一栋小房子,住在北唐晓风和夜昼家的后面,平时她会去看望他们。大多数时间,她都会和聆龙独自外出,去哪里,她也不说,只让家人不要担心,说自己会按时回家。

聆龙断了左耳,不能复原,它每天都攀在梵音耳畔,从不离开。红鸾不在了,没人陪它玩。

忽而,一张信卡在梵音衣兜里抖动起来。梵音拿出信卡,上面写着温暖又熟悉的字,是雷落。

"小音,昆儿要生宝宝了,你来九都和我们住段时间,好不好?给孩子起个名字。"

看见雷落的字,梵音笑了,她鬓边的两缕青丝早已变成白发。微风吹过她的脸颊,白发抹上了她的唇角,只听她道:"好。"

几天后,梵音带着聆龙来到了九都,雷落一大早便出城去接。梵音道:"接我干吗?昆儿就要生了,你得时时刻刻陪着她。"

"我知道,你放心吧。有雷兽在,若是她要生,雷兽一个闪身就把我带回去了。"

雷落笑道,"路上累了吧?"

"不累,赶紧回城看昆儿吧。"梵音柔声道。

两天后,九百昆儿生下了她和雷落的第一个宝宝,是个女孩儿。雷落欢天喜地地抱着孩子不撒手,兜了无数个圈。

"哎呀!你别把孩子吓坏了,她还小!"昆儿躺在床上轻斥道,眼睛里满是笑意。

"不会!我手稳着呢!"雷落道,"再说,我闺女一生下来就灵力满溢,她乐意跟老爹一起玩呢,你看,她高兴着呢!"果不其然,雷落和昆儿的女儿一生下来就笑,两只如月亮一样的眼睛,迷倒众生。梵音看着他们也欢喜。

"小音,快给你干闺女起个名字?"雷落笑呵呵道。

"我?"梵音愣道,"我哪里会起名字。你和昆儿的第一个小宝宝,当然要你们两个起名字了。"

"不要!雷落是个傻子,起不出好名字,我就要她干妈起!"昆儿在一旁笑着应道,"等孩子长大以后,和她干妈一样漂亮又有本事!"

"我……我哪里会起啊……"就在梵音局促时,雷落一把把孩子放到了梵音怀里,梵音赶忙抱住,生怕磕了碰了。

忽而,小女孩冲梵音一乐,对她眨着眼睛,不停地瞧。梵音也看着她,满心欢喜,"那……那就叫……就叫北北吧……"

雷落看着梵音,片晌后道:"好,就叫北北,九百北北。"

之后,梵音在九都停留了几日,便动身离开了。雷落本想留她,可终没开得了口。

"为何不留小音多住些时日?"九百昆儿道。

雷落望着梵音离开的背影。这次他没有远送,只在国正厅殿前看她离开,驻足良久。

"昆儿,我说错话了……"雷落淡淡道。昆儿向雷落看来,只见雷落已是泪流满面。

梵音很快返回了菱都,把家里打扫得干干净净。其实她的家里只有一张床,一床被,一把椅子,一个水杯,屋子里空荡荡的,什么都只有一个。她已经两年没去过军政部了,这一天,她回来了。

现在军政部的一切都由北唐天阔打理,井井有条,军纪严明。三年前的一战,北唐天阔和崖雅一起留守在菱都,没去前线。

梵音迈进军政部大门,站岗的士兵并不生疏地对她敬礼道:"副将!"

"落。"梵音道。

梵音悄无声息地来到军政部十六层,主将的房门前。这里还挂着北唐北冥的名字,铜铸的名牌,一尘不染,一丝不苟,好像里面还住着人。一个声音在梵音身后响起:"回来啦。"天阔站在那里。梵音回身冲他笑笑。她已经两年没有来过北唐北冥的房间了。

"什么时候住进去?"梵音忽而道,嘴角上扬。

天阔看着她,笑了笑,道:"进去吧。"

梵音转动了钥匙,打开门,走了进去,随即关上了房门。

房间里很清凉,没有任何味道,只有空气的味道。梵音停了片刻,抬脚向北冥卧室走去。整洁的鹅黄色床单暖暖的,上面放着一套折叠整齐、规矩的军装。那是北冥当主将时穿的军装,是梵音两年前离开军政部时叠好放在上面的。

梵音脚下稍顿,走上前去。她把手轻轻放在北冥的军装上,两行热泪淌了下来,滴在上面,打湿了他的军装。三年了,梵音没有哭过一次。少顷,梵音离开了北冥的房间,下了军政部东菱山,往菱都城中走去。

梵音悄然越过热闹的街区,来到菱都城最偏僻的一隅,狱司。这里现在已经是端倪做主了。

三年前,弥天之战过后,东菱百废待兴。端倪分身乏术,暂把聆讯部交给年家父子掌管,他不得已接手了狱司长的职务。当时只想着尽快理顺东菱事宜,然后就把狱司交出去。谁料,一晃就是三年,没有人能接替端倪的职位,他不得已只能硬着头皮干下去。

第五梵音来到狱司大门前,停住了脚步,没有进去。端倪一定知道她来了。

片刻,一个妖媚的声音钻进梵音大脑,尖声尖气道:"哟!你来了,你到底还是来了。"

梵音面容冰冷地看着狱司严肃高耸的大门,那是震慑,也是威严。

梵音不答,只听那个声音又道:"哼!你不说话,我有的是办法让你开口,就像现在这样,我可以任意入侵你的大脑,操控你的意识。你以为你把我关在这里就能困得住我?蠢货!看看你的样子,从来都不像个女人,现在还白了头发!哈哈!他怎么会喜欢你!他怎么可能喜欢你!你们两个有过吗?你们两个从来都没有过。"忽而那个声音谄媚起来,"我和他有过……"

"有过什么?"梵音突然道,语气冰冷。

"哈,你说有过什么?男欢女爱,你说我和他有过什么?别装糊涂!十七年,我们两个在那个鸟不拉屎的地方厮守了十七年,你做梦都不会想过吧。因为,你到现在认识他还不过十七年!第五梵音!"姬菱霄尖声道。她已经被关押在狱司三年了。

"男欢女爱……"梵音忽而冷笑一声。

姬菱霄一狰,面容扭曲道:"你笑什么!你不信?没错!你当然不信!你个蠢货!你不敢!你不敢相信我和他十七年里在那里都做过什么,你不敢!你不敢!"姬菱霄情绪激烈。

梵音突然打断了她,道:"他爱过你吗?"

"什么?"姬菱霄在监狱中怒睁着双眼,支棱着耳朵使劲听着,好像她能听到一样。狱司的第五层牢狱,漆黑一片,暗无天日,终年无光。姬菱霄用操控术入侵了身在狱司外的第五梵音的大脑,梵音的一举一动姬菱霄都能感受到。可即便是这样,她还是拼命把脸贴在石板牢门上,想要凭耳朵听见,凭眼睛看见外面的一切。

"我问你,北冥爱过你吗?他连爱都没爱过你,何来与你欢爱?"忽然,梵音又笑了。

"你笑什么!"姬菱霄怒道。

"想来即便是有,也不欢啊。"梵音眉眼闪过一丝放荡不羁。

"贱货!你就是不敢承认他爱我!"姬菱霄咆哮道,"到最后,他那柄重器也是为了护我而来的,不是你!睁大你的狗眼看清楚吧!北唐北冥早就爱上我了!即便他知道我要杀你,也忍不住护我左右!这就是爱!他早就臣服于我的裙摆之下了!第五梵音!"

"他是你哥……"梵音低声道。

"什么!"姬菱霄突然瞳孔放大,用力听着,因为梵音刚才那声音微乎其微,姬菱霄甚至要感受不到了。"你说什么!"姬菱霄忍不住再一次大声问道。

"你喊了他十七年哥哥,他知道……没有你,他也活不下……"梵音的声音卡住了,没再说下去。

"哥……"听到这儿,姬菱霄一时无措,喃喃道,可她还在极力分辩着,"你胡说……你胡说……他最后,最后也没有把重器撤走,为的,为的就是保护我!他爱我,远远胜过你!你个掩耳盗铃的蠢货!贱人!"

梵音听着她的叫嚣,渐渐往远处走去。

"你说他为什么不拿走重器,杀了灵主!你说啊!他为什么!他……"姬菱霄不停地辩驳着,忽然,她顿住了,"他……他拿不动刀了……"忽地,姬菱霄大喊道,"第五梵音!你给我站住!我哥哥的手臂是怎么没的?他的左臂是怎么没的!"

梵音停下了脚步,缓声道:"他的手臂怎么断的,你不知道?若不是因为他,我杀了你一百遍也难解我心头之恨!"

"我怎么会知道!"姬菱霄骂道,"我只让连雾废了他一条手臂,而非砍断!下次,下次,我可以再废他一条手臂!这样他就永远逃不出我的手掌心了!"说到激动处,姬菱霄竟然笑了起来。

"你想杀胡轻轻……"梵音背对着狱司淡淡道。

姬菱霄一愣:"什么?"她脑速飞转,"我杀了胡轻轻……我杀了胡轻轻……"她好像在回忆一件不那么清晰的事了,"我已经杀了她……我已经杀了她!什么叫我想杀她,你什么意思!"

梵音迈开步伐,离开了狱司。

"第五梵音!你给我站住!我哥哥呢!我哥哥呢!我哥哥回来没有!我哥哥回来没有!"姬菱霄在梵音身后不停地叫嚣着,"哥……哥……"姬菱霄渐渐地把修长的指尖扎进了头发里,"哥……"她不断呢喃着,脑海中不断浮现出北冥在时空夹缝中被时空轮回术掠夺蚕食的样子。

只听一声哀号:"啊!"姬菱霄的疯狂永远被隔绝在了狱司的囚牢之内,再也传不出来了。

第五梵音返回家中,给聆龙做了午饭,对它道:"龙儿,咱们今天喝点酒好不好?"

"嗯?"聆龙飞到梵音面前,疑惑地看着她,心想,也许是今天见到姬菱霄的缘故,梵音心情不好,才要喝酒的。

聆龙贴心道:"好啊,我陪你喝两杯,然后咱们两个睡大觉去,好不好?"聆龙哄着梵音。

梵音笑眯眯地看着它道:"好啊!"

说罢,梵音给聆龙斟满了一碗酒。那酒碗是熊骨百烈碗,是北唐持送给北冥的。

"你先喝点吧。"梵音道。

"好啊!"聆龙听话,吱溜一下跳进酒碗里。它做梦都想洗个烈酒浴,谁知刚下去片刻,聆龙便不行了,醉醺醺道,"小音,这个酒好烈啊,我……我困了……"说着,聆龙咕噜一下沉了下去。

梵音看着酒碗里的聆龙,轻轻地把它捧了出来,用柔软的毛巾给它擦干净了身子,而后把它安顿在了自己的床上,睡下了。

呼,一道轻柔的防御结界笼罩在了聆龙周围,没人能带走它。梵音给聆龙身下留了一张信卡,上面写道:"龙儿,你醒来以后去找赤鲁,他可喜欢你了。"说罢,梵音转身出了家门,手中提了一坛烈酒。

梵音路过夜昼家时停下了,现在这个时间,家里人都应该午休。梵音驻足良久,提步欲走。忽而,一个温吞的声音在梵音背后响起:"小白……"

梵音心口一震,定了定精神,回过身来道:"姥爷,您还没休息啊?"

满头白发的夜昼看着梵音。少顷，他从背后拿出一小包他刚刚剥好的榛子，每一颗都是他用小锤子凿出来的。梵音小时候最喜欢跟在夜昼身旁，看他剥榛子，夜昼剥一颗，梵音吃一颗。

"姥爷今天刚刚给你剥好的一袋榛子，你拿着吃。"说着，夜昼走到院门口，打开栅栏，把榛子递到梵音手上。

梵音捧过榛子，心头一震。

"走吧。"夜昼道，"我先去睡了。"说完，他转身往回走去。

"姥爷！"梵音出声喊道，声音已是颤抖，却极力忍耐，"早点休息……"

"知道了。"夜昼关上了房门

梵音提着酒坛，上了东菱山，来到悬崖旁。她看着一望无际的大海，和她当年第一次来东菱，来到这里时一模一样。海浪拍打着悬崖，隆隆作响，她听不到，因为每一天，每一晚，第五梵音的心都在隆隆作响，从未休止。

梵音抱着酒坛，打开了盖子，一股醉人的豪烈扑面而来，那是北冥最喜欢喝的北境冷酒。

啪嗒，啪嗒，无数颗眼泪掉了下来，梵音哭了，眼泪掉进酒坛里。三年里，梵音从未哭过。因为她哭了，就证明她承认北冥回不来了，所以，她从不落泪。直到今天，她哭了，因为她知道，北冥回不来了。其实，她早就知道了。

三年前，那道裂缝消失了，时间停止在了那个地方，再也回不来了。

梵音想着三年前，雷落从时空裂缝回来，对自己说的话："北唐让你等他回来。"

梵音抱着酒坛哭而又笑，笑而又哭，喃喃自语道："你才不会对我说那样的话，你才不会对我说那样的话……你才舍不得让我等你……你才舍不得让我等你……我干什么，你都舍不得……哪里还会舍得让我等你……你才不会……"

梵音痴痴地抱着酒坛，又过了一会儿道："冥……你会对我说什么呢？嗯……"梵音闷声想着，"我想你对我说的一定是，别让音儿等我……"说罢，梵音笑了起来，越笑越苦，越笑越大声，最后竟放声痴喊出来："你才舍不得让我等你！对不对！你宁愿让我随你一起死去，也不愿留我一人在这世上受这相思苦！对不对！哈哈哈哈！"梵音狂笑起来，泪如长河，她抱起酒坛咚咚咚喝了下去，一饮而尽！

"冥！我现在就来找你！"梵音大喊着，投下了悬崖。让这无边海域，化了她一世的相思苦。

第一五〇章
我回来了

怒浪淘沙，波涛滚滚，梵音瘦弱的身体在大海中飘零，好像她一世的写照。梵音哭着，想着也许死去，她就真的可以见到他了，她真的别无所求。梵音神形涣散，已到末路。

弥留之际，一抹温柔揽住了她的腰身，让她不再承受这惊涛骇浪的拍打。她不再那么难过，人好像一点点向上浮去，出了海面，脸还是冰凉的，可阳光照了下来，她好像还活着，或者已经死了，在去天堂的路上……

又是一抹轻柔吻上了她的唇间，冰冰凉的、薄薄的，那感觉是那样熟悉。梵音的心停止了跳动，呼吸也没了。只觉得那个人的温柔还没停下，沿着她的唇间直到她心底。

梵音的薄唇被轻吻着，那样温柔，呵护备至，却越吻越深，越吻越浓。梵音的心跳再次回来了！她紧紧闭着双眼，抓着那个人的肩膀，顺势搂住了那个人的脖子。

"别停下！别停下！"梵音的心在呐喊，她不敢睁开双眼！如果这是梦，就让她一辈子别醒！

不知过了多久，两个人吻得昏天暗地，乾坤颠倒，梵音觉得自己一辈子的力气全用在了这个冗长的吻上了。

"音儿。"忽而，一个让梵音魂牵梦萦的声音在她耳边炸裂！即便那个人的声音是那样轻柔，即便梵音的耳朵是那样混沌，可她就是永远都能听见那个人的声音，就像着了魔。

梵音张着嘴，用出全部力气，死死地抱着那个人的脖子，手心已经攥出了血，脸还抵在那个人脸上，一刻也不敢离开。她怕松了，梦就醒了！

那个人的声音再次响起："音儿,我回来了。"

　　梵音呼吸一滞,登时魂飞天外!下一刻"啊"地叫了出来。她一把搂过那人脖子,把头死死地贴在那人颈侧,一动也不敢动了。

　　"北冥!你别走!"梵音吓得尖叫出声,她以为自己的梦就要醒了,一睁眼,全都没了!

　　"音儿!我不走!我不走!你别怕!别怕!"那人紧紧抱着梵音道。

　　"嗯!嗯!"梵音吓得浑身打战,止不住地抖。

　　那人单臂裹住梵音腰身,头挨着梵音脸侧,两人好像绕颈的鸳鸯,相互依偎。

　　许久,只听那人柔声细语道:"音儿,别怕,睁开眼看看我,好吗?看看我。"

　　"我不……我不敢……"梵音低泣着,双眸紧闭,泪如雨线。

　　那人心中一阵绞痛,冲着梵音的额头、眼尾、耳畔吻了过去,轻声道:"音儿,看看我好吗?看看我。"

　　"别!别!北冥!你别走!你别走!"梵音痛苦地哀求道,大声喊了出来,肝肠寸断!她只觉那人在强行唤醒她,唤醒她的美梦!

　　"我不走!我不走!我哪儿都不去!音儿,你别怕!别怕!"那人慌忙道,再不敢多做要求。

　　"嗯!"梵音发出痛苦的呜咽,浑身颤抖,双眸紧闭,抱着那个人的脖子,不撒手。

　　那个人也大力地回抱着她,把梵音护在自己的一只臂弯之下,不再强求。海水很冷,梵音的嘴唇都已经白了,那人护着梵音,一分一毫都不离开。两个人在海上漂荡着,相拥在一起。

　　不知过了多久,梵音的身体已经僵在了那个人身上,姿势一动未动。只听一声温柔道:"音儿,太冷了,我们去岸边,好不好?"

　　梵音痛苦一呼,身体再次紧绷起来,他要走!梵音怕得在那个人身上胡乱抓着,已经停止了呼吸!

　　"音儿!不怕,不怕!"那人再次柔声道,略显急迫,轻轻贴着梵音的额头,"音儿。"

　　梵音嘴唇轻动,颤抖道:"冥……你别走……你别走……"

　　"我不走,不走,我永远都会留在你身边,寸步不离。"

　　"你别让我睁开眼睛,我害怕,我害怕,我害怕一睁开眼睛,你就不在了……"说到这儿,梵音又开始痛哭起来。忽而,一片温热洒在梵音脸上,那个人也在哭。

　　"不怕,我的好音儿,不怕……"那个人一边哭,一边道。

　　梵音寻着他的声音,慢慢睁开了眼睛。夕阳将落,余晖遍洒,像那银翼的龙鳞,铺满浩瀚汪洋。那人迎着光出现在梵音面前。皓月明眸不曾改，唇红齿白少年郎，只留半面好样貌，一半已似枯花残叶，腐朽破败，眸间黑白颠倒，只叫人心生畏惧。

梵音杏眼越睁越大，越看越明，眸光频闪，小嘴微张。

忽听那人柔声道："音儿，我回来了。"

梵音身形一顿，呜地扑了上去，抱住那人脖颈一声悲切道："北冥！"

夕阳落下，越过礼仪部尖顶，莫多莉穿着一袭暗红色长裙正往阶梯上去。忽然，一道强烈灵力来袭，白灵乍现，猝不及防。莫多莉猛然回首，霍地，她心下一震，浓唇颤抖，媚眼流转，呼道："童哥！"

夕阳余晖，落在加密山，一个身着白衣的姑娘坐在胡蔓国的青石旁，忽而看到天边出现一道裂缝，那是东菱国的方向。女孩瞪大眼睛，看着那个方向，赤裸着脚从青石上跳了下来，向前奔跑着，大声道："他回来了！"

晚霞满天。辽地一片荒芜，辽界上却已是万物生长，百林重生。一匹银霜满身的狼兽往天边看去，那道裂缝劈天而落，万丈光芒，那个人回来了。

狼兽开了口，向旁边站着的一人问道："为何杀他？"说话的正是修彦。修彦知道，修弥永远不是一个冒进的人。三年前，灵主亚辛蛊惑修弥斩杀北唐北冥，修弥应了，那不是修弥的作风。它永远只会渔翁得利，暗中权衡。

"杀了他，算给父亲报仇；擒了他，与亚辛交换永灵石，都不算亏。"修弥化成人形，披着银色斗篷道。

"那现在呢？"修彦道，它仍旧是一身狼形，不喜化人。

修弥回头看了一眼修彦，此时的它刚刚产下一窝健康的狼崽。

"也不算亏。"修弥道。

"为何要把灵石给我？"修彦道。

三年前，弥天之战结束，修弥找到了最后一块残存的永灵石，让给了修彦，从此化了它一身弥生骨的咒，让它成为这辽界之上最强悍的狼。

修弥身形冷冽，看着辽界西方的落日，走进了余晖里。

忽而，一只狼崽跑了过来，跟在了它的身旁，蹭了蹭它的脚踝。修弥低头看去，那只狼崽正冲它龇牙咧嘴。

修彦望着修弥的身影，另一只强壮的狼兽来到它身旁，陪它卧下。那是修彦的丈夫，这一窝狼崽的父亲。

修弥低头看着咬着它裤脚的狼崽,伸手一抓,把狼崽扔到了自己肩上。狼崽骑在修弥肩上,兴奋地随它往辽阔的辽界走去。

倏！一道纯白灵力划过弥天大陆,向大荒芜的方向涌去。那里早已是尘埃落定,灰飞烟灭。那道灵光越过大荒芜天际,往灵魅的王庭走去,那儿是灵父的遗迹,是灵母的心脏。灵光投身冲下了干涸的永生湖。霍地,一片晶亮四起,灵力尽涌,迷雾散去,水花荡漾。永生湖活了过来！她没死！一道道涟漪映着余晖,往大荒芜的边境漫去,温和的白浪,细腻的波纹,能抚平这大地上的一切伤疤,那是母亲的力量。

"妈妈,我回来了。"一声明亮响彻荒芜之境,生命的气息随着亚辛的归来再次破土重生。

"辛儿!"一声清澈环绕在亚辛身旁,明泉叮咚,润物细无声。

东菱海域,一双可人儿望着彼此,此时他们的眼睛里看到的就是整个世界。

梵音颤抖着双唇,默默念着,泪珠好像星星一般一颗颗掉了下来:"北冥……"

"音儿,我回来了。"一声温柔,解了她一世相思苦。半面俊朗,半面鬼魅,北冥换了模样。

梵音的眼睛在北冥脸上一遍遍看着,一遍遍寻着,是他回来了吗？是他回来了！哪怕他换了模样,毁了皮囊,她还是能认出他,只要给她一点北冥的气息,她就不会再放手！

"冥……"梵音捧着北冥已经毁去的半面脸庞,小心翼翼道:"是你吗?"

"是我,音儿,我回来了。"北冥道。下一刻,梵音闭上双眼,深情地吻了上去。北冥抱着她,两个人的身子在这冰冷的海水里渐渐暖了起来,越来越烫,越来越甜。

忽然,一股蹿动在北冥怀里扭着,北冥轻轻放开梵音,道:"音儿,你看。"只见北冥手里捧着一个小火球,梵音登时愣住,下一刻大喊出来:"鸾儿!"

只听一声长鸣,红鸾的声音穿透苍穹,扑棱棱飞进梵音怀里。梵音宠溺地亲抚着红鸾的额头,无限怜爱。跟着一声玄天龙吟,响彻弥天大陆:"北冥回来啦!"

北冥抱着他们,一世温柔。

图书在版编目(CIP)数据

弥天记 6 / 夜行仙著. —杭州：浙江文艺出版社，2021.9
ISBN 978-7-5339-6614-0

Ⅰ.①弥… Ⅱ.①夜… Ⅲ.①长篇小说—中国—当代 Ⅳ.①I247.5

中国版本图书馆 CIP 数据核字（2021）第 178527 号

选题策划　柳明晔
责任编辑　张　可　张　雯
营销编辑　宋佳音
装帧设计　仙境 WONDERLAND Book design
版式设计　吕翡翠
责任印制　张丽敏

弥天记 6
夜行仙　著

出版　浙江文艺出版社
地址　杭州市体育场路 347 号
邮编　310006
电话　0571-85176953（总编办）
　　　0571-85152727（市场部）
制版　浙江新华图文制作有限公司
印刷　浙江超能印业有限公司
开本　710 毫米×1000 毫米　1/16
字数　342 千字
印张　18
插页　1
版次　2021 年 9 月第 1 版
印次　2021 年 9 月第 1 次印刷
书号　ISBN 978-7-5339-6614-0
定价　49.00 元

版权所有　侵权必究
（如有印装质量问题，影响阅读，请与市场部联系调换）